甲斐姫《かいひめ》物語

山名美和子

鳳書院

甲斐姫《かいひめ》物語

山名美和子

鳳 書 院

目次

一　花夜叉　5
二　ぬばたま　61
三　忍の浮き城　119
四　恋ひと夜　179
五　玉の緒　233
六　春の山風　283

一　花夜叉

淡い陽が傾きかけている。甲斐《かい》が城を抜け出してから、小半時《こはんとき》（およそ一時間）ほどが過ぎただろうか。漆黒の毛並みの愛馬・月影《つきかげ》にまたがり、利根川べりまで駆けてきた。

忍《おし》（埼玉県行田市）城主・成田氏長《なりたうじなが》の一の姫・甲斐は、この新春、十九歳を迎えた。すらりと伸びた長身に薄紅《うすくれない》の小袖と海老茶色の括袴《くくりばかま》を着け、腰には脇差《わきざし》ひとつ。長刀《なぎなた》の名手・甲斐も、野駆けのときはいつも軽装だ。ここは父・氏長が治める忍の領内、それに、手練《てだれ》の若者・玉井哲之介《たまのいてつのすけ》と権藤隼人《ごんどうはやと》を供に従えている。

汗ばんだ首筋を川風が吹き抜けていく。

「心地よいのう、哲之介」

振り向いた甲斐に哲之介は、「さ、月影に水を」と、そっけない。彼のこんな受け答えは、今日に限ったことではない。

「無愛想なやつだ、のう姫。相槌くらい打ったってよいであろうにな」

高笑いで同意を求めるのは、快活な隼人だ。

若侍はともに二十一歳、哲之介は勘定方《かんじょうがた》に、隼人は鉄砲方に籍を置くが、ときに、こうして甲斐の小姓役も任される。父のお気に入りの若武者だが、ふたりは見かけも性質《たち》も正反対だ。頑丈そのものの上背のある哲之介は、目鼻立ちの陰影が濃い。太い眉、思慮深そうな目の窪み、豊かな鬢《びん》の毛が浅黒い頬を縁どる。無口だが実直このうえない。一方の隼人は美男の部類に入る。切れ長の目、筋の通った鼻梁、引き締まった品のいい口もと。城中の女たちのあこがれの的だ。陽気で、よく冗談も言うが、機転がきく。ふたりとも、若手の家臣のなかでは並ぶもののないくらい腕が立つ。互いに好敵手、かつ無二の親友だという。

甲斐は野に降り立ち哲之介に手綱を預けると、冷たい流れに指先をひたした。束ねた髪の後《おく》れ毛が頬にまつわる。うっすらと日に焼けた肌、黒々とした瞳は力を宿すが、細い鼻筋と小さく引き締まった唇が愛らしい。「関東一の美女」と評判だが、そんなうわさなどはおかまいなしに、武術の鍛錬に汗を流し、ときにはこうしてはつらつと馬を駆る。

「そろそろ城に戻りましょうぞ、姫。陽はつるべ落としの時節ゆえ」

哲之介にうながされ甲斐は、軽々と月影に身を預け、脇腹を両ひざの内側で軽く蹴った。月影は「わかった」というように得意そうに馬首を上げて歩を速め、銀色になびく芒《すすき》の穂を快調にかき分けて進む。

甲斐と月影は今、一心同体だ。野を駆けるこんな伸びやかなひとときが、甲斐は好きでならない。枯草のかぐわしい匂いを胸いっぱいに吸いこんだそのとき、行く手の穂波が大きく揺れ、褐色の影がよぎった。

甲斐は手綱を引き、

「何者だ」

叫んで、脇差に手を掛けた。哲之介と隼人が甲斐の脇を固める。哲之介は矢をつかみ取って周囲に目をくばり、隼人は馬から飛び降りて脇差を抜き放った。

——油断だったか。

近ごろ城下に、見慣れぬ者がしきりと出入りしているとは耳にしていた。

天正《てんしょう》十八年(一五九〇)正月、父・成田氏長が支配する北武蔵内行田《うちぎょうだ》の忍城にも、戦《いくさ》の気配が漂いはじめている。太閤秀吉は天下統一を成し遂げようと、ついに関東・奥羽制覇の兵を挙げるという。ねらいの第一は、小田原城の北条氏討伐だ。関八州は北条氏の支配下にあり、忍城も北条氏に与《くみ》していた。戦巧者《いくさ》と名高い甲斐国《かいのくに》の武田氏や越後国《えちごのくに》の上杉氏の猛攻を撥ねのけた成田氏だった。その北武蔵の豪勇の動向を探ろうと、間者《かんじゃ》がうろつきまわっているとみていいだろう。

枯草がざわめくが足音はない。たしかに不審者が身を隠している。

――忍びの者か。

怯えはなかった。討ち果たすまでだ。甲斐はもとより、哲之介も隼人も腕に覚えはある。

あたりをうかがう。芒《すすき》が揺れた。隼人が駆け寄った瞬間、

「いやいやいや……」

しわがれ声と一緒に背丈より高い草むらからひょっこりと姿を現したのは、旅の連歌師《れんがし》・玖珠丸《くすまる》ではないか。その後ろで、八、九歳ほどの男の子が跳ねている。

「なあんだ、お師さまか」

甲斐は肩の力を抜いた。

「驚かせてしもうた。どうぞ、どうぞ、物騒な物はお納めくだされ」

よく見知った邪心のない笑顔で寄ってくる。

「お久しゅうございます、甲斐姫さま」

年のころは五十歳ほど、いや、もっとかもしれない。昔から白髪まじりの髪が伸びかけた坊主頭、まばらな顎ひげだった。そのせいか、年齢はよく分からない。

――はて、さっきの人影、このふたりだけではないはず。

誰かひそんでいる。武術で鍛えた甲斐は目ざとい。いぶかりながらも、甲斐は軽やかに鞍から降りた。

「まあ、ほんにお久しぶりじゃのう、玖珠丸さま」

手綱を立木に結わきつけるあいだも、甲斐は背中で、耳で、あたりに気をくばっていた。草むらにまぎれた人影が気にかかる。空耳ではない。かすかに、何者かの息づかいさえ伝わってくるようだ。

「姫さま、あいかわらずりりしいお姿」

玖珠丸は、「そう、十九におなりかの。まさに花の盛り」と目を細める。

「この前わしが忍にやってきたのは、去年、桜にも遠い、春まだ浅いおりでしたなあ」

あいも変わらない、のんびりした話しぶりだ。

「そろそろ嫁入りをなさいませぬか。このわしが、お相手を見つけましょうほどに」

「よけいなお世話にござります」

「そうじゃな、美女中の美女、引く手はあまた、というところか」

玖珠丸の馴れ馴れしい物言いは、ちょっとうっとうしく思える。甲斐に嫁ぐ気など毛頭なかった。十九歳といえば、子のひとり、ふたりいてもいい年ごろだが、父・氏長には男児がない。子は甲斐と妹ふたり。とりわけ甲斐を可愛がり、手放そうとしない。甲斐にも成田家の嫡女《ちゃくじょ》という自負がある。他家へ出る気になれないのだ。

もっとも、「あの武勇、嫁の貰い手はあるまいのう」などと家臣は心配顔でささやく。

玖珠丸の軽口を聞き流しながら、哲之介と隼人は周囲への警戒を怠らなかった。こんな村はずれで出会ったことを不審に感じている。城に用事があるなら堂々と訪れればいい。いつもそうだった。城主とは旧知のあいだがらなのだから。

連歌に夢中の父は玖珠丸を「連歌の師匠」と敬い、彼がやってくると、毎日のように城下の寺や社《やしろ》に宴席を設け、近郷から気の利いた仲間を集めては連歌三昧に明け暮れる。それに、諸国をめぐる彼のもたらす情報を、父は喉から手が出るほど欲しい。この密談は、重臣さえも遠ざけて交わされる。玖珠丸と父ふたりきりで酒を交わし、奥の小部屋には夜の更けるまで灯りが絶えなかった。

玖珠丸は、やってくると、ひと月、ふた月と滞在するのが常だった。そんなとき、よく、幼い甲斐の面倒をみてくれた。和歌や書を教わった。

「目をこらすのじゃ。四季の移ろい、人のいとなみ、悲しみ、歓びに、慈しみの思いを寄せよ。でないと書も歌も人の心には届かんぞよ」

皺の寄った手で甲斐の手を取り筆づかいを直す。歌の添削はとくに厳しい。

「昔を思い出す歌を詠むとしよう。『いにしへ思ほゆ』ならば、なんとなく、昔が思われるなあ、という意味になる。『いにしへ思へば』なら、昔の出来事を心に強く思い起こしていることになる。文字ひとつといえども、おろそかにはできぬということじゃ」

といった具合だ。甲斐は懸命に耳をそばだてた。教わることがうれしかった。教えてくれる玖珠丸の熱心さに、子どもながらも惹かれていた。だが玖珠丸は、「姫さまは兵法や治国の漢籍には親しみなさるが、どうも、歌はお得意ではなさそうな」とため息をつく。甲斐も自覚しているので、「そのようにござりまする」と苦笑するしかない。

野山に芹《せり》摘みや落ち葉拾いに連れ出してくれるのは、とりわけうれしかった。野遊びのひととき、子ども好きの玖珠丸は甲斐のまわりに百姓や商人《あきんど》の子らを呼び寄せ、よく、おとぎ話やお化け話をしたものだ。

甲斐や子らは、笑い転げたり、おそろしげな妖怪に悲鳴を上げたりした。だから今でも村の子らとは、幼友だちのように気心が知れている。

「どうじゃ、姫は村の衆と馴染んでおるかの」

「皆、仲良しじゃ。村の衆と天気の具合や作柄のことを話したり、一緒に畑仕事をするのが楽しゅうございます」

「それでよし。民は宝じゃ。ようく親しみなされ」

「しかもなあ、玖珠丸さま。甲斐は今では、家中で『薬師《くすし》』と重宝がられておりまするぞ」

薬草の見分け方も玖珠丸に学んだ。

「たんぽぽの根は胃の薬、蕗は咳止め、水面《みなも》の浮草を干した粉は熱さまし、でございますな。これだけではありませぬぞ」

「よいよい、薬は大切じゃ。所領を治める者には神通力がなくてはならん。病ほど民を苦しめるものはない。救うため力を尽くしてこそ民の心を一《いっ》にできるというもの」

玖珠丸との話が尽きないと見たか、哲之介が口を挟んだ。

「姫、城に戻りましょうぞ」

いつにも増してきつい口調だった。どうも玖珠丸への疑いをつのらせているようだ。日ごろ陽気な隼人も、「さ、お帰りを」と急かす。

「そうじゃな」

言いかけて甲斐は、玖珠丸の連れている子に目をやった。

「この子は？」

男の子はさっきから甲斐をのぞきこんだり、月影の馬飾りにちょっかいを出して興味津々だ。

「ほれ、姫さまがお訊ねじゃ。名のれ、唐子《からこ》」

玖珠丸に腕を引っ張られ、男の子は、「おいらは唐子だ」といいばって胸を張る。

「唐子じゃわからん、名は？」

玖珠丸がこつんと頭を小突く。

「名前なんて、ねぇわい」

ぷっとふくらませた頬があどけない。

「名前はないのか？」

甲斐はちょっと腰をかがめ、「唐子とはの、唐人《とうじん》の子という意味じゃぞ」と訊ねてみた。

「そうさ、唐子じゃい。ほんとは小虎《しゃおこ》。でも玖珠丸お爺が、唐子って呼ぶから唐子じゃ。九つだぞ」

左手をぱっと広げ、右指四本を並べてみせる。仕草は愛らしいが、瞳に大人びたすがすがしさがあった。垢じみているのは、きっと玖珠丸の手が行き届かないせいだ。

「小虎か。いい名じゃ」

「だからさ、唐子でいいってば」

「小虎、いや唐子だな、どっちもいい名じゃ」

そう言って甲斐がもじゃもじゃ髪をなでると、唐子は照れくさそうに肩をすくめた。

「九歳といっても、ずいぶんと賢い。相州《そうしゅう》（神奈川県）で軽業《かるわざ》の一座から貰うてきた。だから身も軽い。それが取り柄よ」

軽業の一座から貰った、などという玖珠丸の言い分は、まことやら作り話やら信じがたい。だが、身が軽いと言われて、唐子はまんざらでもなさそうだ。たしかにすばしこいのだろう。ちっともじっとしていない。

――相州？　そうか、小田原か。

甲斐にはすぐ分かった。関東一円を支配する北条氏の本城・小田原城の城下町は、たいそうな賑わいだと聞いていた。港には大小の漁船が出入りし、たくさんの魚が上がるという。街道沿いは京の町屋そっくりの「小田原葺《ぶ》き」という置石屋根の店々が軒を連ね、京や駿河ばかりか関東諸国・奥羽のあちこちから運ばれる品々を商っている。芝居や手品の小屋、唐人の子が芸をする見世物小屋も珍しくないらしい。

北条傘下の忍城と小田原本城とのあいだには、ひんぱんに使者が行き来し、商人や遊芸《ゆげい》の者も往来する。小田原の様子を甲斐は見てきたように知っている。

――きっと、軽業一座に高い金を払ってこの子を買い受けたにちがいない。

唐子になにかしら見どころがあるのだろう。

「きっといい子なんじゃな、唐子は」

甲斐が問うと、玖珠丸は皺の刻まれた頬をほころばせ、唐子もにっこり笑ってみせる。

「さ、姫、早うせぬと陽が翳《かげ》りまする」

哲之介は声を強める。

「久しぶりにお会いした玖珠丸さまじゃ、あれこれうかがいたくてのう」

甲斐は哲之介に目配せを送った。なぜ城下のはずれの野で出会ったのか聞かなければ、疑わしさをぬぐえない。哲之介は「うむ」とうなずいた。甲斐と思いは同じようだ。

「玖珠丸さま、唐子をお引き取りなされたのはなぜ？」

「まあ、お聞きめさるな。唐子を前にしてはよう言えんのじゃ」

すると唐子が甲斐の袖をくいっと引いた。

「玖珠丸お爺のお情けさ。おいらを不憫に思うたんじゃろ、親がないからな」

真剣な眼差しを向けてよこす。

「そうか、お爺に出会うてよかったのう」

「ああよかった。もう親方に棒で叩かれないで済むもん」

唐子の表情に、ふと陰がよぎったように見えた。幼い心の痛みに触れてしまったかと、甲斐の胸は震えた。

「いまひとつ……」

甲斐は思いきって玖珠丸に訊ねる。

「ほかにお連れがおありとお見受けしましたが」

「お気づきでござったか、さすがは忍城主・成田氏長さまのご息女。武術で鍛えた証《あかし》。ほんに大人になられ、玖珠丸、心底うれしゅうござる」

と、人影について訊ねても、いっこうに動じない。秘密などなんにもないと言わんばかりだ。

甲斐はたたみかけた。

「どなたさまとご一緒でしたの？」

これはぜひ、たださねばならない。まさか父の盟友が、城下に怪しい者を引き入れたりはすまいと思いつつも気を引き締める。

「どなたさま、というほどの者ではござらん。イカルとナギ、十八歳と十六歳になる兄妹じゃ」

「妙な名じゃな。小田原者か」

「まあ、そんなところでございます」

「ということは、忍びであろう」

「いやいや、なんともお見通しというか」

——やはり、われの勘どおりじゃった。

小田原者、つまり北条が抱えている忍び、「風魔《ふうま》の衆」のことだ。甲斐はいやな気がした。忍びの者は油断がならない。風魔は代々、小太郎を名のる頭領に率いられた勇敢・機敏な忍者集団だ。近隣諸国から、そのすぐれた忍びの技は恐れられている。

「なにを探らせようというのか」

「姫、決して、決して、ご案じなさいませぬよう。いつかきっと、あの者たち、姫さまのお役に立つことがありましょうほどに」

「なら、今、会おう。まだ付近におるのか。おるなら呼んでくれぬか」

玖珠丸は首を横に振る。

「いずこへ消えたのじゃ」

「利根の流れをあっちへ渡り、上州《じょうしゅう》見物にでも出かけましたかのう」

はぐらかされ、甲斐は釈然としなかった。こんな思わせぶりは、「知恵のゆたかな連歌師」「子ども好きの好々爺」といった玖珠丸とはまるで違う。いや、玖珠丸の言うとおり、もう子どもではない甲斐が、物事の裏まで思いが届くようになったせいかもしれない。


「姫さま、玖珠丸めがこんな野っぱらにおること、ご不審ではございましょうが、明日には忍城へ参上し、お館《やかた》さまにお目通りいたしますゆえ。すべてはそれから……」

含みのある言葉を残し、玖珠丸は踵《きびす》を返した。

「戻ろう」

しこりを残したまま、甲斐は月影に飛び乗った。利根の河原から城下の町までは二里（八キロメートル）ばかり。ほんの一走りだ。鞭をくれようとしたとき、「トリャー」「ウオー」と、背後で雄叫びがあがった。

「討ちあいか」

甲斐は馬首を向きかえた。

「なりませぬ、姫」

哲之介が止め、

「急ぎ城へ駆けましょうぞ」

隼人も手綱を取る甲斐の腕を抑えた。

「いや、不審の芽は摘まねばならん」

甲斐は言い捨て、川べりへと駆け戻る。

「玖珠丸さま」

覆面の男がふたり、刀を振り上げ、玖珠丸を追いまわしていた。刺客《しかく》だ。上衣は柿色の筒袖《つつそで》、下衣は脚絆《きゃはん》でくくっている。

「お逃げくだされ、早う、玖珠丸さま」

玖珠丸をかばって若者が叫び、刀を振るい、軽やかに身を交わす。きっとイカルだ。もうひとり、括袴の似た身なりだが、小刀を逆手に構え防戦しているのは女にちがいない。あれがナギだろう。

「姫さま、近づくな」

玖珠丸のその声に刺客が振り向いた。〝姫〟と口にしてしまい、玖珠丸は〝しまった〟というように激しく首を振る。

「なに？　姫とな？　これは上々、成田の姫か」

刺客がくぐもった笑い声を立てる。

「生け捕れ、質に取れば成田を骨抜きにできるぞ」

もうひとり、覆面の男がじりじりと甲斐に詰め寄る。

甲斐は脇差の鞘《さや》を払った。

「成敗《せいばい》！」

馬脚に迫る刺客の首を馬上から刎《は》ね、下馬するや逃げ腰のもうひとりを肩から脇腹へと袈裟懸《けさがけ》に斬り下げた。

玖珠丸は腰を抜かし、ぶるぶると身を震わせ、

「花の顔《かんばせ》ながら、まさに夜叉《やしゃ》……」

血の気の失せた唇でつぶやく。

「唐子は？　玖珠丸どの、唐子はどうした」

姿が見えない。

「逃がした、あっちへ」

川の方へ顎をしゃくる。甲斐は水辺に走り寄った。唐子がうつ伏せになって流れに運ばれているではないか。

「唐子、唐子」

甲斐は飛びこみ抜手をきった。

「姫、戻れ、拙者が」

哲之介と隼人が追うまもなく、唐子を抱きかかえ、甲斐は岸に上がった。

「唐子、唐子」

顔を横に向かせ、胸を圧した。水を吐かせるのだ。唐子は目を剥《む》いたまま動かない。仰向かせ、口移しに息を吹きこむ。また、胸を圧す。哲之介も隼人も、かたずを呑んで見守る。玖珠丸が這い寄り、

「唐子、これ小僧、起きんか小僧」

唐子の手を握って呼ぶ。イカルとナギが唐子の脚をさすっては顔をのぞきこむ。血の気の流れを取り戻すためだ。

何度か繰り返していると、唐子はどぶっと水を吐き、「ううーん」と声を立てた。

「よーし、生き返った」

甲斐はかがみこみ、「唐子、唐子」と呼んで頬を叩いた。

唐子はむっくりと起き上がり、しばらくきょとんとしていたが、「おいら、溺れっちまったんだな、泳げねぇんだ」と、気弱に笑って見せた。誰もがほっと胸をなでおろす。

「よう、ようなさいました、姫」

隼人は感極まって目をうるませる。

「胆《きも》が凍りつきましたぞ、川に飛びこむとは」

沈着な哲之介の声も上ずっている。

「そなたら、幼いころからわれのそばに居ったであろう。われが泳ぎを得意とするのを知っておろうが」

平然という甲斐だが、さすがに寒さが肌身に迫る。

「泳げねぇで済むか、唐子。鍛えてやるから城に来い」

哲之介は唐子の胸ぐらをつかみ、くっつきそうなほど顔を寄せた。それから哲之介は、濡れねずみの唐子の破れ衣を脱がせ、みずからの小袖を脱いで着せかけてやった。

「うわーい、城に行けるぞ」

唐子ははしゃぎ、げんきんなものだ。

「で、玖珠丸さま、あの覆面の男らは何者じゃ」

甲斐はいきさつを問う。

「上方なまりで、『おのれ、小田原北条のまわし者か』と言うて襲いかかってきおった。大坂方から遣わされた間者《かんじゃ》にちがいない」

「大坂方か、秀吉が忍びを放ったな」

甲斐の推察に哲之介もうなずく。

「忍にまで入りこんだか。いよいよ北条攻めの軍を発する気だな」

イカルとナギの姿がない。

「あの兄妹も、確かに忍びの者と見きわめたぞ」

そういう甲斐に玖珠丸は、「きっと、姫のお役に立つ者ども」と、先ほどと同じく繰り返した。

城下の知人を訪ねるという玖珠丸と、だぶだぶの上衣をまとった唐子と別れたが、甲斐もずぶ濡れだ。

「姫には拙者の上衣をお貸し申そう」という隼人の申し出は断った。

「意地を張ってはなりませぬ。姫になにかあれば、御家老・正木さまがどれほどお怒りになるか」

正木丹波守利英《まさきたんばのかみとしひで》は甲斐の傅役《もりやく》だ。傅役とは、一家を挙げて主君の子を世話し育てる役を担う者だ。代々成田家に仕え、戦では先陣をきる武勇の将である。五十に手が届くだろうか。上背のある、いかつい体軀、広い肩幅、がっちりとした顎に筋の通った鼻梁。忍城を支える重臣だ。

甲斐は濡れた小袖に隼人の上着を羽織ろうとした。

「濡れた着物は体温を奪う。お脱ぎめされ」

哲之介が口を挟む。

「そうじゃな」

甲斐は思いきりよく上着を脱ぎ捨てた。背後の若侍がふたり、目をそらす。

――しょせん、幼馴染の哲之介と隼人じゃ。

甲斐は気にはならなかった。

一行は忍城へと馬を駆った。寒風が痛いほど肌を刺す。ほどなく忍城の森を背にした二階櫓《やぐら》が見えてきた。

西の空を黄金色に輝かせ、陽は山の端《は》にかかろうとしている。皿尾口《さらおぐち》の御門にさしかかったとき、あたりがあかね色に染まりはじめた。

月影の歩みを止め、甲斐は空を仰いだ。夕映えだ。みるみるうちに色を濃くしていく。芒の原も、行く手に見える忍城の本丸の木立や二階櫓も、供侍の頬も、甲斐の手の甲も、あかね色の波に押し包まれていく。

――あのときもあざやかな夕景だった。

甲斐は忘れはしない。母の伊都《いと》と別れた日のことを。まだ二歳だった。幼い記憶が鮮やかなのは、あまりにも悲しかったせいだろう。さもなければ、乳母の苑《その》がひそひそと語る思い出話が甲斐の記憶と重なっているのかもしれない。

甲斐は父の腕に抱かれていた。館を出て、どこをどう通ったのかは覚えていない。堀にかかる橋のたもとで、父は立ち止まった。

「許せ、許せよ、伊都。わしの力が及ばなんだ。さらばじゃ」

押し殺した父の声が耳もとで鳴った。

「甲斐、すこやかに大きゅうなりませ」

ささやいて母は甲斐に頬ずりをした。その肌の冷たさは、今も甲斐の頬に残っている。

背を向け、のめるように木橋を渡っていく母。

ずっと先、そう、ここ皿尾口の御門の外には輿《こし》が据えられ、ひざまずく多くの侍や女たちが影絵のようにうごめいていた。母の実家・上州金山城《じょうしゅうかなやま》（群馬県太田市）の城主・由良《ゆら》家からの迎えの人びとだ。

母は橋のなかほどでしゃがみこみ、深紅《こきくれない》の小袖で顔を覆った。

「伊都」

父は低く叫び、数歩、歩みかける。

「お館さま、なりませぬ」

老臣が押しとどめた。

父は三十三歳、母は二十八歳だったと聞いている。

輿も行列もやがて木立の彼方に姿を消した。人っ子ひとりいない道は、母の衣装の彩りに似たあかね色に覆い尽くされていく。その夜、甲斐は高熱を出したという。

別れの橋は、誰言うともなく「縁切り橋」と呼ばれるようになった。

＊

夕空が鮮やかなあかね色に染まるとき、甲斐は無性に母が恋しくなる。

甲斐の悲しみは、関東の激しい戦乱を抜きに語ることはできない。父が、慈しんでいた妻の伊都を離縁しなければならなかったのは、戦国の世の悲劇といっていい。

そのころ、武蔵や上野《こうずけ》の大名・豪族は、関東管領《かんとうかんれい》職（足利幕府の関東支配の役職）を継いだ越後国の上杉謙信、甲斐国の武田勝頼《たけだかつより》、古河公方《こがくぼう》（関東の足利氏）足利義氏《あしかがよしうじ》、相模国《さがみのくに》の北条氏政《ほうじょううじまさ》という強大な勢力に囲まれていた。いずれの勢力と組むのか、その判断こそが戦の世に生き残るための戦いだった。

成田氏はもともと関東管領上杉氏に従っていたが、上杉憲政《のりまさ》が越後の長尾景虎《ながおかげとら》（のち上杉謙信）に管領職を譲ると、その膝下を離れ、北条氏に与《くみ》するようになっていた。

一方、伊都の実家・金山城主の由良成繁《ゆらなりしげ》も、情勢に応じ、上杉方、北条方と所属を変える。永禄十二年（一五六九）、武田氏を警戒する上杉と北条は、成繁の尽力で越相《えつそう》（越後・相模）同盟を結んだ。この同盟の成立で成田・由良両家は接近、氏長が伊都を正室に迎えたのである。

状況はめまぐるしく変化した。二年たらずで北条は上杉と絶交し、武田と和睦。氏長は北条側に、成繁は上杉側に与し、両者は決別する。そんななかで氏長は、ひそかに他国の武将の呼びかけに応じ、金山城攻撃をもくろんだようだ。この件は、今、誰も口にしないので、真偽のほどは甲斐にもよく分からない。いきさつはどうあれ、成繁が氏長に激怒する事態が起こった。

「氏長め、断じて許せん。娘の伊都をただちに帰せ」と、再三、氏長に迫る。だが、氏長夫妻は仲睦まじかった。しかも伊都は甲斐を身ごもっていた。ほどなく金山城は上杉から猛攻を仕掛けられる。上杉は関東進出を目指していた。眼前に由良の強大な勢力が立ちはだかっている。関東へ軍馬を進める障害となる由良を除こうとしたのだ。対峙する成繁は古河公方と手を結ぶ。成田は古河公方と離合を繰り返してきたが、このころ、良い関係にはなかった。

甲斐は、こんなさなかに生まれた。由良家の使いは頻繁に忍城にやってきた。離縁せよと、矢の催促だ。父と母はどれほど悩んだことだろう。

すでに氏長は常陸国《ひたちのくに》に近い羽生城《はにゅうじょう》や騎西城《きさいじょう》（埼玉県加須市）を支配下に治め、総知行の実高は三十万石ともいう大大名にのし上がり、家臣団の結束も強固になっていた。

「さりながら伊都、そなたを辛い立場に追いこんでしもうた」

父は由良家からの申し入れを断り続けた。

「お館さまのご武運、成田家の繁栄こそ、この伊都の願いであったものを。まさか実家が敵方になってしまうとは……。あまりに悲しい宿命にございます」

母は戦の世の残酷さを嘆き、涙にくれる日々が続いた。しかし渦巻く動乱の駆け引きにあらがうすべはなく、ついに離別のときが訪れたのであった。

＊

「姫さま、急ぎましょう。日暮れには御門が閉まります」

哲之介の声に、甲斐はわれに返る。彼はいつも沈着で、ときおり向こう見ずに突っ走る甲斐の引き止め役だ。

「甲斐姫さま、ご帰城」

隼人の大音声《だいおんじょう》に門番兵が不動の姿勢で出迎える。

二の丸の城主御殿では巻姫《まきひめ》が待ちあぐねていた。

「姉《あね》さま、夕暮れというのに、いずこに行っておられました」

姉さま、姉さまと甲斐を慕うのは、十五歳になる腹違いの妹だ。

氏長は後妻を娶《めと》っていた。岩付《いわつき》（さいたま市岩槻区）城主・太田氏資《うじすけ》の妹・茅乃《かやの》である。岩付太田氏は、かつて関東で実力第一といわれた武将・太田道灌《どうかん》の子孫にあたる名門で、北条氏からも一目置かれていた。

茅乃の父・太田三楽斎《さんらくさい》（資正《すけまさ》）は、徹底した北条嫌いだった。だが、氏資は小田原城の先代城主・北条氏政の妹を妻に迎え、北条と手を結び、父や弟を岩付城から追放して家督を継いだ。甲斐の父が茅乃と再婚したのは、北条氏との同盟をより強めようとする政略にほかならなかった。

「まあ、姉さま、どうなさったのです。ずぶ濡れではありませぬか。母上が甲斐はどこへ出かけたやらと心配しておいでですよ。早くお着替えになって、お居間においでなさいませ」

袖にまつわる巻姫を、甲斐は愛らしく思う。腹違いながら仲の良い姉妹なのは、義母・茅乃の気遣いがあってのことだった。

甲斐が三歳のころ、茅乃は十七歳で嫁いできた。

「幼くして実の母を失い、どれほど母の懐が恋しかったでしょう。なんと不憫《ふびん》な」

若いに似合わず細やかに幼子を思いやった。

甲斐を乳母に任せず、手ずからご飯を食べさせた。甲斐の着物を仕立てたり、余り布でお手玉をこしらえてくれたこともある。春には園庭の桃の花を手《た》折《お》って甲斐の髪に挿し、「甲斐は器量よしじゃ。美しく、心の強い姫に育ててあげようなあ」と、肩や背を撫でる。

甲斐は、その膝にひしとすがって大きくなった。伊都を求めて泣きじゃくる甲斐は、もういなかった。お巻が生まれても、茅乃はふたりを分け隔てなく可愛がってくれた。

「甲斐姫さまとお方《かた》さまは実の親子以上でございますねえ」

乳母の苑は茅乃の養育に安心しきっている。

「なにやらお顔立ちも似かよってきたような」そんなことを言って苑は、「ほうれ、大きな黒々とした瞳も、つややかな御髪《おぐし》も」と、見くらべる。

「あたりまえじゃ、甲斐はわらわの娘じゃもの。のう、甲斐」

茅乃はいたずらっぽい眼差しで笑いかける。甲斐は茅乃を〝母上〟と呼び、実母を思うときは、心の内で幼いころのように〝母さま《はは》〟と呼びかけた。

＊

甲斐は哲之介に月影を任せ、奥の間に急いだ。

——母上がお待ちじゃ。刺客のことを告げねば……。

茅乃はいつも、甲斐の言うことに興味深そうに耳を傾けるので、甲斐はまるで土産を持ち帰ったように、見たこと思ったことを話す。

——でも、あの、あかね色の夕映えにこみ上げる気持ちだけは語れない。

実母への郷愁は、甲斐の小さな秘密だ。話せば茅乃は、やはりなさぬ仲の溝は埋まらぬのか、と心を痛めるだろう。

甲斐は帰城が遅くなったことを茅乃にわび、玖珠丸と出会ったいきさつを話した。

「そうか、玖珠丸どのに会うたか」

茅乃は思案するように縁先に視線を投げる。

知謀の武将・太田三楽斎を父に持つだけのことはある。茅乃は和漢の書を読みこなし、兵法や政経に明るい。長刀の稽古では甲斐と激しくぶつかりあい、いい勝負になる。

甲斐は茅乃の表情をうかがい、

——母上はどうお考えになるだろう。

と、言葉を待った。茅乃の冷静な判断を甲斐は信頼している。

「そうか、玖珠丸どのに村はずれで会うたのか。甲斐は不審に思うたとな。よう気を働かせた、ほめてつかわす。だが、哀しいのう、戦の世は。いつ誰が敵になるか、どのような罠を仕掛けてくるか分からぬとは……」

茅乃の思いは甲斐もひとしい。

「でも母上、玖珠丸さまが、まさか」

「よいよい、あせって決めつけることはない。心構えさえあれば、なにが起きようとうろたえずに済む」

「玖珠丸さまは父上とも親しみ、この甲斐も幼いころより馴染んできたものを」

茅乃も忍に嫁いで十六年、玖珠丸と連歌を詠み交わし、宴の席をともにし、彼をよく知っているはずだ。

「疑いも信頼も、武士《もののふ》の力量にかかわること」

茅乃は、ふと目を伏せ、「わらわの兄上はのう……」と口にする肩先が少し震えているように見えた。

「兄上は、おのれの父や弟まで、反北条だと言うて岩付の城から追ってしもうた。こんな不和やいさかいは、わが実家だけではない。武蔵の諸城を思うてみよ。家を守らねばならぬ、領土を守らねばならぬと、親も子もないありさまじゃ」

誰しも親子・兄弟・夫婦はいとおしい。好んで離別・離反の道を選ぶわけではない。城を守り、城下の栄えを守るため、苦しい胸の内をこらえて決断する。勝ち残るために……。忍城も岩付城も、こうした政略によって、武蔵に力を拡大する北条氏に与《くみ》した。

「母上、甲斐も知りました。蟻の穴ひとつのほころびも家の崩壊につながるのだと……」

「そのとおりじゃ。負ければすべてをなくし、流浪の身となる……。わらわも、そなたも。いいえ、お館さまやご一統さえ」

「けれども、人を疑うのはほんに切のうございます」

食うか食われるかの世に感傷は無用、と言いきれない甲斐だった。

「でもなあ甲斐、母は今、とても満足しておる。そなたは伊都さまの残していかれた宝。もちろん、お館さまの掌中の珠。そう思うて厳しゅう育ててきたが、武士の娘としてみごと成人してくれたの」

氏長の子は甲斐と巻、ほかに、家臣・平井大隅《おおすみ》の娘で側室・嶋根《しまね》が産んだ敦姫《あつひめ》。この末っ子も、巻より三月《みつき》ほどあとに生まれた十五歳。氏長は姫たちを女児だからと甘やかしたり、軽んじたりはしなかった。

「気丈に育つがよい。賢く、強くのう」

姫たちが幼いころは、茅乃が読み書きや長刀を教えた。六歳ごろからは、城下の寺の和尚を城中に招き、漢籍や詩作の手ほどきを受けるようになった。

それでも、姉妹それぞれに性質の違いはあった。巻は性格も顔立ちも穏やかで、いつも笑顔を絶やさない。武術よりも裁縫や茶の湯を好む巻を茅乃は、

「わらわに似ぬ姫じゃ」と、冗談まじりに歯がゆがる。

敦は嶋根ゆずりの冷ややかな面立ちの美少女で、気位が高い。甲斐には一目置いているが、巻と馴染もうとしない。そんな敦を、茅乃は近ごろ遠ざけている。敦も嶋根も茅乃の屋敷に足を向けることは稀だった。

茅乃は甲斐が十歳になると、

「そなたは武術も学問も見込みがある。もっと学ばせたらゆくゆくは忍の支え手になりましょう」

そう言って氏長の許しを得て、成田の菩提所・龍淵寺《りゅうえんじ》（熊谷市）に勉学に通わせた。寺は学問の殿堂だ。あらゆる分野の書物がそろっている。御仏《みほとけ》の教えばかりか、兵法、治国の法を学び、詩文や書画も身につけた。茅乃が哲之介や隼人を甲斐の供につけたのも、このころからだ。

「女子《おなご》とて、なんぞ男《おのこ》と変わりがあろう。英知と情けをもって家臣を導き、なんとしても乱世を生き抜け、甲斐」

これが父の口癖だ。甲斐には長刀だけでなく、刀や槍の稽古もつけさせた。哲之介と隼人がいい相手だ。

「巻と敦は決して姉上をおろそかにしてはならん。

心をひとつにし、ともに成田を支えよ。この城も家も、ご先祖さまが命懸けで築いてきたものじゃからの」

姫たちを前に座らせて、言い聞かせる。

忍城は氏長の曽祖父・成田顕泰《あきやす》が領主だったときに築かれた。もともと成田郷《なりたごう》（熊谷市）を本拠とする豪族だったが、次第に勢力を伸ばし、忍の城地である、ここ糯田郷《もちだごう》に領地を拡げた。

文明十一年（一四七九）ごろには、すでに「成田氏の忍城」として近隣諸国に名をはせるようになっていた。領地の北には利根川、南には荒川、ふたつの大河に挟まれた低湿地帯は天然の要害だ。一帯には地下の伏流が自噴し、広い沼が点在する。

城域は、わずかに高い島状の小丘になっている。そこに、さらに土を盛っては突き固め、島と島とをつなぎ、幾重にも土塁をめぐらせて曲輪《くるわ》を築いた。こうした城の構えは築城の名手・太田道灌の手法を受け継ぐものといわれ、河越城、金山城などとならぶ「関東七名城」のひとつに数えられ、難攻不落を誇る。

本丸・二の丸・三の丸・諏訪曲輪など多くの曲輪は、それぞれが橋で結ばれている。周囲の池沼は、城を守る堅固な堀の役目を果たす。板塀に囲まれた曲輪には城門や櫓がそびえ、そのなかに城主や重臣の住まい、役所などの館群が建ち並んでいた。登城する武士たちは、舟で渡ってくる者も多い。

連歌師・宗長《そうちょう》が忍城を訪れたことがある。永禄六年（一五〇九）ごろのことだという。もう八十年も前になる。宗長は公家や諸国の武将と広く交際する当代一の連歌の指導者だった。『東路《あずまじ》の津登《つと》』に、忍城について、こう書き残している。「しばしば連歌の集いが持たれる忍城は、四方が沼で、霜枯れた葦が幾重にも重なり、水鳥が多く見られた」と。顕泰が忍城を築いてから三十年ほどあとの記録である。忍は繁栄し、禄高は十二万石ほどにまでふくらんでいたと思われる。

顕泰ののち二代を隔てて、父・氏長は二十四歳で家督を継いだ。

＊

翌、夕刻、思いがけない報が甲斐の耳に飛びこむ。父の使いが慌ただしい足音を立てて、二の丸の座敷にやってきた。茅乃と甲斐に、「お館さまがお呼びにございます。急ぎ本丸御殿にお上がりなさいませ」と息を切らして告げる。

――なにごと……。

ふたりはすぐさま城主居所の本丸に向かった。本丸御殿の小書院《こしょいん》の奥、夕陽の差しこむ奥まった茶室に玖珠丸の姿があった。玖珠丸は甲斐に、ちょっと目配せを送ってきた。

――お約束どおり参ったぞよ。

とでも言いたげだ。

「玖珠丸どのが重大な報せを持っておいでじゃ」

五十歳を超えた父の、押し殺した声音《こわね》に甲斐はどきりとした。何事か大事が起ころうとするとき、人はあえて気持ちを抑え、こんな重々しい物言いをするものだ。

「明日にも北条の大殿・氏政さまの使者がこの城にご到着になる」

北条家では氏政の嫡男・氏直《うじなお》が北条氏五代目として家督を継いでいるが、氏政はなお、政《まつりごと》の実権を握っていた。

「で、小田原からのお使いは、どのようなご用向きで」

茅乃はしっかりとした眼差しを氏長に向けた。事態を受けて立つ気構えが甲斐にも伝わる。

「戦じゃ。大戦《おおいくさ》がはじまる。小田原に馳せ参じよという氏政さまのご命令をたずさえて来られるそうじゃ」

「大戦とは、豊臣との戦いですね。ついに北条討伐の軍が？」

茅乃の頰は青白い。

「討伐の理由は、北条が秀吉の『惣無事令《そうぶじれい》』に逆らったからだという」

氏長の言葉を引き取るように玖珠丸は、

「すでに先発隊が大軍をもって京を発《た》っております」

事態は切迫している。

「大軍がすでに進発したと……」

甲斐は身震いをした。

――とうとうくるか。怯えてはならん。

わが身に言い聞かせるが、胸は鼓動を打つ。

天下統一を目指す豊臣秀吉は四年前、大名どうしが領土などで紛争を起こすことを禁じた。これが「惣無事令」である。違反すれば厳しい処分を下すというものだ。秀吉が北条討伐軍を起こしたきっかけは、上州・名胡桃城《なぐるみじょう》（群馬県利根郡）奪取の一件だ。かねてから、信濃（長野県）の大名・真田昌幸《さなだまさゆき》と北条氏が名胡桃の領有をめぐって抗争。今年ようやく、秀吉の調停で、三分の一は真田領、三分の二が北条領となった。ところが昨秋、北条側が真田領を奪い、秀吉はこれに激怒した。


「氏長さま、正念場でござりまするぞ。秀吉は朝廷から討伐の勅書を賜っております。逆らえば朝敵であると」

玖珠丸は言って、ひと膝進めた。

「北条方で決起するか。秀吉に恭順するか。こう申し上げてはなんですが、忍の興亡にもかかわるかと」

強い口調で言い、氏長をのぞきこむ。

「豊臣に降伏せよと申すのか」

北武蔵に勇を誇った成田家だ。氏長は納得いくはずがない。

「そうは申しませぬ。玖珠丸め、決して豊臣の間者《かんじゃ》として参ったわけではござりませぬ。しかし、こんどの戦、秀吉は総力を結集して挑んでまいりましょう」

小田原征伐は秀吉の天下統一の総仕上げだ。北条傘下の氏長は相当な決意を固めてのぞむ必要があるという玖珠丸の思惑は、甲斐にも呑みこめた。

――だが、イカルとナギ、あれは風魔。北条の手下ではないか……。成田が北条を裏切るかどうか、探らせるのではあるまいな。

甲斐は玖珠丸の横顔を盗み見た。その視線に気づいてか、気づかないのか、じっと腕組みをしたままだ。

しばらくすると玖珠丸は、耳打ちするように話しはじめた。

「お館さま、ここから先が内密の話でございます。北条家当主・氏直さまは秀吉に弁明の使者を立てたもよう。『名胡桃城は真田氏に返還した、ご確認を』と」

「ならば、なぜ攻撃を回避できなんだのか」

玖珠丸は知り得た北条家の内部事情を語る。氏直の父で今も実権を握り「大殿」と呼ばれる氏政、その弟・氏照は、北条家の誇りにかけて強硬に秀吉との交戦を主張。一方、氏直は恭順を主張。弁明の使者を送り、徳川家康に秀吉へのとりなしを頼んだ。氏直の正室は家康の娘・督姫《とくひめ》である。

「しかし時は遅かった。家康は秀吉から『小田原征伐』に召集され、上洛してしまったというわけじゃ。それでですな、小田原本城では……」

そう言いかけるのを氏長が受けて、「戦に決したのなら、さぞ意気盛んなことであろう」と膝を乗り出す。

「いやいや、それが……」と言葉をにごす玖珠丸によれば、おおよそこんな様子だとか。

北条家では大軍の襲来に恐れをなし、野戦に打って出るか、籠城戦か、評定《ひょうじょう》はなかなか定まらず、

「いずれにせよ、まずは戦力を増強せねばならん」と、関東の諸将を小田原に結集させる方策を採ったという。

「ううむ」

氏長は失望の色を見せた。

「玖珠丸どの、よう分かり申した。ともかく、ほどなく小田原本城から出陣要請の使者がお見えになる、わしに腹を決めよと、こう、ご注進くださったので

ござるな」

「御意《ぎょい》」

玖珠丸は板敷にこぶしをついた。

「成田家はわが父の代から北条に従うてきた。が、家中の老職方にも諮《はか》り、今後を見極め、意をひとつにせねばならんな」

氏長の表情に迷いの気配はなかった。その横顔を甲斐はじっと見つめた。

――大軍が押し寄せる……。父上は今、重大な決心をなさった。この戦、北条に忠を尽くすかどうかという簡単な話では済むまい。

まさか氏長の耳に甲斐の内心が届いたのではないだろうが、「家運をかけた駆け引きじゃ」と、諭すような眼差しを甲斐に向けた。

――戦のあとの時勢までにらんで決めねばならぬ、ということですね。

甲斐も視線で父に問いかけた。

突然、玖珠丸が手ばたきをして笑い声を上げた。

「お館さま、姫は立派な跡継ぎになられましょうぞ」

父娘の目顔のやりとりを見抜いていたにちがいない。

「玖珠丸さまの眼力、怖うございますな」

甲斐は婉然と微笑み返すが、心は激しく波打っていた。

――生まれ育ち愛してきたこの地を失いたくない。秀吉軍に踏みにじられたくない。

この思いは甲斐だけではないはずだ。父祖から何代にもわたって耕してきた田畑、網を投げ魚や貝を獲ってきた川や沼、労を惜しまず下草を刈り枝打ちをして育てた山林。忍の領民の誰もが愛おしむこの地だった。

――守らねばならぬ、これから五十年後も、そして百年後も。

甲斐は唇をかみしめる。北条は関八州を保持しきれるのか、秀吉勢が北条をしのいでのし上がるのか、甲斐にはまだ答えは出せなかった。

「さあさあ、酒肴にまいろう。膳を運ばせよ」

氏長の表情は、思いのほか明るい。意を決したからなのだろう。

——父上は小田原に出陣なさる。秀吉に恭順などありえない。戦じゃ。

こぶしを握りしめると甲斐は、夕餉《ゆうげ》のざわめきをよそ目に本丸をあとにした。

もう闇が降りようとしている。ともに二の丸の館に戻る茅乃は黙りこんでいる。実家・岩付城の太田家のことを案じているのだろうか。北条氏と縁戚で結ばれているだけに、差し迫る思いがあるにちがいない。行く手の堀端から、ちらちらと揺れる明かりが近づいてくる。

「おや、誰か本丸へ登城か」

提灯に浮かぶのは成田の紋所・竪三《たてみ》つ引両《ひきりょう》だ。氏長に呼ばれた老臣が、城主のもとへと駆けつけてきたのだろうか。薄闇のなかに思いがけない姿があった。哲之介だ。上背のある幅広い肩、引き締まった頰、窪んだ眼差しが灯火に浮かび上がる。

「ご本丸は木立がうっそうと繁る暗がり、狐や狸も現れましょう。お方さま、姫さまが心細いかと、お迎えに参りました」

「なんと細やかな心くばり」

気鬱《きうつ》そうだった茅乃がかすかに笑みをのぞかせた。哲之介の気遣いに心がほぐれたのだろう。

「もう、お勤めを退出の刻限ではないのか」

甲斐が訊くと、「いや、石高《こくだか》の記帳が残っておりましたゆえ」と、哲之介はさりげなく応える。

「そうか、ご苦労なことじゃなあ」

哲之介は甲斐が本丸に急ぐのを役所から見かけたのかもしれない。きっと昨日、利根川べりで玖珠丸が、「城に上がる」と口にしたのをずっと気にしていたのだろう。それについてはなにも訊ねず甲斐たちの足元に明かりをさし出している。

——家中はこのように親しみあっているのじゃなあ。

なにげないいたわりが、戦の接近を耳にしたばかりの緊迫感をやわらげる。

「まもなく戦が……」

言いかけて、甲斐は言葉を呑んだ。哲之介は成田家の一族とはいえ、戦の件はまだ重臣たちにも知らされていない。聞いたばかりの秀吉軍の進発という緊急事態を伝えたかったが、それは父が情勢を確かめ、家臣一同に告げてからのことだ。

「ほんに。闇は物の怪なども怖いのう」

甲斐は場をつくろった。茅乃も軽く咳払いをして、

「甲斐らしゅうもない、物の怪が怖いなんて」

と甲斐に調子を合わせた。

哲之介の生家・玉井家は成田家と祖を同じくする。成田、別府、玉井、奈良の四家が成田一門だ。かつて〝武蔵四家〟と称され一帯に勢力を張ったが、成田の勢いがめざましく伸び、他の三家は家臣となった。まだ幡羅郡《はたらごおり》の中心地域（熊谷市近辺）に豪族として勃興したころのことだ。


翌早朝、まず使者の先触れが来訪した。小田原からの使者たち一行は今、忍城に向かっているという。昨日、秩父郡《ちちぶごおり》の鉢形城《はちがたじょう》（埼玉県寄居町）に本城からの出陣要請の口上を伝え、熊谷宿まで来て泊まったそうだ。巳の上刻（午前九時）、迎えに出た忍城の武士に案内され、使者二名が入城した。北条氏政の側近中の側近、評定衆《ひょうじょうしゅう》（行政・司法・立法をつかさどる）の山角康定《やまかくやすさだ》とその臣・茂尾某《しげおなにがし》である。

「お使者は山角さまでござるぞ。重大なご用件を持って来られたにちがいない」

本城から重臣がやってきたと知って、城内に緊張が走った。家臣らは顔面をこわばらせ、

「ご無礼なきよう衣服を改めよ」

「いやいやそんなことより、お待たせせぬようお急ぎめされ」

誰もが声をひそめつつも、ざわざわと浮足立っている。

本丸の表書院には城主ほか家中の主だった者がそ

ろった。正面に使者が座り、その下座に氏長、次いで氏長の叔父・泰季《やすすえ》と泰徳《やすのり》、泰季の嫡子・長親《ながちか》、氏長の弟・泰親《やすちか》（長忠）らが並び、茅乃と甲斐も氏長から同席を命じられて控えた。茅乃は北条氏政の縁戚なので、使者はていねいに挨拶をした。

山角は五十歳を過ぎているだろうか。小田原を下り、配下の諸城をめぐって至急の口上を伝える責務を果たしてきたはずだが、疲れの色はない。が、射るような視線、引き締まった口もと、ぴんと伸ばした背すじが、さしせまった情勢を示している。

「大殿氏政さまのご下命をお伝えいたす」

山角は重々しく口を切った。

「秀吉が大軍をもって関東に押し下ってくる由、先発隊が早くも進発」

――やはり、玖珠丸さまの言うたとおりじゃ。

甲斐と茅乃はうなずきあう。

「大軍とは、いかほどの軍勢でありましょうや」

氏長が問い、

「十万とも十五万とも……」

山角は答えた。座はざわめいた。想像するのも難しいくらいの大軍だ。山角は続ける。

「かの者、つまり秀吉じゃが、あやつめ、卑しき身分ながら太閤という高位にまで上り、意のままに振る舞い、このたびは勅命などと申して北条および旗下の諸将を討ち倒そうと謀るものである」

――ついにくる、大戦《おおいくさ》が。

甲斐は「母上」と低く言って茅乃の膝元に手をのばした。そこへ茅乃が手を重ねる。互いの覚悟のしるしのように。

「よって成田どの、貴殿は小田原表《おもて》を警護されたい。忍城兵のおよそ半数、軍勢三百騎を従え、二月上旬までに着陣するよう」

「三百騎……」

氏長が、ごくりと喉の音をたてた。成田の兵は、およそ六百騎。その半分を小田原に向かわせるとは。ならば忍城の防備はどうするというのだ。

さらに山角は言う。

「前田利家、上杉景勝（謙信の継嗣）の軍は北国経由で関東に乱入するもよう。おそらく上州から攻め入るであろう。忍は忍で守りを固めねばならぬぞ」

——城兵の残り半分で防御は可能か。城下は敵に踏みにじられはしないか。

甲斐の手のひらが、じっとりと汗ばんでくる。

氏長も不安なはずだが、「かしこまって候」とやすやすと答えて平伏し、「どうか、旅のお疲れをお癒しくださいませ」と接待にうつる。そんな父の姿に、

——支配者には、このようにして従わざるを得ないのか……。

甲斐は悲哀を覚えながら一方で、

——父上は、どんな決意で戦に立とうというのか。早うお聞きしたい。

と、軍議のときを待ちわびた。

＊

饗応は豪華きわまりないものだった。

まずは男衾郡《おぶすまごおり》（埼玉県大里郡）に産した清酒《すみざけ》が運ばれた。清酒は京・大坂でさえ貴重品、まして北武蔵ではそうそう手に入らない高価な品だ。

——それに猪鍋、餅もか……。

膳はどんどん増えていく。雉《きじ》や山鳥の焼肉、焼き岩魚《いわな》、とうふの餡かけ、かぼちゃの甘煮、どこから運ばせたのか新鮮な鯛の揚げ物、大根の酢の物、くるみ味噌、干した枸杞《くこ》の実、秩父名産のみかんの干し皮。みかんは北条氏が小田原から鉢形城に持ってきて一帯に広めたものだ。枸杞や刻んだみかんの皮は、血のめぐりをよくしたり、疲労を癒す薬効がある。

——目いっぱいの御馳走。成田家の、北条氏に対する誠意……。

家の、領土の安穏を北条氏に託していることを、こうして示しているのだ。

氏長はいつも言う。

「生き抜け。誇りだの恥だのは、家と命の重みに比べたら、塵みたいなものじゃ」と。

――この馳走が父上の、その思いの現れ……。

歓談を見つめ、心底に刻みこむ。

山角と茂尾に横柄さはなかった。武勇の成田家に対する、節度ある出陣要請と受け取れた。北条氏は、なんとしても関東の武将を集め、まとめねばならぬという状況にあるのだ。

ほどなく使者たちは、もてなしに深く礼を述べ、

「これから岩付城に参る」

と忍城をあとにした。

その晩、忍城では、重臣たちを集めて戦評定《いくさひょうじょう》となった。

使者の口上の場に立ち会った重臣、茅乃、甲斐のほかに、別府、玉井、奈良、本庄、須賀、酒巻、正木をはじめ一族・老臣が表書院に集まった。下座に哲之介や隼人など、重臣の子弟ら若侍二十数人も控える。

老臣たちの意見は一致をみなかった。

「たしかに秀吉は素性の卑しい者かもしれん。しかし、かの知謀はどうだ。織田家に仕えて手柄を立て、ぐんぐん出世。本能寺で主君が倒れれば、出陣先から怒濤の勢いで引き返し、明智光秀を討った」

「それより以降は破竹の勢い。国内の大名で、今や、かの者に従わん者はないであろう」

「かというて、むざむざと、われらまでが……」

「それが乱世というものではないか」

「しかし、なぜ、北条氏は名胡桃城を奪い、あえて秀吉に逆らったのか」

「今さら言うても仕方あるまい」

秀吉の大軍が出発したと知っても、小田原の評定は揺れに揺れ、籠城か、打って出るかも決まらないというではないか。

「われらが馳せ参じても、果たして益があろうか」

忍の衆の意見は弱腰へと傾く。そこへ哲之介の父・玉井十郎が鼻息あらく、声を上げた。

「武蔵が戦場になるのは忍びない。民の苦しみを思えば身を裂かれる。しかし、武士の義を捨て恭順とは、あまりに情けないではないか」

「おう」

こぶしを挙げたのは別府長清《べっぷながきよ》だ。

「関東武士の気概、見せてくれようではないか」

ついで奈良下野守《しもつけのかみ》が賛同を求める。

「北条あってこそ、関東諸国は京・大坂や駿河をしのぐほど繁栄したではないか」

成田一門の三家が「坂東武者」としての気炎を上げ、評定は交戦へと向かう。

「勝ち戦めざして死闘を尽くしてこそ武士じゃ」

高く叫ぶ者があった。

「戦わずして忍城を秀吉にくれてやるって法はあるまい」

「防御せねば、忍城ばかりか、忍の民にも焦土の悲惨をなめさせることになるぞ」

「そうだ。戦ってこそ、城も民も守れるのじゃ」

「和議などもってのほか。城も所領も奪われたらどうなる。われら一同、誰もかれも路頭に迷うのだ」

怒濤のように次々と声が上がる。

――そう、臆してはならぬ。臆すればすべて失う。

武蔵一帯でも、興っては消えていった豪族がどれほどいたことか。討つか討たれるか、ふたつにひとつ。それが戦国の世のならいと武将らは皆、心得ている。

「われら忍の武士、もののふの義によって起つ」

「おう」

「武蔵の諸城の戦いぶりにひけはとるまいぞ」

「異議なし」

一座の臣たちは頬を紅潮させている。下座の若侍らも同様だ。出陣をためらう言は、すっかり影をひそめてしまった。

――この気概こそが勝利の源じゃ。

甲斐の胸にも熱い血潮がたぎってくる。

家臣の団結は成田が率いる軍団の強さにあった。

もちろん、多くの戦いのなかで撤退や領土の割譲はあったが、巧みな政略と戦闘で不屈にのし上がった。武将たちの戦働きに十分な恩賞を与えることができた。城下も繁栄した。水の湧く忍に水路をはりめぐらせて水害から守り、新田開拓は今も進んでいる。道路を切り拓き、街を作り、市の立つ日は近郷の人びとが集って賑わう。

――成田が積み重ねてきた宝……。

これを受け継ぐのは甲斐の役目だ。

抗戦への意気が上がるなかで、甲斐は弱腰を示した家臣らの意向が気になった。

――思いをひとつにして、ともに戦に臨めるだろうか、あの者たちは。

今、その真意はつかめない。が、甲斐も戦の非情を知っている。

――戦は、多くの財物、かけがえのない命を奪い去っていく。

上杉謙信の軍に忍の城下を焼かれたこともあった。合戦で落命する者も少なくない。出兵した父を、兄を、弟を亡くした家族の悲しみは、消えることはない。戦乱を避けようというのは、日和見とは言いきれないのだ。

――そして……。

甲斐の脳裏に幼い日に見たあかね空がよみがえる。生母の伊都が去っていった夕映えの道。戦ゆえの大名の離合集散は、甲斐と生母を引き裂いた。

――だから……。

甲斐は声に出さず母の面影に誓う。

――戦で泣く者がなくなる日のために、甲斐は戦います。

氏長の声が、突然、大きく耳に飛びこみ、甲斐はわれに返った。

「おのおの方の意向、よう分かり申した。果敢な坂東の武士、今こそ働きどきじゃ。小田原の防衛線を死守し、忍城を武蔵守備の砦とし、みごと秀吉を押し返して手柄を立てようではないか」

家臣らのざわめきのなかで、甲斐は下座の若侍らに目をやった。いずれも、背筋を伸ばし、肩をいからせ、表情は力を帯びている。戦へと勇み立っているのだ。哲之介や隼人も、そんなひとりだ。

幼馴染といっても、語りあうことなどない彼らだった。世の行く末を語ったこともない。甲斐は、おのれの孤独に気づいた。弱音を吐いたり、愚痴をこぼしたりできる相手はいない。

——われは成田家の跡取り。雄々しくあらねば家臣はついて来ぬ……。

軍議は進んでいった。氏長がおもだった武将の配置を告げる。

「小田原出陣は、わしと弟・泰親。成田家の主《あるじ》として敵襲の最前線に陣取る」

「おう」

氏長・泰親兄弟に直属する武将たちは猛々しく床を蹴って応じる。

「留守居の城代《じょうだい》は叔父御《おじご》・泰季どのにお願い申す。すでに七十四歳、ご高齢ではあるが、歴戦の雄。軍略の判断をお任せいたす。忍城を守る者は皆、ご城代の指示に従い、心をひとつにせよ」

忍城の守備軍として、泰季の嫡子・長親、正木丹波守、柴崎出羽守《しばざきでわのかみ》、酒巻靭負《さかまきゆきえ》、篠塚山城守《しのづかやましろのかみ》など、そうそうたる武将の名が挙げられた。

「敵は東海と北陸の二方向から寄せる。小田原城に出陣の衆は東海道を攻めくる秀吉軍の本隊と決戦。留守部隊は北陸道からの寄せ手と対峙することになろう。いずれの方々も覚悟を固め、ひるまず善戦せよ」

甲斐の務めは「忍を守ること」ただひとつ。氏長の出陣後は、城代、義母の茅乃、甲斐が一門の束ねとなる。

戦支度に家臣たちがそれぞれに退出すると、氏長は妻と三人の姫を呼んだ。

「武士がひとたび戦に出れば、帰る約束はできぬ。茅乃、そなたは岩付城の剛直な名将・太田三楽斎の娘。女ながら父親譲りの知恵と勇を持ちあわせておる。わしの頼みとするところじゃ。家臣の家族らを、きっと守り抜け」

茅乃は顎に力をこめてうなずく。柔和に光る眼差し、紅色のふっくらとした口もとが、白い肌によく似合う。柔らかそうな指となだらかな肩も優しげだ。こんな風貌もあって、家中の女人たちに慕われている。

だが甲斐は知っている。小袖に包まれた茅乃の腕やふくらはぎが、長刀の鍛錬で固く引き締まっていることを。

「わしには男児がない。だが、甲斐がおる。そなたの武の才はわしの誇りじゃ」

五十歳を超えた氏長は、皺の増した目じりを和ませる。

甲斐の美貌は、早くから近隣諸国では噂の的になっていた。背丈は男子に並ぶほど、豊かな長い髪、黒々と輝く瞳、小さく整った唇、忍城の客人は誰もが目を見張る。漢籍も兵法もたしなみ、武術で甲斐をしのぐ者は城中にいない。和歌の才は氏長に似なかったようだが、玖珠丸仕込みの本草《ほんぞう》（薬物）の学に詳しい。

しかし、家中のひそひそ話は甲斐の耳にも届いている。

「なんで女子に生まれてきたか。まったく惜しいのう」

「あの武の才、男児なら成田の家の隆盛を約束する器じゃ」

「まこと、忍の宝になったであろうに。女子とは残念じゃのう」

噂が聞こえるたび甲斐は、「気にすることもない。言いたいだけ言わせておくにかぎる」と聞き流す。目くじらをたてても、どうなるものではない。

悔しがるのは乳母の苑だ。

「なんで女子じゃいけませぬ。お美しさ、さっぱりとした気性、城下の者と親しむ慈愛、それに武術。

近辺の領主の男子に、甲斐姫さまを越える方なんて、聞いたこともない」と息巻く。

「よいよい、苑は甲斐に乳を含ませて育てた。うんと悔しがって、どこまでも甲斐の味方でいてやるがいい」

茅乃になだめられても、苑は頬をふくらませて、「ほんに無念でございますよ」と言いつのる。

茅乃はおどけた表情でなだめる。

「苑、実はな、家中の者は甲斐が自慢なのじゃ。本音では忍の宝物と思っておる。ですから怒ってはなりませぬよ」

「ま、そうならば……」

ようやく苑は矛を収める。

＊

氏長は威儀を正して口を開いた。

「そなたらに言うておかねばならぬことがある」

寒風が板戸を鳴らし、庭の枯れ木立を吹き抜ける。

「このたびの戦、これまでとは異なる大戦《おおいくさ》じゃ。秀吉の率いる上方軍には、西国一帯、九州、北陸の将までが馳せ参じておる。帝から討伐の勅命を頂戴し、関東を朝敵と称して攻めてくる」

「父上がご不在の忍城を守る覚悟に変わりはございませぬ」

「よう言うた、甲斐。さきほども言うた。戦場に出れば生きて帰る約束はできぬ。あとを治める任は重いぞ」

甲斐はためらうことなくうなずいた。

この時代、女子が家督を継いだ例はいくつか数えられる。男児が成人するまでの橋渡しだとしても、政《まつりごと》を担った女人の生きざまは、北武蔵にも伝わっていた。幼少で城主となった筑前国《ちくぜんのくに》（福岡県北部）の立花誾千代《たちばなぎんちよ》、駿河国《するがのくに》（静岡県中央部）で夫・息子二代・孫と、四代にわたって政務を補佐して「女戦国大名」と言われた今川寿桂尼《いまがわじゅけいに》、遠江国《とおとうみのくに》（静岡県西部）の女城主・井伊直虎《いいなおとら》、こうした女領主の逸話を聞かせてくれたのは玖珠丸だった。

「いいか、出陣にあたりそなたらに言い置く。必ずや生き抜き、わが菩提を弔ってくれ」

「なにを気弱なことを。戦に勝ち、きっと生還されますよう」

茅乃が氏長を見つめる。

「武士の妻であろう。気丈をつらぬけよ」

氏長は説き聞かせる。

夫婦のむつまじいやりとりは、甲斐の胸を刺す。

——もしも、実の母さまが、今ここにおいでだったら……。

父と母と甲斐、肩を寄せあい、戦勝と無事を祈り、励ましあっただろう。

「そなたらは女子だが、城主の妻、姫だ。忍城の留守を預ける。家中の者の手本になり、励ましてやらねばならん」

いよいよ、そのときがこようとしている。

「槍を取るのも、留守を守るのも戦じゃ。ゆめゆめ油断なきよう。ささいな緩みが命取りになる」

前線の小田原だけが戦場ではない。忍城にも上野《こうずけ》側から寄せ手が攻めくるのは確かだ。

「忍に勇将らを残し置く。城代の指令のもと、英知と勇気をもって一糸乱れずに防御せよ」

「もちろん、よう承知いたしております」

甲斐はこぶしを固く握りしめた。

「甲斐、その勇、心配じゃのう」

「まあ、お心ないお言葉。われはご心配いただくほど幼くはございません」

「いや、怒るな。子どもあつかいはせぬ。そなたは兵法に明るい。軍陣の備えもよう分かっておる。体格もいい、力も強く、長刀・刀の技、女子とは思えぬほど」

それは父の養育のたまものだ。甲斐は家中の手練《てだ》れとも互角の技を身につけている。

「だが、くれぐれも無謀な行いは慎め。敵の雑兵《ぞうひょう》にでも捕えられれば、女ゆえ、どんな辱めを受けるかしれん。それは分かっておるな」

——われが辱めなど……。

なんと腹立たしいことか。唇を噛みしめる甲斐に、氏長はさらに強く言う。

「そなただけの恥辱だけでは済まぬ。〝あれが忍城の一の姫よ。無残よのう〟と、さらし者になり、あざけられ、成田家の汚辱にもなろう」

茅乃が甲斐の手を取った。

「悔しいのう。じゃが、甲斐は美しい。美貌は坂東一帯に知れわたっておる。噂に聞いた者がそなたを手に入れようと、やっきになるであろう。餌食になるなとお館さまは言うておられるのじゃ」

「女に生まれるとはこうも厄介なことか」

甲斐ははじめて、持って生まれた性《さが》を恨んだ。

＊

天正十八年（一五九〇）、一月も末となっていた。忍の城内は小田原出陣の支度でごった返している。

本丸裏手の蔵からは武器が運び出され、内庭の石垣に沿って並べられた。火縄銃の砲身を磨く者、弾丸を納めた櫃《ひつ》を積み上げる者らの掛け声が響く。慎重に張りなおされた弓弦《ゆづる》の強度を確かめるため、弦を引いては弾く音もしきりだ。槍や刀の刃を磨く者は、打ち粉をし、油を塗り、布で拭きあげる。堀をふたつ隔てた馬場では、早朝から日暮れまで、皆、交代で陣馬の調教に余念がない。

甲斐も毎朝早くから愛馬・月影を引き出し、毛並みを整え、馬場を駆ける。鞍、鐙《あぶみ》、轡《くつわ》の金具や皮革の点検や手入れに時をついやす。

上州から利根川を越えてくる寒風が吹き荒れる昼下がり、甲斐は茅乃の座敷を訪れた。茅乃は氏長の陣羽織に家紋の縫い取りをしているところだった。

「家臣の妻女らを、城にお呼びしたいのですが」

慌ただしいおりなので、甲斐は遠慮がちに切り出した。

小田原の使者が忍城にやってきてから、誰もが腰を落ち着けるゆとりさえない。女たちもまた、出陣に間に合わせようと徹夜続きで働いている。胴丸《どうまる》

（軽装な鎧）や兜の紐・革類を補修し、着物や下着を縫い、手を休める暇はなかった。手仕事に追われながらも、女たちが願うのは、夫や息子がどうか無事に帰還してほしいということばかりだ。空っ風が音を立てて吹きすさぶ日は、なぜか気分も落ち着かない。

茅乃も刺繍の手を休め、「うっとうしい風じゃ、止まぬかのう」と眉根を寄せ、それから、「妻女らを呼んで、なんとするのじゃ」と問い返してきた。

「留守を守る心構えを伝えたく存じます」

「それは、よい考えじゃ。甲斐のことゆえ、女子らを集めるにあたり、ほかにも企てがあるのであろう」

茅乃は含みのある眼差しをみせた。

「母上、殿方には申し訳ないのですが、つかの間、妻女たちとなごやかな座を持ちとうございます」

うなずく茅乃の表情が明るんだ。

——これは、ご賛同くださるにちがいない。

意を強くして言葉を重ねた。

「実は、お巻やお敦と一緒に、お手玉をたくさんこしらえたものですから」

姉妹三人の内緒ごとを打ち明けた。

「乳母の苑、お巻の乳母・小萩《こはぎ》、お敦の乳母・お梶《かじ》、みんなして励みましたの」

姫や乳母たちの古着をほどいて端切れを裁ち、明るい色合いを選んだ。

「まあ、少しも気づかなんだ……。あまり姿を現さないお敦もなあ。で、甲斐は、そのお手玉をどうなさるつもりかの」

「家臣の妻女に差し上げようと。床の間の端にでも飾れば、座敷はきっと明るくなりましょう」

実母の去ったあと父に嫁いできた茅乃は、幼い甲斐に朱や黄、薄紅の布でお手玉を作ってくれた。どんなにうれしかったかしれない。あの鮮やかな彩りを、甲斐は今も忘れない。戦支度ばかりの明け暮れで、家中の女たちも、さぞ疲れているだろう。安らぎもまた、英気の源になる。

すると茅乃は頬をほころばせ、「わらわも家々に分けようと、紅白の餅を商家に頼んでおいたのですよ」。そう言って次の間の襖を開けた。布を掛けた長盆が部屋いっぱいに並んでいる。こんなたくらみがあったから、茅乃は甲斐に機嫌のよい眼差しを向けたのだ。

その宵、二の丸の女人屋敷には、多くの妻女や娘らの姿があった。

「甲斐姫の心遣いじゃ。忍の武士の戦功を祈ろうぞ」

茅乃が口を切る。家臣を前にしているとき、茅乃はまず、成田家の惣領である甲斐を立てる。甲斐もまた、さっぱりとした気性、うちとけた人柄で家臣の妻女に慕われていた。誰もが、その聡明さ、武勇、愛らしくも凛々しい美貌を「忍の誇り」とたたえる。

甲斐は、「腹の底によくよく刻んでおいてほしい」と静かに話しかけた。

「戦時にあって、おそろしいのは内々のいがみあいじゃ。敵は素《す》っ破《ぱ》（忍びの者）を放ち、われらの弱みを嗅ぎつける。内通者を求め、いさかいの隙間に入りこむ。城を預かるわれらは心をひとつにせねばならぬ。そうしてこそ殿方は後顧の憂いなく槍働きができるというもの」

長老格の老女が、「御意にございます。子らにも、下男や女中らにも、仰せの旨、しっかりと言い含め、目配りを怠りませぬ」と手をつき、ほかの女たちもそれに続いた。

膳には甘酒と芋、昆布の煮物、大根の酢の物などのささやかなお菜が載るだけだ。それでも、ひととき憂いを押しやった女たちに活気がわく。嫁取り婿取りの心配やら、城下の小間物屋から安値で買い入れた櫛や平打《ひらうち》（かんざしの一種）の細工のこと、呉服屋から見せられた京下りの染物の見事さ、どこの青物売りが新鮮な野菜を商っているかなど、話に花が咲く。

一刻（二時間）ほどのち、お手玉と餅を、「もったいのうございます」と押しいただく女たちのさんざめきを残し、宴はお開きとなった。

甲斐が下男の甚助に通用口を閉じさせようとしていると、

「あの、ごめんあそばしませ」

控えめな物言いで若い女人が戻ってきた。

「まあ、お松どのとお琴どの、いかがなさいました」

「これを……、やはりお渡ししようと思いまして」

口ごもるお琴は十七歳、玉井哲之介の妹だ。丸顔で色白、華奢な体つきは、無骨な兄と似ても似つかない。

琴は大事そうに抱えている畳紙《たとうがみ》を、おずおずと開いた。手燭《てしょく》の明かりに紅色の鹿の子絞りが浮かび上がる。

「琴が染めた手絡《てがら》ですの。甲斐姫さまに差し上げたくて」

束ねた髪の根元を結わえる飾り布だ。

お松も、小さい布を遠慮がちに差し出す。

「甲斐姫さまの鎧の柄にちなみ、小桜を刺繍した半襟をこさえました」

お松はつい先ごろ、重臣・別府長清の次男・清勝《きよかつ》に嫁いだと聞いている。すらりとした体つき、吸いこまれそうな青みがかった眼差し、お松の美しさは若者たちの話題をさらっていた。十七歳の花嫁を得た清勝は、嫉妬とひやかしの的らしい。

「こんどの戦、勝たねばならぬと祈りつつ縫い取りました」

楚々とした身のこなしだが、言葉つきはしっかりとしている。

「殿のご出陣ののち、城を守るは甲斐姫さま。私どもにも、どうか役目を与えてくださいませ。小さな力ですが、お役に立ちたいと存じます」

お松は真剣そのものだ。

——今宵は集いを催してよかった。

外敵の出現は家中を一丸《いちがん》にする。この高揚感があれば、きっと難局を乗りきれるだろう。

「かような手作りの品、差し上げるのは恥ずかしく厚かましいと、いったんは退出しましたが、思い直して戻って参りました」

お琴ははにかんでいる。たがいに顔を見合わせるふたりは、あくまでも慎み深い。

「どんな小さな力も、気持ちをあわせれば百人力じゃ」

遠縁の若い女たちの意気ごみに、甲斐の目がしらが熱くなった。

「戦が押し寄せれば、そなたたち留守居の女たちには、ときに辛い仕事もあろう……」

物腰の柔らかいお松やお琴が耐えられるだろうか。煤にまみれる炊き出し、泥や血に汚れた兵の衣類の洗濯、傷の手当て、矢や弾丸造りも女たちに任される。それはまだいい。戦利の首級《くび》を洗い清めることさえある。夫や兄弟が挙げた首級の数は、手柄として褒賞に結びつくからだ。

「姫さま、心配しておいででしょう。ご案じくださいますな。年若くとも武士の娘。祖母から母、母から娘へと、女の務めを諭されておりまする」

青く透き通る瞳を向けるお松。健気さが頼もしかった。

翌朝、甲斐は霜柱を踏んで厩《うまや》に向かった。今日は城下の見まわりへと出かけるつもりだ。月影がうれしそうにいななくと、白い息が陽に光る。

「哲之介、帳簿付けはいいのか。隼人は銃の手入れで忙しいのであろう」

供を命じておきながら、彼らの持ち場が気になる。

「ご心配には及ばず」

「われら、姫さまの警護については、別扱いのお勤めゆえ」

——いずれは、哲之介と隼人を父の御馬廻衆《おうまわりしゅう》に取り立てていただこう。

御馬廻衆は城主の側近中の側近である。甲斐は彼らの出世策を企てていた。

城下は戦の噂でもちきりだった。それでも百姓たちの暮らしはいつもと変わらない。黙々と田畑の春の準備に余念がない。田では畝や溝の補修のさなかだ。畑では土を耕し、肥《こえ》になる落ち葉を鋤きこんでいる。

甲斐を見つけた農婦が深々と頭を下げた。老爺が鍬を支えに腰を伸ばし、「お疲れさまでござえます」と笑いかける。

普段どおりの甲斐の姿に、民は安堵するのだ。城下では、律儀でとっつきにくい哲之介より、隼人に人気がある。陽気で気さくに話しかけるので、親しみがわくらしい。甲斐主従三人は、なかなかいい組み合わせだと、甲斐は満足している。

草取りをしていた子どもらが、「月影だ、月影だ」と歓声を上げて駆け寄ってきた。

「姫さま、お話しして。お城の犬のお話」

四、五歳の男の子が袖口で鼻汁を拭き拭きせがむ。

「ようし、皆、座るがいい」

甲斐はぬくぬくと日の当たる枯れ木の林に子らを誘った。

「ほら、こっちがいいぞ。落ち葉の布団だ」

隼人に呼ばれ、子らは「わーい」と押しあいへしあいでしゃがみこむ。隼人も哲之介も、集いを遠巻きにして、周囲の気配に目を凝らす。

「今日はフキの話をしよう。雌犬のフキに五匹の仔犬が生まれての」

城中で飼育している犬の話のあれこれを、子どもたちはいつも聴きたがる。

「フキが急に死んでしもうた。すると、別の母犬・ハナが、自分の子と合わせて、全部で十一匹の仔犬に乳を飲ませて育てたのじゃ。仔犬は元気に育っての」

「それから？」

鍛冶屋の子・乙吉が目を輝かせる。

「あるとき、ハナがいなくなった」

「どうして、いなくなっちゃったのかえ」

姉さん株のちよが、賢そうな眼差しで訊く。

「柵の下に穴を掘って出かけてしもうたのじゃ」

「それは家出と言うんじゃ」

子どもたちは、騒がしく声を上げる。

甲斐は玖珠丸を囲んで話を聴いたころを、懐かしく思い起こしていた。甲斐が村の子と近しく言葉を交わすのは、玖珠丸仕込みといっていい。

「このころ仔犬はもう、ハナと同じくらいの大きさに育っておった。それが、ある日、二匹、三匹とゆくえ知れずになる」

実際の出来事だった。

「また、穴を掘って出て行ったんだね」

ちよが想像力を働かせる。

「で、甲斐は柵の戸を開けて、犬のあとをつけてみた。犬は四本足じゃ。早いのなんの」

「姫さまは追いついた？」

「ああ、追いついた」

「駆けるのは、おらはだめだ」

鼻たれ小僧はうなだれる。

「なんと、ハナは兎獲りの罠に脚を挟まれておった。仔犬たちは、かわるがわるハナに餌を運んでいたのじゃよ」

「それから？　ハナは？」

こんどは乙吉だ。

「もちろん、甲斐が助けましたよ。今も、少し脚が不自由だけどね。このあいだ、また仔犬を産みましたよ」

「何匹？」

「何匹と思う、乙吉。なんと、また六匹も……」

みんな、小さい手で拍手する。そのなかに見慣れない子がいた。

——そうだ、あの子だ。

「唐子、唐子ね」

「そう、この子、唐子だよ」

誰かが教えてくれる。子らとも顔見知りらしい。

利根川べりで玖珠丸と一緒にいた。それきり見かけていない。忍にいたのか、よその土地に行ったのかも、甲斐は知らなかった。

「どこに行ってたのか」

訊ねると、

「おいらはな、ずうっと忍におったさ」

いつかのように、こましゃくれた物言いだ。

「玖珠丸さまも一緒?」

「お爺のことは知らんわい。おいらを百姓の留蔵の家に置いたまんま、どっかへ行っちまった」

唐子はふくれっ面で、

「おいら、お爺に置いてきぼりにされちまったんだ」

と口を尖らす。強がる唐子の眼がどこか寂しそうだ。

「よし、仔犬を見せてあげよう」

甲斐は、わざと陽気な声で唐子の気をひいてみる。

「わーい、仔犬だ、仔犬だ」

たわいなく誘いにのってくるところは、やはり子どもだ。

「おれも仔犬と遊びたい」

羨ましがる乙吉らを隼人が追い立てる。


「さあ、草取りに戻れ。おまえらにもいつか見せてやる。それまで懸命に働いて甲斐姫さまのお役に立つのだぞ」

年かさのちよが、「姫さま、きっとお役に立ちまする」と、ぺこりとお辞儀をして駆け出した。その背中に、「ちよは残れ」と甲斐が呼び止めた。あとで唐子を百姓の留蔵の家まで送らせなければならない。

「ちよはいくつになった」

訊ねると、厳しく躾けられているのか、ていねいな言葉つきで、「十二歳にございます」と笑顔を向けた。

洗いざらしの袷《あわせ》から腕や脚がはみ出している。武士の娘だとしても、中級以下の禄高取りの家ならこんなものだ。特別な祝いでもないかぎり、めったに着物はこしらえられない。

「奉公しないのか」

「田植えが済んだら呉服屋に奉公に出ます」

住みこんで行儀見習いをするのだと、うれしそうだ。大店《おおだな》に奉公し行儀作法を身につければ、やがて、いい嫁入り先も見つかる。

「そうか、ようお勤めするのじゃぞ」

ちよの笑顔を見ればなおのこと、

――民が生業《なりわい》に励み、穏やかに暮らしていけますように……。

甲斐はそう祈らずにいられない。

――秀吉との戦、最小限に食い止めねばならん。城下に今と変わりない日々が続けばよいが。

と切に願う。

犬舎は下忍口《しもおしぐち》に近い鷹場の近くにある。

「ほら、あれがハナの子じゃ」

黒毛や斑《まだら》の混じる仔犬が元気にじゃれあっている。

「ひい、ふう、みい、ほんとだ。むっついる」

「むっつじゃない、六匹と言うんだよ」

ちよにたしなめられ、唐子は、「ふん、知ってらい」と意地を張る。

「犬はな、一緒に遊ぶために飼っているのではない。お館さまの狩のお供をするのじゃ」

唐子に言い聞かせるちよは、しっかり者だ。

猟場に連れ出す以外に、飼育犬には大切な仕事があった。戦場で役立つ軍犬に育てているのだ。茅乃の実家・岩付城では軍犬を飼い慣らしていた。精悍に山野を疾駆し、人目をかいくぐり、素早く伝令の任をこなす。

茅乃の父・太田三楽斎は犬の訓練の名人だった。「軍犬の飼育を試みた武将は、太田三楽斎どのが最初じゃな」と、事情通の玖珠丸が感心していた。

茅乃は仔犬を二匹連れて岩付から成田家へ嫁いできた。犬の話になると茅乃は言う。

「太田の父の考えることときたら、〝犬一匹だって戦に役立てずになんとする〟ですからね。〝マタギだって猟犬を使いこなす。武士が犬を訓練できぬはずがない〟と、そんなことばかり」

そうぼやくが、犬のあしらいは父譲りでうまい。

忍城には今、五頭ほどが飼われている。軍犬だということは、数人の家臣しか知らない。

「ほら、あの黒くて大きいのが熊五郎。とても賢い子じゃ」

唐子が、「ひゅう」と指笛を鳴らした。熊五郎が耳を後ろにねかせて突進してくる。

——危ない。

とっさに甲斐は、熊五郎の胴輪を摑もうとした。熊五郎は獰猛《どうもう》な性質だ。敵を嚙み殺す訓練も受けている。だが、案じることはなかった。見れば熊五郎は唐子の手をなめ、尾を振っているではないか。気を許していいと直感し、駆けてきたようだ。犬は犬好きな人を嗅ぎわけるという。

——唐子に犬の世話をさせてみようか。

親のない唐子は、玖珠丸に置きざりにされたかと、不安そうだった。小さいころの甲斐も、実の母のおぼろげな記憶を追ってしのび泣いた日があった。唐子の寂しそうな目の色に、みずからの幼いころが重なって見えたのかもしれない。

——かばってやらねば……。

ふと思って、すぐに甲斐は苦笑した。

——唐子め、うまいことその気にさせる子じゃ。

軽はずみな優しさはかえってためにならない。唐子は唐子の身の上をみずから生きるのが運命《さだめ》だ。まずはちよが奉公に出るまで、ときおり唐子の様子を見守らせよう。

次の日から、唐子はしょっちゅう犬舎にやってくるようになった。

「哲之介さまが水練を教えてくれるって言うとったぞ」

これも唐子の言い分だ。

「暑うなってからのことじゃ」

水練についてはそうなだめ、犬をかまいにくるについては、「好きにさせておけ」と飼育の若者に言っておいた。

＊

戦支度が進むなか、ちらほらと梅がほころびはじめた。甲斐はここ数日、ぜひとも鉢形城をこの目で見ておきたいと思いつめている。北条氏四代の大殿の弟・氏邦《うじくに》が支配する城である。荒川と深沢川に挟まれた断崖絶壁の上に築かれ、広大・不落の城として名高い。北条氏にとって北武蔵の抑えのかなめだ。氏政、武蔵八王子城主の氏輝《うじてる》、氏邦の兄弟は勇猛で誇り高く、秀吉軍と徹底抗戦を主張しているらしい。

いざ戦となれば、北条一族の戦いぶりは忍を守る城兵の励みとなるにちがいない。

——戦が迫る以前、せめて二、三年前ごろに小田原城も見ておきたかった。

愛馬を駆ればたやすい道のりだが、それを計画し実行するには甲斐はまだ若すぎたと、今さらながら悔いる。

おりよく忍を訪れた玖珠丸を摑まえ、

「ご一緒いただけまいか。玖珠丸さまがおいでなら父上もお許しくださろう」

こう申し出ると玖珠丸はしばし考えこんでから、

「よろしいでしょう、ちいとばかり知ったお方も鉢形城下にお住まいでしてな」

と、思いがけずすんなりと聞き入れてくれた。

「知ったお方とは」

「いやいや、まずは会うてみなさることじゃ。時局は切迫しておる。明日にも出かけましょうぞ」

そんな言葉に急かされて、甲斐は許しを得ようと本丸に父を訪ねた。風はまだ冷たいが、早春の陽ざしが明るい。

「鉢形城は北武蔵と上野国の砦じゃ。秀吉軍のかっこうな標的になろう。目と鼻の先の地ゆえ、どうしてもというなら許そう。しかし、戦が迫っておる今、長居は無用じゃ」

上方の忍びの者が北武蔵のあちこちに侵入していると考えていい。父は道々の各所に屋敷を持つ配下の武士に警護を命じ、懇意の寺に宿を手配しておくと言う。

「仰々しい供まわりでは、かえって怪しまれる。動きにも制約が生じよう。いつもどおり、哲之介と隼人がおれば不備はあるまい」

氏長は、道中、気を抜かぬようにと重ねて言う。

甲斐の鉢形行きを知った乳母の苑が、

「ぜひ、ご一緒に」

いつになく、くどくどとせがむ。

「いいじゃろう、婆さん連れならもってこいじゃ。不審者に後をつけられることもなかろうて」

玖珠丸が茶化し、苑は苑で、「ええ、ええ、爺婆の旅ですよ」と悪態をついてみせ、皆、腹をかかえて笑った。玖珠丸と苑は、先に徒歩で発った。

もう四十代の半ばになる苑は、鉢形の出で、十六、七歳ごろ熊谷の武士に嫁いだ。乳飲み子をかかえ戦で夫を亡くし、ちょうどそんなおり、甲斐の乳母に取り立てられたのだった。

気持ちがはやるのか、旅支度はきびきびとしていた。そんな苑に甲斐は、「さては、これまでののんびりとした仕草、猫をかぶっておったのじゃな」とからかって送り出した。

わずか二日の留守だが、茅乃に出立を告げると、

「そうか、鉢形にな……」と、歯切れがわるい。

「なにか不都合でも……」

顔色をうかがうが、「いやいや、十分に気をつけてな」と口ごもる。伏し目がちな表情が心にかかった。

＊

忍から鉢形城下の寄居郷《よりいごう》までは五、六里（二十〜二十四キロメートル）ほど。荒川に沿って秩父道を西へ進む。月影をゆっくり歩ませても、二刻半（約五時間）あれば十分に着くはずだ。

忍を発ってしばらくは、早春の陽がうららと水面にきらめいていた。ときおり川辺に降りて月影を休ませては、甲斐もこめかみや首筋の汗をぬぐう。

熊谷の西のはずれで玖珠丸と苑に追いついた。

「姫さまは鉢形の城は、はじめてじゃな」

玖珠丸に聞かれ、

「寄居の地も、上杉氏、古河公方らが入り乱れての戦乱ばかりだったということですが」

甲斐は史書を思い起こしていた。熊谷にある成田家の菩提所・龍淵寺の書庫で読んだことがある。

北条氏邦が入城したのは三十年くらい前だった。小田原北条氏第三代である父親・氏康《うじやす》が河越《かわごえ》夜《よ》戦《いくさ》で上杉氏に大勝し、武蔵の土豪が雪崩を打つように北条に帰順してまもなくのことだ。

「先ごろ上州名胡桃城の奪取を実行したのは、鉢形城の家臣じゃ。氏邦さまは気性が激しいお方じゃからのう」

秀吉の北条討伐の口実は、みずからが采配した名胡桃分割を北条氏が破り、真田氏の名胡桃領を奪ったことにある。

「氏邦さまは、上州の支配権を手放したくなかった。秀吉には従わぬというのですね……」

「諸国はあらかた秀吉の支配に屈した。北条が関東の雄という虚名にすがっても、今や、せんなかろう。振り上げた刀も納めどきがあるというもの」

この戦に、玖珠丸ははなから乗り気ではない。

「玖珠丸さま、それは負け犬の言うことではありませぬか。戦う前に気弱は禁物でございましょう」

甲斐は玖珠丸の言い分をおさえた。

「戦、戦の歳月であった。泰平の世もよいとは思いませぬか……」

「玖珠丸さまは、北条か豊臣か、どっちのお味方か甲斐は疑わしゅうなりまする」

「時勢を読むときはのう、姫さま。誇りや信念ばかり先立ててはいかんのだよ。結果になにを取るかじゃ。臨機応変が身を救うこともある」

父も言っていた。〝誇りだの恥だのより大事なものがある〟と。甲斐もその真意には納得した。意地をつらぬくあまりに、家臣や家臣の家族、領民を損ねてはならないと。

哲之介も隼人も、玖珠丸の〝身を救う〟という言葉には不服そうだ。

「わが忍の家中は小田原籠城に決した。戦わずして槍を引くのは情けのうござる」

隼人のつぶやきが届いたのか、玖珠丸が真顔を向ける。

「信じることじゃよ、おのれを。哲之介どのも隼人どのも。形は変えても、築いてゆく明日はある。おのれの脚で立つことじゃ」

若いふたりは、まだ言いたいことがありそうだったが、玖珠丸は、「さて」と立ち上がり、すたすたと歩きはじめた。馬上の甲斐たちもつかず離れずに歩む。寄居郷にさしかかるころから、春の淡雪が舞いはじめ、灰色の川面や枯野に降りしきる。鉢形の城下までは、もう、いくらでもない。ひと駆けしようと月影に鞭をくれる。甲斐は単騎で駆けた。

「おお、あの断崖の上が鉢形城か。これは攻めにくい城じゃのう」

荒川の向こうの城地は、息を呑むほど急峻な断崖の上だ。関東に鉢形城ほど大規模な城はいくつもないという。

鉢形の砦は、文明八年(一四七六)ごろ、関東管領上杉氏の家宰《かさい》・長尾氏が築いた。ここは信濃国や甲斐国、上野国からの侵攻に備える重要な土地だ。戦乱で城主は変わり、氏邦の支配になってから、このような大規模な城に作りなおされた。

崖上の木立の奥の本丸や二の丸は、うかがい知るよしもない。北東側で荒川を渡れば搦手《からめて》門(裏門)だ。南西側の大手口《おおてぐち》(表門)は平地にあり、城内には石垣や堀で囲まれた多くの曲輪《くるわ》が連なると聞いている。大手門の外、南側に街並みや田畑が広がっていた。

「みごとな砦じゃのう。忍城のはるか上をゆく」

甲斐は見とれていた。

「戦に荒れた秩父・児玉に領土をどんどん拡げ、城ばかりか城下を豊かにしたのは氏邦さまじゃからのう」

いつしか玖珠丸が甲斐に追いついていた。

「甲斐も存じておりまする。北条さまがここでみかんを作りはじめたと」

みかんは暖地小田原の名産品だが、氏邦は寄居郷でみかん栽培を試みた。この土地を囲む山々が北西風をやわらげ、川霧が夜間の低温を防ぐので栽培に適していると、小田原から苗木を運ばせ、生産に成功した。一帯はみかん栽培の最北端と言われる。新鮮な野菜の収穫が終わる晩秋に採れるみかんは、養分もあり、甘みもよろこばれる。干した皮は生薬や薬味に用いられるので、寄居の貴重な産物となった。

「みかんばかりではない。山には植林をし、畑には桑を植えて養蚕を奨励した。姫さまもこれからずっと観察なさるといい。北武蔵や上野《こうずけ》は、かならずや絹糸の一大産地になって富むにちがいない」

「戦に勝たねば生業《なりわい》が豊かにならぬと思いますが」

「いや、民の生きる力はやすやすとはくじけない。こう言ってはなんだが、たとえ領主が代わろうとも、地に根を張り、枝葉をのばし、実らせる」

「領主が代わっても……。そうですね、これまでの幾百年も、これからの幾百年も……」

淡雪が甲斐の頬に降りかかる。

「だが、領主が戦乱におののいて領民を置き去りにしていいということではないわい」

「最善を尽くす、それが領土と民のため」

「おお、そのとおり、そのとおりじゃ、姫」

甲斐はかじかむこぶしを握りしめた。

甲斐と苑が寺に泊った翌朝、迎えにきた玖珠丸は、「お志麻の方というてな、姫さまにお会わせしたい方が近くにおいでなのじゃ」と急かせる。

訪ねる先は城主の正室・大福御前《だいふくごぜん》のお世話をする高貴な女人と聞いて、甲斐は髪をていねいに梳き、苑が用意していた早春らしい萌木色の小袖に香を焚きこめ、身支度をととのえた。

道すがら、「玖珠丸めはですな、姫さまのお力になる人をたんと集めたい。まさかのときに姫さまを援けてくれる方々をな」

こんなことをぶつぶつとつぶやきながら、どんどん歩いていく。迷わずに行くのは、きっと、よく知った家なのだろう。竹林に囲まれた小さな庵《いおり》の前で足を止めた。

「お頼み申す」

玖珠丸のしわがれ声に呼ばれ、枝折戸《しおりど》を開けて出迎えた女人は、まだ四十には手の届かない年ごろだろうか。肌はうっすらと積もった雪に映え、白く透きとおっていた。ほんのりと紅を刷いたような頬、つややかな瞳、笑みをふくむ口もとは気品があった。

「これはお志麻の方さま、ご機嫌うるわしゅう」

玖珠丸は深々と頭を下げる。

苑は顔を合わせるなり、「お懐かしゅうございます」と言って目がしらをぬぐい、言葉が出てこない。鉢形で暮らしていた若いころに親しんだ方なのだろうか。

「まあまあ、冷たい雪道を……。さあ、お上がりくださいませ」

耳たぶに触れるおだやかな声音《こわね》は、どこか聞き覚えのある響きだった。お志麻の方は、あかあかとおこった炭火へ手あぶりを勧め、甲斐の前に手をついた。

「成田さまのご息女・甲斐姫さま、お寒いところをようこそお出でくださいました」

甲斐が恐縮するほどかしこまって挨拶をする。

甲斐は、「お初にお目にかかります」と返礼しながらも、

——はて、どこかで会うたような……。

と、不思議な思いにとらわれていた。

それにしても、お志麻の方はどういう素性の方なのだろう。玖珠丸に目を向けても知らん顔だ。大柄な老女が茶を運んできた。つかのま沈黙が訪れる。手あぶりの炭が小さくはぜた。玖珠丸が口を切る。

「お方さま、甲斐姫さまはのう、学問ばかりか、城中にかなう者のない刀の使い手におわします。忍の

皆々の自慢の姫さまでしてな」

お志麻の方は頬を輝かせた。

「まあ、ご立派な姫君。苑さま、あなたが姫さまをお育てになったお乳母なのですね」

苑はまたも嗚咽にむせぶ。

「苑はただ、姫さまをお守りいたしただけ。ご立派になられたのはお血筋にございます」

「いえいえ、ほんにお心遣いのご養育……」

女人ふたり、手を取りあわんばかり。甲斐はあっけにとられて眺めているしかない。

「これこれ、お乳母どの。めそめそしたら、せっかくの器量が台無しではないか」

玖珠丸が障子戸の陰から顔をのぞかせた。お方さまのおそば近くははばかり多いと、哲之介たちと縁側に控えていたのだ。

「まあ、いやな玖珠丸さま、こんな婆をつかまえて」

苑は泣き笑いだ。

「お苑さまは鉢形においでになって、ご他界された旦那さまのことを思い出されましたかのう」

苑の涙にお志麻の方はちょっとあわてたようだ。

「はいはい、さようにございます。なんせ、嫁いで二年ほどで逝ってしまいましたものですから。この鉢形で暮らしたころが急に懐かしくなりまして」

苑も懐紙で目がしらをぬぐい、言いつくろうように早口になる。

「やれやれ、女子の涙にはいつも気骨が折れる」

玖珠丸がため息をつくと、

「まあ、あなたさまは女子を泣かせましたの」

機嫌をとりなおした苑がまぜっかえし、座が明るんだ。

「忍に戻る前に、お墓まいりをなさるがよい」

玖珠丸に言われ、苑はこくりとうなずく。

いつも甲斐のそばを離れたことのない苑だった。故郷での墓参もかなわなかったのだ。

——気づいてあげればよかった。

甲斐は済まなく思った。朗らかでのんきな苑に尽くしてもらうばかりで、身の上を気遣うこともなかった。

お志麻の方は華奢でよく整った表情を曇らせ、

「鉢形の城下も、大戦が近いとざわついておりまする」と誰に言うともなくつぶやく。

「忍も同じにございます。それゆえにこそわれも鉢形城を見ておきたく……」

ようやく甲斐は話に加わることができた。

「なんでございましょうねえ。戦間近の城下を見て歩いても、どんなお役に立つのでございましょう」

お志麻の方は不安そうなまなざしを庭先に向けた。風が竹を揺らし、葉に積もった雪が散る。

「北武蔵も上州も、いえ、関東のそこかしこに戦の蹄の音が響く歳月でした。まことに哀しいことにございます」

お志麻の方は膝に置いた指を結び合わせる。

「人馬の駆けるなか、ただ、あるがままを受け入れてまいりました。苦しむのも人なればこそ、泣きもする、歓びもする、そのようなわが性《さが》とまっすぐに向きあおうと思い……」

「ご苦労なされたのですね。甲斐は未熟者にございます。苦しいこと、悲しいことを受け入れきれず、なんとかしようと躍起になりまする」

「いいのですよ、お若いのですもの。ひたむきに物事にあたれば道を切り開くこともできましょう」

お志麻の方は、竹の葉に降る雪の精のように、はかなく清らかに見えた。玖珠丸がなぜ、お志麻の方に逢わせたのか釈然としないまま、座敷をあとにする。甲斐は枝折戸《しおりど》のかたわらで、お志麻の方に、

「どうぞ、ごきげんよう」と別れを告げた。

言葉を返そうとするお志麻の方は、こらえきれぬように、

「戦に命を落としてはなりませぬ。きっとまたお会いいたしましょうぞ」

と甲斐の両肩に手を添える。冷たい頬が、甲斐の頬に触れた。

——この頬、この頬は……。

体の奥底に刻まれた記憶が突如として湧き上がる。

甲斐は駆けた。

「それー」

月影に鞭をくれる。

「姫さま、なりませぬ。危のうござる」

哲之介が甲斐を追う。お志麻の方の頬の感触が、甲斐の頬から離れない。覚えている、あかね色の道を去っていった、あのときの母の頬だ。

——母さまだ、あの方は母さまにちがいない。

知っていたのだ、玖珠丸も苑も。母であるということを。

知らないはずはない。玖珠丸は昔から忍城の客だった。苑は母から乳を任されたのだ。だからお志麻の方に会ってむせび泣き、玖珠丸とお方さまがうろたえた。とすると、知らなかったのは甲斐だけだろうか。

「哲之介、そなたも知っておったのか」

甲斐は馬上で叫ぶ。

「なにをでございます。そんなに駆けていては聞こえませぬ」

哲之介の声も身をよぎる風にちぎれる。

——なぜ会わせた、あんな芝居めいた仕掛けなどして。なぜ、お方さまは、母なら母と名のってくださらなかったのか。

「待ちなされ姫、待てー」

哲之介の声が荒くなる。甲斐の息も上がる。

「どう、どう」

湧き水のほとりで月影を止めた。これ以上駆けさせるのは酷だ。あぜ道にどっかり座り、甲斐は肩で息をついだ。無性に悔しく、それ以上に哀しい。

——母さまはこんな近くにいらした。それを誰もが知っていたのだ。

義母の茅乃だって、「鉢形のご城下に行く」と言ったら眼差しを曇らせたではないか。哲之介も甲斐の脇にどさりと腰を下ろす。

「落ち着け、そのように動転するなど姫には似合わん」

哲之介はいつもの慎み深い口調ではない。

「甲斐に命じるな」

言い放っても気持ちは波立っていた。

「庵《いおり》を去りぎわ、お方さまが姫さまの肩に手をお触れになったので、おや、と思うた。もしや伊都さまではないかと」

哲之介の声は穏やかだった。

「母子の名のりもせず、歳月を語りあいもせず……」

長い沈黙が流れた。

「姫さまも武者だ。じきに命懸けの戦になるのだぞ」

ゆっくりと諭す哲之介だった。

「名のったらどうなさるのだ。手を取りあって懐かしむのか。よう考えられよ。皆、それぞれにお立場があるであろう」

「それなら、なんで」

「なぜ、会うたと聞くのか」

「おう、なぜじゃ、なぜじゃ」

甲斐は言いつのる。

「まるで駄々っ子だ」

ふいに甲斐は恥ずかしさをおぼえた。

――われは母との別れを、幼子のようにむずかり悲しんでいた。

哲之介は言葉をかさねる。

「二十万の豊臣軍が押し寄せるのだ。この動乱で、誰の身になにが起きるかしれん。皆の切ない思いに気づかぬか。姫さまが鉢形行きを望んだ。ならばと、玖珠丸どのも苑さまも、ただ、おふたりをお会わせしたかったのじゃ」

――人の縁《えにし》ははかないもの。風のたよりになごみ、あかね空に思いを託し……。ともに命があった、それでいいではないか。

甲斐も哲之介も、淡雪のまだらに残る野に目をやったまま、どれほどの時がすぎただろうか。

「甲斐は今、目が覚めました。つらかったのは甲斐ばかりではない。父も、母も、茅乃の方も。この運命を引き受け、生きるのだと。われももう、とうに駄々をいう歳ではありませぬものを」

それでも甲斐は、わが膝に顔を伏せ、しのび泣いた。

――これきりだ、去った母を恋うて嘆くのは。だから、今だけ……。

その肩を武骨な手が、赤子をあやすようにとんとんと叩く。十九歳にして、ようやく産着を脱ぎ捨てられたのかもしれない。胸のつかえが薄れていくとともに、体の奥底にあらたな力が芽生えるのを、甲斐は実感していた。

やがて落ち着きを取り戻した甲斐の耳もとに、哲之介が低く告げる。

「いいか、後ろを振り向かずお聞きあれ。つかず離れず、われらの後方に潜む者がいる」

顔を上げようとした甲斐を哲之介が、「しっ」と制止する。

甲斐は小さく聞き返した。

「潜むとは……、風魔の忍びか。あのイカルとナギやもしれぬな。とすれば、北条の放った密偵……」

「それなら、なにをはばかることがあろう。お館さまは小田原に出陣なさる。伊都さま……、いや、お志麻の方が伊都さまだとして、ご実家の由良家は兄上や弟御が、すでに小田原に詰めておられる」

「北条側の忍びでなければ、西国の間者……」

「それもありうる」

豊臣軍の先発隊は進軍をはじめている。東国をさぐる密偵は、当然のことに、この一帯に侵入していると考えていい。北武蔵の有力大名・成田氏と、上野の強剛・由良氏は、豊臣軍の北陸部隊をはばむ要衝に堅城を構えている。

「油断はならぬ。姫、急ぎ城にもどりましょうぞ」

若い甲斐や哲之介に、はじめて立ち向かう激戦が迫っていた。

二　ぬばたま

「一刻も早く本城に参陣せよ」

小田原の北条家からは矢つぎばやに催促の書状が届き、もう猶予はならない。吉日を選び、二月五日の門出と決まった。出陣の命令を下し、氏長《うじなが》は陣構えを告げた。先陣は重臣・別府長清《べっぷながきよ》が率いる諸将。第二陣の大将は若手の成田長季《ながすえ》。長季は城代・泰季《やすすえ》の孫にあたる。第三陣は城主・氏長が率いる忍城《おしじょう》本隊だ。後陣の大将は氏長の弟・泰親《やすちか》（長忠）である。総勢三百五十余騎。忍軍兵の、およそ半数だ。

城内に馬のいななきが響く。櫓には幟旗《のぼりばた》が高々とひるがえり、諸将の馬印《うまじるし》が誇らしげにはためいている。

甲斐は氏長に呼ばれ本丸に急いだ。小書院《こしょいん》に、めずらしく父ひとりだ。小姓たちの姿もない。

「成田家の惣領である甲斐に渡しておきたい品がある」

父は紫色の絹布に包んだ桐箱を甲斐の前に置いた。

「わが家に代々伝わる名刀『浪切《なみきり》』だ。甲斐に預ける」

箱の中には、白鞘《しろさや》に成田の家紋・竪三《たてみ》つ引両《ひきりょう》の模様を散らした華麗な糸巻太刀《いとまきたち》が納められていた。

「浪切を、なぜ甲斐に」

顔を上げ問い返すと、父は骨ばった面立ちをいっそう引き締めて重々しく言う。

「家門の者たちは多くいる。だが甲斐、わしは以前から、そなたに成田家を委ねると決めておる」

甲斐は忍城の留守を預かる一門の、おもだった人びとを思い浮かべた。

——ご高齢のご城代・大叔父の泰季さまは温厚な仲裁役。でも、その嫡子・長親《ながちか》さまは大違い。もう五十歳に近いはず。確かに軍略に秀でているけれど、なにかにつけ異論をとなえ、事を荒立てる。そのお子で、勇敢な長季さまは、父親の長親さまと折りあいがよくないとか。

城代・泰季と、子や孫は、それぞれ、かなり性質を異にする。城中では誰もがそれを承知しており、親子のあいだに立ち入らないよう気を使っていた。一方で、どちらに味方するか、家臣団に派閥が生じる原因にもなっている。

——叔父・泰親さまも、決して他を押しのけるような方ではないが……。

泰親もまた、甲斐より二十歳以上も年上の経験豊かな武将だ。が、このたびは小田原詰めの一隊を率いて出陣する。

「甲斐、まさか荷が重い、などと申すまいな」

「そうは申しませんが、甲斐はまだ十九にございます」

「老若ではない。女子《おなご》だからと身を引くこともない。家中の者たちが、異議なく主《あるじ》と仰ぐことができる器《うつわ》か否かだ。家臣らを束ねられるのは、そなたしかおらぬ」

父は言いきる。

「太刀には武士《もののふ》の魂がやどる。甲斐を、浪切を戴くにふさわしい武者に育て上げたつもりじゃ」

父の強い視線が、甲斐の胸底にずっしりと重く届く。

「迷うな、甲斐。氏長の嫡女《ちゃくじょ》であるぞ。家臣らは、主《あるじ》の自信に満ちた言動におのずと従うものなのだ。甲斐にはそれができる」

甲斐は姿勢を正した。

「ご城代さまに従い、お父上がめでたく凱旋されるまで、かならずや忍城を守ってみせまする」

「勇にまかせてうかつな戦をしてはならんぞ」

「よく承知いたしております」

甲斐は浪切を押しいただいた。

「名刀は飾り太刀ではない。時に応じて存分に使いこなせよ」

それから父は縁先の植えこみに目をやり、表情をなごませ、つぶやいた。

「いい婿を迎えねばならんなあ」

「そのような……、甲斐は婿などいりませぬ」

「そうはいかん。成田家の跡継ぎをもうけるのが甲斐の務め。三家にすぐれた若者がおるではないか」

〝武蔵四家〟と称された成田・別府・奈良・玉井のうち、成田を除いた三家を父は言っている。

「そうか、別府は息子がふたりとも、嫁をもろうた。玉井の哲之介、奈良にも男《おのこ》がおるが。いかがであろうの、哲之介を迎えようと思うが」

「そのようなこと、戦に勝利してからにございます」

父のひとり言にすぎない、と聞き流し、甲斐は浪切を抱え小書院をあとにした。

本丸の玄関口で、甲斐は一瞬、足がすくんだ。哲之介が控えているではないか。鉢形の帰り道で馬を駆って以来の顔合わせだ。

「お館さまのご命令でお迎えに上がりました。姫さまが大切なお品をお持ちだと」

いつに変わらない平静な哲之介だ。

さては父は、本気で哲之介に白羽の矢を立てたのか。甲斐の頬が熱くなったのは、婿がどうの、ではない。鉢形からの帰り、あまりに情けない姿をさらして以来、顔を合わせていなかった。皆がお志麻の方《かた》を甲斐の実母と知っていて、それを教えてくれなかったと推量し、悔しさに震えたときのことだ。

知らぬふりもできない。

「すまなかったな」

消え入りたいのをこらえ、小声で素直に謝った。

「太刀をお持ちですな。お預かりいたしましょう」

哲之介が、あの日のことをなにも言わないので、正直なところほっとした。

「いや、いい。この太刀は甲斐が持って参らねばならぬ品じゃ」

堀に架かる橋をいくつか渡り、二の丸の甲斐の屋敷に近づいたとき、哲之介が歩みを止めた。

「ご無礼をお許しください。哲之介はあのとき思いました。姫さまは、幼い日からこらえていた悲しみを一気に吐き出されたのだと」

「よけいなお世話じゃ」

甲斐は笑った。

「吐き出せば気が済むものでございます。わたくしめがいつでもお相手いたしましょう」

哲之介も冗談めかした口調だ。

——これでわだかまりが溶けた……。

子どもっぽい母への慕情を内にしまい、甲斐が大人へと脱皮した一瞬をさらりと受け止めてくれたことに安らいだ。

＊

その晩、とんでもない揉め事が起こった。中堅の若侍たちが、激しい言い争いをはじめたのである。どうやら陣構えに不満が生じたようだ。争いは深夜におよび、さらに翌日に持ち越された。出陣の準備が万事整った矢先だというのに、これでは出立はままならない。

「甲斐、おりいって頼みがある」

継母の茅乃が甲斐の住まいを訪れるなど、めったにないことだった。眉間に皺を寄せ、表情はけわしい。武勇の家に生まれ育った茅乃は、優しさを滲ませる一方で、ときに頑なまでの気丈さをのぞかせる。侍女のなかには、きつく叱られ、隠れて泣く者もあると聞く。縁側をやってくる茅乃のすり足の勢いからして、ただごとでない気配がしていた。

「若い侍たちが激しく言い争っているのは知っておろう。まさか、お館さまがお出ましになるわけにもいくまい。かと言って、長親どのがしゃしゃり出てこむずかしい理屈をこねては、かえって火に油」

長親どの、とは城代・泰季の嫡男のことで、なかなか渋い美男だが、何事にも意見を一言しなければ気が済まない意固地者《いこじもの》だと、茅乃は嫌っている。成田家きっての武勇の人ではあるが、甲斐は政務の論議の場で、長親の物言いにはらはらすることもある。

「母上、甲斐に頼みとは」

「さて、それじゃ。そなた、武者溜《むしゃだま》りの若侍らの言い分を聞いてやってほしい」

「武者溜りに顔を出すなどはばかられますが」

ちょっとした揉め事で若い者らがざわつくのはよくあることだ。騒がないほうがいい。

「とは存ずるが、たって引き受けてはくれまいか」

「そう仰せられましても。ですが、なぜもつれているのでしょう」

「長永寺の和尚さまのことなのですけどね。お館さまが参陣をお許しになったのですよ。それでごたごたして……。〝坊主など陣に加えるべきではない〟と吠えたてる輩《やから》がおるようじゃ」

「どなたが、そのような」

「平井源三郎じゃ」

茅乃は吐き捨てるように言う。

——源三郎どのとは厄介な。それで母上はご気分を損ねておいでなのだ。


甲斐は合点がいった。平井源三郎は氏長の側室・嶋根の弟にあたる。平井家は身分の軽い家臣だったが、嶋根が側室に召されてからめざましい出世ぶりだ。父親の大隅は肩で風をきる勢い、重臣たちにもあれこれ命じるので、家臣のあいだでは「目に余る差し出がましさ」と、陰口もささやかれている。息子の源三郎はそんなに激高するような性質《たち》ではなく、父はそば近くに置きたがる。嶋根もがまん強く穏やかな女人だ。そんなところが父のお気に入りなのだろう。

嶋根の産んだ敦姫《あつひめ》は、茅乃の娘・巻姫《まきひめ》と同い年。茅乃にすれば、〝側室が同じ年に子をなすなんて〟と鬱屈のたねなのだ。お敦は勝気だが無口で、器量よしが父の自慢だ。それも茅乃を逆なでするのかもしれない。賢く、気配りのある茅乃も、嶋根やお敦にはどこか冷淡だ。

「諍いに割りこめば、かえってめんどうなことになりましょう。話を聞くのもためらわれますが」

甲斐は気がすすまない。

「五日の出陣が迫っておる。今というときに家臣らの騒ぎは放置できまい」

茅乃の強い口調に気圧《けお》されたわけではないが、彼らの言い分を聞いてやることも必要かもしれない。

甲斐は意を決し、城主の嫡女としての威儀を正して武者溜りに向かった。

＊

激しい言い争いが廊下まで響き渡っていた。

——互いの言い分に、ただ耳を傾けてみよう。

甲斐はみずからの立場を内心に言いふくめた。

武者溜りには汗臭い熱気が満ち満ちていた。甲斐の姿に驚き、一同は平伏した。

「よい、続けよ」

荒々しい声は、甲斐が座についた一瞬だけ鎮《しず》まった。と、すぐに、それぞれの言い分をまくしたてはじめる。

「長永寺の秀範《しゅうはん》にいかほどの力量があるというのか。たかが坊主ではないか」

源三郎が久島兵庫《くしまひょうご》に嚙みつく。姉の嶋根とそっくりの、黒々とした源三郎の眼差しが凄みをおびて見えた。こめかみからは汗が滴《したた》っている。

「秀範和尚をあなどるものではないぞ。源三郎どのも和尚と出陣したことがあったであろう。勇猛な戦いぶりじゃった。むやみに強いばかりではない。兵法も心得ておる。まこと、すぐれた武人ではないか」

兵庫は声を抑えているが、固く握ったこぶしが膝の上で震えている。すると源三郎が高笑いした。

「おぬし、成田の家臣を見くびるのか。成田は坂東の名門、家中に侍は多いぞ。兵の数にも質にも事欠かない。それでも出家なんぞを頼みにするわけだな」

年長の小田平七郎《おだへいしちろう》が、「源三郎どの、それは言い過ぎというもの」と、髭面を振り立て、「知っておるであろう、戦の場に出家も珍しくはない。古くは武蔵坊弁慶、近くは今川家に雪斎《せっさい》和尚がおった。秀吉の側近・安国寺恵瓊《あんこくじえけい》もめざましい働きだ」と説教臭く言う。

「けっ、恵瓊は敵方だぞ。よりによって敵を褒めるのか。かえすがえす情けない」

源三郎は反発し、いっそう激高した。落ち着かせようとまわりの者が、「とにかく、お座りめされ」と腕を引っ張る。

僧侶の武勇伝は甲斐も聞き知っている。源義経の忠臣・弁慶の逸話はさておくとしよう。駿河の禅僧・雪斎は今川家を支え、政《まつりごと》・軍事・外交交渉に手腕を発揮した。策略家の恵瓊は今、活躍の真っただなかだ。秀吉に重んじられ、禅僧でありながら大名の格付けを得ている。

平七郎の言うとおり、僧だからというだけで秀範を軽視してはならない。武名の高い武者でもある。みずから参陣を願い出た忠義は評価すべきだ。

源三郎は、甲斐の思惑には気づかない。

「小田原ご本城の大殿にも笑われるわ。成田はさほど良兵に欠くのかとな」

どうにも収まらないようだ。

「だれが笑うものか。たしかに秀範和尚は雪斎や恵瓊には及ばぬかもしれん。しかし、なんと忠誠心あるこころざしか。まさに勇士じゃ」

平七郎は怒りをこらえ、冷静さを保とうとふんばっている。

源三郎が、「貴殿は坊主を褒め、当家の忠臣を見下すのか」と激しい口調で言いつのる。

耐えかねて、ついに兵庫が強く言い返した。

「声を荒げるのもいいかげんにせよ」

兵庫は片膝立ちになり、源三郎に食らいつきそうな形相だ。堪忍袋の緒《お》が切れたのだろう。顎の張った顔には怒りがみなぎっている。

「秀範どのの参陣の願いを殿に取り次いだのは、わしと平七郎どのだ。成田の凱旋を切望すればこそ、秀範どのの意を汲み言上《ごんじょう》した。源三郎、さてはおぬし、秀範どのに嫉妬したな」

「貴様、言うに事欠いて、嫉妬とは許せん。撤回せよ」

源三郎は兵庫の襟もとをわしづかみした。

居並ぶ十二、三人の若侍は口ぐちに、それぞれのひいきに加担して、腕を振り上げ騒ぎたてる。

「鎮まれ、皆々」

甲斐は声を放った。後方にいるひとりが立ち上がり、「おのおの方、お鎮まりあれ。甲斐姫さまの御《おん》前《まえ》であるぞ」と、一同をなだめるように両の手をのばす。

「そなたらの言い分、よう分かった」

甲斐の声が部屋に響き、侍たちは居住まいを正した。

「源三郎、それに兵庫と平七郎、いずれもお家を思う篤いこころざしあってこその申しよう。だが、出陣を前に言い争うとは何事か。秀範どのの参陣は殿がお許しになったこと。異論は殿の采配に楯突くことであるぞ」

甲斐は暗に源三郎をいましめた。

「いいか、皆々。小田原へ向かうにあたり、殿は繰り返し仰せになったではないか。力を合わせよ、心をひとつに結び、蟻の入りこむ隙も作るなと」

源三郎は口をゆがめ、悔しさをにじませている。

「出陣する者、忍に残る者、すべて、決していがみあってはならぬ。味方の乱れは敵の思うつぼ。いさかいに割って入って内部を崩す。いいか、勝敗を決めるのは槍や鉄砲だけではない。味方が固く団結しているか否かにかかっておるのじゃ」

若侍らは顔を見合わせ、ざわめく。

「そうだ、姫さまの仰せのとおりだ」

ひとりが声を上げる。

「ここらで矛を収めようではないか」

興奮が冷めれば、どちらもお家を思うゆえの衝突だ。

「源三郎どの、兵庫どのと平七郎どの、ともに行いをかえりみよ。互いを傷つけあうのは慎むがいい」

甲斐が諭せばこの場は収まるだろう。しかし、双方にわだかまりは残る。それをなんとかしなければ団結にひびが入る。

「悪いようにはせぬ。あとはこの甲斐に任せてはくれぬか」

一同から、「御意」「仰せのままに」の声が上がる。

――戦の前は誰しも気が荒れるもの。源三郎を呼んで話しあおう。

そうしないと、のちのち禍《わざわい》のもとになりそうだ。あとの策に思いをめぐらしながら甲斐は武者溜りを後にした。頭を悩ませていた茅乃にも成り行きを告げなければならない。だが、安堵してはいられない事件が、すぐに勃発した。この紛争がお家騒動の引き金になったのである。

＊

翌朝、いつもどおり茶事がはじまろうとしていた。

風流好みの父・氏長は、毎朝、家族との茶の湯を慣わしにしていた。男児がなかったから、父と座を並べるのは、義母・茅乃、甲斐、巻姫、敦姫と、女ばかりになる。もちろん、側室という立場の嶋根は同席を許されない。

茶室・泉亭は本丸の木立に囲まれた一隅に建つ。湧水のせせらぎが心地よく、心がさえわたっていく朝ごとの茶席が、甲斐は好きだった。

今朝はお敦が茶をたてることになっている。甲斐が水屋に行くと、「まあ姉上さま、お早いお出ましですのね。まだ、お支度が……」とあわてて居ずまいをただした。

「いいのですよ、お道具出しを手伝おうと参ったのですから」

甲斐はえんじ色の襷をかけ、水瓶に清水を満たしはじめた。

誰とも馴染もうとしない気丈なお敦だが、「ありがとうぞんじます」と浮かべるえくぼは愛らしい。

本丸から泉亭までは、園庭をよぎる渡り廊下があった。氏長が裾をさばく衣擦《きぬず》れが聞こえてきた。と、そのとき、「お館さま、お待ちくだされ」と渡り廊下の足もと、庭先から男が氏長を呼び止めた。

「おう、大隅か。いかがいたした、こんなに早うから」

嶋根の父・平井大隅が平伏していた。昨晩、激しく論争を挑んだ源三郎の父でもある。氏長は無愛想に応じた。目をかけている大隅だが、水入らずの茶席に割りこまれ、さすがにむっとしたらしい。

「内々にお話しいたしたいことがござりまする」

話しはじめたのは、昨晩の武者溜りでの言い争いの件だった。

「身中に毒虫がひそんでおるやに見受けました」

息子の論争相手を毒虫呼ばわりして、告げ口するつもりらしい。

――毒虫とはあまりな……。

甲斐にはとうてい納得がいかない。

大隅は、僧秀範を氏長に推挙した兵庫と、彼を弁護した平七郎を、「家中の士をさげすむ曲者《くせもの》」だと訴える。

「大隅どの」

たまりかねた甲斐を氏長が制した。

「いいから、しまいまで聞け」

大隅は昨夜の源三郎と同じように、「坊主の加勢などいらぬ。兵庫、平七郎らは諍いの種を蒔く不忠の輩《やから》」「そもそも、秀範からしてうさんくさい」と口をきわめて言いつのる。

お敦の頬は蒼白だった。母方の祖父にあたる大隅の物言いに、「やっかいな事が起きねばいいが」と、張りつめているのだろう。杉戸の陰で、茅乃が苦々しそうな面持ちで耳を傾けている。

「血気にはやり、和を乱す者どもを厳しく取り調べていただきたい」

大隅は、どんぐり眼《まなこ》で氏長を見上げた。濁りのかかった目が野心を秘めているようで、甲斐の胸に不快感がこみあげる。

――お父上に媚び、息子を庇おうというのか。主君に向かって、まるで命令口調。これこそ不忠というもの。

氏長は「うむ」とうなずいて、足早に茶室に姿を消す。それからは何事もないかにふるまい、ゆったりと茶を味わっていた。だが、茶席には重い空気が澱み、誰もが言葉少なに自邸に引き揚げた。

責は甲斐にもあると、昨夜の処置が悔やまれた。それを根に持って、父親に言いつけたのだ。源三郎とももっとよく話すべきだった。

——結局、われが源三郎の言《げん》を制した。

それにしても源三郎は、あんなに激高したうえ親に訴えるとは、なんと小心な男か。もうすこし骨があると見込んでいた。

二月五日の出陣は延期になった。

多分、大隅が言いふらしたのだろう。「お館さまが若い者らの喧嘩をお怒りらしい」と噂がささやかれる。不和と疑心暗鬼を抱えて、城内の士気は沈滞しきっている。

嶋根とお敦は、ひっそりと部屋に閉じこもったきり姿を見せない。嶋根は温厚な人柄だった。裁縫や刺繍が得意で、端切れで抱き人形をこしらえては、城下で市が立つ日に商わせている。利益を、みなし児《ご》のお救い小屋に寄進していた。そんな嶋根を氏長は慈しみ、父親の大隅をどんどん盛り立てた。近ごろ大隅は長老なみの口をきく。

そのおごり高ぶった言動に、甲斐は眉をひそめることが多い。顎、頬、唇、どこもかしこも肉厚の大隅の顔から目をそむけたくなる。目鼻立ちで家臣をえり好みなどしない甲斐だが、苦手意識はどうにも収まらなかった。彼を避ける義母・茅乃の肩を持っているわけでもない。

甲斐の実母・伊都《いと》が金山城《かなやまじょう》（群馬県太田市）の父親に強引に引き取られたあと、「家柄は低いが気立てのよい嶋根を側室に召してはいかがか」と、重臣たちは氏長に勧めたようだ。嶋根が城に上がってほどなく、茅乃が岩付城《いわつきじょう》から輿《こし》入れすることになった。

茅乃は小田原本城の北条氏の姻戚にあたる。本城の大殿・氏政の妹を娶った茅乃の兄・太田氏資は戦死して、すでに亡い。今、岩付城主は氏政の子息・氏房《うじふさ》であり、氏資の娘、つまり茅乃の姪を妻とし、太田姓を名のっている。

名門から嫁いだ茅乃は、嶋根の存在に誇りを傷つけられたことだろう。さらに茅乃を打ちのめしたのは、嫁いだ翌年、巻姫を産んだころ、嶋根にも敦姫が生まれたことだった。

ときとして嶋根やお敦に冷たい目を向ける茅乃を、

――母上らしくない……。

と思う一方、茅乃の女としての情も気づくようになった。

男勝りの武術を使いこなす茅乃。実母を失った甲斐をいとおしみ、学問や長刀を仕込んだ聡明な義母だ。

――側室を迎えるのはお家のため。すこやかな跡継ぎをもうけるため。

と、理屈で分かっているが、甲斐も当時の茅乃と同じ十九歳になった。

――女は誰しも、お館さま方の情愛をひとり占めしたいもの。まして気位の高い茅乃の方であれば。

甲斐、お巻、お敦を分け隔てせず、城主の妻の務めを果たそうと努力する茅乃の哀しさは察することができた。

翌日、父は城中の紛争に、仰天するような裁定を下した。久島兵庫の領地を半分に減らし、小田平七郎の出仕を止め蟄居《ちっきょ》（出仕・外出の禁止）を命じたのだ。

――父上はなにを血迷ったのか。

甲斐は憤りのあまり、身の震えを止められなかった。

――なんと気短なことを。

甲斐の目から見ても、いかにも不公平だ。若い家臣に領地半減や蟄居を命じた父は、家中の動揺をどう鎮めようというのだろう。そもそも処分が必要だったのだろうか。出陣前とはいえ、もう少し検討してもよかったものを。

たしかに言い争いは激しいものだった。しかし、よくよく考えれば、双方ともお家のためを思っての意見だといえる。氏長の下命に反発したのは源三郎のほうだ。僧を兵員に加えるのは成田家の恥だと主張した。一方、兵庫や平七郎は、僧といえども勇者の加勢は心強いと、城主の意向を支持していたのだ。口角泡を飛ばす議論も、若者ならではのこと。その熱い思いを評価してやってもよかったであろう。源三郎になんの咎めもないのは片落ちの処置だ。

――争いは両成敗が成田家の慣わしのはず。まさか、そこまで平井親子に肩入れするなど。さて、どうしたものか。騒ぐ気持ちを抑えかねた。このままでは忠義の臣らにも不安や不信感が広がりかねない。それでなくても、戦を前に、皆、殺気だっている。

甲斐も昨晩、論争の場に立ち会っていた。「秀範の参加を許したのは城主である。ご指示に従おうではないか」といって座を収めた。そんな甲斐の面子も立たない。

「様子を見てきてほしい」と甲斐に頼んだ茅乃も、立つ瀬がないだろう。側室がらみの嫉妬と誤解されては、事件の本質をゆがめてしまう。

「母上は知らぬふりをしていてくださいませ」

甲斐の気づかいで、茅乃は姿を見せていない。

――父上の思惑をうかがわねば、一歩も進めぬ。ひとつ間違えば、お家騒動じゃ。

領地や身分にかかわる大事にしてしまったのは氏長だ。勢力を伸ばす平井親子と、実直な旧臣らの対立が深まるのを避けたい。

居ても立ってもいられない気持ちに駆られ、甲斐は座敷を出た。そのとたん、「裁定は下された。いまさら父に苦情を言っても解決にはならない」と、胸中の声が甲斐を止める。顔を合わせたら、こんどは甲斐と父の言い争いになりかねないだろう。

――だが、このままでは家中の絆は崩れる……。

しばしのあいだ縁先にたたずみ、思いをめぐらせた。春たけなわの風が園庭を吹き抜けていく。穏やかな温もりも甲斐をなごませはしない。まるでぬばたまの闇のただなかを彷徨《さまよ》っているようだ。

——助言を頼もう。

甲斐ひとりで対処できることではない。家臣の結束を取り戻すためには、一門の長老の力が必要だった。

甲斐は苑を呼んだ。苑の表情も緊張にこわばっている。この出来事が、すでに女房衆にも伝わっているのだ。

「哲之介どのと隼人どのを呼んでたもれ」

まず、彼らから城中の状況を聞いておきたい。哲之介と隼人は、すぐさまやってきた。きっと、氏長の裁定に言いたいことが山ほどあるのだ。

「役所の皆々の様子はいかがじゃ」

鉄砲方の隼人は、「出陣が延び、気抜けしておりまする」と気落ちした様子だ。

哲之介によれば、「勘定方は戦費の捻出に、相も変わらず苦心の真っ最中」と、誰も無口で重苦しい気分がはびこっているようだ。

「成田一門の端に連なる身にすぎませぬが、はっきり申し上げまする。このたびのお館さまのご差配、平等を欠く措置であると」

沈着な哲之介らしくない、きつい口調だ。

「同感でござる。平井親子にひいきが過ぎまする。お館さまは彼らの言い分に引きずられておられる」

隼人は丸顔をいつになく紅潮させている。遠慮のない批判だが、これが家中のおおかたの意向だろう。

「そこでじゃ、そなたたちに解決の知恵を借りたい。このたびは、われが働かねばならぬと思うておる」

わずかな沈黙があった。

いつも屈託のない隼人が、「ご城代・泰季さまにご助力いただくほかはありますまい」と、すぐさま答える。

「いかがかのう、哲之介どの」

「それがしも、泰季さまにお出ましいただくのが最善かと」

この長老への期待が大きいことが察せられた。

槍を執って豪勇をならした泰季はまた、家内の調整役をも果たしてきた。一族のごたごたを、しこりを残さずに捌《さば》くと聞いている。三十六、七年ほど前、祖父・長泰《ながやす》が家督相続で無理押しをしようとしたときのことだった。

祖父は嫡子の氏長よりも、次男の泰親を偏愛し、家督を継がせようとした。氏長に与《くみ》するか、泰親に与するか、家中は動揺した。自分が従っている主人が城主になるかならないかで、それぞれの出世や禄高が大きく変わるからだ。このとき、泰季の後押しで、今は亡い家老のひとりが奔走。泰親も兄・氏長と争う気はなく、家老の説得で相続を辞退、氏長の相続が決まった。お家の分裂を避けるため、その家老を支え励ましたのが泰季だった。

甲斐は供を連れず、ひとりで本丸の泰季の館を訪ねた。なにかと口うるさい息子の長親とは屋敷が別なので、甲斐も気が楽だった。泰季は七十四歳になる。豊かな髪も顎ひげもすっかり白髪だが、筋張った腕や皺の刻まれた顔は、よく日に焼けていた。日ごろの鍛錬の証《あかし》だ。

「おう、甲斐か。わしを訪ねてくるなど、めずらしいのう」と目を細める。甲斐には大叔父にあたるが、孫のように可愛がってくれていた。

「ほれ、婆、このあいだ届いた菓子を持て」

身軽に立って、奥へ声をかける。泰季の老妻は、すでに他界していた。婆とは、奥向きを取り仕切る老女だ。

「さて、うるわしい姫君、この爺になんのご用かの」

冗談めいた物言いは優しい。

「久島兵庫、小田平七郎への父の裁定、家中の団結をあやうくしかねないと、案じられてなりません」

はやる気持ちを抑え、甲斐は静かに口を切った。

「そのように甲斐が言うてくるかと、実は待っておったぞ」

「お見通しでございましたか」

笑みを含ませた泰季の口もとから、甲斐の思いを受け止めていると分かる。

「家中の意気が沈みこんでおります。これでは出陣など、おぼつかぬことにございます」

「手を打たねばならんのう」

泰季は顎ひげをしごいては、しばらく考えこんでいた。

「氏長の処置は家中が争うことを戒めるねらいであっただろう。だが、このままでは、側室可愛さに判断を誤った、と受け取られても仕方あるまい。だがな、彼も一国の大名。爺が頭ごなしに諌めるわけにもいかん」

「そこを、なんとか……」

膝を詰める甲斐に、「焦るでないぞ、甲斐」と泰季はまた微笑みかけ、「今宵、出なおしてくるがいい。きっと妙案があろうでな」と、他人事のように呑気な口ぶりだ。

甲斐はひとまず泰季の館をあとにした。屋敷に戻ると哲之介と隼人が「待ちかねておりました」と口をそろえる。

泰季の対応を聞き、「今宵とは、また悠長な」と唇を噛む。

「実は先ほど、岩付城主・太田氏房さまの使者が城に入られました」

「なに、氏房さまとな」

甲斐は緊張した。氏房は二十六歳、小田原本城の大殿・氏政の三男だ。前城主の娘、つまり茅乃の姪の婿という形で太田姓を称し、岩付城主となった。氏房が若いため、岩付城の支配権は氏政が握っているといっていい。まさに北条氏の出城なのだ。

――岩付の使者……。

父・氏長は、なんらかの圧力をかけられるだろう。小田原出陣を延期した件、その原因となった家中の騒動、まるで太田氏出身の正室・茅乃を軽んじるように側室の一族をひいきした件、数えれば忍の側に利はない。

「姫さま、実は、われらすでに意を決しております」

哲之介、隼人とも、頬は固く引き締まっている。

「決したとは……」

ただごとでない気配が感じられた。

「さらに許せぬことが起きておるのです。平井親子は、お館さまの処置がまだ手ぬるいと不平を申したとか。結果、さらに厳しい罰が命じられるもよう。久島家と小田家を没収、兵庫と平七郎に追放の刑が命じられると報せた者がおりまする」

「なんと、没収、追放とな。確かな筋の報せなのだな」

「御意。われら、兵庫に同志いたす。それゆえ、今をかぎり姫のおそばには参れぬことになりました」

事態は悪化の一途をたどっている。ふたりは、

「詳しくは言えないが」と、かいつまんで事情を語る。兵庫の屋敷に同志と家族六十人ほどが集まり、誓紙を交わしたという。

「誓紙とは穏やかでない。どのような盟約じゃ」

「姫を信頼して申し上げる。平井親子の悪事を詳細に書き残し、全員、切腹を約束いたしもうした」

哲之介が押し殺した声で告げる。

「切腹、六十人が……」

甲斐は絶句した。多くの家臣に不服を抱かせてしまったことが激しく胸を刺す。

「もはや身命を惜しんではおりませぬ。が、騒動が穏便に収まるのであれば、それに越したことはない。われらが思い、姫はお分かりくださると信じ、お話しいたした」

哲之介の目が、眼窩《がんか》の奥で暗く光る。

「たくさんの家臣が死を賭してまで。それぞれ、将来ある若者とその家族。これから忍城を担う者たちじゃ。みずから命を絶つなど許さぬ。策を立てる。思いとどまってはくれぬか」

「引き下がれぬところに参っております」

「すでに熊野牛王符《くまのごおうふ》に誓いを立て、神水を飲み交わしております。久島、小田とともに命を懸けて無念をはらし、お諫めする所存」

口をそろえて意を述べる。熊野牛王符とは、熊野大権現の神に誓う誓約書のことだ。この誓いを破ることはありえない。誓いを破れば血を吐いて死に、地獄に墜ちると固く信じられている。

「お止めくださるな」

「武士には意地をつらぬかねばならぬときがございます」

ふたりは口ぐちに言い、決意をひるがえそうとはしなかった。

「よう分かった。だが、決行はしばし待て。きっと甲斐がよい結果を導いてみせる。よいな、早まってはならぬぞ。早まるな」

押しとどめても、ふたりの耳にどれだけ届いたかどうか。ためらってはいられない。家臣による示威である。心ある老臣と図り、策を立て、謀叛にひとしい事態を収めなければ、とんでもないことになる。

甲斐は軽はずみな父の裁定に地団駄を踏みたい気分だ。なぜ、冷静に言い争いの内容を確かめなかったのか。平井親子の言いつけ口を丸呑みにしたとすれば、父は五十二歳にして早や老いたというしかない。

――きっと善処してみせる。家臣らを死なせはしない。

甲斐はこぶしを握りしめた。夕暮れどきを待ちかねて、甲斐はふたたび泰季の館に急いだ。泰季は、昼に会ったときよりも眼差しがけわしい。

「岩付城の使者と会うた」

不機嫌そうに口にする。

「父上に厳しいお達しがございましたのですね」

「さようだ。城中の紛争を善処せよ、一刻も早く小田原へ出陣せよ、とのきついご命令だ」

平井親子をめぐる紛争はここ数日のことだから、

いくらなんでも日数からして小田原本城に届いたはずはない。とすると、岩付城に詰める北条宗家の老臣がよこした使者だ。

——母上さまがご実家に報せたのだろうか。

茅乃は、嶋根の父や弟の専横ががまんならなかったのか。誰はばからず嶋根への寵愛を隠さない父。茅乃との仲は冷えきっているのかもしれない。

「母上さまがご実家に泣きついたのでしょうか」

尋ねる甲斐に泰季は、「誰がどう言ったか、言わなかったかなど、取るに足らないことだ」と、答えようとはしなかった。

家中は平井派と旧臣派の分裂、外からは小田原北条氏の威圧。告げ口がはびこれば、疑心ばかりがふくらむ。こんな状態で秀吉の軍に直面したら、忍城はひとたまりもない。

「で、岩付の使者は、ほかになにか父上に申されましたか」

こんな場合、城主の交代を命じてくることも考えられた。

「代替わりをな、暗ににおわせておったがの」

「そうですか、やはり……」

つぶやきながら、甲斐は父・氏長の言動に不信をつのらせた。北条氏の介入を許すような状況をもたらしたのは、おもねる臣に迷った父に非がある。

「甲斐、そなたに会わせたい御仁がおってな」

立ち上がる泰季を甲斐はとどめた。

「その前に、緊急にお伝えしたいことがございます」

「知っておるぞ。久島らの決起のことだな」

「秀吉勢と対決すると決めた今、六十名もの家臣を死に追いやってはなりませぬ」

「分かっておる」

「こうしている間にも、彼らは血判状をしたため、命を絶ちかねないのです」

一刻を争うと、甲斐は懸命に告げた。

「よし、急ごう」

泰季が招いていたのは、成田家の長老・正木丹波《まさきたんばの》守利英《かみとしひで》だった。

「まあ、正木丹波守さまがお越しとは」

代々、成田に仕えた武勇の将である。五十歳に手が届くだろうか。上背のある細身の体軀《たいく》、広い肩幅、面長に筋の通った鼻梁、黒々としたもみあげもそのたたずまいに威厳を添えていた。忍城の支え手のひとりであり、甲斐の誕生のおりから傅役《もりやく》・後見を任されている忠義の士だ。

「事態は急だ。岩付からの使者は、監視するつもりか忍城にとどまっておる。われらの手綱さばきを楽しむようにな」

憂える丹波守に甲斐は、「久島兵庫、小田平七郎が同志らとともに決起を図っておりまする」と伝える。

「久々宇大和守《くぐうやまとのかみ》から聞いておる。彼らは先ほど、大和守のもとに訴えの連判状を差し出した」

「はや、連判状を」

「大和どのは驚いて止めた。が、誓紙を交わしたことゆえ、思いとどまることはできないと頑なだった」

だとすれば、彼らの自刃が迫っている。

「彼らを助けたい。止められませぬか」

多くの者が血にまみれた悲愴な光景さえ眼前に浮かぶ。そのなかに哲之介も隼人もいる。

「大和どのの家臣が数人、侍屋敷を見張っておるが中には入れぬ。ぐずぐずしてはおられぬ」

丹波の危機感は、口早な言葉の端々から伝わる。

「姫、お覚悟いただきとうござる」

丹波は居ずまいをただした。

「覚悟……」

「これよりお館さまのところに参り、まず善処を談判する。お館さまにも思うところがおありのはずだ。われらの言うままお聞き届けにはなるまい」

成田家を背負い、越後の上杉、甲斐の武田、小田原の北条、古河公方と激戦を重ねながら、忍領三十万石を築き上げた氏長だ。おいそれと前言をひっこめないだろう。

丹波は続けた。

「お館さまにご隠居を願う所存じゃ」

「えっ、父に退陣を……」

意表を突く提案だった。引退など承服するとは思えない。

「泰季さまに大和守どの、別府長清《べっぷながきよ》どの、わしら揃ってお館さまに申し上げる。成田の家督を姫さまに委ねたいと」

あまりに唐突なりゆきに、甲斐はとまどった。

「姫、お覚悟いただきたいとは、このことじゃ。聞けば、家宝の『浪切《なみきり》』を、お館さまは姫にお預けになったと。それが家督についてのお館さまのご意思じゃ」

丹波はきっぱりと言いきる。泰季が続けた。

「わが嫡子・長親は、年の頃からすれば、ころあいの忍城の支え手になりえよう。が、正直なところ和をはかるに欠ける。その上、ご城主の従兄弟では縁が遠い。後継などとんでもない。家臣が心を一《いっ》にしなければならぬ今、誰もが納得できる主君は甲斐姫、そなたをおいてほかにないのじゃ」

いくら泰季の説得でも、今の今では承知できないことだった。

「泰季さま、丹波守さま。甲斐には決めかねまする。が、おこころざし、しかと念頭におきましょう。その上で、父上にお目にかかりまする」

丹波が笑みを見せた。

「ようございます。姫がそう腹をくっておいでなら、事はうまく進むやもしれぬ。急ぎましょう」

泰季も、座を立ちながら、「退陣を突きつけられたとき、お館さまは事態の重大さにお気づきになるはず」と、丹波と顔を見あわせる。

久々宇大和守、別府長清も泰季宅に駆けつけた。しばらくのあいだ、打ち合わせを重ね、そろって本丸の城主館に向かった。一同の来訪に氏長は驚いたようだが、その意図は察したらしく、泰季の話にじっと耳を傾けた。

「熊野牛王符に誓いを立てたとな」

氏長は目を剥き、声を呑んだ。

「片落ちのお裁きに六十名が異議をとなえておる。裁きの公平を願うこの者どもに、なんの非がありましょうや。勇を振るって先の裁きを改めていただきとうござる。みすみす家臣を失うのでござりまするぞ」

泰季は膝をすすめ、「このありさまでは豊臣軍と戦どころではない。戦う前に成田家は自滅じゃ」と激しく詰め寄る。

「そなたらが、こうして参った事情、よう腑に落ちた。わしの早計を認めざるを得まい。が、この場で裁定をくつがえすのも軽々しい」

氏長のいかつい肩が狭まって見えた。

「ようございましょう。それならば、是と非を定かにする仲裁をどなたかに頼むということで収めてはいただけませせぬか」

丹波が申し入れた。

「別府や大和も同意見か」

一同が間をおかず、「御意」と応じる。

「甲斐はなにゆえ、ここへ参った」

氏長の問いに、ここぞとばかり丹波は、「お館さまの善処を姫さまは必死に願われた。まこと忍を思うこころざし、われら感銘いたし、老家臣がお支えせねばと、意を決して参上いたした次第」と応える。

丹波は氏長の前に両手をつき、「拙者、姫の傅役にござる。傅役であるからには、お家を背負って立つ君主にふさわしくお育ていたすのが務め。姫さまは、みごと難題に立ち向かっておられますぞ、お館さま」と、強い視線を向ける。

「そうか、甲斐の働きでこの次第となったか。そうなのか、甲斐」

「父上さま、はばかりながら、こんなにたくさんの家臣を失いたくございませせぬ。自刃を決意させるなど、策の誤り。どうしてもご裁定を改めていただきとうございます」

氏長は弱々しい笑みを浮かべ、「策の誤りとは手厳しいのう。そこまで申すからには、さてはそなたら、それを口実に、わしに隠居を求めるつもりであったな」と、ぐるりと皆を見まわした。

丹波らは、「ははっ、お察しのとおり」と平伏する。

甲斐は、「言葉が過ぎました」と目を伏せた。

「いやいや、そなたに浪切を渡したのは間違いではなかった。しかし、出陣の陣構えまで決した今、大将が引退などしたら城兵の戦意をくじく」

氏長はしばらくの間、膝に手を置いてまぶたを閉じ、声を発しなかった。

「どうじゃ、皆々、事の裁定を清善寺《せいぜんじ》と長久寺《ちょうきゅうじ》、この二寺のご住職にお任せするということでは」

このひと言で、一同に安堵の吐息が洩れた。気負って本丸にやってきたが、思いのほかすんなりと運んだ。両寺とも、成田家の祖先が創建または再興し深く帰依する名刹である。異存はない。家中の反発を知った氏長も実は、決着をつける落としどころを模索していたのかもしれない。あとは一刻も早く、決起の者の軽挙を止めなければならない。

「大和守さま、どうか兵庫どのたちに急ぎお知らせくださいませ」

甲斐は気がもめてならない。自刃など、とんでもないことだ。長久寺と清善寺の仲裁を待つようにと一刻も早く伝え、若侍たちの命を救って家中の混乱を収めたかった。彼らは下忍口《しもおしぐち》門に近い侍屋敷にこもっている。早まった行動をしていなければいいがと、甲斐は大和守の背中を見送った。

「お館さまはじっくりと両者の言い分を聞くべきであった。裁定をかなり急がれたな。小田原出陣の焦りがおありだったのだろう。が、それならなおのこと熟慮すべきであったのう」

氏長への説得もまずまずの結果を得て、正木丹波守はいくぶん安堵したのだろう。表情は先ほどよりも穏やかだ。

「さようでございますね。お館さまは側室可愛さに判断を誤ったといった不満が収まるには、もう一息にございます」

傅役の丹波となら、率直に思いを伝えあえた。

「父上は渋いお顔つきでしたが……」

にもかかわらず、案外すんなりと僧侶に裁定を委ねたのは、内心、事態の展開に危機感を抱いたからだろう。

「甲斐は父上のお気持ちが今もって分かりませぬ。単に嶋根の方可愛さゆえに平井親子をひいきしたのでしょうか」

「ううむ、人の上に立つとは孤独なものよ。すり寄ってくる者に情を覚えることもあろう。しかし、あの場でご真意をうかがっても、返答はなかったであろうな」

「父上にも城主の気概がありましょう。ことの正否を突き詰めず、お坊さま方にお任せしたのは賢明でございましたね」

この上は、両寺の住職による公平な仲裁が待たれる。

「それにしても、父ほどの武将でも、こうして、ふと、とるべき道を逸れてしまうものなのでしょうか」

「人は本質に弱さを抱えているものじゃ。弱いと知ること、さすれば弱さを乗り越えていける」

歴戦の勇士であり、実直に仕えてきた老臣・丹波の言葉には重みがあった。

「岐路に立つときがわれにも訪れるのでしょうか」

「このたび、姫は変事を見過ごさず、お館さまに談判する道を選んだではないか」

「たじろぎました、相手は父上じゃもの」

ためらいながらも甲斐を突き動かしたのは、お家騒動にしてはならぬ、家臣を死なせてはならぬという、たぎる思いだった。

「目上の相手に対しても物申さねばならんことがある。勇気がいる。相手の鼻をへし折ってはならぬ。どのような結果を得たいのか、心を定めてかからねばならぬ」

　大切な訓えだと、甲斐は深く胸に刻む。

「甲斐も知りました。わが思いばかりを押し出さぬこと。手の打ちどころを見計らうこと。しかと約束を取りつけること」

「ご立派じゃ、姫。それこそ侍大将の器。家中の者は姫が幼いころから、〝忍の宝〟になるお方と、期待をふくらませておった。こののち、お館さまご出陣のあかつきには、家中の支えになるのは姫をおいてほかにいない。この丹波、全力でお救け申す。しかと、城を守りましょうぞ」

　甲斐にできることが、そう多くあるわけではない。父の出陣後は、大叔父・泰季、正木丹波守といった長老、それに幼友達のような哲之介や隼人が頼りだ。

　――留守城の備えを固める家臣の心の拠りどころになれれば。

　甲斐は、あまり気負わないことにした。勇み立てば家臣の感情とずれが生じてしまうだろう。ただ、目くばりは細やかでありたいと、このたびの出来事が教えてくれた。

「兵庫たちに会うてまいりまする」

　成り行きを見定めるのが甲斐の務めだ。

「うむ」とうなずく丹波の眼差しに慈愛が溢れ、甲斐を励ます。

　兵庫たち連判をした侍たちは、覚悟のほどを示す白鉢巻を締め、たすき掛けで、頬を紅潮させていた。

　大和守が、「ともかく、両寺ご住職の裁定を待て」と説得を重ねても耳に届かないようだ。彼らもまた引くに引けないのだ。甲斐は声を高くした。

「そなたたちの忠義のこころざし、お館さまに届いたではないか。死んではならぬ。誰もかれも、かけがえのない命。この甲斐に免じて憤りを収めてほしい。熊野牛王の神札への誓いを、豊臣軍を迎え撃つ決意の証にしてほしい」

　座は静まり返った。ややあって、兵庫が白鉢巻を解いた。その目が心なしかうるんでいる。波が広がるように、次々と鉢巻や襷がはずされていく。すすり上げる声があちこちで起こった。命をかけた決起を解くのは、どれほどか無念であろう。

——連判したことも、その矛を収めたのも、武士《もののふ》の気概あればこその行い。

彼らのまっすぐなこころざしに、甲斐の胸も熱くなる。

「よう聞き分けてくれた。和尚さま方の裁きを待とうではないか。だが、そなたたち、群《ぐん》をたのんでの決起の行動、それはそれで咎めを受けねばならぬ。それについては納得せよ」

兵庫ら一党は、揃って「ははっ」と平伏した。

翌日、清善寺、長久寺の住職による仲裁事項が、泰季から関係者一同に言い渡された。平井父子は、出仕の差し止め、蟄居（出仕・外出・他との交際禁止）。兵庫と平七郎は逼塞《ひっそく》（昼間の出入り禁止）。だが、知行没収は取り消され、元の禄高に復した。ほかの者たちは三日間の謹慎が告げられた。騒動のそもそもの原因となった長永寺の僧・秀範の参陣は見合わせと決した。

しきたりどおりの両成敗である。わだかまりを残しながらも、一同、「公平な裁き」として受け入れた。別府長清、久々宇大和守、正木丹波守ら重臣の粘り強い説得が功を奏したといえよう。

だが、哲之介は甲斐に、こんなふうに言いきった。

「姫さまの必死の行動が、皆の気持ちを揺り動かしたのです。お館さまに談判なさった。われらの命を尊んでくだされたと。このたび、忍城には、こういう方が必要であった。姫への信頼は、以後、いっそう厚くなりましょう」

ともあれ、紛争の傷口を拡大することなく落着をみた。

——のちのち揉め事の火種にならねばいいが。

誰もが心底のざわめきを抱えているのかもしれない。

秀範の小田原籠城不参加を甲斐は惜しんだ。奥州の出身だというほか半生はよく分からないのだが、深く仏法修行を積んだことと武勇は、甲斐も聞きおよんでいる。みずから小田原に出陣したいと望んだ熱血漢だ。陣営に加えれば、かなりな働きをしたことだろう。忍に残ることになったからには守備隊として活躍の場を与えたかった。

この混乱で、二月五日の小田原出陣は二十二日に延ばされていた。だが、小田原からは催促の使いが次々とやってくる。急遽、十二日に出陣となった。

＊

春の陽が晴れやかに降り注ぎ、武将たちの兜にほどこした高角《たかづの》や扇、日月《じつげつ》の前立《まいだて》が誇らしげにきらめく。予定通り、先陣は別府長清、二陣は成田長季（城代・泰季の孫）、三陣は氏長、後陣が成田泰親（氏長の弟）。総勢三百五十余騎が大手門の内に勢揃いした。

陣馬がいななき、ほら貝が響き渡って士気が高まるなか、いよいよ晴れやかな出陣だ。成田の家紋・竪三《たてみ》つ引両《ひきりょう》を染めた陣頭の旗が風にはためく。武将の馬印《うまじるし》は、赤地・黒地・白地・紫地など、それぞれ衣装を凝らし、各家々の家紋が色鮮やかに染め抜かれている。鎧の背の旗指物《はたさしもの》も華やかだ。金や朱の文字や絵柄が輝く。そのあとを、槍持、長刀持、鉄砲組、弓組の足軽が続く。

甲冑櫃持《かっちゅうびつもち》の櫃には非常用や着けかえ用の甲冑が納められている。書類などを詰めた挟箱《はさみばこ》、非常食・鍋・釜・衣類を入れた長櫃も徒歩《かち》で運ばれ、馬に積まれた荷駄《にだ》が続く。道中奉行が脇を固め、殿《しんがり》の徒士《かち》の脚絆《きゃはん》姿もりりしい。

「えいえい、おー」

先陣の別府隊が高らかに槍を突き上げる。

「えいえい、おー」「えいえい、おー」

鬨《とき》の声がとどろく。蹄の音を響かせ、隊列は悠然と大手門を進発していく。

大手門前に整列して見送る留守部隊も、「えいえい、おー」「えいえい、おー」と鬨を上げる。

深田の中に築き上げられたまっすぐな道を、長野口へと隊列は進んでいく。遠ざかるほどに竪三つ引両《たてみひきりょう》の旗が鮮やかだ。

田畑の百姓たちが歓声を上げ、手を振る者、拍手を送る者さえあった。あちこちの田で苗代作りがはじまっている。畑では菜種の黄金色の花が真っ盛りだ。

「今年も豊作になるであろうな」

哲之介は野面《のづら》に目を細める。

「麦もよう伸びておる」

甲斐が相槌を打つ。

隊列の末尾が視界から消えていった。さまざまな出来事を経て出陣を果たし、残った城兵は三百余。櫓や塀の補強、武器・食糧の確保など、少なくなった人数に課された仕事は山積みだ。

城代・泰季が頭巾に陣羽織、采配《さいはい》と矩《ものさし》を手に城内各所を馬でめぐり指示を下す。

「者ども、杭《くい》打ちにかかるぞ」

敵兵の来襲に備え、堀の外側にびっしりと逆茂木《さかもぎ》(先を尖らせた杭)を打ちこむのだ。家中の騒動で杭打ちも遅れていた。

「総出で杭を堀の外へ運び出せ」

その大音声《だいおんじょう》に励まされ、出陣隊に負けじと「おう」と、声が上がる。

家中の女や子らも加わった。鍬を振り上げる若い女、重たい杭を数人がかりで運び汗を流す女たち。甲斐も、太さは四、五寸(十二〜十五センチメートル)を越え、長さは背丈よりも高い杭を担ぎ上げた。括袴《くくりばかま》もりりしいお巻とお敦も襷がけで手助けする。が、それでも杭は重すぎて、担ぎ手は足りない。袴の裾をたくしあげた少年が数人駆けつけ、難なく杭を肩まで上げる。

男たちは杭を土中に立て、木槌で打ちこんでいく。槌音と掛け声が高まる。

「わっせ、どっこい」「わっせ、よっさっ」

戦へ、戦へと心が合わさっていく。

響き渡る掛け声を裂いて、地鳴りのように蹄の音が近づいてくる。

——何事。甲斐は耳をそばだてた。男たちも杭を打つ手を止める。

馬印をはためかせた侍が駆けこんできた。隊列から引き返してきたのだ。馬から飛び降りたのは小西源兵衛だ。

「ご城代、怪しい者が城内に紛れこんではおりませぬか」

息せききって泰季に問う。

泰季は振り上げていた采配を甲斐に預け、源兵衛のもとへ駆け寄った。

「何があったのじゃ。詳しく話せ」

いったい、どうしたというのだろう。不吉な予感が甲斐の胸をかすめる。

「荒川を渡り終え、菅谷《すがや》の村にさしかかったところ、妙な老人が道端におったのじゃ」

源兵衛が息せききって告げるところによれば、見物人の中に、杖にすがり、ぼろ布をまとった老人がいて、急に大声で叫びだしたのだという。

「ああ、不運なるかな、大将方。今日をどんな日と心得るか。『天山遯《てんざんとん》』であるぞよ」

ずかずかと隊列に近寄って叫んだ。

「天山遯じゃと、不埒者《ふらちもの》めが」

温厚な泰季が真っ赤になって怒る。

易占の三十三卦・天山遯は、どんなに立派な人物も世の変化に応じきれなくなるという卦だ。

老人は杖を振り上げ、叫び続けた。

「止まれ、退《ひ》け、退け、引き返せ」

もちろん、進軍の武将たちが耳を傾けるはずもない。するとさらに、

「こんな最悪の日というに、そなたら落日の運命《さだめ》じゃ」

薄汚れた白髪頭を振り、欠けた歯から息をもらしながらまくしたてる。

「ああ嘆かわしや、哀しや、この大将ども、必ず滅

びるぞよ」、そう言って天を仰ぎ、なにやら呪文をとなえはじめた。

たまりかねた氏長が命じた。「引っ捕らえよ」

それを耳にするやいなや、老人は信じられないすばしっこさで群衆の中に逃げこみ、二度と見つからなかったというのだ。

「なんという不吉なやつじゃ。晴れの出陣という に」泰季は歯ぎしりをする。

「お館さまからの伝言でござる。それらしき者が忍城周辺に現れたら、城中に入れ、わけを訊ね、小田原まで報せよ、とのことにござる」

「なにを手ぬるいことを仰せか、お館さまは。引っ捕まえて、八つ裂きにしてくれる」

腹の虫が治まらないのは泰季ばかりではなかった。いつのまにか周囲を取り巻いていた侍たちも、「そうだ、引っ捕まえてくれるわ」「許せん、打ち首じゃ」と口ぐちにわめきたてた。

「いいや、お館さまの厳命でござる。断罪は不吉、城中で養っておけと」

小西源兵衛は、「しかとお伝え申しましたぞ」と言うが早いか、馬に鞭をくれ、駆け去った。

「老人じゃと言うたな。忍に現れるとしても、菅谷からは一日、二日はかかるじゃろう」

泰季は苦々しそうに言い捨て、「おぬしら、怪しい人影を見落とすでないぞ」、そう命じて城内に引き揚げた。逆茂木打ちの陣頭指揮の気勢を削がれ、すっかり不機嫌になっている。その背中を見送っていた甲斐は不安を覚えた。泰季の足取りがいつになく重い。

「お巻、お敦、杭運びはもうよい。ご城代さまに付き添い、茶でもたてて差し上げよ」

甲斐と同じ不安を妹姫たちも感じていたらしい。

「はい」と真剣な眼差しを送ってよこす。

「お疲れなのじゃ」

甲斐はつぶやき、妹たちに付き添われる泰季を見送った。

夕暮れ時が迫っていた。春とはいえ、陽が翳《かげ》ると肌寒い。

「姫さま、もう、お引き揚げなされ」

篝火《かがりび》の支度をしていた哲之介が甲斐を呼び止めた。

「われらは徹夜で杭打ちだ。姫は英気を養い、城中すべてに目配りしていただきたい」

「目配り……、そうじゃな」

言いながら甲斐は肩をさすった。疲労がじわじわと寄せてくる。

「土木の奉行もおる。力仕事をする者もたくさんおる。姫さまが労役でお疲れになっては、なんにもならぬではないか」

哲之介の言うとおりだ。杭打ちを終えるには数日かかる。現場を仕切る奉行の仕事に立ち入るのは憚られるし、高齢の泰季の体調も気遣われる。甲斐は堀端をあとにした。

夜になって、甲斐は泰季に呼ばれた。

「お疲れは癒えましたか」

まず訊ねると、「誰が疲れたなどと言った。まだ出陣を見送ったばかり。年寄扱いはまっぴらじゃ」

と、不快そうだ。

「これは申しわけないことを」

甲斐はあっけらかんと笑って返した。つられて泰季も頬をほころばせる。

「お館さまの書状を預かっておる」

「書状?」

「甲斐に大切な話がある。お館さまからのご指示じゃ」

泰季は膝を乗り出した。

「父上は、ご出立前になにも仰せではございませんでしたが」

「そうじゃな、騒動があり、その後、急な出陣となり、そなたと話している暇もなかったからの」

泰季は文箱《ふばこ》から書状を取り出し、「読み聞かせるゆえ、神妙に受け止めよ」と釘をさすような口ぶりだ。

「玉井哲之介を甲斐の婿に迎える。祝言は小田原から凱旋してのちとする」

泰季は内容をかいつまんで淡々と読み上げた。

——婿？　祝言？

「あまりに急でございます。甲斐の気持ちも聞かずに」

「こういうことは急なものじゃ。女子の気持ちなど、誰が汲み取ろうものか。お家のためじゃ。お家のため」

うれしそうに表情を崩す。

「哲之介は真面目ないい男であろう。武術も、他に並びないほど達者、成田の一族でもある。姫とは幼馴染、文句はあるまい」

もう決まったことのように、泰季はいそいそと言葉を継ぐ。

「戦に発つ武者というものはな、生きて還ることなど願ってはおらん。氏長は成田家の長からんことを切望し、この書状をわしに預けた。その心情を汲んではくれぬか」

黙りこんでしまった甲斐を、泰季はなだめにかかる。

そういえば氏長は、そんなことをほのめかしたことがあった。だが、忍兵の半数が小田原籠城戦に発ったばかりだった。半分に減ってしまった城兵で豊臣軍を迎え撃とうというとき、甲斐は婿取り話など、まったく気持ちが向かない。

「ご城代さま、お話は聞きおきました。すべては父上の凱旋を待ってからにいたしとう存じます」

甲斐は哲之介には何も告げないよう、泰季に頼みこんだ。決して哲之介を嫌っているわけではない。むしろ、いつも心のどこかで彼を頼みにしていたと言っていい。けれど、激戦の予想される今、たがいに余計な気遣いをしたくなかった。

数日後のこと、隼人が甲斐の屋敷にあわただしくやってきて告げた。

「大宮口門のあたりがなにやら騒々しい。哲之介が向かったが、お方さま、姫さま方は十分にご注意なされますよう」

城兵が半減し、どこもかしこも警備は手薄だった。軍犬のすさまじい吠え声が届いてくる。犬舎は大宮口門に近い。甲斐は長刀を手に取った。近ごろは、いつも小袖に野袴なので、装いを改めるまでもなかった。

「姫さま、姫さま」

庭先で甲斐を呼んでいる。見まわしても姿がない。

「誰じゃ。甲斐はここにおる」

床下をコンコンと叩いているようだ。

「出てこい」

甲斐は長刀の鞘を払い、身構えた。

「おいらだよ、姫さま」

縁の下から顔を出したのは唐子《からこ》だった。

「なぜ隠れている」

「だって、ご門の通用口をそっとくぐってきたんだもん。見つかったら、つまみ出されるだろ」

唐子はぺろっと舌を出す。

「おどかすものではない」

「もっと、おどかすことがある。へんな爺さんがうろついてるんだ」

唐子は大宮口門の方を指差した。

——あの爺さんか。

すぐに思いあたった。出陣の日、菅谷村あたりで不吉な言葉を吐いたという老人だろう。

「よう知らせてくれたな、唐子」

「うん、真っ先に姫さまに教えたいからな」

「いいか、唐子。これからもな、気づいたことは、われに報せておくれ」

「ああいいよ。すぐ知らせる」

唐子は仕事を言いつけられ、目をくりくりさせて得意そうだ。

「あの爺さん、大声でわめいてるぞ」

「大丈夫、唐子が教えてくれたから、うんと用心するからね。それに、きっと門番が捕まえるでしょうよ」

「捕まったらどうなるの。罰を受けるの」

少し心配顔の唐子だ。

「お館さまが、罰してはならぬ、飯を食わせてやれと、お言いつけじゃ」

「ふうん、やさしいな。騒いでるんだから、ちょっとはお仕置きしたほうがいいよ」

「罰を与えるときは、ちゃあんとお裁きをするものじゃ」

言い聞かせると、「それはいいことだ」と、いつもの生意気な返答だ。甲斐はごほうびにくるみの実を唐子に握らせた。

「留蔵爺さんちのガキに分けてやる」

預けられている留蔵の家には唐子と同い年ほどの孫がいるらしい。くるみを懐に詰めこんで、唐子はうれしそうに駆け出した。

＊

忍城から各地に放った間者が、息せききって城代屋敷に駆けこんでいく。開戦が迫っているのだ。

昨秋から忍城では防備の工事が突貫で進められてきた。外堀は深く掘りしなおし、逆茂木で囲った。土塀は隙なく張りめぐらし、無数の鉄砲狭間《さま》（矢・弾丸を放つ小窓）もえぐった。内堀はがっちりと築いた土塁に守られ、満々と水をたたえている。曲輪の板塀の補強もほぼ終えた。留守部隊の城兵は三百五十騎。付近の土豪たちの応援兵が五十騎、百騎と増してきた。迎え撃つ準備は整った。

間者が次々とあたらしい情報をもたらす。

秀吉軍が進発した。京を発した本隊は東海道を東へ下ってくる。秀吉が総大将、率いる諸将は豊臣秀《とよとみひで》次《つぐ》、宇喜多秀家《うきたひでいえ》ら二十余将、およそ十七万余騎。途中、織田信雄《おだのぶかつ》一万騎ほか、徳川家康の二万余騎が駿《すん》府《ぷ》（静岡県）で合流し、二十万を超える大軍となっているという。

「数だけ揃えても、蟻の大軍のようなものじゃ。餌を食いつくして飢えるであろうよ」

大軍も兵糧が尽きればひとたまりもなく崩れる。

「数など恐れるに足りず」

たじろぐ城兵も甲斐の激励に気を取り直す。

一方、別部隊が北方から上野《こうずけ》（群馬県）方面へ進撃しているもようだ。加賀（石川県南部）金沢を出発した前田利家《まえだとしいえ》・利長《としなが》父子が越後（新潟県）で上杉《うえすぎ》景勝《かげかつ》と合流、信州（長野県）で真田昌幸《さなだまさゆき》・信繁《のぶしげ》（幸《ゆき》村《むら》）父子が加わった。

「われら忍の留守部隊も精鋭ぞろい、上州《じょうしゅう》太田（群馬県太田市）には由良《ゆら》氏の金山城《かなやまじょう》がある。いずれも防備の固い名城じゃ。上州・武州の諸城が北方隊の進路を阻めば、小田原の戦は有利になろう」

忍城の各城門の配備が間もなく命じられるはずだ。

「ご城代の命が下ったら、すぐさま守備に着けるよう、支度をぬかるな」

城兵に告げる甲斐も軍装の準備はぬかりない。烏《え》帽子兜《ぼしかぶと》、鉢巻用の白羽二重《しろはぶたえ》の布、愛用の小桜縅《こざくらおどし》の胴丸《どうまる》は、いつでも着けられるようそばに置かれている。小桜縅とは、鉄胴《かねどう》を覆う圧《お》し固めた皮革に紅色の小桜を型押しした柄をいう。

戌《いぬ》の刻（午後八時）、甲斐と茅乃は城代屋敷に呼ばれた。本丸大広間で軍議が行われる。園庭には篝火《かがりび》が焚かれ、大広間に燭《しょく》の灯りがこうこうと照る。板敷には、すでに重臣たちが居並んでいる。城代・泰季の嫡男・長親、城代の弟・泰徳《やすのり》、正木丹波守、本庄泰展《ほんじょうやすのぶ》、久々宇大和守、酒巻靭負《さかまきゆきえ》、柴崎敦《しばざきあつ》英《ひで》など、およそ二十人ほど。ほかに御側衆《おそばしゅう》、馬廻《うままわり》衆《しゅう》など城主側近の長老と若者、宗門の僧らがあわせて二十人ほど。その中には哲之介や隼人の姿もあった。甲斐のかねて願いを父・氏長が聞き届け、彼らを御馬廻衆に取り立てると言い置いて出陣したのだ。哲之介を婿に迎えたい父の思いもあのだろう。

広間に集った衆はどよめき、燭が油臭い炎を上げる。

襷がけに括袴の甲斐と茅乃が泰季と並んで上座に

着くと、座は一瞬にして静まった。

泰季が口を切った。

「忍城本隊は無事小田原に着陣。成田家は竹《たけ》の花口《はなぐち》の守備を命じられた」

竹の花口は小田原本城の北東側の外郭に面している。秀吉の侵攻を察知していた北条氏は、一昨年あたりから防備を固め、城と城下町すべてを城壁で取り囲んだ。その全長は五里（二十キロメートル）という壮大なもので、「めぐり五里」と称されている。九州を平定した秀吉が次に狙うのは関東・奥羽と睨んでのことという。

「で、ご城代、竹の花口の兵の員数は、成田家のほか、いかほどでございましょうや」

御側衆の長老が訊ねた。

「お館さまからの書状には一万五千と」

口にしかけて、城代・泰季は押し黙った。それから声を落とす。「軍勢の配置は機密である。今後、殿からの書状はそれほど頻繁には届くまい。届いても詳しいことは書かれてはおらんだろう」

本城の戦闘を知ることができないのかと、不満が持ち上がった。

「書状を途中で敵に奪われることもありうる。考えてみよ。本城の情報が敵に筒抜けになるということじゃ」

泰季を補うように、正木丹波が口を切った。

「筒抜けだけでは済まぬ。成田が敵に機密を漏らしたということにもなりかねん」

一同が「おーっ」と吐息をもらす。戦の厳しさが、ひしひしと迫る。

「小田原の戦況、成田勢の戦いぶりを逐一知ることは叶わないのですな」

「そのとおり。本隊も留守隊も、たがいの奮戦を信じ、持ち場で全力を傾けるのじゃ」

そんな会話の最中、園庭に人影がうごめいた。

「何者」

するどい声とともに哲之介が抜刀し、庭先に飛び降りた。数人が哲之介に続く。甲斐も長刀を小脇に抱え、縁側の端に出た。と、哲之介は刀を腰に納めて、甲斐や武者たちに近づかないよう後ろ手で制するではないか。木立の暗闇から話し声がする。耳をそばだてるが聞き取れない。

すぐに哲之介は戻り、縁側の端にひざまずき、報告した。

「玖珠丸《くすまる》どのと、その配下の忍びの者たちでございました」

「忍び？」

驚いて片膝を立てる者がいる。

「殿の旧知の玖珠丸どのでございます。まずは、そう、いきり立たずともよろしいかと」

若い哲之介に言われるのは、年かさの重臣らにとって、おもしろくなさそうだ。

「で、玖珠丸どのがなにを言うてきたか、聞こうではないか」

泰季が場を収めにかかる。

「ついに秀吉本隊が小田原の目の前に布陣。足柄《あしがら》の早雲寺《そううんじ》に攻め入り、本陣を敷いたもようにございます」

「早雲寺に本陣とな」

皆、色めき立つ。

早雲寺は北条氏初代・早雲《そううん》の遺言で、その子・氏《うじ》綱《つな》が創建。北条氏の菩提所である。霊廟を抑えられたとは、先行きに暗雲が立ちこめたにひとしい。

「よし、軍議を続けよう」

泰季に促され広間に戻りかけると、哲之介が甲斐に耳打ちした。

「覚えておいでですか。イカルとナギを」

「イカル……、ナギ……」

「ほら、秋に利根川べりで……」

「ああ、じきに姿を消した。兄妹と言ったな」

「そうそう、風魔の衆だというあのふたり」

「近ごろ玖珠丸どのは、いつも風魔の忍びを連れておるのう」

——玖珠丸どの、風魔の衆とかなり親密のようだ……。

そういえば風魔一族について甲斐が知ったのは、玖珠丸の話からだった。彼らは小田原北条氏お抱えの忍者衆で、近年、二百人を超える大集団になっているという。

「姫、驚かれるかもしれんが、玖珠丸どのは昔から、小田原城下・早川のほとりに庵を持っておられる。そこは風魔の里・風祭《かざまつり》の集落のすぐ近くで、風魔の衆がよく出入りしているそうな」

遊行《ゆぎょう》の連歌師・玖珠丸のもうひとつの顔か。

「では、玖珠丸どのは忍びの頭領とでも?」

「いやいや、それはあるまい。京・駿河・周防《すおう》（山口県東部）をはじめ、文物の栄える諸国をめぐる連歌の師匠とは嘘でない。だが、旅の連歌師や絵師は、ときに情報の伝達者でもあるのは事実」

——父上は玖珠丸どのから情報も得ていたのだ。ただ連歌に興じていただけではなかったのだと、今さらながら甲斐は気づく。哲之介は忍者集団・風魔について調べたことを、ざっと語ってくれた。

「かの者たちは、古くから相州《そうしゅう》風祭の村に暮らしていた民で、遠い遠い祖先は渡来人と聞きました」

足柄一帯に住みつき、狩猟や樵《きこり》を生業《なりわい》とする山の民だったという。北条氏初代の早雲が小田原に本拠を構えた百年ほど前、敏捷な彼らを忍びとして働かせ、庇護したという。それから代々風魔の頭領は「小太郎」と名のっているそうだ。

「彼らは諜報・奇襲・謀略・放火・騎馬・武器や食料略奪にすぐれている。かつて甲斐国（山梨県）の武田勝頼《たけだかつより》が小田原に攻めこんだとき、夜討ちや放火で武田軍を撤退させたのは、かの者たちの働きじゃそうな」

哲之介から聞かされて、甲斐は不安を覚えた。

「まさか、忍の領内で悪さをすまいな」

「小田原本城の配下の者ゆえ、まずは信じてよいでしょう。が、性悪者《しょうわるもの》がいないと言いきれぬ。まして、さまざまな間者がはびこる時勢、すべてに気を緩めてはなりませぬ」

「さて、肝心のことじゃが、一行はほかにどんな報せを持ってまいったのか」

「秀吉が小田原本城の半里（二キロメートル）ほど西の笠懸山《かさがけやま》に陣を張ったもよう。また、北方隊が上州の松井田城《まついだじょう》付近に陣を敷いたと」

小田原城のまん前、相模海《さがみのうみ》は、すでに敵の船団が埋めつくしているという。

「松井田を囲む敵軍の規模は分かっておるか」

「前田勢一万八千、上杉勢一万、真田勢七千。ひっくるめて三万五千」

「守備の手勢はいかほどじゃ」

「およそ二千でござる」

「多勢に無勢か……」

甲斐は押し黙った。

「しかし、精鋭中の精鋭」

松井田城主は北条家の重臣で、かつての河越城城代・大道寺政繁《だいどうじまさしげ》だ。たとえ大軍が侵攻しようと智謀をつくして善戦するだろう。松井田城、それに北条氏一族が治める鉢形城、館林城、岩付城は忍城を囲む重要な防衛線だ。

＊

四月（旧暦）も末を迎え、夏の陽が注ぐ忍城の本丸屋敷に、厳しい戦況が続々と届く。

「敵軍は相模・武蔵・上野を包囲した。われら、命を懸けて忍を守るべき日がやってきたぞ」

忍城代・泰季の頬は青白く冴えていた。

「およそ百年にわたり忍領を築き上げてきた成田の栄誉を守るため、この命、惜しみはいたしません」

そう言って甲斐は、

――守るべき忍とは……。

とわが胸に確かめる。

――遠く藤原道長《ふじわらのみちなが》（平安中期の上級貴族）を祖とし、国司として幡羅郷《はたらごう》（熊谷市北西部、妻沼町）を治めた名門の誇り、忍を拠点に戦国の雄と戦い抜いた武蔵武士の誇り、三十万石の大名としての誇り、そしてなによりも、繁栄を支えた忍の民の命と生業。

甲斐は目を細め、思い描く。満々と水をたたえる堀、島のように点在する城地に築かれた城郭、豊かに稲穂を揺らす田、農作業にいそしむ老若男女、活気あふれる店々や市のにぎわい。使命を帯びたとき、こうも心は高揚するものなのか。二十万の大軍など想像もつかない。だが、恐怖感を乗り越えて戦に立ち向かう爽快なほどの意欲がふくれ上がる。

「ご城代さま、存分に戦いとう存じます」

「うむ」

泰季は言葉少なにうなずく。

東海道筋では春先から秀吉勢の攻撃による戦が頻発していたが、先月末、山中城（静岡県三島市）が陥《お》ちた。北条領の西側の砦、秀吉の東海道軍に対する最前線の防衛基地だ。

城主は北条の重臣・松田康長《まつだやすなが》、援軍は大殿・氏政の甥・氏勝《うじかつ》、守備軍は併せて四千。一方、敵の総大将は豊臣秀次《とよとみひでつぐ》（秀吉の甥）。率いる軍勢は六万七千八百余であった。

落城まではわずか数時間だったという。城主は氏勝を逃がし、手勢とともに玉砕。次いで「箱根十城」といわれる箱根連山の砦が豊臣方の徳川家康軍により陥落。敵勢の先鋒部隊は、ついに小田原に到着した。

「無念のかぎり。口にするのもおぞましいが、氏勝どの、いや氏勝が山中城を脱出後、徳川軍の道案内を務めたのじゃ。北条一族から裏切り者が出た。嘆かわしい」

泰季は歯ぎしりせんばかりだ。

「みじめでございます、敗将とは。命ながらえて、敵の使い走りとは」

「勝ち敗けは時の運とは言うが……」

「弱気なことを仰せにならないでくださいませ」

成田家は数十年にわたり上杉謙信と戦い、北条氏三代氏康と戦い、やがて謙信を武蔵・上野から追い、北条氏の重臣として活路を見出してきた。

「二十余万の敵の大軍が押し寄せても、忍には強固な城、雄大な城下、兵卒の固い団結がございますゆえ」

気概だけでは勝てぬと甲斐も分かっている。

「よし、諸将と対策を練らねばならん」

泰季が座を立ったそのとき、正木丹波が急報をもたらした。

「たった今、間者が立ち戻ってございます。上野の松井田城が落ちたそうな」

丹波の額やこめかみから汗が流れ落ちる。

「なに、松井田城陥落とな」

泰季はこぶしを握りしめる。降伏は四月二十日のことだという。秀吉軍の北方隊は、上野の西を守備する最強の城塞を突破したのだ。城主は北条家の重臣中の重臣・大道寺政繁だった。

敵将は前田利家・上杉景勝・真田昌幸と信繁（幸村）父子。連合軍の総勢三万五千。対する松井田城守備軍は二千。先月末から、激闘が展開していた。

＊

「松井田郷から東は広大な上野の沃野、敵軍はまたたくまに九十九川《つくもがわ》に沿って東進、烏川《からすがわ》を越えました。南に馬首を向ければ秩父。さすれば熊谷、忍は間近でございます」

詳細を伝えたのはイカルだ。今では甲斐の間者の務めを果たしている。風魔の者と聞いていたので、甲斐ははじめ、心を許せなかった。身近に置くようになったのは、玖珠丸にこんなふうに頼みこまれたからだ。

「姫さま、玖珠丸めがなぜイカルを出入りさせておるかお聞きください」

もともと気にかかっていたので、耳を傾けた。

「風魔には厳しい掟がある。いつ、どこにいても頭領の命令に従わなければならぬ。掟を破れば成敗され、野山に朽ち果てる」

「では、あの者らは抜け忍《にん》？」

抜け忍とは所属する忍者集団から脱走した者をいう。

「しっ、声が高い。事情があったのじゃ。ナギは見目がよいものだから、頭領の腹心の若衆が邪心を抱き、わが物顔にもてあそんだそうな。あまりに不憫、こらえきれぬと、イカルはナギを助け出し、兄妹でわしを頼ってきおった。イカルは、お堂の床下でも木陰でも寝起きできる。しかし、ナギは妙齢の女子、そうはいかぬ。姫、そばに仕えさせてやってはくれぬか。きっとお役に立つであろう」

かくまってほしいのだと甲斐は察した。

「そんな事情があったとは。実は、いつも風魔を連れている玖珠丸さまを疑ったことさえありましたが、ナギをかばってあげていたとは」

玖珠丸をいぶかしく感じたことが何度かあった。

「あの者たちに情けをかけてやってはくれまいか」

そんないきさつがあって、ナギは甲斐の屋敷で下働きをしている。身も心も傷めつけられているだろうに、明るく振る舞う。無理をすることはない。時をかけて気持ちを癒せばいいと、甲斐はそれとなく気遣っている。

イカルは〝玖珠丸がひいきにしている薬売り〟という触れこみで、城に出入りするようになった。門番とも顔見知りで、咎められもせず通用口を通ってくる。こざっぱりした小袖、頭には折烏帽子《おりえぼし》を載せ、中背で柔和な目鼻立ちのイカルは、一見、優男に見える。肌が陽に焼けてはいるが、警戒心を起こさせない風貌といえるだろう。玖珠丸の手づるで仕入れてくる薬種は、咳・腹下し・頭痛、それに婦人特有の腹痛薬などによく効くものがあるようだ。小田原仕込みの霊薬を商うとあって城中では人気になっている。

甲斐の屋敷に哲之介がイカルを連れ添ってやってきた。

哲之介はイカルを招きよせ、

「豊臣勢との対決が目前となった。その後、北方隊の動向はいかようか」

低い声で訊ねた。侍女たちに聞こえて不安を煽ってはまずい。

「厩橋城《まやばしじょう》（前橋市）が浅野長政《あさのながまさ》に攻められ開城、箕輪城《みのわじょう》（高崎市）も前田利家、上杉景勝連合軍によって開城。たいした争乱もないままの落城でした」

厩橋、箕輪といえば、忍城の北、利根川を越えたすぐ向こうといっていい。これを聞いて甲斐は、すぐに泰季と正木丹波の詰めている本丸広書院に哲之介とイカルを伴った。

「松井田城主・大道寺政繁は、落城後、なんと北方隊の道案内をしております」

イカルの報告に、

「大道寺は北条の重臣であろうが」

「山中城を破られた北条氏勝も敵軍の案内役に回ったと聞いた。情けなや」

はからずも甲斐と哲之介が同時に声を上げる。

政繁は家臣や家族の命乞いと城下の安穏を申し出て、北条方の砦への道案内役を務める条件を呑んだのだという。

「負け戦。道案内とは聞くだけで切ない」

――〝武士の名折れ〟とはこのこと。しかし、わが身だったら……。

思いをめぐらせるうちに胸苦しくなった。理非を考えずに突進するのは将の行いではない。もしや敵軍に圧倒されたら、甲斐も家臣の命乞い、領民の保護を切に願うだろう。

急に口を閉ざした甲斐の心中を見抜いたように哲之介は、

「向こう見ずの意気だけでは戦はできぬ。あの場合、この場合、を計るのが上に立つ者の使命」

噛みしめるようにつぶやく。イカルは続けた。

「北方隊は軍の食糧を得るため、土地の百姓や山民に惜しみなく金品を与えておりまする」

そこかしこで目撃したという。

松井田郷めざして進軍する北方隊の大軍は、あまりの大人数のため、いっとき兵糧不足に陥ったようだ。略奪や狩で食糧を調達することもあったらしい。が、有り余る金銀財宝を持つ秀吉が背後に控えていた。黄金をばらまいて穀物や薪を買い上げ、土地の男女を高賃金で雑兵《ぞうひょう》や飯炊きに雇い入れていく。村々は戦争景気で潤い、北条方の砦や伏兵の潜む場所をやすやすと教えてしまう。

「金……、鉄砲玉にまさる威力で、人の心も買えるということか。秀吉らしい戦い方じゃ」

甲斐はため息をつきながら、血を流すよりましかもしれない、うまい戦法だと妙に納得がいく。民に槍や刀を向けたり、集落に火を放ったりすれば反感が募る。命や暮らしを踏み砕いて進軍すれば、戦のあと、村人は従わないだろう。勝を得た後の統治まで計算している。

「巧みなものよ。〝北条は落日、豊臣こそ次の支配者〟と、民は期待するじゃろう」

「いかにも、その通りでござるな」

哲之介も、そう考えたようだ。

「もうひとつお知らせがございます。姫さま、お驚きなさいませぬよう」

ためらいがちなイカルに、「遠慮なく申してみよ」と甲斐はうながした。

「桐生城《きりゅうじょう》（群馬県桐生市）では由良輝子《ゆらてるこ》さまが城主の留守を預かっておられましたが」

輝子は甲斐の実母・伊都の母なので、甲斐には祖母にあたる。城主は輝子の嫡子、つまり伊都の弟だ。

「なにが起きたというのじゃ」

「まだ十歳の孫の貞繁《さだしげ》さまを由良家の当主に押し立て、二百の軍勢を率いて松井田城めがけて駆け、前田利家軍に参陣。城の陥落におおいに働いたと」

「ばばさまがみずから馬を馳せ、松井田討伐の刀を取ったのか」

甲斐は縁先に身を乗り出した。

＊

由良家は金山城城主として、長らく新田郡を治めていた。かつて、成田氏とともに北条氏に与《くみ》する証《あかし》として、甲斐の父母は結婚した。ほどなく伊都の父・成繁《なりしげ》は成田家から離反。二歳の甲斐を残して伊都は、泣く泣く金山城に引き戻された。その日のことを、甲斐はまざまざと覚えている。振り返っては足を止め、涙をぬぐい、風の中を去っていった母。母の乗った輿が消えていった道も、高く広がる空も、燃えるようなあかね色の夕映えに染め上げられていた。

甲斐は、あの夕映えを思い起こすたびに、みずからの心に誓った。

——強くなる。強くなる。強くならなければ涙が涙を誘うだけ。だから強くなる。戦の陰で母や娘、女たちが泣かないために。

汗や泥にまみれ剣術の稽古をした。地に叩き付けられても立ち上がり、長刀の鍛錬に励んだ。馬のたてがみにしがみつき、馬場を野を駆けた。今もなお、兵法や政経の勉学を怠っていない。

健やかに伸びた手脚、涼しげな目もと、細い鼻筋、赤い木の実のようにつつましい唇の面立ちは噂を呼び、「東国一の美女」と称えられる甲斐。引き締まった濃いめの肌色、上背のある背中に豊かな黒髪が流れかかる甲斐は、すぐれた武術の技で「東国一の女武者」の名をもほしいままにしている。それも祖母の血を引いたからなのだろうか。

「由良の輝子さまはなぜ、敵方に参陣したのか」

甲斐の問いに哲之介は、「北条氏を見限ったのでございます」容赦のなく言いきる。

「由良家も苦難の道をたどったと聞いておるが」

甲斐はこれまで、母の実家の情報を知ろうと耳をそばだてていた。

由良成繁が他界し、妻・輝子は髪を下ろし、妙印尼《みょういんに》と名のった。跡を継いだ嫡子・国繁《くにしげ》と、その弟で館林城主の長尾顕長《ながおあきなが》は、北条方に従わないという理由で小田原城に幽閉されたという。金山城は北条方に包囲された。籠城していた輝子は攻撃を仕掛ける敵に大筒を撃ちこんで威圧。その上で息子らの釈放を条件に金山城を明け渡し、北条氏に従属した。館林城も接収され、一族で桐生城に移った。

「ばばさまの豪胆さに目を見張ったものでした」

わが子を救うために城を譲るとは、計略に優れるだけでなく、情の深い女人でもあるのだろう。

「由良家は、その後北条の配下になり、息子らは今、小田原城に籠城しておるはず。輝子さまが背いたなら、兄弟の命が危ないのではないでしょうか」

北条氏のたくらみも巧妙だ。主だった武将など家臣の半数を小田原に籠城させ、あと半数の兵と妻子らは持ち城に置かせる。籠城組、留守部隊、いずれも北条の人質にひとしい。どちらかが裏切れば、残る一方が攻撃される。

「忍城も桐生城と同じ立場。ここで踏ん張らなければ、小田原に詰めている父たちが討たれる。由良のばばさまは息子らを、そんな危険にさらしてまで」

「姫、輝子どのの件、実はわしも情報を得ておった」

丹波も当然、独自の情報網を駆使していた。

「しかし、見上げたものじゃ。あの老女は」

と嘆息する。

「ばばさまはおいくつ?」

「そう、あの頃から数えると……」

丹波が指折り数える脇から、泰季が口をはさむ。

「七十七歳になったであろう。わしより三歳ほど上であったから」

「そんなご高齢で」

「まだある。肝をつぶすなよ、姫」

丹波は甲斐に向き直った。

「輝子どのの軍に、もうひとり、馬上の女人がおったそうな。しかもうるわしい……。輝子どのは、娘の伊都どのを桐生に呼び寄せ、ともに前田軍に加わったのじゃ」

「まさか、母さままでが戦に。成田家の敵になったと……」

鉢形城下で会ったお志麻の方の、華奢で清らかな姿が脳裏をよぎる。戦とは、なんと非情なものだろう。肉親の絆さえやすやすと断ち切る。祖母は息子を北条方に出陣させたまま、秀吉軍に寝返った。跡継ぎとなる孫や、甲斐の母さえ引き連れて。お志麻の方、いや伊都だって、甲斐が忍城で留守部隊の陣頭に立っていると知っていたはずだ。だからといって、松井田攻撃への参陣を差し控えはしなかった。

「こんな残酷なことが……」

うつむく甲斐に丹波は、

「それが世というものだ。血のつながりや涙で戦は勝てぬ。めげてはならぬ」

「いやじゃ。情を断ち切ってまで得る勝ち戦とは、なんなのじゃ」

とっさに口を衝いたが、甲斐の本音ではなかったかもしれない。

「情を捨てねばならんことがある。城主の後ろには家臣がいる。その家族がいる。彼らの暮らしがある。領土や領民も守らねばならん。まことの情とは、その責務を負うことではないか」

こう丹波に諭されるまでもなく、甲斐には分かっていた。

「母もまた、由良の一族としての責務を負って立った」

そもそも忍城を去ったときから、母は成田家と敵対する側に身を置くことになっていたのだ。甲斐は、わがこととして悲しいとは感じなかった。ただ、誰もが戦うことでしか身を守れない世を呪うしかない。

――われもまた、忍の領土を担う武将。情に縛られて大切なものを犠牲にしてはならない。

――武器を頼らずに生きられる世はないのだろうか。

ふとかすめる思いを、甲斐は急いで打ち消した。敵の大軍を前に言えば、腰が引けかねない。

「松井田城が落ちたということは、北方隊がついに関東に侵入したということ」

母への慕わしさよりも、迫りくる巨大な軍隊の地響きが胸中を占める。

「前田利家は輝子さまの行動に驚き、〝まことにあっぱれな後家〟と褒めちぎったと聞こえて参りました」

イカルは甲斐におずおずと告げる。

「姫さまは、輝子どのの武勇の素質を受け継がれたのでしょうな」

哲之介はしみじみと言う。会ったことのない祖母の面影を、甲斐は瞼に描いてみた。

「親子の縁《えにし》を思うている場合ではない。母さまやばばさまは、身をもって戦の世の生き方を見せてくださったと思うことにする」

口を閉ざしていた泰季が、

「あの伊都がなあ」

ぽつりとつぶやき、

「甲斐、不憫よのう。抱きしめてやりたいほどじゃ」

「もう、幼い甲斐ではございません。それればかりはご遠慮申しあげますわ」

甲斐は笑った。泰季も丹波もつられて笑う。

「さあ、開戦も間近、策を立てなければ」

勢いよく甲斐は座を立った。

江戸城や松山城（埼玉県比企郡）、河越城（埼玉県川越市）が落城したとの報が届く。

五月二十日、要害堅固で鳴らした隣国・岩付城も落ちた。岩付は、北条氏の武蔵北東部の一大軍事拠点で、小田原のように、城下町ごと外郭に守られていた。城主・太田《おおた》氏房《うじふさ》（大殿・氏政の子息）が小田原本城に籠城しているさなかの落城だ。浅野長政らの軍二万騎の総攻撃で、一日と持ちこたえられなかったという。果敢に応戦した城兵は一人残らず斬殺され、小田原城の大殿の妹（前城主・太田氏資《うじすけ》未亡人）とその娘（氏房夫人）は小田原に送り届けられた。

＊

忍城では作戦会議が開始された。まず、泰季が声を発した。

「上方から進軍してきた秀吉の本隊は、諸城を攻め落とし、小田原城の目の前の笠懸山に城を築き陣を張った。その石垣山城には、お気に入りの側室の淀どの、松の丸どのを呼び寄せ、御茶頭《おさどう》の千利休《せんのりきゅう》どのまでが入城しているそうな」

秀吉は悠々と長期戦の構えのつもりらしい。

小田原城には北条氏配下の有力な諸将が籠城している。大殿・氏政の弟たち、北条氏五代当主・氏直《うじなお》をはじめ一族や重臣たち、そして成田氏長、太田氏房、皆川広照、松田憲秀などが率いる五万余騎だ。豊臣軍に数では劣るとはいえ、精鋭中の精鋭部隊だ。

小田原城の壮大な大外郭「めぐり五里」は、秀吉が築いた大坂城の惣構《そうがま》えをしのぐ規模だといわれ、堅固な空堀・土塁が城と城下町をすっぽりと囲み守備している。

しかし戦況は厳しさを増していた。籠城中の有力武将・皆川広照は家臣百騎を引き連れ、秀吉に降《くだ》った。太田氏房も岩付城を開城し降伏した。

「大外郭の外側は二十二万の大軍に囲まれている」

泰季は敵の総大将の名を挙げた。

「徳川家康、蒲生氏郷《がもううじさと》、織田信包《おだのぶかね》、池田輝政《いけだてるまさ》ら。相模海を埋めつくす水軍は毛利《もうり》、宇喜多《うきた》、長宗我部《ちょうそかべ》、徳川など……」

いずれも戦国の世を戦い抜いてきた猛将、その部隊だ。

「北条側の大外郭の守りは固く、間者の出入りを恐れ、蟻の通る隙もない。殿の便りも、もう届いてこないありさまじゃ」

全面戦闘になっていないものの、大外郭の外では敵味方のぶつかりあいが頻発していた。小競りあいで命を落とす者もあり、遺骸は道端に放置されたまま葬るゆとりもなく、夏の陽射しに異臭を放っているという。

――その中に忍の家臣がおりはすまいか。

不安をつのらせるのは甲斐ばかりではない。

――勝ち目はあるのか。

次第に、家臣らの胸中に悲壮感がよぎる。

「留守部隊が城を守らねば、小田原に籠城する一門の者が帰る場所を失う」

岩付城がそうだ。その念だけが戦への決意を支える。

「諸将は思うところを存分に述べよ」

城代・泰季にうながされ、柴崎敦英が、ずいっと膝を進めた。

「愚見かもしれんので、各人、賛否を申し述べていただきたい。押し寄せた敵の陣に使者を送り、こう告げてはどうか」

柴崎は、ひと呼吸おいて続けた。

「敵を、こう欺こうではないか。城主は小田原詰めで、城に戦う兵はおらぬ。付近の城も落ち、救援も頼めない。氏長兄弟を助命するなら忍城を明け渡すと降伏の姿勢を見せる。やつらが承諾したら、その油断を衝いて奇襲をかけよう」

まだ四十歳前、血気盛んな勇将だ。

酒巻靭負と同族の詮稠《あきちか》が、「敵は利根川を渡ってくる。もっけの幸いだ。坂東一の大河じゃ。偽の降伏は危険がともなう。川のこちら側に陣を張って睨みあい、時を稼いで小田原の戦況を見ようではないか」と、異論を唱えた。

「当然、利根川を挟んでの対陣となろう。しかし、わが方は人手が少ない。背後にまわって城を攻められる危険が大きい」

正木丹波守は、「ううむ、もっともじゃのう」と、各意見にいちいちうなずきながら、勇み立つ一同を抑える。こんなふうで、なかなか結論が出ない。すると、じっと聞いていた茅乃が口を開いた。

「おのおの方、いずれも、なかなか良い意見じゃ。だが、偽って降伏しても、見抜かれたら怒りを買い、敵の攻撃の勢いに油を注ぐようなもの。殿が在城なら、万一、利根川で防ぎきれず背後の城が攻撃されても戦えるじゃろう。しかし、兵の数が少ない。しかも精鋭は小田原に詰め、城には老兵が多い。利根川で負ければ味方の兵は士気をそがれる。そこを考えねばならぬぞ」

「母上さまの仰せのとおりじゃ。ここは策を弄《ろう》せず、まっこうから受けて立とう」

茅乃の提案に甲斐も賛同し、策を提案した。

「落城すれば父上や忍の諸将の命が危ない。勝たねばならぬ、敵はどんなに大軍であろうとも。いいか、城中の防御の兵を増やすのじゃ」

「兵を増やすと言うても、それは……」

数人の重臣が不可能だとばかりに首を横に振る。

「いいえ、増やすのです。領内に触れを出して、百姓、職人、商人はもとより、僧、神官、山伏まで城に呼び入れましょうぞ」

城下の民は戦におびえ、浮足立っていた。山中に隠れようと、家財を荷車に乗せ運び出す者がいる。赤子や年寄を背負い、逃げ場所はないかと右往左往するばかりの者もいる。田畑も家も棄て、避難先を探し求める人びとで街路はごったがえしていた。その様子を見ていた甲斐と茅乃が、「彼らをうろたえさせておいてはならぬな」と立てた案だ。

「ですから城中に入れて彼らを守り、働ける者は防御にあたらせようではありませんか」

泰季が、「妙案ではあるが、城中に大勢入れれば、たちまち食糧が尽きる」と、強く反対した。次の妙案が出ず、一座は沈黙した。

しばらく経って、長老のひとり、本庄越前守が、

「奥方、姫さまの仰せが一番の計略と存じまする」

と考え考え言って、「守りの強化こそがもっとも危険を避けられる。また、守りの員数が増すほど、十倍、百倍と守備力が上がると兵法はいう。まして、わが忍城は堅城。大軍にも屈しはせぬ」年配者らしく説き、「食糧は足りる」と付け加える。

「越前どののご意見、力を得ました。民の備蓄米を供出していただこうではありませんか」

甲斐が笑顔を向けると越前は、「さよう、備蓄米じゃ。さすがは甲斐姫、そのとおりにござる」と膝

を打つ。

日ごろ領内で蓄えられている、米・麦・大豆・小豆・まぐさ・薪などを城内に運び入れてもらうのだ。

「そうです、戦が終わったら、倍にして民に返しましょう」

茅乃も同意する。

「敵が城下に攻めこめば、全部、没収され、敵の活力を養うことになってしまうのですから」

甲斐が言い添えた。恐怖に駆られている民たちは、城内に保護するという策に、きっと納得してくれるだろう。実際、すでに忍領の周囲に敵軍は迫っており、どこへも逃げようがないのだ。

泰季も、

「得心いたした。ご一同、この策でいかがだろうか」

と、ぐるりと座を見回した。

「賛同いたす」「異議なし」と声が上がる。

「ということは、野戦でなく、籠城戦に決するということじゃ。これでよろしいな」

泰季が念を押し、みな一致で籠城と決まった。

この日、城下に触れを発した。

「敵の乱暴を嫌う者は、一刻も早く城内に入り、難を逃れるがよい」と。

この告知に、城下の民は大喜びだった。農・工・商のほか、僧侶・神官・医者など、多くの民が家財をかつぎ、幼い子らや老人を連れ、「われも、われも」と城中に押しかけた。

近郷からも、どんどんやってくる。在地の豪族は城兵を援護するのだと武器をたずさえて入城した。米などの穀物、薪・炭が馬で運びこまれ、その量は、二、三年の籠城に十分耐えられるほどに膨れ上がり、忍領の豊かさを示した。

泰季は各々の持ち場を指示していく。

本丸には茅乃、甲斐、お敦、お巻ら姫たち。泰季が後見役を務める。ほかに泰季の弟で羽生城々主の善照寺向用斉《ぜんしょうじこうようさい》、氏長の妹婿・須賀泰隆《すがやすたか》、領内の寺僧などが守る。

二の丸は泰季の嫡男・長親、泰季の弟・泰徳、家中の妻女・老人・子どもが入ることになった。

諸門の防備・指揮も決められた。大手行田口《ぎょうだぐち》主将は長親、五百余人。大手長野口《ながのぐち》、吉田和泉守《よしだいずみ》を頭《かしら》に出家、商人合わせて二百余人。佐間口《さまぐち》主将・正木丹波守、ほか農夫、社務など合わせて四百三十人余。下忍口《しもおしぐち》、大宮口《おおみやぐち》、皿尾口《さらおぐち》、持田口《もちだぐち》、持田口出《もちだぐちで》張《ばり》の守備も決まった。

酒巻詮稠は、とりわけ軍事にすぐれているため、遊軍として守備の弱くなった箇所に出向き、支援する。勘定方は実戦には立たず、軍資金、兵糧、まぐさの手配にあたることと命じられた。

「御馬廻衆に抜擢されてありがたい」

少し前まで勘定方だった哲之介は、「槍・刀を取って戦場に出られる」と、小躍りしそうな喜びようだった。

小田原籠城兵を除いた正規の忍兵は三百そこそこしかいない。武器をとらない民百姓、女人や子ども、出家、老人も、加勢を申し出ている。采配は甲斐が執ることになり、力に応じて働いてもらうことにした。こうして、総計二千六百を超える守備隊が出来上がった。城を守る員数は、城兵の十倍に増大したことになる。

甲斐はまず、城外から招き入れた者たちを集落ごとの小組に分け、組頭を互選させた。伝達事項は組頭に指示すれば、すばやく皆に行きわたる。

誰もが活気づいていた。役に立てる、お城の方々に頼りにされている、それがなによりの張りあいなのだ。

「いいか、そなたたち。小旗をたんとこしらえるのじゃ。外堀に沿って塀の内側にずらりと並べる。敵が近くに押し寄せたら、太鼓を打ち鳴らせ。身の軽い者は、近くの御門に応援に駆けつけよ」

甲斐が命じると、「おう」と応じる声が渦まく。

女たちはとりわけ忙しい。飯炊きは日に三度。合戦がないときは二度としたが、夜番、夜回りの者には粥を焚いて食べさせる。

女たちの務めは、これから増えるだろう。鉄砲の弾《たま》作り、兵士の血に汚れた衣服の洗濯、破れの繕いもある。負傷者の手当て、遺骸の清拭もしなくてはならない。各人には盗み・喧嘩・姦淫・とりわけ敵への内通を厳しく戒めた。

城中の兵員数は、表向き五千四百余人と公表。多くの領民を城内に囲いこみ、戦闘態勢がほぼ整ったとき、いまわしい事件が起きた。別府長清の次男の妻・松が悲劇に見舞われたのだ。

「お松さまに、妙な男が付きまとっております」

イカルの妹・ナギは、憤りに頬を真っ赤にして知らせてきた。

「妙な男とは?」

「別府さまの小姓、名は小塚一蔵《こつかいちぞう》。不埒にも主家の若嫁・お松さまに横恋慕し、しつこく言い寄っているのを目撃しております」

ナギは玖珠丸の世話で甲斐付きの小間使いになり、そば近く仕えている。忍びと知っているのは甲斐、それに哲之介と隼人しかいない。丸顔が愛らしく、誰からも好かれる娘だ。

「そなたは、町場の娘と少しも変わらないのう」

甲斐は感心して言ったことがある。するとナギは、辺りをうかがい、そっと答えた。

「忍びにとって大切なのは目立たぬこと、町の人たちにさりげなく溶けこんでいることでございます」

風魔の里で野猿のように身を躍らせて育ったとは思えない。言葉づかいも、身のこなしも、しっかりと教えこまれているのだろう。ナギが小塚に腹を立てるのは、辛い記憶があるからだ。風魔の男に辱めを受け、掟を破って成敗の危険をかえりみず逃れてきた。

「おやさしいお松さまにつきまとうなんて、あいつ、獣《けだもの》じゃ」

ナギは激しく言いつのる。

別府家では嫡男・小太郎が忍城守備に残り、長清と次男の清勝は小田原に出陣していた。松は少女のころから美貌が評判のつつましい娘だった。去年の秋、清勝のたっての望みが叶い、婚礼を挙げた。傍目《はため》にも微笑ましい、とても仲睦まじい夫婦《めおと》だった。

年が明けた正月、甲斐が家臣の妻女を招き、ささやかな宴を催したときのこと。哲之介の妹・琴と一緒に、はにかみながら小桜を刺繍した半襟を「お礼に」と届けてくれたことがあった。清勝の出陣のときは頬を濡らして見送り、そののちも、夫からの便りを待ちわび、朝な夕なに泣き暮らしていたらしい。小田原城内から外部へ手紙を出すことは不可能に近い。北条氏からは情報を漏らしたと疑われる。仮に出すことができたとしても、途中、間者に奪われるのがおちだ。そんなことで、他の侍同様、清勝の安否は分からなかった。

「お松さまは小田原のことがちっとも分からないので、不安を募らせておいででした。そこへ小塚が、さも情報を得たかに装って近づいたとか」

小塚が頻繁に訪ね、かき口説いても、お松は取りあわないようだった。むげにされて、小塚の恋情はつのるばかりだったという。

「別府さまの小姓を諌めることもできまい。お松どのを、この屋敷にお預かりいたそう。明日、さっそく苑を使いにやりましょう」

乳母の苑のことは、お松もよく知っている。遠慮なく足を運んでくるにちがいない。

「姫さま、ありがとう存じます」

ナギは、まるで自分のことのように礼を言う。

その深夜のことだ。甲斐の寝所の板戸を激しく叩く者がいる。

「ナギにございます、姫さま、姫さま」

低く、だが強く呼ぶ。燭を手に板戸を開けると、夜目にも蒼白なナギの顔があった。

「お松さまがご自害なさいました」

「なんと、自害とな」

甲斐の体からも血の気が引いていく。

「なんで自害など」

「一蔵が真っ赤な嘘を、まくしたてたそうな」

「なにをじゃ」

「清勝さまは討死された。いつまでも亡き人に操を立てても仕方あるまい、拙者に身をゆだねよと、くどくどと」

もちろん、清勝戦死の報など、城代も甲斐も受け取っていない。成田勢は、まだ戦闘に打って出てはいないのだ。

「お松さまは嘆き、遺書をしたため、お首を掻き切りなされました。側近が懸命に介護されましたが、それも空しく、お果てになりました」

「して、一蔵は」

「遁走したと」

「ナギ、刀を持て」

甲斐は命じ、手早く括袴に着替えた。

「いいか、一蔵を探し出せ。見つけたら、立木にでもくくり付けておけ」

――またもや、漆黒の暗がりが寄せてきおったか。

闇を衝いて甲斐は愛馬・月影を駆った。

――小塚め、許せぬ、断じて許せぬ。

森影を、谷を、川べりをくまなく捜索した。一蔵は馬を引き出していないというから、そう遠くへは行っていまい。半刻（約一時間）ほど経ったろうか。町はずれの古い社《やしろ》のそばで、ナギとばったり出会った。

「一蔵を捕えました」

ナギが息せききって知らせる。社の縁の下に隠れていたという。

「で、いずこに?」

「川辺の一本杉にくくり付けております」

結わかれたまま、小塚はじたばたと暴れている。

「おろか者めが。なぜ縛られたか分かっておるな」

甲斐は叫んだ。

「ナギ、こやつの縄を解け」

ナギは一瞬、「えっ?」という眼差しを向けた。

甲斐は「いいのだ」とうなずく。ナギは縄をほどき、一蔵が逃げ出せないよう小刀を逆手《さかて》にかまえた。

一蔵はがたがたと震え、木の根方《ねかた》にへたりこむ。

「情けなや。それでも武士のはしくれか」

甲斐は一蔵の喉元に刀の切っ先を突きつけた。

「おのれの邪心を満たそうと、お松どのに嘘を吹きこんだな」

一蔵は怯えた目を泳がせる。

「罪ない女人を死に追いやり逃げるとは、腐り果てたやつじゃ」

怒鳴りつけ、ナギが没収していた一蔵の脇差を足もとに投げつけ、

「立って刀を抜け」

するどく命じた。

一蔵はおずおずと抜刀し、刃先を小刻みに震わせ踏みこんでくる。

「下郎、許さん」

叫んで甲斐は一刀のもとに一蔵を斬り捨てた。


ナギにあとを任せ、やりきれない思いで野を駆ける。行きかかった沼地で、早朝の光を受けて蓮の花が次々と開きはじめていた。甲斐は膝まで濡らし、薄紅色の一輪を手折った。

「お松どの、蓮のように清らかな女人じゃった」

つぶやいたとたん、嗚咽がこみ上げてきた。

——うら若い身で、夫を恋いつつ、みずからの命を……。

夫・清勝が戦死したなどと聞かされ、どんなに驚き嘆いたことだろう。すぐにもそばに行きたいと、焦がれる思いで首を掻き切ったにちがいない。ただただ哀れだった。とめどなく涙が甲斐の頬を伝う。邪恋でお松を陥れた男の我欲を憎んだ。凱旋を祈りながら散った女のはかなさが悔しかった。

甲斐は静まり返った清勝の屋敷を訪れ、大輪の蓮をお松の亡骸に供えた。

お松の乳母が泣きはらした瞼も上げず、ぽつりぽつりと語る。

「遺書がございました。『清勝どのの討死には遅れましたけれど、冥途への道のりは長いから、一刻も早く自害すれば追いつけるかもしれません』とありました。こんな辞世も添えられていたのです。

世の中の憂きこそ今は嬉しけれ
恋しき君と死出の旅寝は

実は、お松さまは身ごもっておいででした」

乳母は泣き崩れた。

「お子が生まれるころには、だんなさまがお帰りになると、それぱかりを楽しみにしておられたものを……。お子のために生き抜いていただきとうございました。一途にだんなさまをお慕いなされ、お子ともども旅立たれ……。この乳母が至りませんでした。一蔵ふぜいからお守りしなければならなかったのに……」

悔いと悲しみに打ちのめされ号泣する乳母を、なぐさめようもない。

「お乳母どの、ご自分を責めてはなりませぬ。お松どのの魂は、もう小田原城の清勝どのに寄り添い、守っておられることでしょうから」

甲斐は乳母の背中をさすり続けた。

その後、小塚一蔵は行方知れずとして処理され、親兄弟は追放の刑に処された。

三　忍の浮き城

六月（旧暦）を迎えた。梅雨さなかである。城下はくる日もくる日も雨続きだ。旅から戻ったと、玖《く》珠丸《すまる》が甲斐の屋敷を訪れた。

「伊豆国韮山城《いずのくににらやまじょう》は豊臣方の大軍に囲まれて、すでに六十日あまり。いまだねばり強く戦っております」

「韮山城《にらやまじょう》は小田原北条氏にとって最も重要な城のはず」

「いかにも。初代・早雲《そううん》の関東攻略の砦、今なお、関東支配の要所にございます」

城主は小田原城の大殿・氏政の弟・氏規だという。

「偵察したところ、韮山を守る兵は三千六百余、包囲する攻撃軍は織田信包《おだのぶかね》、蒲生氏郷《がもううじさと》らを主将とする、およそ四万四千となる。韮山城兵の十倍を超えるではないか」

「四万四千百騎」

松井田城《まついだじょう》、厩橋城《まやばしじょう》、岩付城《いわつきじょう》など忍城《おしじょう》周辺の城も、膨大な数の敵に攻撃され落城した。すぐ隣国・鉢形城《はちがたじょう》にも五万の兵が猛攻を仕掛けている。率いる将は前田利家《まえだとしいえ》・上杉景勝《うえすぎかげかつ》・真田昌幸《さなだまさゆき》・浅野長政《あさのながまさ》、北方隊の主力を担うそうそうたる武将たちが、忍城にも怒濤のように驀進《ばくしん》してくるだろう。韮山城や鉢形城の攻防は、遠からず忍城に迫る。

「圧倒する敵兵に包囲され、韮山や鉢形はなにゆえ落ちないのか」

「地の利を武器にすること。城兵がこころざしを一つにすること」

玖珠丸は確固として、勝利の秘訣を挙げる。

「地の利か、忍の利は水沼《みぬま》じゃな」

成田家が、代々工夫を凝らして築いてきた城だ。広大な沼地が城を囲む。城館も蔵も馬場も矢場も、家臣屋敷も、土塁を積み上げた島のような土地に築かれている。登城は舟、という家臣もまれではない。

「そう、〝浮き城〟と呼ばれる忍の防御は固い。防備が固く、攻略しにくい名城でございますぞ」

「だが、最も信頼せねばならぬ家臣の心に、ふと不安をおぼえることが……」

甲斐は語尾を濁したものの、お松を死に追いやった一蔵の邪心がまだ胸にわだかまっている。

「姫さまはなにゆえ、強い心で戦おうとなさいますのか」

「忍を守る。忍の家臣・領民の命、その領地、財産を。そして成田の家名を守る」

「ううむ、守る……」

言いかけて、玖珠丸はしばし黙りこんだ。

「忍領は利根川と荒川に挟まれた低地。大地を根こそぎさらう大水害がたびたび起こる。丹精こめた田や畑ばかりか家屋敷・家財まで乱流に呑まれてしまう。あるいは家族さえ喪った。だが思うてみよ、姫さま。民は、この地を捨てていずこかへ去ったか？

そうではござらぬな。けなげに用水路を引き直し、畔《あぜ》と畝《うね》を築き直し、営々と、この地に生きてきた」

「郷土の土、親も、その親も生きてきた土地、わが命や暮らしを育んだ土地」

災害に打ちひしがれても、敵に踏みにじられても、愛着は捨て去れない。一握りの土くれにも父祖の汗がしみこんでいる。甲斐も同じだ。忍に生まれ、忍の水を飲み、この風のざわめきを聞いて育った。忍の人びとの血肉は、忍の大地と流れと吹く風に育まれたのだ。どうして捨てられよう。頭の中での想像ではなく、守るべき実体が甲斐の目の前に見えたような気がした。

「お分かりいただけたようじゃの」

玖珠丸は頬に笑い皺を刻んだ。

「忍を守るため、成田家は、ときには上杉を主《あるじ》と仰ぎ、時勢が移れば北条を主とした。家臣らも、領民たちも同じじゃ。それぞれの家名、領地、家族を守りたい。それを託せる主に仕える」

甲斐を見据える玖珠丸の視線は厳しかった。

「家臣が行動を一《いつ》にするか否かは、姫さまが信望を集めるか否か次第」

先に立つ者の気魄や力が欠ければ家臣は動揺する。新たな将を求め、離反していく。玖珠丸はそう言っているのだ。

「もうひとつ」

玖珠丸は人差し指を立てて見せた。

「成田家は代々この地を治めてきた。城は、すぐ向こうの熊谷成田郷から忍の地へと移ったが、数百年にわたり、城主と民は一体であった」

「成田家はどこかから天下った領主ではない」

「それじゃよ、姫さま。忍の城主は、北条家から遣わされた一族・重臣ではない。民と結びついた在地の豪族よ。家臣らも、多くがこの地の豪族たち。はなから皆、一心同体じゃ」

うなずきながら、感動さえ湧き上がってくる。もう、後ろを振り向くまい。お松の自害という悲しい出来事は、胸深く呑みこもう。甲斐の逡巡は家臣の動揺をまねく。

*

翌六月二日、雨にずぶ濡れのイカルが急報をもたらした。

「昨日、館林城《たてばやしじょう》が開城いたしました」

無念そうに唇を噛む。

館林城は韮山城主・北条氏規を城主とし、城代が置かれていた。北条氏からの援兵、上野国《こうずけのくに》八カ国の城兵、併せて六千騎が加勢として結集し籠城していた。そこを石田三成率いる二万数千の軍勢が包囲。わずか三日の戦いで館林陣は和議に応じたという。

「敵軍は忍城に向けてまっしぐらに進んでおります。敵の陣中深く侵入して探り、密談を聞きました。六千騎の館林城が三日で落ちた、忍城は五百騎か？半日でひとひねりじゃと、うそぶきおりました」

甲斐は、

「ようやった」

とイカルをほめ、乾いた衣類と雑炊を与えるよう侍女に命じ、城代・泰季《やすすえ》のもとに走った。

「聞いたぞ、三成軍のことは」

忍城から放った間者《かんじゃ》も、三成の進軍を報せてきていた。泰季は緊迫した面持ちだ。

「では、手はずのとおり」

泰季は小姓を呼んで武将の招集を命じ、甲斐は城中に囲いこんだ民の長屋に急いだ。

「女たちは炊き出しの支度をせよ。男たちは、かねて訓練のとおり弓矢を鉄砲狭間《さま》（矢や鉄砲を打つ塀の穴）まで運び出せ。子どもらは幟旗《のぼりばた》を塀の内に並べて立てよ」

触れてまわる甲斐のうしろで、唐子《からこ》が甲斐と同じように、「幟旗を立てよ」と叫ぶ。

「いい子じゃ、唐子。おまえは幟旗の係りじゃ。男の子たちをたくさん集め、旗をぐるりと塀の内側にめぐらせよ」

「あいよ、お茶の子だい」

唐子は旗竿を四、五本抱えて駆け出す。さいわい雨は小降りになった。

「よし、次は太鼓じゃ。敵の蹄の音が聞こえたら、子どもらはにぎやかに太鼓を打ち鳴らせ」

「よしきた」

威勢よく返事をしたのは鍛冶屋の子・乙吉だ。

「姫さま、太鼓は数が足らねぇ。鍋を叩きやしょう。おい、おまえら、敵が来ねぇうちに家から鍋・釜を持ってこい」

小さい体を反らして仲間に命じ、真っ先に城門の通用口へ駆けていく。さすが鍛冶屋の子、鍋・釜とはいい思いつきだ。

幟旗がぎっしりと城塀に沿って並び、風にはためく。着物は貴重品ではあるが、洗いざらしをほどいて旗に仕上げられていた。なかには、かなり傷んだ赤子のおむつらしいものもある。なんだっていい。民が工夫して持ち寄った布きれだ。風をはらめば壮観な戦旗《いくさばた》にほかならない。武士の女房たちは端切れを持ち寄った。美しい帯地まである。義母の茅乃も、甲斐や妹姫たちも、惜しまずに着物をほどき、旗に仕立てた。日にきらめく豪勢な大将旗に仕上がった。

「わぁー、熊五郎だ、姫さま、熊五郎だよ」

唐子が大騒ぎをしている。

「なに、熊五郎とな」

武器蔵脇の櫓に登っていた甲斐は声の方へ目をやった。すべるように黒い塊が走ってくる。甲斐は格子窓からするどく口笛を吹いた。脚を止め、耳を立てた熊五郎は、すぐに向きを変え、櫓下に駆けてきた。よほどうれしいのか、ちぎれそうなほど尾を振っている。

「よーし、いい子だ」

甲斐より先に哲之介が抱きとめた。激しい息で腹を波打たせている。熊五郎は忍城で訓練してきた軍犬だ。精悍な若犬で、尾が濃茶色のほかは全身真っ黒なので、甲斐が熊五郎と名付けた。唐子がよく面倒をみている。

「書状ですね」

毛色に似せた目立たない布を固く編んだ首輪を短刀で切ると、細く折りたたんだ紙片が出てきた。

「父上の筆跡……」

甲斐は書状を握りしめた。

「ご無事の証《あかし》ですな」

哲之介の目に、わずかな安堵が浮かぶ。

誰の手に落ちるか分からない文書だから、宛名も差出人の名も書かれていない。氏長が小田原城に参陣するとき、万一を考えての約束事だった。

「よくやった、熊」

役目を果たしたと得意顔の熊五郎に哲之介は水を与え、にぎり飯をひとつ放ってやった。

書状はすぐにも城代・泰季に届けなければならない。

評議の板敷の間に灯りがゆらぐ。甲斐と茅乃、泰季の嫡子・長親《ながちか》など成田一門、そのほか本庄越前《ほんじょうえちぜん》守《のかみ》、正木丹波《まさきたんば》守《のかみ》、別府長清《べっぷながきよ》の嫡子・小太郎、柴崎《しばさき》敦英《あつえい》、酒巻詮稠《さかまきあきちか》ら重臣と、哲之介、隼人といった御《お》馬廻衆《うままわりしゅう》が一座している。

「殿からの文は三日前の日付だ。内容を伝える」

熊五郎は駆けに駆けて、三日間で小田原からの便りを持ってきたのだ。泰季は一礼して書状を開き、灯りの下ににじり寄った。強弓《ごうきゅう》を射たという泰季の、がっちりとした肩と、隆々と筋の浮き立つ腕は、七十四歳の今も変わらない。

「小田原の情勢じゃ。北条方の出撃は、ただ一度あったきり。岩付城主・太田氏房《おおたうじふさ》どのが夜襲をかけたそうな。城を失ったためか激情に駆られ、蒲生氏郷勢を襲撃。一方、敵方からの攻撃は、外廓に二度ほど夜襲があったのみ。ときおり銃声が響くほか、双方に動きはないと記されておる」

文字を追う泰季が、「うーむ」と低く唸り、眉をしかめた。

「ご城代、いかなる様子か」

丹波が先を急かす。

「敵陣は優勢を誇っておるが、勇将が病で没したり、いつの間にか姿を消したりして、意気沈滞のもよう。長い対陣に嫌気がさしたか城下で乱暴を働く者が増え、逃亡する兵もおるらしい」

「敵が逃亡とは、もっけのさいわいではないか」

血気ざかりの酒巻が息巻く。

「いや、北条方もじゃ。外部とまったく行き来が閉ざされ、倦怠感がはびこっておると」

泰季の口調は重い。

「対陣して、はや三月《みつき》に近い。戦闘もない、しかも、この暑さ。両陣営とも飽いておるのは分かるが」

書状はさらに、籠城組の兵の中からも、城を抜け出し、敵に寝返る者が出はじめていると伝え、「忍城兵は和を大切に一致団結し、武士の誇りを失わぬよう」と結ばれていた。

太田氏房の夜襲の一件は、忍城留守部隊の皆に複雑な思いを抱かせた。氏房の居城・岩付城の戦いの悲惨さは、忍城にも聞こえていた。城兵の屍が城の内外を埋め、生き残ったのは女・子どもだけだったという。小田原に籠城中の氏房は帰るべき城を失い、どれほど無念であろう。彼の出自は北条氏である。不甲斐なさに歯噛みしたにちがいない。家臣らの最期に涙しつつ、夜襲におよんだのだと推測できた。

小田原城の大殿・氏政の実の息子である氏房にして、こうなのだ。

――父上や籠城中の将兵たちを、こんな立場にしてはならぬ。

甲斐は、強く唇をかみしめる。

＊

六月五日、夜も明けきらない忍城に軍馬のとどろきが押し寄せてきた。すでに情報は摑んでいた。館林城を落とし進撃してくる敵の大将は石田三成《いしだみつなり》、加えて大谷吉継《おおたによしつぐ》、長束正家《なつかまさいえ》。いずれも豊臣秀吉の腹心の武将たちだ。

「案の定、豊臣に寝返った北条氏勝が間者を放ち、忍の地形を探ったもようにございます」

イカルが息せききって甲斐に報せる。

氏勝は小田原防御の砦である駿河の山中城に立てこもって豊臣軍本隊と戦ったが落城。自害を図ったものの家臣に止められ、豊臣軍の案内役を担っているという。

「敗残者の哀れじゃ。戦に負ければ、そんなざまになる。負けてはならぬ、生き恥はさらしとうないと心に刻め」

甲斐は家臣らに檄を飛ばす。三成率いる敵軍はおよそ二万三千余騎。どうやら六手に分かれて忍城を包囲する気配だ。

城内に結集した民たちは叫び声を上げて幟旗を大きく揺らし、太鼓・鍋・釜を叩く。

城兵は近隣豪族の応援も得て五百騎。ほか民百姓・僧・子どもを併せて二千六百人が城に立てこもっていた。間者を使って城兵五千騎と言いふらしている。城中から湧き上がる喚声に、予想以上の多勢と敵軍は驚いているだろう。

未明の薄明かりが外堀を包囲する敵兵の姿を浮かび上がらせた。外堀は満々と水をたたえ、藍色に波打つ。びっしりと城を囲む逆茂木の向こうに深田が広がり、用水路の豊かな流れは雨続きであふれ出しそうなくらいだ。

城内の櫓に忍兵の兜が無数にきらめく。敵方に鉄砲の筒先を向け、矢をつがえ、槍や刀が朝日に輝きはじめた。

と、そのときだ。狭間《さま》からのぞいていた忍兵や民たちから、どっと笑い声が起こった。

「あれれ、見ろや」

「みっともねえ侍じゃ」と、腹を抱える者さえいる。

「姫さま、ご覧あれ」

唐子が物見櫓の上に甲斐を引っ張っていった。

泥田に溺れ、敵兵らがもがいているではないか。

忍城のまわりは道幅が狭い。馬は足を踏み外し、田にころげ落ちる。泥の中に投げ出された兵は、重い鎧兜に身動きがとれない。全身泥にまみれ、手脚をばたつかせては腰まで沈む、四つん這いになる。馬の尻にすがりつき、馬は馬であがいて蹴り返す。

「よーし、鉄砲を放て。弓を射よ」

叫んだのは酒巻詮稠だ。

「ご注進、ご城代さま、ご注進でござる」

物見を任されている侍大将が本丸に駆けつけた。

「皿尾口の砦に敵軍およそ三百騎。雄叫びを上げ、塀を引き倒さんばかりの勢い」

皿尾口は城の北西寄りの門で、付近は平坦地が多い。

「うむ、まずは沼や深田を避けて狙ってきおったな」

泰季は片頬に、かすかな笑みを浮かべた。そうくるであろうと予測済みだ。門外に築いた砦は、土塁を積み、塀で囲い、逆茂木をめぐらしている。二階櫓には、すでに鉄砲隊を配備してあった。

「よし、行け。一斉射撃だ」

泰季は侍大将に命じ、哲之介を呼んだ。

「哲之介、本丸の兵三十余りを引き連れ、皿尾口の援護をせよ」

胴丸《どうまる》を着けた甲斐も、援護の兵に加わった。

「姫、戦況を見届けるのはかまわん。だが、決して前に出てはならんぞ」

哲之介の口調は厳しい。

皿尾口の砦では一斉射撃がはじまっていた。砦の下には二十名を超える敵兵が倒れている。それを踏み越えて、数十人が波のように押し寄せ、掛け声もすさまじく塀を揺さぶる。今にも引き倒されそうだ。

「危うい」

甲斐が叫ぶより早く、哲之介が「姫は来るな」と大声を上げ、一隊を率いて門から打って出た。勢いに押され敵兵は退く。すると、ほどなく、

「われこそは中郷式部《なかごうしきぶ》、ひとり残らず討ち取るぞ」

名のりを上げた敵将が太刀を振りかざし突進してきた。あとに続く兵は三、四百、いや五百は超える。

哲之介の一隊は砦に退いた。砦を破られまいと懸命に奮戦するが、敵は数で圧倒し攻め立ててくる。あわや砦が崩れるかと緊迫が走ったとき、背後から応援の騎馬隊が土を蹴って駆けつけた。成田の家紋を染めた戦旗《いくさばた》がはためく。一門の成田土佐だ。中郷とやらに鼓舞されていた敵は、どっと退《ひ》いた。

成り行きを見きわめた甲斐は、詰所の本丸へと引き上げる。本丸に続く松の茂みから、ナギが飛び出した。

「城の北東、大手門の先の長野口でも敵は苦戦のもよう」

「そうか、めざましい戦いぶりじゃの」

深田にはまり抜き差しならなくなっていた敵兵は、城内からの鉄砲と矢の猛攻に、這いずるように逃げ出すのが精いっぱいだったようだ。緒戦で忍は勝った。敵は大軍といえども、浮塵子《うんか》の群にすぎない。

そうこうしているうちに、夏の日も暮れかけ、敵は一斉に撤退した。

「今日一日、よう持ちこたえた」

城代・泰季のねぎらいよりもなによりも忍兵たちが満足だったのは、城の防御の確かさだった。

「沼、深田、広大な堀、これが、いかに攻めがたいか、目のあたりにいたした」

若い武士は三、四十年前、忍城が越後の上杉謙信に何度も攻撃されたころのことを知らない。名だたる智将・謙信が率いる大軍の猛攻に遭い、城下を焼き払われても、城は落ちなかった。

「不落の名城とうたわれたのは、この強固さゆえであるな」

戦闘の興奮にぎらぎらと燃える眼《まなこ》を見交わす。

「やつら、勇んで四方八方から押し寄せたが、無数の幟旗を見て、足がすくんでいたぞ」

「そのうえ太鼓に鍋・釜が、がんがん鳴った。驚いたんだろう、馬が棒立ちになっておった」

忍城兵たちは、味方の作戦、みずからの戦いぶりにも満足していた。

「幟旗、太鼓で大勢をよそおうというお方さまや姫さまの作戦、十分に敵を怯えさせましたぞ」

「そこへ雨あられと鉄砲・矢を射かけたものだから、慌てるわ、慌てるわ」

「もっとこっちへ引き寄せて討ちかけ、いじめてやりとうござったな」

攻撃軍は豊臣秀吉傘下の名だたる武将が率いている。その大軍が、忍の防御に手も足も出ず、退いた。忍兵は自信を持った。城兵三百五十余、近隣の援軍百五十余、あとは女・子ども、僧や神官まで含めた民たちだった。だが、勝てる、きっと勝つのだと、城内には活気がみなぎった。

夜になり、本丸で軍議が開かれた。

「われら、ここまで敵を押し返したのじゃ。今宵、夜襲をかけ、徹底的に叩こうではないか」

皿尾口を守る篠塚山城守《しのづかやましろかみ》が意気ごんで進言する。

いかついひげ面の篠塚は三十歳代半ば、剛毅な顔つきだが血気にはやる性質《たち》ではない。辛抱強さで定評がある。勝ちに乗じて打ち出そうという篠塚のたかぶりは甲斐にも分かる。明日になれば敵は巻き返してくるだろう。その機先を制しようというのだ。

しかし、夜の闇の奥には二万を超える軍勢が控えている。暗闇にひそむ大軍を攻撃するのは危険だ。それに皿尾口の守備兵は、砦が破壊されるかどうかというぎりぎりの攻防で、疲労困憊していた。

泰季はこぶしを膝に置き、目を閉じて考えこんでいる。夜襲か否か、甲斐も一同も、かたずを呑んで答えを待つ。泰季はおもむろに口を開いた。

「皿尾御門の外砦は、今日の攻防で傷み、ずいぶんもろくなってしもうた。間者がもたらした情報で知ってのとおり、石田三成を総大将とする軍勢は二万三千。われらは十倍もの兵に遠巻きにされておる。ゆえに、ほかの門の守備も手いっぱいじゃ。皿尾に増員は難しい。皿尾の外砦は放棄する。守備の者らを、すべて門内に引き上げさせよ」

居並ぶ諸将は静まり返った。夜襲どころか、はやばやと門外の砦を放棄するという。

「それでは、あまりに無念ではござりませぬか」

篠塚はあきらめきれず膝を乗り出す。が、声音《こわね》はさっきと違って低い。篠塚らしく、興奮で策を立てるのはまずいと気づいたのだろう。

泰季は断固として言いきった。

「われらは少数精鋭。兵ひとりひとりを大切にして戦わねばならん。先は長い、疲れは禁物」

甲斐は、「先は長い」という判断に同感だった。襲撃をかけるのは、ここぞ、というときを見計らうに限る。

「残念ではあるが、夜襲で疲労を重ねては、明日の戦いに差しさわる。今夜は英気を養おうではないか」

「そうだ、姫さまの仰せのとおり。明日も戦うぞ」

座中からだみ声が叫んだ。

「おう」という賛同が広がる。

「さあ、英気の薬じゃ」

甲斐は女たちに濁り酒を運ばせた。座は一気にやわらぐ。

「なんとか式部とやら名のった大将、悔しそうに退きおったわ」

「家臣らに怒鳴っておったぞ。忍兵を侮るから、見苦しい敗戦になるのじゃ、とな」

それからあとは、漬物をつまみにひとしきり手柄話に花が咲く。湯漬けと青菜の煮びたし、焼いた干し魚が空腹に浸みこむようだ。

翌早朝、皿尾口の外砦に鬨《とき》の声を上げて敵兵が攻めかかってきた。もちろん、忍城兵は昨夜のうちに城内に引き揚げている。砦はもぬけの空だ。

「寄せ手はどこの兵か。いずれであれ、あわてておろうな」

人気《ひとけ》もない砦に勇んで襲いかかった武者が右往左往する姿が甲斐の目に浮かぶ。

砦付近に放った間者が城代のもとに報せに戻った。

「寄せ手は江戸城と河越城の兵、およそ四百にござります」

「先ごろまで北条氏配下の侍が、はや、敵勢か」

泰季の吐息まじりのつぶやきは、甲斐の耳にしか届かなかったが、こんな状況をどれほど知らされたことだろう。江戸城は四月末、河越城は五月末の落城という。どちらも、小田原を包囲する徳川家康の軍から抜き出された兵によって攻撃された。

情勢は切迫している。甲斐は、

――やすやすと降伏してはならない。

と、思いを噛みしめる。

――敗残の将は、なんと哀れだろう。たとえ家臣や領民の命乞いを望んでのことだとしても。

山中城が落ち、敗れた北条氏勝は敵兵の道案内をさせられている。松井田城主だった大道寺《だいどうじ》政繁《まさしげ》は、今や捕らわれの身となった。江戸城や河越城の兵は、秀吉から同士討ちを命じられたにひとしい。

――戦って、戦って、戦い抜かねばならない。半端な降参をすれば、卑劣な務めを負わされるだけ。

こう気持ちを引き締めるが、皿尾口の崩れかけた砦ひとつに押し寄せる敵は四百騎もの兵。忍城兵は今、総勢三百五十騎ほどにすぎない。近隣からの加勢の武士を加えても五百。数を考えたら身が震える。

こんな状況で勝つための策はふたつ。知略を尽くすことと、忍兵の意気をひとつにまとめることだ。怖気づいている暇はない。

「姫さま、イカルにございます」

本丸園庭の物陰から低く呼ぶ声がした。甲斐はそっと植えこみのそばに足を止めた。イカルが膝をかがめ近寄る。

「皿尾の外砦を攻めた敵兵は、へっぴり腰で口論のあげく、砦が空だと知ると笑い転げ、安っぽいやつらにございます」

イカルは敵側の足軽のふりをして、材木を運びながら探ったという。人影のない砦に近づいた敵兵は、まずは言い争いをはじめた。

「気を抜くな、計略だ。押し出してくるぞ」

「あの者どもの謀《はかりごと》などしれている。恐れるな。びくびくしてはこんな小城でも落とせぬぞ」

「いや、昨日だって忍兵を侮って接近し、鉄砲を撃ちこまれたではないか」

「腰抜けめ、わしは怯まぬぞ」

口から泡を飛ばしているうちに、若侍数人が、「踏み破れ」と叫び、一斉に塀を押し倒した。砦には誰もいない。

「見ろや、もぬけの空じゃ。腰抜けは忍の侍じゃ」

「われらに恐れをなして隠れおったわ」

急に活気づき、どっと笑い声がわいたという。

イカルはそこまで報告すると、茂みの小枝を揺らし、もうひと膝近寄った。

「彼らは、大がかりに陣を張ったものの、攻め落としたのは空っぽの砦。忍兵の姿はない。さすがに不審に思ったのでございましょう。軍議に入りましてございます」

「この期に及んで軍議か。敵の大将ども勢揃いじゃな」

「はっ」

「イカルは大将らの軍議にも耳をそばだてたのか」

泰季がイカルの忍びの術を探るように訊ねた。

「いいえ、そばだてはいたしませぬ。陣幕一枚の外側で見張り兵に紛れこんだゆえ、軍議の中身は手に取るごとく」

イカルは自信満々だ。

「勇敢じゃな、イカルは。しかし、見抜かれたら命はないぞ」

忠誠心のあまり無謀な働きをしなければいいがと、甲斐はイカルのすばしこさを案じた。

「それが忍びの務めにございます」

甲斐を見上げるイカルの瞳は決意を秘め、藍色に澄んでいた。任務をしくじった忍びは、捕まる前に自決して果てるという。百年にわたって北条氏の庇護を受けた風魔の忍びの衆は、北条勢のために命を顧みることなく働くのを掟としているのだろう。

「命を粗末にするでないぞ。妹のナギのためにも」

イカルは軽く笑った。

「それでは忍びの誇りが廃《すた》ります。ナギとて、風魔の谷に育った娘、覚悟は定まっておるはず」

そんなことより、とイカルが告げる。

「敵は、明日より総攻撃、と決しましてございます」

軍議は総大将の石田三成、大谷吉継、長束正家を中心に進められた。石田は秀吉の寵臣で近江佐和山《おうみさわやま》城《じょう》(滋賀県東部)十九万石の城主である。大谷は越前国《えちぜんのくに》(福井県東部)敦賀《つるが》城主で文武に秀でた智謀の将だ。長束は財務にすぐれた手腕を持つと聞こえていた。

大谷は慎重策を述べた。

「忍城は要害堅固《ようがいけんご》。城に兵糧と矢玉があるかぎり、一年でも二年でも落とせまい。遠巻きにして奇襲・謀略で弱らせ、内部分裂を起こさせ、その上で攻めようではないか」と。

石田は、「いかに堅固でも平地の孤城。しかも城兵の半分は小田原に籠城しておる。城内は女子《おなご》ども、年寄ばかりじゃ。われらは大軍、忍城など恐れるに足らず」

そう言って、大谷の持久戦に猛反対した。

長束も石田と同意見、大谷は「大将は石田どのゆえ」と自説を引っ込め、ほかの将も石田の顔色をうかがって賛同したという。

「石田率いる敵軍、総攻撃と決したわけじゃな。忍の城内は女子ども、老人ばかりとあなどっておるようだ。よし、ならば今宵は派手に宴《うたげ》といたそう」

「宴とはまた……」

いぶかるイカルを残し、甲斐は身をひるがえした。

――城内の士気を高めねばならぬ。小人数とみくびる敵を脅してやろう。

茅乃の同意がほしかった。いい思いつきが聞けそうだ。茅乃や妹姫たちは、本丸が居所と定められていた。奥の間に急ぎ、今宵の計画を提案すると、

「おお、それはおもしろい。敵兵らが胆《きも》を抜くほど賑やかにやろうではないか。堀に舟を繰り出そう。今宵は月見と洒落《しゃれ》ようぞ」と満面の笑顔だ。茅乃の賛同はうれしかった。

「母上、籠城中ゆえ、食糧も薪も無駄にはできませぬが、今宵は雲もなさそうじゃ。めいっぱい騒ぎましょう」

茅乃はいたずらっぽい眼差しで笑みを浮かべた。宴の趣向を考えているのだ。

*

梅雨どきの夜空に浮かぶのは、雲間からのぞく淡い三日月だった。満月でなくても、今宵の月見にはなんのさしつかえもない。敵の包囲に震え上がったりする忍城ではないと、意気盛んなさまを見せつけてやるのが目的だ。

酒肴は贅沢ではなかった。長期戦に備えて兵糧の無駄遣いはできない。酒に酔いしれるのも危険だ。敵が夜襲をかけてこないとも限らない。だが、宴を盛り上げようと、城下から田楽踊りの一座を招いていた。笛が高鳴る。腰鼓《こしつづみ》や銅拍子《どうびょうし》の音に誘われて、

人びとが舞いはじめる。舞の輪は、どんどん広がっていく。

曲輪《くるわ》のまわりの沼には多くの舟が繰り出された。太鼓を叩き交わし、高々と謡《うたい》もひびく。

「哲之介、高みで見物しようではないか」

甲斐は賑わいから抜け出し、曲輪や堀を見渡せる櫓に登った。燃え上がる篝火《かがりび》に、さんざめきの渦が照らしだされている。

「ほんのわずかな酒だが、楽しそうじゃの」

歓声が櫓の上まで届いてくる。

「宴は敵をあざむくための計略であったが、城中一同のなぐさめにもなりもうしたな……」

賑わいを見渡す哲之介も、ひと夜の宴を「これは妙案」と感じているようだ。

「城兵は別として、城に籠る民らは、大軍の鬨《とき》の声、軍馬のいななき、鉄砲の音に、さぞかしおびえたであろうからな」

そんな気遣いを口にしながら哲之介は、額に手をかざし、城壁の外の闇に目をこらした。

「松明が右往左往しておりまする。城内の騒ぎは何事かと、泡を食っておるのであろう。いい脅しになるわい」

「どれ」

欄干に寄った甲斐の肩が、哲之介の腕に触れた。避けようとした甲斐の両肩を、哲之介がそっと包んだ。

「姫、明日からは激闘になる。命を惜しみはせぬが」

「どうか、その手を……」

甲斐は身をよじった。心の臓が早鐘を打っている。

「いや、離しはせぬ。もしも、もしもではあるが、ともに長らえることができたなら、姫さまを妻に迎えたい」

氏長は小田原に出陣するとき、哲之介にそう命じたのだという。確かに父は、甲斐にもそんなことをほのめかした。

「だが、殿のお言いつけだからではない」

哲之介の手からぬくもりが伝わってくる。

「もの心つくころからいつも姫のそば近くにおった。ずっとそば近くおることができればと……」

不得手そうに口ごもる。

甲斐をのぞきこむ哲之介の目に、篝火が揺らぐ。その灯を、甲斐は見つめた。子どものころから見慣れた、ほっと安堵させる眼差しだ。だが、「妻に……」という言葉は、甲斐には遠いことのように響いた。

*

翌未明、石田三成らの大軍勢が攻撃を再開した。敵兵たちの泥沼との格闘は昨日と変わらない。

忍の守備兵が頓狂な声をあげた。

「なんじゃ、あいつら」

「笑わせるわ、知恵を絞ったつもりじゃろ」

どっと笑い崩れる。

「昨日も今日も、よう笑わせてくれるわ。筏《いかだ》とはな」

敵兵は縄で丸木を組んで寄せてくるではないか。

「木材の川おろしじゃあるめぇし」

「泥田に棹《さお》を差しても進まねえべよ」

籠城に加わった樵《きこり》たちは腹を抱えておかしがる。

しかし油断はならなかった。すでに城への通路は四方八方が敵軍に埋めつくされている。早朝から暑い。蝉の声がやかましいほど降り注ぐ。卯の下刻《げこく》(午前七時)ごろだった。埋めつくす敵軍のあちこちから、一斉に法螺《ほら》が鳴り渡った。大手の長野口近くに詰めていた甲斐の耳にも届く。

「何の合図だ」

長野口の守備隊に緊迫が走る。応援隊もまじえ、城兵はおよそ三百。そこへ目も眩むほど多数の敵兵が押し寄せてきた。怒濤の雄叫びが、あたりを覆い尽くす。石田三成率いる本隊だ。五千騎は下るまい。外堀の周囲で馬から降り、逆茂木を大勢で抜き捨てては筏を仕立てる。

「撃てー」

城内から号令を発したのは柴崎和泉守だ。鉄砲、大筒《おおづつ》（大砲）が地をゆるがす。石田隊では十人ばかりが血しぶきをあげて倒れた。それを踏み越えるように逆茂木に取っ付いては、わらわらとよじ登ってくる。

また、大筒が放たれた。屍が折り重なる。

――機を見て出陣じゃ。

甲斐は鎧の緒を締めなおした。

「いまだ時にあらず」

哲之介が怒声を飛ばす。

「そなたの命《めい》は受けぬ」

あらがう甲斐に、

「それでも兵法者か。ひとり駆けで隊列を乱せば、味方は総崩れだ」叱咤が耳もとに響く。

「すまなんだ。よう機を図る」

情が激しては、成ることも成らぬと、甲斐は承知していたはずなのに、膨大な軍に高ぶってしまった。

石田隊は退《ひ》いた。と思うや、波状に攻撃を仕掛けてくる。筏作戦はうまくいっていない。踏み外して沼に落ち、滑る丸太をつかみ必死で這い上がる、の繰り返しだ。

対する忍兵の迎撃は的確この上ない。塀の真下まで敵を誘いこみ、群がってきたところへ鉄砲や矢を打ちかける。一刻（二時間）ほどで、また法螺が鳴った。敵の撤退だ。

イカルが相変わらずの敏捷さで、城外を偵察してきた。

「三成め、昼前には忍城を陥せると豪語していたらしいが、作戦の練り直しにかかったもよう」

三成は沈着さを失わない武将だという。

「麻呂墓山《まろはかやま》（埼玉《さきたま》古墳群・丸墓山）に本陣を張り、遠眼鏡を持ち出し、なにやら検分をはじめたようにございます」

「麻呂墓山とな」

甲斐は身震いすら覚えた。

「麻呂墓山には神が宿る。いや、麻呂墓山ばかりではない。あのあたりの小丘には、遠い昔、武蔵を治めた神々が眠っておわす。穢《けが》してはならぬのじゃ。陣を張るなど……」

土足で踏みにじり、腰を据えるなど、あまりに恐れ多いしわざだ。甲斐は「神罰を受けるにちがいない」と胸中でつぶやく。

麻呂墓山は忍城から半里（二キロメートル）ほど南西に位置する。高さ十間《けん》（十八メートル）、径六十間たらず（一〇五メートル）の小丘だが、低湿地の忍領の地勢を見渡すには絶好の場所といえる。

白々と夜が明けようとしていた。いつもの慣わしで甲斐は物見櫓に立った。

「早朝からなにやら騒がしい。民たちが忙しげに行き来しておる」

鍬や鋤を担いでぞろぞろとあぜ道を急ぐ人影が見える。

「連れだってどこへ参るのじゃ」

忍城からは作業の命を下していない。とすれば、豊臣軍が彼らに何か指示したのか。

「む、ところどころに甲冑姿の武士がおるぞ」

城代・泰季も緊張をあらわにする。

「哲之介、イカルは戻っておらぬか」

甲斐は口早に哲之介に訊ねた。

「見かけませぬ。偵察に出ておるはずだが」

甲斐はイカルの報告を思い出していた。上州では豊臣軍が金品をばらまいて民を懐柔し、働かせたという。忍の領内でも似たような事態が起きているのだろうか。

「イカルがおらぬなら、ナギに探らせねばならぬ」

甲斐は急いで梯子を下りた。泰季も本丸にとって返す。とそのとき、梯子の陰で唐子が、「姫さま、姫さま」と、呼ぶのに気づいた。大きな握り飯をひとつ、手にしている。

「三成めがお百姓たちをかき集めてる。ながーい堤防を作るんだって。それでさ、こんなもの朝飯にって配ってるよ」

そう言って、握り飯を差し出してみせる。

哲之介が、「堤防とな。詳しく言うてみよ」と唐子の腕をつかんだ。

「言うってば。痛いじゃないか」

唐子がその手を振り払う。

「悪かった、勘弁しろな」

なだめられ、唐子は、「うん」と、すなおに機嫌をなおす。

「おいら、頭にたたきこんできたぞ。よーく聞いてろな。城のぐるりに工事するんだって。人足《にんそく》にすげえお手当てをはずんでるよ。ひとり頭、昼は米一升に銭六十文、夜なら銭が百文も貰えるんだとさ。そりゃ、よろこんで銭もうけに行くやつもおるわなあ」

相場の二倍以上の破格な高賃金だ。豪農や豪商でないかぎり、米の飯はぜいたく品だった。日ごろ民が食べるのは、雑穀入りの雑炊という時勢のこと、米一升は夫婦に子ども、老親という家なら一日分として十分すぎるほどだ。銭にしても、一文あれば、市で干した鰯が二尾も買える。

「銭をはずみ、堤防を作るというのか」

「姫さま、よもや」

哲之介が不安そうに振り向いた。

「秀吉は備中高松城《びっちゅうたかまつじょう》を水攻めにして滅ぼした。それふたたび、この忍で……」

秀吉はこの備中高松城攻めに勝利して天下の支配権を握ったのだから、はるか東国・武蔵の武将でも知らない者はない。

八年前のことである。織田信長の命令で、秀吉は毛利《もうり》氏の軍が守備する備中（岡山県の西半分）高松城を包囲していた。忍城と同じように低湿地を利用した難攻不落の沼城に秀吉は苦戦。「水攻め」の奇策で籠城に追いこんだ。そのさなか、信長が本能寺の変で落命したと極秘情報を得る。秀吉は急いで和議を結び、高松城主を自害させ、京へ取って返して明智光秀を討った。この「中国の大返し」といわれる奇襲で他の大名に先んじ、信長に代わって覇権を手にしたのだ。

＊

本丸には情報をつかんだ重臣らが駆けつけていた。唐子が甲斐にもたらした報せにまちがいはなかった。

「麻呂墓山から忍の地形を見取り、水攻めの策に出たもよう」

「領民が駆り出されているというのか」

「さよう、敵の侍や足軽らにまじって土や石を運ばされておる」

「金の力か……」

誰しも顔面は蒼白だ。

「土や石というても低湿地の領内、どこから、さような材料を」

「神霊の鎮まるいにしえの墳丘を、おそろしい勢いで削っておるそうじゃ」

一同は顔を見合わせる。墳丘をいじれば神罰が下ると言い伝えられていた。それでも旧来、夜陰に乗じて土を盗み、自分の土地に運ぶ者もあったことは事実だ。

背後で、どさっと物音がした。顔を寄せあっていた面々が驚いて振り返る。泰季が板床に突っ伏しているではないか。

「ご城代さま」

皆が声を上げた。

「ご城代さま、大叔父さま」

甲斐は泰季の頬に手を当て呼んだ。返答はない。頬も唇も血の気を失っている。

薄く開かれた泰季の口もとに手を当てた。息遣いは感じられない。皺寄った首筋に指を当ててみる。脈打つ気配はすでになかった。

「お医師を呼べ」

「気付け薬を持って来られよ」

重臣らは声を荒らげる。

「ご城代は……、大叔父さまは、旅立たれたようにございます」

甲斐は声を震わせ、周囲の人びとを見上げた。

「唐子、二の丸の館に走り、母上さまをお呼びしてまいれ」

庭先の唐子が駆け出した。

剛健な兵《つわもの》としてならした泰季も、戦乱に突入し、心身ともに限りが訪れたにちがいない。七十四歳という高齢には勝てなかったのだ。

「大叔父さま、甲斐は父上に代わり、そして大叔父さまに代わり、忍城を守り抜いてみせまする」

泰季の白髪の乱れをなでつけながら、甲斐は誓った。

重臣たちの推挙で泰季の嫡子の長親があたらしい城代の任についた。温厚で、いつも一門の和を図った泰季と違い、長親は五十歳という城代としての適齢にありながら、その皮肉めいた物言いからあまり好かれていない。だが、すぐれた戦の指揮には定評があった。欠くことのできない人材なのである。

「姫、長親さまと口争いをなさらぬよう、心がけねばなりませんぞ」

甲斐の気性を知り尽くしている哲之介が耳打ちする。

「分かっておるわ」

少し気分をそこねて言い放ったが、我慢がいくかどうか、あまり自信はない。

豊臣軍は忍の領民を使って堤防を築く一方、総攻撃の態勢で忍城を包囲した。配備は忍の城将の緻密な情報網ですべて把握できた。

寄せ手の総大将は石田三成。

城の東側・大手の長野口に大谷吉隆率いる寄せ手六千五百余。対する忍城側は、大手正面に戦上手の柴崎和泉守を将に三百余騎、北側に栗原十兵衛《くりはらじゅうべえ》ら二百五十騎。歩兵五百が陣取り、猛将の率いる遊軍も配備された。

北西側の搦め手《からて》・皿尾口《さらおぐち》の寄せ手に中郷式部《なかごうしきぶ》を大将に五千余が陣取っているもよう。守備には経験豊かな篠塚山城守があたる。率いる兵は二百と数は少ないが精鋭ぞろいだ。篠塚は手堅い守りを展開することで城中の信頼は厚い。

隣りあう持田口《もちだぐち》に敵軍の姿はない。

「よく知られた兵法を取っておるな」

甲斐は笑みを浮かべた。

攻撃軍はあえて一門の配備を空けているのだ。この作戦に乗って撃ち出してはならないのもまた兵法だ。これぞ好機と押し出せば、待っていたとばかりに伏兵に総攻撃をかけられる。

城の南側、下忍口《しもおしぐち》、大宮口《おおみやぐち》の寄せ手は七千余騎と大軍だ。大将は伊藤丹波《いとうたんば》という者のようだ。忍兵の守備は下忍口に勇敢な酒巻靭負《さかまきゆきえ》率いる六百七十余騎。大宮口には若手・斉藤左馬之助《さいとうさまのすけ》を将に二百三十騎。

南東の佐間口《さまぐち》の寄せ手は長束正家が率いる四千六百騎ばかりと間者が報告して寄越した。守備は老練な正木丹波守を将に四百三十騎。

数に驚くことはない。忍城は数で落とせる城ではない。泥沼にはばまれ、容易に城に近づけないからだ。敵兵は各門に波状に押し寄せてきた。二、三十騎が束になって襲撃してくる。目いっぱい接近したところで城内から鉄砲と矢を射かけるので、門を破ることはできないでいる。

＊

「守備兵は警戒を怠るな。櫓に配された物見の兵は、どんな変化も見逃してはならん」

泰季に代わって城代となった長親が各所に伝令を飛ばす。

若手の家臣のあいだで、甲斐への信頼が高まっていた。防備の指示を求めるのだ。この春、お家騒動の際、甲斐の仲裁がなければ、多くの家臣が憤りのあまり自刃をしかねないという大事件が起きた。きっかけは氏長の側室・嶋根《しまね》の弟・平井源三郎《ひらいげんざぶろう》と久《く》島兵庫《しまひょうご》の言い争いだった。甲斐は家中の団結を守りたい一心で、泰季や重臣・正木丹波守と図り、氏長に公平な裁きを求めた。結果、悲劇は回避された。その際の甲斐のひたむきな行動は、若い忍城兵の一致団結の機運を呼んだ。

だが決戦のさなかである。指揮を二分してはならない。忍城兵のまとまりこそが大軍と戦い抜く底力となる。

「ご城代さまに従え」

甲斐は必ず、そう命じる。

目もくらみそうな膨大な敵兵に包囲され、恐れがないといえば嘘になる。そんな甲斐をふるい立たせるのは、「負ければすべてを失う」という、回復しようのない現実だ。

この数カ月、関東諸城の落城の悲惨をどれだけ見聞きしたかしれない。城を明け渡したあと、家名は断絶、城主一族は処刑の危機にさらされる。家臣も、その家族も路頭に迷うのだ。あらたな城主のもとで、領民が精出して耕し、商い、笑って暮らせるまでに、どれほどの月日を要するだろう。家臣の女房・子どもたちのなごやかな笑顔を永久《とわ》にと願う。幼いころ、ともに玖珠丸を囲んで昔話に聞き入った村の子らの、瞳の輝きがいつまでもと念じる。勝つしか、生き残る道はない。

城内が急にざわめきだした。忍城の各門を包囲していた秀吉軍が、突然、怒濤の勢いで撤退をはじめたのだ。異常事態の勃発にちがいない。いぶかる間もなく、城内は大騒ぎになった。

「おう、水だ、水が押し寄せてくるぞ」

各所の櫓から物見の兵が駆けつける。

「ついにきたな」

予測していた水攻めが開始されたのだ。

石田三成の指令で堤防工事がはじまって、まだ七日ほどしか経っていない。なんという迅速さであろう。人も、土石も、金に飽かせて大量に投入した結果だ。

顔色を変え、右往左往する兵らを落ち着かせようと、

「あわてるな、城は大丈夫じゃ」

甲斐は兵の駐屯する門や櫓をまわった。

「しかし、水は逆巻いて城下を呑みこんでおりまする」

「あわてるでないと言うたであろう。忍城は沼地に建てられた城。水はむしろ城を守ることになるのじゃ」

うろたえる兵を叱咤し、甲斐は物見櫓に登った。真っ黒な濁流が城の南方から押し寄せ、波打ち、しぶきをあげて城下を呑みこんでいく。町屋は打ち砕かれ、木端《こっぱ》と化す。すくすくと育った稲、実が付きはじめた瓜やなすびも水没した。

絶望感が甲斐の胸を押しつぶす。城だけが無事だとしてもなんになろう。忍領の栄え、城や武士の禄を支えるのは、城下の生業《なりわい》だ。

――領土を、領民を、この災厄から、どう守り、どう復興させていくのか。

すべてが領主の力にかかっている。

――退いてはならぬ。戦のあとの未来を描いてもちこたえるのだ。

甲斐は孤独だった。泰季大叔父が他界し、父が留守の今、忍の将来を語りあえる者はいない。城代・長親は甲斐の悲嘆を皮肉な笑みで聞き流すだろう。哲之介も隼人も、忍の政《まつりごと》を担う立場にはなかった。ただ一人、甲斐を励ます正木丹波守は、主だった城兵を率いて奮戦のさなかだ。丹波守が言っていた。

「上に立つ者は、ときとしてひとりぼっちだ」と。

背後で地響きがした。本丸曲輪の松林と、お諏訪さまの社《やしろ》に視界をさえぎられていたが、北方から迫る濁流が家々に叩きつけたのだ。

「三成め、荒川ばかりか利根川の堤も切ったな」

ぐずぐずしてはいられない。

備中高松城攻めの再現とばかりに三成は、村の百姓や配下の足軽を動員し、城下を取り囲むように堤防を築いた。その窪地に両河川から水が流れこむ。

「三成、おぬしの計略どおりにはならぬぞ」

甲斐は逆巻く水に目を据え、強く唇を嚙む。

「必ずや神罰が下る。神霊が宿る麻呂墓山を穢し、民の宝の田畑や町を沈め、ただで済むと思うてか」

力ずくの攻撃を沼沢《しょうたく》に阻まれ、悪戦苦闘を強いられた三成は、麻呂墓山の本陣から城地を一望し、低湿地には水攻めが絶好と判断したのだ。

泥水にまみれたイカルが報告にきた。

「城下を囲む堤は、城の南西一里（四キロメートル）ほどの荒川左岸からはじまって南へ伸び、堤根あたりから北上、麻呂墓山付近を通って、北は白川戸から利根川右岸に達しておりまする。堤の全長はおよそ七里（二十八キロメートル）。堤が完成するや、敵は荒川と利根川の岸を切ったのでございます」

「七里か。たった七日ほどで。金銀尽くしの秀吉軍とは承知しておったが。うなる財力で突貫工事を成し遂げたのじゃな」

元からあった堤防や微高地をつないで築堤したというから、三成の偵察力や計略はそうとう緻密だと察せられる。

人足として働いたのは、忍領の民たちだ。米・金ほしさに集まったという。遠くの村からも、年寄や子どもまでがやってきて土木工事にあたっていたようだ。忍城に籠っていた領民も、かなりな人数が抜け出していったと甲斐の耳に届いていた。

「これも戦の駆け引きか……」

敵ながら見事とは、こういうことを指すのだろう。槍や刀を突きつけて人を動かすには限りがある。誰しもが豊かさを求めて励むのだ。総攻撃にさらされる城を眼前にした人びとが、少しでも多くの金や米を得ようとするのは当然かもしれない。

「姫、義や徳、人情などという絵空事を描いてはなりませぬ。損得には誰しも命懸け。ゆえに裏切り、ゆえに血で血を洗う。それが人にござりまする」

成田家の一族とはいえ、弱小豪族の玉井家に生まれた哲之介だった。付近の土豪らと血みどろの抗争を経て生き残った家だ。いや、成田家そのものが、上杉氏、北条氏と主《あるじ》を替えて領土を富ませてきた。

「苦闘は多くの訓《おし》えを授けまする。姫さまも、戦の世に生きる女武将。行く先を見る目を大きゅうなされませ」

哲之介の言うとおりだった。人は皆、生身、甲斐もきっと同じなのだ。目をそらしてはならない。

「生き抜かねばならぬな。決してきれいごとではなく」

三成軍に雇われた民は、破格の賃金に目がくらんだばかりではない。脅されて労役に駆り出された者も多い。動員の命令にそむいた農民が、なけなしの蓄えの麦や豆を奪われ、家に火をかけられた。そればかりか妻や娘が雑兵《ぞうひょう》に凌辱されたと聞いた。

「戦はむごい」

怒りが甲斐の身をつらぬく。民を守りきれないふがいなさが口惜しい。

そんなおり、思いがけない情報をナギがもたらした。

「嘆くにはあたりませぬ、姫さま。城を抜け出して堤防の作業をしていた者たちが、水浸しの畔道伝いに、続々と城に帰ってまいりました。なんと三成軍から貰った米を運び入れております。賃金も米に換えて、城中の蔵に積んでいるではありませんか」

甲斐の頬に涙が流れ落ちる。言葉もなく、嗚咽を懸命にこらえるばかりだった。

翌日、二尺(約六十センチ)ほどの水が城下一帯を浸した。二日経って三尺ほど、三日が経って深いところで四尺を超えた。

石田軍は、「まもなく忍城が水没する」と狂喜しているらしい。

水は城の外堀の土塁を呑んだ。深さは胸のあたりまできただろうか。だが城は水没しない。それを見た敵兵のあいだに、不気味な噂が流れ出したらしい。

「もしや、あの城、水に浮いとるんじゃないか。浮いておる、たしかに浮いておるぞ」

青ざめた顔で城を見やっては、震え上がっているらしい。

「魔物が棲んでおるやもしれん。あれは浮き城じゃ」

「水をもてあそぶと龍神が祟るぞ。くわばらくわばら」

荒れ狂う濁流が忍城の周囲に押し寄せているというのに、城は一向に水没しなかった。敵陣では不可思議さにおびえ、士気が下がっているらしいとイカルは言う。

「そのとおり。忍城は浮き城じゃ。三成め、知らなかったのか。洪水も水攻めも、忍城では初めてじゃない」

甲斐は父・氏長や亡き泰季から何度も聞いていた。領土を南北から挟む大河は、決壊を繰り返してきた。水攻めを仕掛けた敵もあった。そのつど忍城は切り抜け、今がある。

「三成、忍は浮き城だと肝に銘じたか。水には浸からぬ」

築城の粋を尽くし、沼を砦とする忍城が、甲斐には誇らしい。

「唐子、イカルの供をして堀の内側の屋敷地をぐるっと見ておいで。水かさがどのくらいか、よう調べるのじゃ」

唐子は仕事を与えられ、うれしそうに、「がってんだ」とイカルのあとを追う。だいぶ経って戻った唐子は、

「あっちもこっちも、けっこう水っぽいな。ぬかるみに足をとられたわい。茶畑に膝くらいの水が溜まってたけど、屋敷にまで水は上がってないぞ」と、懸命な眼差しで告げる。

「平気なはずだ、忍城は名城だからな」

どこかで聞き知ったのだろう。自慢げに紅潮させる頬は、まだ、あどけない。

「よう使いができた」

甲斐が頭をなでようとすると、素早くよけ、

「あたりまえだ。おいら、もう九つになったんだもん」

爪先立って背伸びする。

「よしよし、大きゅうなった。子ども扱いはやめにしよう」

唐子はこくりとうなずき返し、走り去った。

水攻めが始まって四日目、六月十八日のことだ。強風が吹き荒れ、大粒の雨が降り出した。時が経つほどに風雨は強まる。城中の大木がゆさゆさと大きく揺れ、豪雨は視界をさえぎる。大嵐がやってきたのだ。増水した荒川や利根川の乱流が領内に押し寄せる。外堀の土塁に泥流が叩きつけ、しぶきを上げて渦まく。

夜になり、城内は不安に包まれた。屋内の灯火さえ、吹きこむ強風に吹き消される。本丸詰めの将らにも不安が広がった。

「土塁が決壊したら、城中に濁流が流れこむぞ」

「犠牲者が出ないうちに和議を申し入れてはどうか」

豪雨は、そんな声もかき消す。

「嵐は城にだけやってきたわけではありませぬ。敵軍も豪雨になぶられておるはず。まして、敵陣は、掘立小屋の野営にひとしい。われらは堅固な城におることを忘れてはなりませぬ」

甲斐が説いても動揺はなかなか収まらない。

「和議を甘く考えてはならん。岩付城を思い起こすがいい。降伏を申し入れたが城兵は皆殺しになったであろう」

老練な将のひと声だったが、そんな状況を誰もが承知していた。

＊

嵐はひと晩中、荒れ狂った。明け方、薄明かりのもと、思いがけない光景を目にする。まわりの水がどんどん引いているのだ。

「おい、皆々、水が引いておるようじゃ」

「まこと引いておる。いったいどうした」

「大雨のあとじゃというに」

「見よ、雨あしも弱まったぞ、御仏のご加護じゃ」

わいわいと狭間《さま》から外をのぞく。

濡れねずみのナギが戻った。領内を泳いでたどり着いたと、手のひらで顔を拭う。

「堤が大きく崩れました」

三成の築いた堤（石田堤）が決壊したのだ。豪雨で忍の領地に満ち満ちていた泥水がほとばしり出て、三成軍の陣所を襲い、およそ三百人ほどの死者を出したという。水攻めは、嵐にたたられ、ついに失敗に終わったのだ。城兵は躍り上がって狂喜している。

甲斐は笑みを嚙み殺した。かえって危険が増したと考えていい。総大将の三成が知恵を誇るように築いた堤がぶざまな結果をさらした。恥辱のあまり、意地になって猛攻を掛けかねない。

「石田堤、やっぱり切れたね。おいら、知ってるもん。工事に駆り出された百姓たち、わざと手を抜いたんだ。土をいいかげんに突き固めてさ。そうやって城を守る手伝いをしたんだって」

唐子は養い親の留蔵から聞いたことを、甲斐にこっそり告げてくれた。

崩れた石田堤の泥の中に、動物や人物、茶碗をかたどった土器、石造りの卒塔婆がたくさん混じっていたという。

——麻呂墓山付近の丘を崩し、堤に運んだ罰じゃ……。

甲斐はつぶやく。いにしえの神々の御霊が宿るという多くの丘を、三成は壊した。神の裁きが下るにちがいないと、甲斐は信じていた。

＊

水が引いたあとの城の周囲は、ますますぬかるみが深くなった。

「おろかなことをしたものじゃ。またしても鎧武者が泥沼にはまっておるわ」

見ている甲斐さえ、じれったくなるくらいだ。敵の再攻撃はままならず、兵たちはかなり疲労しているようだ。

疲れは忍城で長い籠城を戦ってきた者たちの心身にも溜ってきている。城に入った領民たちも、田畑や商いを心配して城を離れていく。

「なんとか士気を高めなければ、籠城戦を勝ち抜くのは難しゅうなりまする」

哲之介が眉をひそめる。雨上がりの蒸し暑さが気だるく甲斐を包む。

「姫、あれを」

哲之介が指差した。ぬかるんだ畔道を、なにやら荷を担いだ民が列をなして急いでいる。

多くの領民たちが城に戻ってきたのだ。米や麦、大豆を担いでいる。青菜も運ばれた。

「敵にくれてやるのは惜しい。籠城中に青菜がなくては脚気になるでのう」

泥水をかぶった畑から引き抜き、よいところを選んで清流で洗ってきたという。

すでに北条氏配下の武蔵や相模の城は、すべて秀吉軍に屈した。残るは忍城ただひとつ。小田原本城も風前の灯となり、忍に救援の手を差し伸べる者は誰もいない。

「なにゆえここまで戦ってこられたか、姫はお分かりだな」

哲之介に問われるまでもなかった。甲斐ははっきり悟っている。城が堅固だからだけではない。城兵が戦上手というばかりでもない。

「数百年前から成田家は、この地に育まれてきたから……」

「そのとおりだ」

北武蔵の一角に祖先が領主として腰を据えたのは、鎌倉に幕府が開かれるずっと以前だと聞かされてきた。

「この戦、北条氏のためなどではない。忍の広大な領土、忍に生きる多くの民、そして成田家があいまって、深い縁《えにし》で結ばれておるからじゃ。ここで共に生きてきた。これからも共に生きていく。その先頭に立つのが、われらの務めなのですね」

列をなす人々が城門に近づいてくる。被害の大きかった敵陣は立て直しに力を削がれているのか、領民の列をはばむ余裕はないらしい。

「この光景を、生涯、強く心に刻んでおきましょうな」

哲之介も、みずからに言いきかせているようだ。

忍城周辺が泥沼と化して敵は攻めあぐね、しばらくは休戦状態だった。六月末になって、あらたな軍勢が姿を現した。三成の援軍として、岩付城・鉢形城を落城させ、近辺に駐屯していた浅野長政の軍六千余騎が忍の周辺に陣取った。水攻めの失敗に業を煮やした秀吉が出撃を命じ、決戦を挑んできたのだ。浅野長政は忍城の大手・長野口に布陣した。

二十七日夜、突然、下忍口に敵軍が攻め寄せた。石田三成が率いる一隊だ。本庄越前守が撃って出て、矢や鉄砲で防戦、多くの敵兵を倒した。が、三成軍はその屍《しかばね》を踏み越えて塀をよじ登ってくる。

イカルの報告で、甲斐は手に取るように戦況をつかむことができた。忍軍にも多大な犠牲が生じはじめた。

「別府さまの三男・顕清《あききよ》さま、討死」

「まさか顕清どのが」

別府家の小姓の横恋慕で新妻・お松を喪った清勝の弟だ。

「まだ二十歳であろう、無念きわまりない」

「盟友の哲之介さまは憤怒し、顕清の首級《くび》は渡さぬと敵中に飛びこみ激闘。ご遺骸を城中に運び入れましてございます」

顕清は二百五十余の城兵の先頭で応戦、さらに二百七十あまりの忍兵が加勢した。果敢な顕清は三成軍に属している北条氏勝めがけ、「裏切り者、成敗してくれん」と突進したが、ついに敵に取り巻かれ討死したのだという。

もう座視できない。すでに軍装を整えていた甲斐は、本丸に詰めている城代・長親のもとに急いだ。敵の返り血を浴びた哲之介が下忍口の戦いを報告しているところだった。

「われも下忍口の守備につきまする。ご下命を」

長親に申し入れた。

「女の身が前線に出ずともよいわ。わが城に強者《つわもの》はたんとおる」

長親の返答はにべもない。甲斐は、その侮蔑に満ちた物言いに憤った。鎧の肩をいからせ、さらに出陣を求める。

「姫、いずれ出陣のときはくる。機を見計らったほうがいい」

哲之介が甲斐の腕を抑える。

長親は唇を噛む甲斐に見向きもせず、強剛の酒巻詮稠を下忍口に向かわせた。しぶしぶ引き上げた甲斐だが、気持ちは収まらない。

「忍領を水浸しにした憎き三成、ひと泡吹かせてやったものを」

勝手に出陣しかねない甲斐を哲之介が諫める。

「成田の嫡女に万一のことがあってはならぬ。家臣や領民は、このの ち誰を主と仰ぐというのか」

その強い口調に甲斐は苛立った。

「もう聞きとうない」

言い捨てる甲斐に哲之介は、

「無数の敵に包囲されておるのだ。そんなわがままな口を利くのは、わしだけになされ。せいぜい怒りをぶつけるがいい。しかし、家臣の前では冷静でなくてはなりませぬ。姫は忍城の支柱でありましょう」

「子どもじみた短慮であった」

甲斐は焦燥にかられた言動を悔い、心を落ち着かせた。

下忍口では戦闘が展開したが、三成軍は、結局、何も得ることなく撤退した。

一方、浅野長政、大谷吉継は、下忍口で戦闘が起きたと知り、呼応して大手・長野口を突破しようと押し寄せた。城兵は懸命に防戦するが、なにしろ敵は大軍。しかも新手の軍は疲弊していない。攻め口を縦横に変え、あちらで蹄の音がとどろいたかと思えば、こちらで鬨《とき》の声が上がる。

「引く敵を深追いするな。城から遠く離れてはならぬ」

主将の柴崎和泉守が叫ぶ。

忍兵に隙ありと見なされたのだろう。浅野長政が先頭に立って、「息を抜くな、追撃せよ」と、大音《だいおん》声《じょう》で叫んだ。城兵に矢が撃ちこまれ、刀を振りかざした敵兵が襲いかかる。味方に死者が出てひるんだところへ、城内から援軍が駆けつけた。が、敵味方双方に討たれる者が続出、一進一退の攻防が繰り広げられる。

「大手口が危なくなり申した」

本丸に伝令が駆けこんだ。

「まことか、援軍を総結集せよ」

軍装を整えた義母の茅乃が驚いて指令を下す。

「いや、どの門も精いっぱい防御しております。持ち場を離れるのは難しい」

長親が、「拙者が大手に向かうぞ」と槍を手にとる。

甲斐は長親を止めた。

「ご城代みずからが戦に出てはなりませぬ。本丸で総指揮を執っていただかねば、わが軍は大混乱になりましょう。大手には甲斐が向かいまする」

長親は一瞬、「うっ」と言葉に詰まった。もう〝女の身が〟などと言っている場合ではなかった。

「よし、甲斐姫、出陣じゃ」

声高く命令を下した。

甲斐は小桜縅《こざくらおどし》の鎧（藍色の糸で金属を綴じた白地の鎧）に猩々緋《しょうじょうひ》の陣羽織を着けた。烏帽子兜《えぼしかぶと》の緒を結ぶと、実母・伊都《いと》から授かった短刀を腰帯に挟み、成田家に伝わる名刀「浪切《なみきり》」を手にした。

豊臣軍の大谷吉継、浅野長政が率いる大軍が長野口の砦を突破し、大手門に迫っていた。柴崎和泉守が懸命に持ちこたえているという。

甲斐に与えられた援軍の総勢は、玉井哲之介、権藤隼人を先頭に二百余人。

「者ども、続けー」

甲斐の大音声《だいおんじょう》に続き、兵らが、「えい、えい、おー」と鬨《とき》の声を上げる。大手門は本丸の東側、たっぷりと水を湛える内堀の向こう側だ。甲斐は愛馬・月影の手綱をさばき、大手を指して駆けた。束ねた黒髪が兜からこぼれてなびく。甲斐の脇を固める騎馬武者が蹄の音も荒々しく疾駆する。徒歩《かち》の足軽が槍を担いで続く。城下の民たちも太鼓を打ち鳴らし、遅れまいと必死にあとを追う。

二の丸、三の丸の橋を渡り、内堀の南側へとまわりこんだ。右手・下忍口付近では激しい叫びが上がり、激闘の真っただなかだ。無数の旗指物《はたさしもの》が入り乱れる。勇将・本庄越前守が率いる一隊が敵兵を目いっぱい引き寄せ、横合いから槍を突きまくり、さんざんに叩きのめしているさなかだ。その様を横目に甲斐は叫ぶ。

「進めー、大手へ駆けよ」

大手の木戸を抜け、長野口へと駆けたとたん、撤退してくる城兵と鉢合わせになった。

「止まれー」

甲斐は軍配を高くかかげ、後方に指示した。

「いかがいたした」

「浅野勢は死者多数。家臣を倒されて怒り狂った浅野が猛進してきた。大手の木戸まで退《ひ》いて防御いたす」

柴崎和泉守の兵にも負傷者が目立っている。

「分かった。われが駆けつけたゆえ、これ以上は退くな」

「援軍、かたじけない」

柴崎の声をかき消すように敵陣から、「かかれ、かかれ」と大音が上がる。

「われが斬りこむぞ、ひるむな」

甲斐は浪切をひるがえし突進した。哲之介と隼人が、ぴったりと脇を固める。

「成田の一の姫・甲斐なり」

名のりを上げて敵軍に月影を駆けこませる。

「槍を喰らえ」

鬼の形相で突き出す兵に、甲斐は白刃を振り下ろした。叫びとともに兵は崩れ落ちる。と思うや、入れ替わった一団が繰り出してきた。

「浅野はどこじゃ、臆病風か。大谷、出てこい」

甲斐は敵陣を蹴散らし、刃を振るう。怯えた兵士が悲鳴を上げて退く。と、また一塊《ひとかたまり》が押し寄せる。

「姫、わしがおれば百人力」

野太い声で駆けつけたのは、長永寺の僧・秀範《しゅうはん》ではないか。小田原籠城を前に、秀範の参陣をめぐりお家騒動が起きたのは春のことだった。

「姫あってこその今じゃ。わしが援軍つかまつる」

秀範は快活に笑い、高々と槍を伸ばして見せた。

「秀範和尚、得意の槍さばき、拝見いたす」

「ようし、とくとご覧あれ」

秀範は「うおー」雄叫びをとどろかせ、敵兵をなぎ倒していく。

「和尚に後れをとるものか」

甲斐が続く。

「姫、刃がにぶっておるぞ」

「なんだと、甲斐の腕をあなどるな」

甲斐と秀範は先頭を競いながら駆けては敵を討ち取った。

「姫さまに後れをとるな」

配下の兵は甲斐の戦いぶりに奮い立ち、群がり寄せる敵に攻めかける。浅野勢はじりじりと大手前から後退しはじめた。

「秀範どの、深追いはよせ」

甲斐がとどめる。怖いもの知らずの猪突は危険だ。

「言われるまでもないわ」

秀範は悔しがって手綱を引く。

「正木丹波守どの、参陣」

哲之介が告げる。

鉄砲の弾ける音が耳をつんざいた。城の南東角《すみ》・佐間口を防御していた正木丹波守が五十騎ほどの援軍を引き連れ、大手付近に群がる敵兵に真横から鉄砲を撃ちこんだ。甲斐を取り巻いていた敵兵が慌てふためいた。思いもよらない場所から攻撃され、

「味方の寝返りか」

「裏切り者が背中から撃ってきたぞ」

と口々に言ってうろたえる。

「さあ和尚、追撃するぞ」

一気に押し返す好機だ。哲之介が率いる部隊が鬨《とき》の声を響かせて疾走していく。

敵陣で法螺《ほら》が鳴った。撤退の合図だ。

「長野口の砦を確保せよ」

甲斐はさらに勇んで兵を進めた。

「押せ、押せ、浅野勢、大谷勢を押し戻せ」

忍兵に高揚感が燃えたぎる。六千人を擁する浅野・大谷連合軍が、引き潮のように目の前から退いていく。

甲斐の討った首級《くび》は二十余を数えた。兵らの手柄を加えたら数十に上る。大手口の戦いは、またも忍兵の勝利だ。

「まこと、姫さまの参戦あってこそ」

まぶしいものでも見るように、多くの兵士が甲斐を仰ぎ、口々に叫ぶ。

「不思議な力がわしを突き動かしたんじゃ」

「なにやら体中が熱うなっての、槍がひとりでに突きまくるような……」

「姫さまのお声がな、わしを駆り立てるのじゃ」

「負けぬぞ、いや、勝つ、勝てる。わしの声が、わしの耳もとで言うた」

「そうよな、敵が蟻みたいに見えてきおったわ」

顔を真っ赤にしたまま、忍兵は声高にしゃべりあう。

高ぶりは甲斐もおなじだった。熱気がこみ上げ、甲斐を突進させせた。

「ひるむな、前進せよ」と、耳もとで風が唸っていた。

――まるで大空を駆けめぐるみたいに……。

甲斐は腰に挟んだ短刀に触れた。母・伊都が忍城から去るとき、「形見に」と乳母の苑に託した品だ。鉢形城下の質素なお志麻の方の庵がよみがえる。

――甲斐を励ましたのは母さまの声？

甲斐はわが手に目をやった。殺生に濡れた、なんとむごい手だろう。が、生きなければならない。

――母さまも戦った。生き抜く甲斐の姿を見守ってくださいませ。

甲斐は形見の短刀を握りしめた。

＊

忍城の各門は、なおも猛攻にさらされていた。忍兵と籠城している四百人ほどの領民が、昼夜交代で守備にあたる。領民はいずれも腕に覚えのある面々だ。兵も民も士気は高い。成田あっての領民、領民あっての成田、という一体感が戦闘に駆り立てる。

一方、寄せ手は二万数千といっても、所詮は寄せ集めの軍だ。秀吉の恩賞がほしくて、互いに功を争って揉めたあげく、足並みが乱れる。

甲斐も、諸将も、それぞれが抱える間者によって詳しい情報をつかんでいた。

「石田三成は援軍に手柄を奪われまいと、抜け駆けの攻撃をして、連合軍の将から非難されているもよう」

敵将たちは軍議によって各門から一斉に攻撃すると示しあわせたという。ところが三成は約を破り、下忍口で勝手に合戦を仕掛けたそうだ。総大将の面子で功を焦っているのだろう。

「三成は姑息な男じゃのう。秀吉の重臣ではないか。敵軍は人材に欠けるわけでもあるまいに」

それが大軍を任されているのかと、甲斐はあきれるほかなかった。

佐間口の寄せ手の大将は長束正家だ。まだ、ひとつも功を立てていないと焦り、四千六百の兵で攻撃を開始。大手口の戦いを支援した正木丹波守が取って返し猛反撃をかけた。付近は木立が多い。視界がきかずうろたえる長束勢、対して勝手を知った正木軍は鬨《とき》を上げて討って出る。長束軍は散り散りに逃げ去った。

攻撃軍は攻めあぐね、意気が沈滞したかに見えた。その時だ。間者が本丸に火急の情報をもたらした。

「真田昌幸・幸村親子が八王子城を発進。業を煮やした秀吉が〝即刻、忍を落とせ〟と出陣を命じたもよう」

城代・長親はそれを聞き、

「名をとどろかす真田の勇兵、敵は最強の援軍を送ったつもりじゃろう。しかし、もう、わが方に怖いものはない」

片頬にかすかな笑みを浮かべる。

「存分に戦ってくれるわ」

甲斐は腰の刀に手を掛け、ガチャリと鳴らす。

数日ぶりで顔を合わせた義母の茅乃が、「甲斐、みごとな働き。そなたの戦いぶりに敵は恐れをなしたようじゃ。命を粗末になさるなよ」と甲斐の手を取る。

城の八つの門のうち、戦闘のなかった持田口のほかは連戦連勝だ。敵兵に包囲されてほぼひと月になるが、兵糧も十分だ。領民が敵の知らない隠れ道から木戸をくぐり、どんどん運び入れてくる。

七月になった。真田軍が城の南西、持田口の外曲輪の砦に押し寄せた。ここは搦め手（裏門）にあたり、これまで敵があえて布陣していなかった門だ。真田は「攻・防ともに弱点の箇所」と判断したようだ。

真田隊は着陣早々で、意気盛んだ。城兵は弓・鉄砲を乱射し押し返す。だが、城将の市田主税《いちだちから》はすさまじい大軍に驚き、いったん砦から退こうとした。

そこへ若手の横田近江守《よこたおうみのかみ》が「ならん」とつかみかかり、強引に押しとどめた。

「どの門でも、激戦で手柄を挙げているではないか。戦わずして尻尾を巻くのか」

横田は怒鳴りつけ、それでも尻込みする市田を放って、

「われと思わん者は続けー」

と真っ先になって駆け出した。十数騎が抜刀して続く。

真田の切っ先は鋭かった。市田はといえば、横田の奮戦を前に退くに退けず、怯えて救援要請の太鼓を打ち鳴らし続けている。背後に陣取っていた城兵が馳せ参じた。真田軍に突進し、つぎつぎと首級を

挙げていく。たまりかねた真田兵は一目散に撤退、その隙に城兵は砦の門を閉じた。

その晩の軍議は揉めた。

「市田、貴殿の臆病、武士にあるまじき卑怯な振舞いぞ」

「まさか、持田口を棄てようとでもしたか」

非難の集中砲火が浴びせられる。返す言葉もない市田は席を蹴って退出しようとした。長親が割って入る。

「真田は明日、ふたたび攻め寄せるだろう。泰徳さま、市田勢に加勢してやっていただきたい」

成田泰徳に顔を向けた。

「そなたの指図は受けとうないわ」

泰徳は長親の命を突っぱねた。亡き城代・泰季の兄である泰徳は、長親には伯父、甲斐には大叔父にあたる。

「泰徳どのは、おのれが城代になって当然と思うておられたからの」

「甥に命令されるのは我慢ならんのじゃろう」
二、三の将がぶつぶつ言うのが甲斐にも聞こえた。
「このわしを、外曲輪の砦で防戦させるのか。あなどるな」

言いながら泰徳は、さらに激高していく。甲斐は一門の長老を笠に着る泰徳の傲慢さが不快だった。

「大叔父さま、大声を上げるのはたいがいになさいませ」

言い終わらないうちに泰徳の罵声が飛んだ。

「黙れ、小娘。ちいとばかり剣が使えるくらいで思い上がるな」

「では大叔父さま、申し上げましょう。甲斐は見てしまいました。長野口の攻防戦のさなか、大叔父さまのご家臣がこそこそと浅野長政の陣に入っていったのを」

泰徳の頬から血の気が引いた。

「裏切って、浅野から恩賞でも得ようというのか」

長親が声を荒らげた。

「そ、そ、そのようなわけでは……」

口ごもる泰徳に長親が通告した。

「ならば泰徳どの、つべこべ申さず、明日から、みごと持田口を守って見せてくだされ」

甲斐は長親に目配せを送った。泰徳を信用できないからだ。敵は城中から内通者を釣り上げれば、最小限の痛手で城を乗っ取れる。城門から、蟻一匹出入りさせてはならなかった。

――甲斐が出陣いたしまする。

その意図が長親にも分かったようだ。

――頼む。

眼差しで同意した。

軍議を終えて諸将が去ると、茅乃がぽつりと言う。

「口惜しや、よりによって、成田一門の者が獅子身中の虫に成り下がったとは」

膝の上で握りしめたこぶしが小刻みに震えていた。

「母上さまもご存じでありましょう。籠城戦に寝返り者が出るのは、ようあること」

「しかし、よりによってお館さまの叔父御が……」

「寝返り者の末路は、みじめにございます」

さんざん武蔵を脅かした武田氏の滅亡の顛末を、知らぬ者はない。武田勝頼が最後の援けと頼った重臣・小山田某が、勝頼の逃亡場所を敵方・織田氏に報せたのだ。勝頼の自刃後、その裏切り者は「卑怯者」として織田勢に首を刎《は》ねられた。

「泰徳どのを城から出してはならぬ。小田原在城のお館さまに申し訳がたたぬ」

「母上さま、妙案がございます。泰徳さまに、裏切って得るものより、ずっとましなものを差し上げましょう」

「ましなもの?」

「はい。命の保証と、知行の加増……」

泰徳が甥の采配を嫌い、褒美ほしさに寝返ろうとしているのは目に見えていた。

「泰徳どのは、明日、持田口守備を命じられておるが……」

「われが出陣いたすからには、迷いを抱く臆病者は邪魔。あてにいたしませぬ。が、敵陣に走りこまれるのも癪《しゃく》ゆえ、功を上げれば二百貫でも三百貫でも増やして差し上げると、母上さまからお告げくださいませ」

「まさに妙案」

茅乃は笑みを浮かべた。

「すでに浅野勢、長束勢が三成の援軍として参陣。今度は真田が加勢。いよいよ、われらが勝ちを制する好機となりました。忍の侍にも、籠城中の民にも、褒美をはずんでくださいませ」

勝利のあかつきには、侍、民を問わず、ひとり五十石を与えてはいかがかと、甲斐は提案した。

「甲斐、殿の留守を預かる者としてみごとな采配。成田は実高三十万石の大大名。この期《ご》に及んでなにを惜しむことがあろう」

今こそ、諸士、諸民に報いるときだ。その晩のうちに城代・長親が褒賞についての触れを発した。

夜明けとともに敵勢の陣太鼓が激しく打ち鳴らされた。真田勢が加わり、敵は二万六千に膨れ上がり、城域の八方の門すべてに布陣。忍兵も城外八つの門を押える外曲輪と城門に陣取り、開戦の法螺が響き渡った。

甲斐の軍は武士・足軽あわせて二百余人。真田勢が陣取る持田口に近い中新井曲輪に騎馬を並べた。持田口から「うおー」と上がる敵軍の喚声が天を突き、蹄の音がとどろく。

「者ども、馬を降り、ひざまずいて槍を置け。兜の緒を解くのだ」

甲斐の意外な指令に兵たちはざわめいた。敵は迫っているのだ。

「慌てるでない。緒を緩めよ」

不審な指示に顔を見合わせながら、兵は一斉に下馬、槍を置き、緒をほどく。

「そのまま待機せよ」

甲斐に命じられ、諸将はいぶかりながら、その場に控えた。これは激戦にのぞむ際の、兵法の秘策だ。再び緒を締めなおしたとき、あらたな闘志が掻き立てられる。

伝令が頬をひきつらせて物見櫓から駆け下りてきた。

「真田は外曲輪の砦を突破、柵を引き抜いておりまする」

出陣の機は熟した。ついに知謀の豪勇・真田昌幸との決戦だ。

そもそも秀吉が北条征伐に乗り出したのは、名《な》胡桃城《ぐるみじょう》の領有をめぐり、真田と北条が戦を起こしたのが発端だ。当事者だけに真田勢は手ごわい。しかも五年前の「神川《かんかわ》の戦い」は、武蔵の武将たちの記憶にあたらしい。真田家当主・昌幸は、居城・信濃国（長野県）上田城を砦に、たった二千の兵で徳川家康軍七千を打ちのめした。

甲斐は真田に立ち向かう兵を奮い立たせる。

「猛将・真田昌幸と戦うは武蔵武士の誇り。目に物を見せてくれようぞ」

城兵から、「おー」と鬨《とき》が上がる。

城外から斥候《せっこう》の兵が駆けつけた。

「横田近江さま、討死」

「なに、横田どのが」

昨日、市田の臆病を罵倒し、十数騎で敵を蹴散らした勇士だ。その死を目の当たりにした泰徳と市田は城門内に逃げこんだという。

「ようし、皆々、立て。兜の緒を、しっかりと締めなおせ。横田の弔いじゃ」

緒を締め気概をあらたにした兵たちの目に、たちまち力があふれる。

「いざ出陣」

甲斐は高々と指令を発した。諸将は鎧を鳴らし、一斉に騎馬する。持田口門が開けられた。甲斐は月影に鞭をくれる。兵らは勢いよく甲斐に続いた。

外曲輪一帯は苦戦の真っただ中だ。真田軍が六連《むつれん》銭《せん》の幟旗をはためかせては寄せ、どっと退く。新手が怒濤の勢いで攻め寄せる。その旗標は丸に違い鷹の羽、浅野長政勢だ。

強剛で鳴らす酒巻靭負が援軍に駆けつけた。四方八方から交差線を描くように敵に斬りこみ、かと思えば渦巻き状に回転して敵兵をなぎ倒していく。

酒巻の横合いから矢が雨のように打ちこまれた。横矢を射る一軍に無数の赤旗がはためく。指揮をとるのは日月《じつげつ》の軍配をかざす真田昌幸だ。真田の軍勢めがけ、甲斐は城兵の先頭に立って飛びこんだ。

「成田氏長の娘、甲斐なり。堂々と勝負せよ」

名のりを上げて、家伝の名刀「浪切」を振りかざす。真田勢が乱れた。

「黒馬をあやつる女将軍だ」

怯えて、あとずさる。大手口の戦いの甲斐の勇猛ぶりは知れ渡っていた。甲斐は右へ左へと太刀を払う。屈強な侍がばたばたと落馬する。

緋色の戦小袖、小桜縅の鎧、烏帽子兜に巻いた白羽二重の鉢巻がなびく。華やかないでたちは、あたかも戦場に咲き誇る大輪の花だ。華麗な花は、黒々とした瞳で武者たちを射すくめる。

真田の後陣から黒褐色の馬が疾駆してきた。紺地に白い髑髏を染め抜いた旗指物が風を切る。

「そこを動くな、女将軍。生け捕って、わが妻にしてくれようぞ」

髭の武者が大声でがなり立てる。甲斐はあでやかに微笑んだ。従者から弓を取り、「びゅう」と矢を放つ。矢は喉に命中し、髭武者は髑髏旗とともに落馬して果てた。

「姫さま、お見事」

忍兵たちは大歓声に沸いた。

「姫さまに続けー」

怒濤の叫びがはじける。

「われらの戦いぶり、見せてくれようぞ」

槍をかざし、あるいは矢をつがえ、突進する。太刀を振り上げた甲斐の鎧を、敵の矢がかすめた。

「姫、大事ないか」

どこからか哲之介が駆け寄る。

「われにかまうな。進め」

一瞬目にした哲之介の頬に血がにじんでいる。だが、いたわる暇《いとま》はない。

「存分に戦おうぞ」

甲斐が叫ぶ。

「勝負どきじゃ」

大音声とともに哲之介が馬に鞭をくれる。日月の兜立物《かぶとたてもの》（兜の鉢の飾り物）が陽にきらめく。続くのは高角《たかづの》を兜に立てた隼人だ。成田の家紋・竪三《たてみ》つ引《ひき》両《りょう》の旗指物をはためかせ、十数騎が追う。成田家の侍大将だと、敵は一目で見分けるだろう。ふたりは先陣を切り、大将首を狙う真田兵を引き寄せるつもりだ。

「そなたらに後れはとらぬぞ」

甲斐は率いる兵の先頭に出た。敵兵が、どっと駆け寄る。城兵が後ずさる。甲斐は太刀を振るい、たちまち三、四騎を討ち落とした。敵・味方、入り乱れる真っただなかを、右へ駆け、左に突き進む甲斐。大輪の花の花弁のように戦場に舞う。その雄姿に城兵が奮い立ち、むらがる敵に襲いかかり、追いたてる。

「ひるむなー」

「追えー」

声を交わしあい突撃していく。すさまじい勢いに真田勢が乱れた。いったん隊形が崩れると、立て直しは難しい。騒然となって退却する。

その向こうから、

「退くな、討ち止めよ」

若々しい声が響いてきた。

六連銭の旗指物が躍っている。真田の新手だ。甲斐は軍配をかかげた。

「陣形を整えよ、方円《ほうえん》の陣じゃ」

どの方向から攻められようと太刀打ちできる孫子の兵法だ。

白河原毛《しろかわらげ》（たてがみの黒い白馬）の馬が猛進して

くる。馬上の若武者は赤い陣羽織をひるがえす。

「われこそは真田幸村、初陣の手柄に成田の女武者、討ち取ってくれるわ」

幸村なる若者が高らかに名のりを上げる。朱塗りの兜の正面に六連銭、鉢には二本の角《つの》が打たれている。

「女とあなどるな、大勢でかかれ。生け捕れー」

幸村が命じる。真田の新手の兵は意気盛んだ。甲斐は斬りこんだ。その太刀裁きに励まされ、忍兵が勢い立ち、真田兵を討つ。負けじと真田兵が斬ってかかり、忍兵が討たれた。

「許さん、幸村」

甲斐は群がる敵の囲みを駆け抜け、幸村に迫った。

「初陣とな、それにしては潔い戦ぶりじゃ」

幸村は高笑いし、

「小癪な、ほめてもらわんでもよいわ。くたばれ女武者」

すかさず大刀を振り上げた。

初陣というわりに、幸村は大人びていた。

——手ごわいぞ。

甲斐は気を引き締め、太刀を打ちこんだ。幸村が受ける。鍔迫《つばぜ》りあいになった。

「女、甲斐とやら。いい腕っぷしじゃ」

幸村の眼中に、もう嘲笑の色はない。

「ほめずともよい」

今度は甲斐が応じる。幸村の馬が揺れたとたん、太刀を振りかぶってきた。その切っ先を甲斐が払いのける。ふたたび鍔迫りあいだ。幸村は目を怒らせ、ぎりぎりと歯を食いしばる。甲斐のこめかみに汗がしたたる。一騎打ちで退くほど甲斐の腕力は、やわではない。

と、その時だ。真田の陣で法螺が鳴った。

「引きあげよ、早々に引き揚げじゃ」

撤退の指令が聞こえてきた。真田は負傷兵が増し、隊列は崩れたままなのが見て取れる。幸村は退く様子もなく太刀に力をこめる。蹄の音が近づいた。

隼人だ。幸村に斬りかかる。哲之介が太刀をかまえ、幸村を誘うように深田の方へ駆け出した。幸村は追う。振り向きざま甲斐に、「勝負はまたのおりじゃ」と叫んだ。

「よし、幸村、それまで生きておれよ」

甲斐が返す。

「おぬしもじゃ」

言うが早いか幸村は、撤退の命を無視し、むきになって哲之介を追う。真田陣から武者が駆けてきた。

「幸村、深追いは許さん、退け」

大声を上げているのは、兜に六連銭をあしらった初老の真田武者だ。命じる言葉つきである。幸村の父・昌幸であろう。

「あれが真田の頭領か」

真田の存続を懸けて智謀・秘策のかぎりを尽くす昌幸を、秀吉は「表裏比興《ひょうりひきょう》（卑怯）の者」と断じたという。奇策で敵を翻弄する昌幸が信じきれないのだろうが、策で戦う武者に対する絶賛の辞でもある。黄昏どきになっていた。幸村は追討をあきらめ、兵をまとめて引き揚げていく。

七月も十五日、この日、忍城兵は死力を振るって持田口を守りとおした。夜半になり、本丸の甲斐の屋敷にはどこからともなく虫の音が届いてくる。

「姫さま、申し姫さま」

庭先からひそやかに呼ぶ声がした。

「イカルか、近う」

招くが人影はない。

「姫、お庭へ」

呼ばれて、いぶかりながら泉水のほとりに降りた。

「まあ、玖珠丸さま、お久しゅう」

玖珠丸はひざまずき、「しっ」と唇に指を立てる。甲斐は、そのそばにかがんだ。

「お館さまからの密書にございます」

「密書？　では小田原から」

「さようにございます」

月明かりが玖珠丸を照らしだした。頬をゆがめ、苦渋に満ちた眼差しだ。

「父上の御身にまさか」

甲斐は息詰まる。

「ご安心めされ。ご無事じゃ」

「で、父上からの密書とは」

玖珠丸はおもむろに胴巻きを取り出し、一通の文を甲斐に手渡した。

「お読みになる前にひと言申し上げる。小田原城、すでに落城いたしてございます」

「なんと、落城とな。いつのことじゃ」

本城が落ちたなど、甲斐には信じがたい。いつ、と問うのに、玖珠丸は言いよどんでいる。

「いかがいたした。申してくだされ」

「七月五日、でございます」

「もう、十日も前ではないか」

それも知らず、忍城は戦い続けていたというのか。

「姫さま、玖珠丸めが、すべてお話しいたすゆえ、どうか、お心静かにお聞きあるよう」

「庭先ではまずい。奥座敷へ上がられませ」

玖珠丸がナギの手伝いで手足を濯ぐ間さえ、甲斐はもどかしかった。大事の気配を察した乳母の苑がおずおずと白湯《さゆ》を差し出し、様子をうかがう。甲斐は、苑もナギも座敷から下がらせ、ほの暗い灯火のもと、玖珠丸に向かいあった。

「小田原では攻防戦はなく、両軍とも睨みあいのまま経過。双方、次第に飽いてまいりました。なにしろ、三月末から延々と戦線が動かないのですから」

戦闘は、たった三度ほどだったという。北条方では弱冠二十六歳の岩付城主・太田（北条）氏房が、蒲生氏郷軍に夜襲。包囲する秀吉軍も二度ほど夜襲をかけてきたが、いずれも、陣中から鉄砲を撃っただけで終えてしまったと、以前にも聞いていた。

「うだるような暑さの盛り、兵らの気がゆるみ、豊臣方の兵が脱走し、城下で乱暴を働く事件もしばしば」

「乱暴とは？」

「お定まりでござろう。略奪、婦女への暴行……」

「おぞましや。まさか、敵軍は忍城下でそのようなことを起こしてはおるまいの」

忍城はかつてない大軍に包囲され、激戦が繰り広げられている。民の暮らしも脅かされているであろう。城将たちに今、領民に気を配る余裕がない。そのことに甲斐は焦燥をいだく。

「戦とは、そもそもおぞましいもの。いや、平時でさえ、人は仏道を踏み外しまする」

「……そうやもしれぬ。だが、そうならぬために、政《まつりごと》があるのじゃ」

「そのとおり。姫、たくましゅうなられたのう」

「小田原城に籠城の方々は、どうなされたのか」

落城となれば、諸将は罪を逃れられまい。

「焦らずにお聞きめされ」

あれもこれも聞きたいというのに、玖珠丸は話を長引かせる。

「そもそも秀吉は、戦わずして北条氏を滅ぼそうともくろんでおった。まさに、その術中にはまったと申しましょうか。籠城兵が敵に内通。敵将を城内に引き入れようとしたのじゃ」

小田原方の士気低下に拍車がかかる事件が、相次いだ。

小田原城の西方、笠懸山《かさがけやま》に秀吉の城が完成した。木立の中から、突如、壮大な城郭が姿を現したのだ。石垣山城である。さらに、残虐な光景に直面する。秀吉軍に内通した小田原兵一味が、見せしめのために城内で成敗された。なおも無残な出来事が起きる。陥落した八王子城で討ち取られた首級《くび》が小田原に多数送られ、城外に晒された。その上、連行されてきた将兵の妻子までが生き晒になったのだ。相次ぐ悲惨な出来事は北条方に決定的な打撃を与えた。

「姫、ようお聞きくだされ。これらは戦況の終末期の現象じゃ。戦を収めるときがきたと言っていい」

おりしも、意外な使者が玖珠丸の庵を訪れた。秀吉がわが氏長との交渉を求めてきたのだ。

「成田のお館さまの連歌の友、山中長俊《やまなかながとし》さまからの密書を持って来られた」

「山中さま？　はて、父上からお名をうかがった覚えがないが」

「秀吉の右筆《ゆうひつ》じゃ。殿は京にのぼられると、連歌の席を楽しまれた。山中さまは連歌のお仲間。殿の盟友でござる」

右筆とは、文書を書く役目の者である。

秀吉は忍城の戦況に苦慮していた。石田三成に攻めさせ、浅野長政、長束正家、真田親子など、勇将を援軍に送っても、城は落ちない。すでに北条氏配下の城はすべて陥落、残るは忍城ただひとつとなっていた。そこで秀吉は、氏長と親しい山中に、仲介を命じたのだという。

「使者は、こう申した。『いまだ忍城兵の結束は固い。意気も衰えておらん。だが世は秀吉公の天下。もはや城を明け渡すしかあるまい。城兵と民を救うてやらぬか』と」

いよいよ働くときがきたと、玖珠丸は意を決したという。

「北条氏にもう勝ち目はない。ぐずぐずと和議を引き延ばせば、犠牲が増すだけだ」

玖珠丸は危険を冒して小田原城内にもぐりこみ、忍の開城を促す山中長俊の密書を氏長に届けた。氏長はともに籠城している弟の泰親と話しあいを重ね、ついに忍の開城を決意。城内の婦女子の助命、領民の財産の安堵を条件に出し、それを確約するなら城を明け渡すと、山中を通じて秀吉に申し述べた。

北条側は「氏長寝返り」と緊迫、氏長への監視が強まる。

「その苦境のなかで、開城を命じる使者を忍城に送ったのだが……」

甲斐は思い当たることがあった。

「使者？　あれはまことに父上さまからのお使いであったのか」

見慣れない使者だった。今思えば、見知った家臣も監視されていて、小田原城から出られなかったのだろう。動乱の世に偽《にせ》情報は常だ。受け取った城代・長親は、ひと目見て火に投げ入れた。軍議は沸騰した。

「降伏の下命など、三成が仕掛けた罠じゃ」

「和議などもってのほか。一命を賭して城を守ることこそ武士の本懐」

「開城してどうなる。妻子を連れて露頭に迷うばかり。餓死するくらいなら、戦い抜いて死するほうがましであろう」

意見は一致し、戦闘意欲は高まるばかりだった。

「城兵は、どれほど果敢に戦ったことか。領民たちまでが兵糧を運び入れ、城に籠り、参戦した。忍は負けてはおらぬ。二万六千の敵軍が、門ひとつ破れないではないか」

それなのに父が秀吉に内通したというのか。甲斐の胸がたぎる。

「ですから今のうちに。これ以上、命が失われないうちに」

玖珠丸は詰め寄った。

本丸の板敷には重臣が居並び、若侍たちは、所狭しと庭に陣取った。成田氏長から忍城への降伏下命書は、城代・長親によって開封された。

すべてが終わっていた。

秀吉の小田原征伐に対し、頑強に抗戦を主張し続けた本城の大殿・氏政と、その弟・氏輝は切腹。氏政の嫡子で北条氏五代当主・氏直には高野山に蟄居の命が下された。氏直が早くから降伏を主張していたこと、彼の正室が徳川家康の娘・督姫であったことなどが考慮され、死罪を免れたという。

「無念でござる」

書状を持つ長親の手が激しく震えている。ひとりとして言葉を発する者はない。やがて座中に嗚咽が広がっていった。

「ご城代、甲斐が降伏の使者として三成の陣所に参ります」

この役目は成田の者が務めなければならないと、甲斐は意を固めていた。

「なにも女の身のそなたが行かずともよい。誰か一門の者が」

長親は渋った。

「またしても、ご城代の『女の身が』ですか。ご城代みずからが使者を務めては軽く見られましょう。ご子息・長季《ながすえ》どのは、あなたさまとともに城明け渡しの段取りに当たらねばなりますまい」

婦女による停戦の使者、和議の交渉は、例がないわけではなかった。甲斐は成田家の継嗣である。ぬかりない談合で、籠城中の家臣や家族、領民の今後について、最大限に有利な約束を取り付けなくてはならなかった。

「よう分かった、甲斐。使者を務めよ。しかし、そなたの奮戦、敵はさぞかし憤っておろう。身の危険は承知か」

「命は惜しみませぬ。が、万一、われを斬れば和議は遠のきまする。三成にすれば、三月《みつき》も戦って勝てなかった敵ゆえ、ここでなんとしても戦を収めたいはず。殺したりなどしませんでしょう」

城代は甲斐を氏長の名代に立て、正木丹波守を正使に決定、敵の本陣への前触《さきぶ》れを哲之介に命じた。

甲斐は鎧兜を脱ぎ、烏帽子に白鉢巻、緋色の地に刺繡をほどこした小袖と緞子の括袴に装束を整え、月影にまたがった。乳母の苑が涙を滲ませ、「姫さま」と甲斐の袴にすがった。

「苑、案じることはないでの」

苑の涙を篝火が照らしだす。

「すぐに戻るゆえ」

甲斐は身をかがめ、苑の肩をなでると、月影の腹を蹴った。

「姫さま」

苑が声を上ずらせる。

麻呂墓山の三成の本陣までは、ほんのひと走りだ。甲斐の供は隼人、イカルとナギ、丹波は小姓を同道した。供まわりの者を陣幕の外に控えさせ、甲斐と丹波は三成の前に進み出た。座所は三成に向かいあう床几が指示される。粗略な扱いではなかった。陣中には浅野長政、長束正家、真田昌幸・幸村父子など、敵の大将が待ち受けている。

「殊勝なお申し出、うけたまわる」

三成が口を切った。年のころは三十歳前後であろうか。温厚そうな面立ちだが、なんの情も浮かべずに甲斐をうかがっている。

「和議を申し入れるに際し、確約いただきたいことがありまする。城代・成田長親、将兵を率いた成田甲斐、ふたりの首は差し出し申す。その代わり……」

毅然として言い放ち、それから膝に手をつき、

「忠義によって戦った城兵、その家族の助命を、伏してお願い申し上げまする。また、忍の領土を大切に思うがゆえに戦に手を貸した領民の罪を問わないでいただきとう存じます」

頭《こうべ》を垂れ、申し入れた。

「降伏の文書、受け取り申した。城を即座に明け渡していただきたい。処分については秀吉さまから沙汰が言い渡されるであろう。沙汰が下るまで、一族・諸将は城下の寺などに身を寄せて待つこと。城内の物すべて、ただ今より、この石田三成が預かり申す。お分かりかと存ずるが、城を出る際、私物のほかは何一つ持ち出してはならぬ」

相変わらず無表情のままだが、三成の口調は丁寧だった。

「承知いたしておりまする」

退出する甲斐を、誰も阻もうとはしなかった。月影の手綱に手を掛けたとき、すっと人影が寄ってきた。イカルとナギが身構える。

「真田幸村でござる。女将軍どの、戦といい、お使者といい、見事でござった。幸村、初陣を堪能いたした」

言うが早いか、闇に消えた。

「思いきり戦ったぞ、甲斐も」

その声は届いたかどうか……。

帰り着くと、うおーっという家臣たちの声に出迎えられた。甲斐が無事に戻った安堵と、開城が決まった悲哀が入り混じっている。

明け渡しのための清掃がはじまっていた。長い激闘でいたるところが荒れ果て、汚れている。籠城していた領民たちは涙をぬぐいながらも、素早く仕事を進めていく。

茅乃は成田家が所持している宝物を並べ、本丸の書院を美しく飾った。妹のお巻とお敦は二の丸の女人屋敷を清めるため、侍女を連れて戻った。甲斐は長親や重臣たちと額を突きあわせ、誰がどの寺に身を落ち着けるかの割り振りに時をついやした。

翌朝、とうとう開城の時が訪れた。受け取りの上使《じょうし》である三成と浅野長政が本丸に入る。長親は引き渡す品々を書き上げた書面を提出した。主だった宝物・武器・武具・軍馬・米穀など財物はもちろん、盆栽や鶏、犬の数までも記したものだ。

長い籠城戦は終わりを告げた。秀吉の天下取りの野望に屈したものの、援軍が加わって総勢三万騎におよぶ敵軍に、わずか三百五十騎で忍城を守り抜いたのである。

「城破れての降伏ではない」

「和議なっての堂々の開城だ」

忍城軍は本丸の前庭に結集し勝鬨《かちどき》を上げた。

「えい、えい、おー」

「えい、えい、おー」

澄んだ初秋の空に、高らかに突き抜けていく。

甲斐も茅乃や妹姫たちも、綾錦の衣装で美しく華やかに装った。家伝の名刀「浪切」だけを持ち、甲斐は月影に体を預ける。

見送る領民たちから拍手が起こった。歓呼が渦まく。まるで凱旋軍を迎えたみたいだ。

——存分に戦った。悔いは何ひとつない。

甲斐に従うのは、哲之介、隼人など数人の近習《きんじゅう》、乳母とわずかな女房衆だけだ。一行は成田家の菩提所・熊谷成田郷の龍淵寺に退去する。

小さな橋にさしかかった。

——縁切り橋……。母さま、母さまにお別れしたこの橋も、見納めにございます。

甲斐は振り返った。本丸の木立、社《やしろ》の森、満々と水を湛える堀。櫓や殿舎が水面に姿を映す。ふいに、こらえていた涙が頬にあふれる。

季節外れの蓮の花が一輪、薄紅の花弁を揺らしていた。

＊

北条氏一族は自刃・流罪など重い刑に処せられて滅んだ。

甲斐たち成田一門が蟄居している龍淵寺は、敵将・浅野長政の兵に厳重に見張られている。小田原城が落城してもなお戦い続けた忍城だった。城主・氏長をはじめ一統の者に、秀吉はさぞかし重い処罰を下すだろうと誰もが覚悟をしている。戦のさなかには、甲斐の胸中をかすめることさえなかった死。それで償うことができるのなら、あとに願うのは、家臣や領民が罰せられないことばかりだ。

秀吉の沙汰は素早かった。成田家一門は秀吉麾下《きか》の武将・蒲生氏郷へお預けとの命が下った。一門とは、忍城主・氏長、弟・泰親、忍城代・長親、その嫡子・長季など主だった一族と、その妻子たちのことだ。遠縁にあたる者は、お預け免除という。

龍淵寺にやってきた秀吉の使者は、「蒲生どのは会津四十二万石に転封になられた。よって成田家は、蒲生どのに従って会津に赴くこと。私物以外は持っていってはならぬ」と告げた。

思いもしなかった軽い処罰に、甲斐はかえって心が沈んだ。戦へと率いた家臣や領民に対し、敗北の責任をどう償ったらいいのだろう。

だが、追って知らされた家臣や領民への寛大な処置は、そんな甲斐のせめてもの救いになった。「成田一門以外の武士たちにお咎めはなし。家財を持参して城から退去すること。領民は戦前のまま、田畑・山林・家屋・その他財産の所持を許す」というものだ。氏長らが死一等を減じられ、領民に罰が与えられなかったのは、氏長が他の武将に先んじて謝罪降伏した殊勝さによるという。

＊

甲斐は蒲生氏郷の名を聞いたことがある。しばしば京に上って連歌の集いを楽しんだ氏長のみやげ話に何度か登場した。

「聡明な美少年と噂であった。信長公に気に入られ、なんでも十二歳で信長公の人質になったそうな。信長公は岐阜城に連れ帰り、烏帽子親となって元服させ、次女で十歳の冬姫を娶らせたのじゃ」

それは、甲斐がまだ生まれる前のことだったそうだ。

「冬姫さまはのう、透き通るように色白の、それはそれは美しいお方と評判じゃった。信長公のご一族は皆、美男美女。そのお血筋であろう」

氏郷は漢詩や和歌にも優れ、茶道では千利休の高弟で、「利休七哲《りきゅうしちてつ》」の筆頭に数えられるという。利休は氏郷を、「文武二道の御大将、日本で一、二の大大名」と称賛していることなど、氏長は京で聞いたことを茅乃や姫たちに話してくれたものだ。

その氏郷は今、三十五歳。信長のもと、華々しい戦功を挙げ、本能寺の変後は秀吉に仕えて伊勢松坂十二万石の城主になったとのこと。城を拡張し、美しい城下町を作り、商いや手工業を発展させたという。氏郷はこのたび、秀吉の命令によって伊勢松坂から会津へ領地替えになったそうだ。

このあたりが、甲斐が氏郷について知ったことだが、いわば捕虜となった成田家が、氏郷にどのように扱われるかはまったく見当がつかない。

北条氏を討伐した秀吉は、奥州での支配を固める「奥州仕置《おうしゅうしおき》」を完成させるため、すぐさま奥羽に進軍。小田原城に詰めていた氏長と弟の泰親は、すでに氏郷に身柄を引き取られ、奥州に向かって発ったという。三、四日ほど前というから、今日明日にも、その一行と忍の近辺で合流できるかもしれない。奥州下りの支度といっても、なにがあるわけではなかった。身ひとつで忍城を去ったのだから、整える荷は身のまわりの品だけだ。

＊

龍淵寺の境内に萩の花が咲きこぼれていた。

——あらんかぎり力を尽くした。

つぶやいたとたん、静寂を破り、戦の喚声が甲斐の耳もとにとどろいた。とっさに身構え、背後をうかがう。鎧武者も軍馬もそこにいるはずはなかった。風が木々の葉をそよがせて抜けていっただけだ。

——まぼろしであったか。

寂寥感がこみ上げる。

——無理もない。あまりに激しい戦闘であったゆえ。負けてもおらぬのに、刀を納めねばならなかったゆえ……。

それにしても、父には早期の降伏という方法しかなかっただろうか。甲斐の心中は、まだ、わだかまっている。忍城では血みどろの戦闘が続いていた。とりわけ、七月に入ってからは、多くの城兵が命を落とした。しかし、そのときすでに、氏長は降伏勧告を受け入れていたのだ。

——ならば……。

甲斐は、みずからに問う。

——最後の一兵まで戦うことを、われは望んだか。

答えは分かっている。戦闘を続けたなら、もっと多くの戦死者を出しただろう。意地で戦を続行すれば、代償は増すばかりだ。北条配下の多くの城が、悲惨な結末を迎えた。城主や重臣の切腹・斬首、家臣、女・子どもまでが全滅した最後を、どれほど聞いたかしれない。

——そう、忍城は、これでよかった。

目を閉じれば、野良仕事にいそしむ民の姿がまぶたに浮かぶ。できることなら、彼らが忍城の蔵に運び入れた米穀は、甲斐の手で返してやりたかった。大軍に踏まれた田畑に、今年の収穫は見込めない。

だが、城下にはまた、緑がよみがえるだろう。新しい城主のもと、人びとの頬が明るく輝く日がくる。

――いつかきっと、成田の家名を復興させよう。

甲斐の黒髪に秋の陽が葉影を落としていた。

＊

正木丹波守は忍領に寺を建立して戦死者を弔うため出家した。権藤隼人は鎧や刀を捨て、農事にいそしむという。

「権藤の家にはたくさん田畑がある。なんとかなるさ。忍に根を張り、この地の行く末を見守りたいのだ」と、根っからの陽気さで笑みを浮かべた。

＊

蒲生氏郷に預けられて会津に向かう父・氏長を、甲斐は龍淵寺から一里ほど南の荒川べりで出迎えた。

「預け」とは、一城の主となる道を閉ざす禁固にひとしい。五カ月ぶりに再会する氏長の頬は削げ落ち、無精髭をたくわえた姿も痛々しかった。

「よう戦ったぞ、甲斐」

慈愛をこめて差し出した氏長の手を、甲斐はさりげなく避けた。小田原と忍に分かれ、ともに戦った日々の、あふれる思いを語りあいたかった。だが今は囚われの身だ。そして、忍城が死闘を繰り返しているさなかに降伏した氏長の行いを、理屈では分かっていても、気持ちの片隅で納得していない。氏長も、心中、詫びる思いもあるにちがいない。ぎこちなさを抱えたまま、しばし眼差しを交わしただけで、ともに北を目指してゆく。

成田一行といっても、一門の者十数人と、わずかな供まわりなど、合わせて三十人に満たない。開城後、城兵の多くは住み慣れた忍領で帰農した。もともと田畑を持ち、農に携わっていたから、決断に迷いはなかったのだろう。子孫が武士になりたがらないよう、鎧や兜、槍刀を焼いて埋めたという。そこを「鎧塚」と呼ぶと聞いた。知りあいのつてで、他国に仕官した者もいる。甲斐にはもう、なんの手助けもできない。成田一門は三十万石の領地を失い、命ひとつを抱いて落ちていく。

かつて氏長は言った。

「名誉だの、恥などにとらわれるな。命さえあれば、明日はくる」と。

甲斐に、その明日はまだ遠い。会津でどんな暮らしが訪れるのかも分からない。

「蒲生さまにはお目にかかれるのであろうか」

甲斐は轡《くつわ》を並べる哲之介の横顔に問いかけた。

「会津に到着すれば、われらの身の振り方をお命じになる。その時には対面するであろうな……」

奥州への道のりは強行軍だった。下野国《しもつけのくに》の安蘇《あそ》（佐野市）、都賀《つが》（鹿沼市）を過ぎ、警護の兵に囲まれた甲斐たち一行は、今市《いまいち》から会津西街道へと馬を進めた。熊谷宿を発って四日目のことである。ここからは、山峡を縫う険しい道が続くという。芒《すすき》の穂が銀色に輝き、秋の深まりを告げていた。

四　恋ひと夜

　七月末（旧暦）、秀吉は早くも宇都宮城に到着、「太閤検地令」と、奥州の諸大名の戦後措置である「奥州仕置」を発令した。小田原に参陣しなかったなどの理由による奥州大名の改易（所領没収）は九家。伊達政宗は本領の出羽・陸奥の十三郡七十二万石を安堵されたが、蘆名《あしな》氏を追放して得た会津は没収され減封。その会津四十二万石を得たのが蒲生氏郷《がもううじさと》だった。新しく奥州に封じられたのは蒲生家のほかに、もう一家。この奥州仕置で秀吉は、ついに天下統一の総仕上げをしたのであった。

　成田家一行は、宇都宮で秀吉の本隊と別れ、山道を会津へとたどる一隊と同行した。どうやら、この街道は、秀吉の西国への帰路になるらしい。その準備や偵察を兼ねているのだろう。

「奥州仕置を急ぐ秀吉のこと、宇都宮城にそう長くは滞在なさるまいなあ」

　甲斐は氏長に訊くともなく問いかけた。

「今や、秀吉と呼び捨てにもできぬ。われらは罪を認め、かのお方に降伏。家臣や民の身を安堵していただいたのだ」

　問いには答えず、その物言いは、どこか投げやりだった。

　秀吉本隊と別行動になったことは、甲斐にとって、せめてもの救いだった。捕虜さながらで本隊に随行するのであれば辛い。氏長もきっと同じ思いだろう。

　八月はじめ、黒川城《くろかわじょう》（のち会津若松城《あいづわかまつじょう》）には三、四里ほどだという村に入り、成田の一行は小さな寺に留め置かれた。広くはない庫裏や本堂は、女人や子どもだけでいっぱいになり、男たちは野営にひとしい。これまでの十日余もそんなものだったから、会津に足を踏み入れただけでも、皆、ほっとしていた。

秀吉は伊達政宗を案内人に立てて宇都宮を出発、蒲生氏郷、奥州仕置奉行・浅野長政を筆頭に三千の軍を進め、在地の豪族や地侍たちの抵抗を抑えこみ、白河を経て八月九日、会津に到着、御座所を黒川城下（会津若松城）の興徳寺に構えたという。

その日、甲斐たちは会津東山に移動、付近の天寧《てんねい》村にある倫王寺《りんのうじ》の末寺に仮住まいを与えられた。城下のはずれの村だが、人びとが右往左往し、やたら騒がしい。落ち着かないのは天寧村ばかりではないようだ。大軍が駐留し、米・味噌・醤油・豆や野菜、薪、炭などが調達され、一帯の郷村や商家は大わらわらしい。だが一方で、秀吉軍に怯え、逃げ出した者も相当いるという。

「家財を背負ってな、ほれ、そこの裏山さぁ、大勢逃げこんでるだよ」

村人が甲斐に教えてくれた。この村だって、三十人もの成田一行と護衛の兵を迎え、困惑していることだろう。

翌日になって、氏郷の使いが氏長を訪れた。

「成田どのは姫たちをお連れであるな。聞けば関白さまをさんざん悩ませた女将軍も一緒とか。願ったりじゃ。関白さまにお目見えし、長旅をお慰めせよ」

有無を言わせない威圧的な下命だ。

城下の女たちを百人ほど炊事や掃除、接待に駆り集めたものの、「なにしろ言葉が通じない。武蔵の姫なら、そこは、幾分ましであろう。十分、お伽をいたせ」と、遠慮も配慮もない話だ。

伽がどんなものか、分かりきっている。秀吉の好色は、西国から遠く離れた武蔵の地でも知らぬ者はなかった。小田原の陣にさえ、愛妾・淀どのと松の丸どのを呼んでいたと、もっぱらの噂だった。

「甲斐、許せ」

氏長は頭《こうべ》を垂れるような仕草を見せた。さぞや苦しい胸の内だろう。天下人となった秀吉にあらがえるはずもない。

「われによい考えがございます」

甲斐にしても、承知するしかない。頰が引きつっているのが、われながら分かる。妹たちをも所望しているらしいが、お巻は旅の疲れで、お敦は月の障りで伏しているのが幸いだった。

夕刻、迎えの若侍が訪れた。氏郷の小姓だという。ほっそりとした長身、顔の輪郭は小さく、涼やかな目もと、鼻筋はとおり、話すたびに唇から香気が漂ってきそうだ。こめかみにはらりと落ちる後れ毛が、なんともなまめかしい。年のころは二十歳ほどに見受けられる。

――ずいぶんと軟《やわ》な武士じゃ。

甲斐は苦笑した。

若侍は、「名古屋山三郎《なごやさんざぶろう》にございます」と、ていねいに名のった。

甲斐は一瞬、返礼に戸惑った。武蔵の無骨な侍たちと違い、立ち居振る舞いも穏やかだ。まじまじと顔を窺きたいのをこらえ、甲斐は、

「お迎えありがとう存じます」

ただ、そう答えた。

あまりに端正な若武者だったせいか、いつもは人目など気にしない甲斐も、さすがに身支度に気後れがした。藍色の無地の小袖、濃い朽葉色の括袴《くくりばかま》という、馬を駆るようないでたちなのである。秀吉の目から逃れようと、知恵を絞ったつもりだ。降伏した成田の娘が、まさか戦支度で参上とはいかない。これが、父に言った、甲斐の〝よい考え〟だったが、果たしてどれほど効き目があるだろうか。

「身一つで会津に参りました。このような旅衣《たびごろも》しかなく」

甲斐の言いわけに、「さもございましょう」と、山三郎は無頓着にうなずく。そのそっけなさは、甲斐を気楽にした。

興徳寺の境内や数ある塔頭では、城下の女たちが煮炊きに汗を流していた。せわし気な人の出入りを横目に、甲斐は寺務所の控えの間に通された。

しばらく待ったが、誰もやってこない。

——いよいよ逃げ道がふさがれていく。

時の経過は甲斐を、ますます不安に陥れる。果たして伽を免れられるのか。恐怖は増し、震えは止まらない。遠くでざわめく人声をかき消すように、しきりとクヌギの木立が風に鳴る。と、そのとき、荒々しい足音が廊下に響き、髭面の武将が、のっそりと姿をのぞかせた。顔を見合わせたまま、双方とも息を呑む。

「甲斐姫か」

「浅野長政」

同時に声を発した。

忘れもしない、ついひと月前、忍城《おしじょう》の大手口で死闘を重ねた相手ではないか。浅野勢は、甲斐が率いる城兵に押しまくられ、多数の死者を出した。忍城側の犠牲も大きかった。忍城攻防の最大の戦いといっていい。開城後の始末をつけたのも、この武将だ。城代・長親から城を受け取り、成田家、家臣や領民へ秀吉の沙汰を下した。このたびの遠征では、奥州仕置奉行を務めているとは聞いていた。

なにをどう言うべきか、言葉もない甲斐だった。

長政は豪快に笑い声を上げ、どさっと腰をおろす。

「いやいや、女将軍に会津でまた会おうとは。奇なる縁《えにし》かな。甲斐姫の戦いぶり、実にみごとでござった。大将である姫の熱い思いと必死の覚悟があいまって、忍兵を突き動かしておった。まるで魔物を相手にしておるようじゃったわい。わが軍は大変な痛手をこうむったわ」

と、ひと膝、にじり寄る。甲斐は後ずさりした。あのとき、意気高らかに刀を振るった甲斐は、今、囚われの身だ。ただ目礼を返す甲斐に、

「そうか、関白さまのお召か。さては、その身なり、ずいぶんと用心して参ったな」

長政は思案顔で、ちょっと間を置いた。

「よいよい、宿舎にお帰りあれ。小者に送らせよう。世にもまれな武勇の女人。美しくも雄々しい花をあ

たら散らすことはない。関白さまには、わしがよいように取り繕うゆえ。姫、武勇を誇りに気高く生きられよ」

一気に緊張がほどけていく。不覚にも涙が甲斐の頬に伝った。

「忍の鬼夜叉も、目に涙か」

もう笑おうとはしない長政に、甲斐は、激闘を交わしあった武人どうしの情けを感じた。

縁側の向こうから、イカルが安堵の目配せを送ってよこす。

「おう、気の利いたお供がおるな。どうやら宿まで送らずともよいようじゃ」

長政は、「さ、早う」と、甲斐をうながした。

夜も更けないうちに戻った甲斐を迎えた父は、

「甲斐、そなた……」

と絶句した。秀吉の不興をこうむったかと、早とちりしたようだ。

「よいのです。なにもご心配なさいますな父上」

そっけなく言って、そそくさと奥の間に退いた。よけいなことは言いたくなかった。秀吉に召されたこと、敵将の情けで解き放たれたこと、恐れおののいた自身の動揺に、甲斐は気がふさいでいた。

＊

長政がどのようにつくろったのかは分からない。それきり呼ばれることはなく、三日後、秀吉は会津をあとにした。甲斐たちがたどってきた会津西街道を経て引き上げていったという。

秀吉が発った晩、成田一門の者は氏郷に呼び出され、興徳寺の陣所に向かった。寺にはまだ秀吉の残り香が満ちているようで、甲斐は嘔気がこみ上げる。蒲生の紋所・対鶴《むかいづる》を印した陣幕をくぐると、床几《しょうぎ》に掛けた氏郷が親しげに手招きした。台を挟んだ向かい側に座れと指し示す。いわば捕虜の身の氏長は、間近に座るのをためらった。

「成田どの、ご遠慮めさるな。兄とも父ともいうべき年齢のお方。どうか、お掛けくだされ」

めざましい戦働《いくさばたら》きの武将として知られる氏郷は背も高く、肩幅も広いが、その声はさほど野太くはない。ひと夏の小田原滞陣、奥州への出陣で、細面の肌は日焼けしている。

切れ長の大きな目を甲斐に向けた。

「成田どのの嫡女《ちゃくじょ》・甲斐姫であるな。女子《おなご》ながら見事な戦ぶりと聞いた」

よく整えた髭の口もとをほころばせ、「いやいや、噂どおり、まこと、お美しいのう」と、目を細める。美しいとか、女武者とたとえられるのは、もうたくさんだ。おぞましい出来事が待ち構えていそうに思える。

床几の脇には氏郷の黒絲縅《くろいとおどし》の鎧と、銀色《ぎんしょく》の丈高い鯰尾《なまずお》の兜が置かれていた。周囲を威圧するような堂々とした甲冑だが、それに似合わず、氏郷の表情は柔和だ。奥州仕置を完成させるため、浅野長政とともに明日にも軍を北上させるという。

氏郷は人払いをし、小姓の名古屋山三郎だけがそばに残った。

「膝つきあわせてお話しいたそう。三十万石の大大名であった成田どのじゃ。家臣にしようなどと、つゆ思うてはおらぬ。わしの奥州での務めを助けてはいただけぬか」

氏郷は身を乗り出す。

「小田原で秀吉公は仰せであった。会津は奥州のかなめ。蒲生の力量の見せどころじゃ、と」

奥州の南端に位置する会津は、秀吉の奥州支配の最重要地点であろうことは甲斐にも理解できる。秀吉は小田原で勝利すると諸将を集め、伊達政宗から没収した会津を誰に任せたらいいか、名を挙げさせた。細川忠興《ほそかわただおき》が適任と、皆の意見は一致した。忠興は丹後《たんご》（京都府北部）宮津《みやづ》城主。織田信長が期待した若武者であったが、信長の没後は秀吉に仕えた。正室のガラシャは、本能寺の変で信長を自刃に追いこんだ明智光秀の娘である。かつて氏長が甲斐に、「細川どのはご心労であろうなあ」と語っていたことがあった。その忠興は会津行きを固辞。氏郷が指名されたという。

「結局、このわしが会津を拝領した。が、会津は、いたって困難な地だ。寒冷であり、産業は限られよう。なによりも都に遠すぎる」

氏郷の所領・伊勢松坂十二万石から会津四十二万石への加増は大出世といっていいのに、その表情は晴れやかではない。氏郷は、ぽつりぽつりと言う。

「会津は、蘆名氏、ついで伊達政宗の所領であった。民というものはのう、生業《なりわい》を守るため、新しい領主になじもうとはする。が、任地替えになった領主の政《まつりごと》は、決して容易ではないのじゃ」

甲斐は忍の民を思った。どのような領主が、忍を治めるのだろう。民はまた、生き生きと仕事に励むことができるのだろうか。

脳裏に描いた故郷の影を、氏郷の声がかき消す。

「激戦で切り取った会津を捨てる無念さ、伊達どのはさぞかしであったことだろう」

強い闘争心を燃やす政宗、その旧領を任された氏郷、両者の心境は複雑なようだ。

小田原城に籠城していた氏長も、政宗の行動には注目している。秀吉が小田原の陣に何度も召集したにもかかわらず、政宗はなかなか参陣しなかった。父親の代から北条氏と親交があったこと、領内の内紛なども理由だったのだろうが、まだ二十四歳ながら反骨の士なのだ。

しきりに催促され、ようやく政宗が着陣したのは、秀吉が小田原を包囲して二カ月も経った六月はじめのこと。異様ないでたちだったという。白装束、髻《もとどり》を切り、水引で束ねるという死に装束である。

「政宗の気概、喝采《かっさい》しないでもない」

氏長ははばかることなく言い放つ。

——これは父上の本音であろう。

甲斐は氏長の心情を思いやった。

「あの異容は、秀吉公に首を刎ねられてもやむなしとの覚悟を示す、政宗の演技であろう。しかしな成田どの、われらは伊達領会津を接収し、治めねばならんのじゃ」

　氏郷は、ふたたび身を乗り出し、

「そこでじゃ、わが持分となった会津領のうち、岩《いわ》代《しろ》福《ふく》井《い》城《じょう》一万石の地を、成田どのにお任せしたいのじゃ」

「それはまた……」

　城持ち大名に任じるという、あまりに意外な提案に、氏長は一瞬、言葉を失った。

「福井城は、もとは蘆名氏の出城《でじろ》。会津防衛の要所じゃ。守備には危険もともなうだろうが、成田どのは歴戦の豪勇の士。武蔵の名だたる大名に、わずか一万石はご無礼でありましょうが」

　氏長は感極まったのか目をうるませている。甲斐がはじめて見る父の姿だ。

　岩代福井城は会津から東へ十五里（六十キロメートル）ほど、伊達領に近く、防備の手を抜けない地だという。


「われら成田一門、浪々の身となり、行く末も定まらぬ昨日今日。にもかかわらず、過分の領地を賜り、一城をお任せくださるとは感に堪えぬお言葉。だが、拙者がお預かりしては、戦功を挙げ褒美をもらうはずの蒲生さまのご家臣に相すみませぬ」

　声を詰まらせる氏長に、氏郷は穏やかに言う。

「蒲生の祖は成田どのと同じ藤原姓。関東の旧家の成田どのは、わが配下におる方ではない。が、盛衰は時のなせるわざ。こらえてくだされ。いずれは秀吉公にお話しして、しかるべき城を賜るようお願いいたすつもりじゃ。それまでのあいだ、まずは岩代福井城に移って、皆々、心身を休め、さらなる防御の戦に備えていただきたい」

「ありがたい仰せ。身にあまる幸せにございます」

　甲斐も深く頭を下げた。

「ところで甲斐どの。ひとつ頼みがあるのだが」

　氏郷はいたずらっぽく、目を輝かせた。

「そなたは怪談をたくさん知っておるか」

「は、怪談とは……」

妙な問いに面食らう。

「そう、怪談、お化け話じゃ。わしはの……」

氏郷は声を落とし、秘密を打ちあけるように、

「怪談が無類に好きでのう、家中で知らぬ者はないのじゃ」と、柔和な面立ちに満面の笑みを浮かべる。

——まあ、大の男が。

甲斐はおかしさをこらえた。

「突然のお訊ね、驚きましてございます」

ともかくも平静さを保った。

「いやいや、女将軍にお頼みするは筋ちがいであったか」

そう言いながら氏郷は、なおも期待の眼差しを向ける。

「いえ、村の子どもたちと、よく、お化け話をしたものでしたが」

「そうか。ならば武蔵の怪談を、ぜひとも聞かせてくれぬか」

「たくさん存じております」

「氏長どの、甲斐姫をお借りしてよろしいかのう」

氏長は少しためらったようだが、

「男勝りの姫にございますれば、もてあまされるやもしれませぬが」

そう言って、「よいな、甲斐。氏郷さまのご迷惑にならぬよう」と心配そうな表情を浮かべる。

氏郷はまだ三十代半ばの男盛りだ。妻と子は京の蒲生邸に残している。しかも、軍を率いて入城した黒川城に、女っ気はない。氏長が甲斐の身を案じるのもいたしかたなかった。

「成田どの、ご心配は無用。怪談をねだるからといって、姫を取って食うわけではござらん」

氏郷が笑い飛ばし、つられるように笑顔をのぞかせる氏長だが、肩を落とし、気弱な姿だった。武蔵の野を、騎馬を駆って戦い抜いた父。父祖の代から築き上げ「関東の七名城」とほまれ高い忍城に君臨した父。実り豊かな領地。成田氏を敬愛した領民。

父も甲斐も、そのすべてを守ろうとして戦い、敗れ、なにもかも失った。

——父上に、お預けの身を脱していただきたい。

ふたたび栄光の日々を取り戻すことができないものか。

城ひとつを任されると聞いて、甲斐の願いは急速に膨らんだ。だが、切に願っても、今は見果てぬ夢だ。

「いかがじゃのう、甲斐姫どの」

氏郷はじれったさをこらえる表情で返事を迫る。

——まるで少年のようじゃな。

思わず微笑を誘われる。

「では、氏郷さま。甲斐のお願いを申し上げてよろしゅうございましょうか」

氏長が、「しっ」と甲斐を止めた。

「いやいや、気さくな姫じゃ。言うてみよ」

氏郷の磊落《らいらく》さが甲斐を後押しする。

「甲斐の家来を数人、ここに残してよろしゅうございましょうか」

氏長は、はらはらと腰を浮かせる。無礼があってはならないと気遣っているのだ。

「ほう、家来とな。どのような者じゃ」

氏郷はおもしろがっているらしい。

「では遠慮なく申しまする。氏郷さまは兵士ばかりお連れになっております。お城に女手も要ることでしょうから、女子をふたり、おちよ、それにナギという者を。男《おのこ》は身の軽い働き者のイカル、ナギの兄でございます。もうひとり、幼いながらかしこい唐《から》子《こ》を」

「女子ふたり、男ふたりじゃな。いいだろう、荒くれ武者ばかりの城で働いてくれそうじゃ」

氏郷は快く承諾した。

甲斐は、「それに哲之介を」と声にしかけて、言葉を呑んだ。父にはもう、わずかな家臣しかなかった。なにもかも分かっている御馬廻衆《おうままわりしゅう》の彼は、父の身近に置いておかなくてはならない。

翌朝、父は岩代福井城へと出発することになった。従兄弟の長親《ながちか》、弟・泰親ら親族と、わずかな供侍、あとは、その妻や子ら、年老いた親たちだ。なんと心もとない旅立ちだろう。

義母の茅乃が甲斐の手を取った。

「お館さまのことはご心配なされますな。われが、ようお仕えしますゆえ。それに、お巻も、お敦も、忍の戦で強い女子になりもうした」

「母上さまがおられれば、百人力。父上も心強いことでありましょう」

茅乃はさらに強く手をにぎり、「そなたのお乳母・苑は福井の城に連れて参る。寂しくはないか」と気遣う。

「苑を頼みまする」

甲斐は茅乃の手をにぎり返した。

「甲斐、黒川城で心に染まぬことがあれば、月影を駆って、福井城においでなさいね」

甲斐の耳もとにささやいた。案じてくれる茅乃の眼差しは暖かかった。若くして父の後室として嫁いできた茅乃は、まだ三歳だった甲斐を実の母のように慈しんだ。武術に優れ、甲斐の長刀や剣の厳しい師範でもあった。茅乃の実家・岩付城《いわつきじょう》も無残に敗れ、もはや帰る土地はない。命長らえたからには、この未知の土地に親子が肩を寄せあい、生き抜いていくしかないのだ。

秋たけなわの会津の空は、青く、高く、澄みきっていた。磐梯山《ばんだいさん》が藍色にそびえる。その麓には田畑が広がっていた。

「見はるかす大地……」

この地から、成田家のささやかな再出発だ。

「どうか、ご無事で」

発ってゆく一行のうしろ姿に甲斐は祈った。

＊

奥州平定の遠征に発った蒲生氏郷が黒川城（のちの会津若松城。鶴ケ城とも）に帰り着いたのは、八月末のことであった。成田家が岩代福井城に入ったあと、甲斐は城下の南寄り、湯川という町の一角に、ほんの二間の住まいを与えられていた。

アキアカネが群をなし、小菊がさわやかに香る午後、甲斐は氏郷にともなわれて本丸への雁木坂《がんぎざか》（段を刻んだ坂）を上っていた。

「城も城下も、まだ荒れたままじゃのう」

氏郷は、あたりを見まわす。

「蘆名さまと伊達さまの戦が激しかったのですね」

行く手の本丸曲輪《ほんまるぐるわ》の御殿は、崩れたり、焼け落ちているものも多い。

「政宗が蘆名から会津を奪ってまだ一年、修復も追いつかなかったのであろう」

「その復興をなさるのですね」

「そうよ、甲斐。わしには夢があってな。わが故郷の近江日野、わが領地・伊勢松坂の繁栄にも勝る城づくり、街づくりをしたいのじゃ」

氏郷は瞳を輝かせた。

——眼差しのきれいなお方じゃ。

そんなことを感じながら、甲斐はうなずく。

本丸曲輪に、新しい御殿が建ちはじめている。

「この一帯の建物は、政《まつりごと》のための殿舎じゃ。まずは大屋根のもとに大広間・対面所・書院が建つ。それに、家臣たちの住まう長屋じゃ。どんどん拡げてゆかねばのう」

曲輪のあちこちに、ずいぶん人影が増えた。大工の槌を打つ音、調子のよい掛け声で練った壁土を投げ、受ける左官。屋根瓦を運ぶ荷車。石垣の巨石が梃子に押され縄に引かれ、ゆっくりと進む。「えい、ほっ、えい、ほっ」と材木や板をかついでいくのは、城下から雇われた若者たちだろうか。

「甲斐、そら、向こうを見るがよい」

本丸の南東の隅、土塁を背にした一郭に、幾棟かの館が軒を並べている。

「あの辺りを、わしは〝山里曲輪《やまざとぐるわ》〟と名付けての」

氏郷は、ちょっと得意げだ。

「山里曲輪……」

「そうじゃ。秀吉公はご自身や妻妾の住まいの一帯を、そうお呼びになる」

「秀吉公にあやかって?」

氏郷は「うむ」と笑みをのぞかせ、御殿を一つ一つ指差す。

「手前がわしの書院と寝所《しんじょ》じゃ。その隣は番士が交代で詰める長屋、右手の井戸の脇が賄所《まかないどころ》と下女らの住まい。そしてな、ほら、枝折戸《しおりど》の奥、楓が植わっている館が見えるであろう。そなたと、そなたの家来の住まいじゃ」

「まあ、屋敷など、もったいのうございます」

「お気遣いめさるな。怪談聞きたさゆえだ。近江から石工や大工を呼び寄せて、大急ぎで整えた。松坂の家臣らも到着しはじめておる。この城を大々的に改修するぞ。まずは、その手はじめの山里曲輪じゃ」

「では、お方《かた》さまや、ご子息もおいでになられますのか」

甲斐の問いに、氏郷はしばらく口をつぐんだ。

「妻子はの、秀吉公の御殿・聚楽第《じゅらくだい》近くの蒲生屋敷に置いておかねばならんのじゃ」

秀吉配下の武将の多くが聚楽第の周囲に築かれた屋敷に妻子を住まわせていた。秀吉の人質なのである。決して秀吉を裏切らないという誓約だった。

「お寂しゅうございますね」

氏郷の正室は織田信長の娘・冬姫と聞いていた。信長が氏郷の才知を見込んで娘を娶《めあわ》せたという。織田一族の美貌を受け継ぐ聡明で気丈な女人だと、もっぱらの噂だ。

「秀吉公は、このわしを奥州の押さえとして会津に入れた。いわば戦場だ、ここは。戦場に女・子どもは連れて来ぬものじゃによってな」

――氏郷さまもまた、時勢の奔流の真っただなかに身を委ねている。

勝者と敗者とを問わず、戦乱は人びとに片時の安穏さえ許そうとはしない。

「どうじゃ、さっそく今宵、怪談を聞かせてもらおうではないか」

――怪談……。そんなひとときが、この武将のささやかな慰みなのだ。そうであるならば、癒しのときを分かちあってもいい。

甲斐自身が、この一年、秀吉軍の侵攻に備えて張りつめ、そして激闘、敗戦と続いた動乱に疲れ果ててもいた。

――戦に身を削る者どうし、宵の静けさに和んでもいいではないか。

甲斐にとっても、ささやかな気休めとなるかもしれない。

氏郷が命名した山里曲輪は、世俗を忘れさせる瀟洒《しょうしゃ》な庭園に囲まれていた。池のほとりには小さい山が築かれ、こぢんまりとした茶室や東屋が見える。石灯籠が置かれた池の端から、せせらぎが流れ落ちていく。まだ植えられたばかりの松や槙が泉水に深緑の影を落とし、わずかに色づきはじめた楓が園庭を埋めつくす。ところどころに枝を張るのは、春を待つ梅や桃の木だろうか。足もとには苔が敷き詰められ、なにやら草花も植えこまれていた。

「近江から山桜を取り寄せようと思うてな。いやいや、山桜は会津にもあろうが、故郷の、紅色の鮮やかなものをな」

会津を新たな故郷にしようという、氏郷の決意だろうか。

「人はのう、どんな流転をたどろうとも、出会うた地に根を張り、葉を茂らせ、みごとに花を咲かせるものじゃ。お分かりかの、甲斐」

「ここに根づくことができますかどうか。でも、われは、どこに行っても蒔くことのできる小さな種を抱いていとうございます」

「種とは、いかなるものじゃ」

「生き抜くことにございます」

「そうじゃな、生き抜かねばならぬな」

古い友のように、ふたりは言葉を交わしあっていた。

＊

その夜甲斐は、ナギを連れて城主館におもむいた。祖父の体験した不思議な出来事を語るつもりだ。

夜半の風が襟もとにひんやりとしのびこみ、草むらから、しきりと虫の音が聞こえる。

ナギを通用口に近い小部屋に待たせ、ろうそくの灯が揺れる氏郷の書院で、甲斐は「忍《おし》の不思議」を語りだした。

「祖父・長泰《ながやす》が隠居して間もないころにございます。真夜中になると家鳴《やな》りがして、家じゅうがぐらぐらと揺れるようになりました。お祖父《じい》さまは、まるで重石を載せられたように胸苦しく、息も絶え絶えになって目を覚ましました。声も出せず、体も動かせず、汗びっしょりなのです」

氏郷は「ふむふむ」とうなずき、耳を傾けている。

「そんな夜が続きました。寝室に不寝番《ねずのばん》をおきましたが、その刻限になると、不思議と居眠りしてしまいます。お坊さまや山伏が祈っても効き目はありません。たくさんの戦功を挙げたお祖父さまなのに、すっかり衰弱してしまいました」

「物《もの》の怪《け》にとりつかれたか」

合いの手を入れる氏郷に、「ゆっくりとお聞きくださいましな」。甲斐はやんわりと諫め、続きに気を持たせる。

「家臣のある者が、〝弓弦《ゆづる》は魔除けと申します。弓術の達人に頼んでみましょう〟と言うのです。浄《じょう》斉《さい》という八十五歳の達人がやってきました」

「八十五歳とは高齢じゃのう。仙人でもあろうか」

「続きをお話しいたしましょう。浄斉は〝秘伝を試してみる〟と申します。寝所には屈強な武者もはべらせました。夜も深まり、お祖父さまの寝息が洩れるころ、浄斉は激しい眠気に襲われてしまったのです。〝これはいかん〟と気を引き締めます。するとどこからともなく風が吹き入り、行灯《あんどん》がすーっと消え、恐ろしい家鳴りがはじまって、お祖父さまが苦しみだしました」

甲斐はわざと声をひそめ、さも恐ろしげに語る。

氏郷は身を乗り出した。

「浄斉は秘伝の法で息を整え、霊気の潜む所に鋭く矢を放ちました。と、何かがうごめきだしたのです。〝ようし、射止めた〟浄斉はにんまりと笑い、警護の侍が暗闇のなかで、なにやら正体の知れないものと格闘しました。が、ついに逃してしまったのです」

「それは無念な。またもや祖父どのは苦しまれるのだな」

氏郷はまるで、忍の村の子どもたちと同じようなことを言う。

「警固の侍が、身に着けた具足をはずしてみると、血が流れ、体中、傷だらけ。家臣たちが屋敷の隅から隅まで探しましたが、何もおりません。翌朝、見《み》返《かえり》曲《ぐる》輪《わ》、忍城の外曲輪ですが、そこの番人が来て語るには、夢に真っ赤な狐が現れて口から火炎を吐きながら〝われは見返曲輪に住む狐なり。城主に妻子を殺され、長年、復讐の機会を狙っておった。あと三日で、あやつ、旧城主を呪い殺せたのに、無念なり、弓で胸を射抜かれてしまった。われはここを去る。汝は長年われを住まわせてくれたので、恩返しにこれをやろう〟と番人に珠《たま》を授けたのです。そこで目が覚めたとか。番人は、おっかなびっくりの手つきで、美しい紅《あか》い珠を祖父に差し出したのです」

「紅い珠、なんぞ祟《たた》りが起きるのではないか」

氏郷は夢中のあまりか、手を膝の上でぱたぱたと打っている。

「まあ、次を……。お祖父さまは申しました。〝覚えがある。まだ血気盛んなころじゃった。見返曲輪の藪で狐の親子を射てしもうた。そうか、長年恨んでおったのじゃな。無益な殺生をしてしまったものよ〟と深く悔やみ、寺で大供養を行い、見返曲輪に祠を建てて祀りました。その紅い珠は、夜になるとほのかな紅色の光を放って道しるべとなり、それは美しかったとのことにございます」

「まこと不思議じゃ。甲斐はその珠を見たことがあるのか」

「いいえ、きっと祠に祀られているのでございましょう」

ろうそくの芯が「じじっ」と音をたて、今にも燃え尽きてしまいそうだ。

氏郷が、「少々御免」と席を立ったときのことだ。小姓の山三郎が少し膝を進め、ささやいた。

「殿はろうそくを取りに行かれたのじゃ」

書院に替えを置いていないのだろうか、ならば小姓を取りにやればいいのに、と甲斐はいぶかった。

「殿は、まるで病のように、それはもう怪談がお好きなのです。もっとお聞きになりたいのでございましょう。それで、ろうそくを。いつも夜更かしをなさるので、家来は心配しておりまする。で、おそばにろうそくを置かないのです。一本燃え尽きたら、お寝みくださいませと」

山三郎は眉間に皺を寄せている。「困ったものだ」と気をもんでいるのだろう。

「殿は姫さまの怪談がよほど楽しいのでございましょう」

——そうであったか。明日に差し支えてもなりませぬ、そろそろ切り上げましょう。

潮時であろうと甲斐が腰を浮かしたところへ、氏郷がうれしそうな表情で戻ってきた。山三郎の言ったとおりだ。ろうそくを二、三本、手にしている。

山三郎は、甲斐に目配せをした。「お立ちを」とうながしているのだ。

「氏郷さま、甲斐は眠うなってしまいました。次の怪談は、また折を見て」

期待して戻った氏郷は、

「眠うおなりか。大分、夜も更けた。いたしかたあるまいのう」

と残念さをにじませながらも、わざわざ通用口まで甲斐を送って出た。

「わが城には、赤く光る常夜灯はないでのう」

周囲を見まわす仕草に、甲斐も冗談を返す。

「夜道が怖うなりまする」

まるで数年来の知己のようだ。

背後で門が閉ざされると、晩秋の夜風がやけに冷たい。思わず肩をすぼめた甲斐だが、先ほどまでのなごやかな語らいが、体内を温かくめぐっている。

忍城を明け渡して三月《みつき》、「お預け」の身の逆境に置かれながら、甲斐は、異郷の地、未知の人を素直に受け入れている自身を見出していた。

「蒲生さまほどの武将がお化け話をお好きだなんて」

供のナギは、くすくすと笑いが抑えられないらしい。枝折戸《しおりど》の外では、おちよが心配そうに待っていた。

「姫さま、殿方のお屋敷をこんな遅くまでお訪ねなさってはなりません」

まるで乳母の苑のような口ぶりだ。十二歳のしっかり者は、甲斐を守らなければと、気負っている。

「ナギがお供をしておる。心配するな」

おちよより年上のナギは咎められたと思ったか、むっとして言い返す。提灯の灯りは、首をすくめるおちよを映しだした。

——やれやれ、張りあうこともなかろう。が、けなげな者たちよ。

甲斐を気遣う心根がいとおしい。

数日後、思いもかけない客人を迎えた。なんと玖《く》珠丸《すまる》がやってきたのである。忍城の激戦以来、会っていなかった。

「岩代福井城のお館さまから、便りを預かって参りました」

以前のとおり、編笠に長羽織という、旅の文人の身なりだ。

「まあ、父上から」

開封するよりもまず、玖珠丸のその後が気になった。

「いずこにおられましたのか」

甲斐は案じたが、「とにかく大戦《おおいくさ》で世がひっくり返ってしもうたからのう」などと言いながら、詳しく語ろうとはしない。

玖珠丸のように各地をめぐる文人は、どこの武将にも重宝がられる。

——関八州の盟主は、今や徳川さま。しかし関東には、古くからの在地の領主も多い。北条の遺臣もおろう。皆、旅する方の話から、世情を探りたいことだろう。

先がつかめないのは、ここ奥羽も関東と同じだ。誰しも詳細を見極め、身を処していかねばならない。

奥羽では一揆が頻発している。秀吉の強引な領主交代策や検地に納得がいかないのだ。岩代福井城から黒川城へ便りを送っても、どこで奪われるかしれない危険がつきまとっている。玖珠丸との親交があればこそ、便りを託したのだろう。

手紙からは、新しい領地に入った氏長の落ち着いた様子がうかがわれ、甲斐も胸をなでおろした。

城のまわりでは稲刈りも済み、そこここに柿の実が熟れているという。岩代への道中の様子も描かれていた。猪苗代の湖《うみ》はあまりに広く、まるで大海かと見まごうたこと、磐梯山は村々が信仰の対象にする霊山であること、安達太良《あだたら》の山並みは穏やかに秋の彩りを深めていることなどが記されている。領地への途中、麻耶郡《まやごおり》で夕刻となり、慧日寺《えにちじ》という大寺の僧坊に泊まったという。無数の堂宇、広大な寺領、修行する数多くの僧侶など、京の比叡山をしのぐ立派さであったそうだ。

「お方さま、姫さま方も、お健やかにお暮らしのご様子。苑どのは、甲斐姫さまのおそばに行きたいと、寂しそうでおじゃった」

玖珠丸が告げるなによりの朗報は、忍に残った家臣が三人、五人と連れ立って、「お館さまにお仕えいたしたい」と、はるばる訪れ、成田家に帰参していることだった。

城と領地があてがわれたから、彼らの仕官を叶えてやれる。忍城と運命をともにした彼らが望むなら、できるだけ多くの者を召し抱えたい。岩代福井の地を得たら得たで、さらにその上をと、成田家の再興を願わずにはいられない甲斐だった。

その晩、甲斐は氏郷の屋敷で氏長からの手紙のことを、感謝をこめて話した。

「慧日寺に泊られたとは聞いておった。あの寺はの、徳一《とくいつ》という法師さまが八百年も前に建立されたそうな。陸奥ではもっとも古い大寺じゃ。支院は数千を数えたとか。去年、伊達政宗が、あの一帯を巻きこんで蘆名氏と戦い、多くの伽藍が焼け落ちてしもうた」

甲斐は物思いにふけった。

――戦は、道理を踏みにじっても突き進む。御仏の加護を祈る大寺さえ焼いてしまうとは。

「いかがいたした、姫」

氏郷は甲斐の心もようが気になるらしい。

「忍の城下も焼かれたことがございました。あの狐の怪に遭遇した祖父の代のことでございます。越後の上杉謙信が侵入し……」

言ってから、上杉氏の後継・景勝が秀吉配下の武将だと気づいたが、はばかることはない。

「そうであったか、武蔵も昔から争乱の地であったからのう」

「甲斐は思うのでございます。戦は無残なものだと。敵将であられた氏郷さまに申すのもおそれ多いことにございますが」

「遠慮はいらぬ、申してみよ」

「このたびの忍城の戦、悲しいことながら忍兵を多く喪いました。命はたったひとつ、それが突如消えてしまうのです。夫や兄弟、父を亡くした女たちは、これから細々と生きていかなくてはなりませぬ」

「女将軍の見事な采配であったそうな。敵の首級を次々と挙げ、石田どのや真田どのの兵を怯えさせ、尻込みさせたと聞いておるが」

「甲斐は成田の家と忍の領民を守り抜きとうございました。でももう、戦はいやでございます。あらんかぎりの策を弄し、殺しあうことは、この上なく罪深く思われます」

氏郷は静かにまぶたを閉じ、何事か考えているようだ。

「デウスさまは、われら罪深き者にお諭しになる。諍うな、憎むな、許せ、と。そうありたいのう。戦は、この世にある者の業《ごう》とはいえ」

氏郷はキリシタンであると甲斐は知っていた。

「御仏もお教えになります。慈悲を忘れてはならぬと」

「なにやら、しんみりとしてしもうた。怪談は、明日に延期いたそう」

それから懐を探り、ろうそくを取り出した。

「まあ、そのようなところにしまわれて。溶けてしまいましょうに」

いつものように、氏郷は照れ臭そうに笑う。いたずらを見つかった少年のようだ。

「家来どもは、早う寝《いね》よ、早う寝よと、うるそうてかなわん。見よ、このろうそくだって、こんなに短く切ってあるのじゃ」

たしかに、ろうそくの下方に切り詰めた跡がある。家臣は、ろうそく一本が消えるまでの時間を早めようという魂胆なのだ。不服げに頬をふくらませる氏郷に、次の間の小姓が「ん、ん……」と咳払いをする。

甲斐は笑いを噛み殺し、「このろうそく、切られてしまい、ちょっと無粋になりました。甲斐に妙案がございます。明晩、絵の具と小さな筆をご用意いただけましょうか」と氏郷に頼んだ。

「絵の具はあるぞ。彩漆《いろうるし》が。甲斐のもくろみ、見当がついた。朱漆と黄漆でどうじゃ」

「ようございましょう。ふた色あれば十分にございます」

夜道を戻りながら、ナギが訊ねた。

「姫さま、明晩、何をなさいますのか」

「ないしょ、ないしょ、明日を楽しみにするがいい」

＊

日中の木枯らしで、黒川城の堀ぎわの椚《くぬぎ》や紅葉《もみじ》は、だいぶ葉を落としてしまった。夜分は、領主の屋敷にも、隙間風がしのび込んでくる。氏郷の心遣いなのであろう。書院には薄綿入りの敷物が敷かれ、手あぶりには炭火があかあかと燃えている。

「さあ、絵の具じゃ。肝心のこれも用意してあるぞ」

手箱の蓋《ふた》を取り、詰められているろうそくを見せる。甲斐は、その一本を手に取り、細筆の先を朱漆に浸し、用心深くろうそくに絵を描きはじめた。

「おお、菊の花じゃな、なかなかうまいのう」

手もとをのぞきこむ氏郷の息づかいが、甲斐の耳《じ》朶《だ》をかすめる。

「紅小菊《べにこぎく》か、美しいものじゃ。よし、わしが黄菊を描いてみようぞ。ろうそくが揺れぬように、しっかり持っておれ」

肩も触れんばかりの氏郷の様子が気になるのだろう。縁側に控えるナギが膝立ちになり落ち着かない。

絵ろうそくは何本も仕上がった。

「美しいものじゃ。暗がりが、ほれ、このように明るうなる」

氏郷は燭台に絵ろうそくを灯し、目を細めている。

氏郷は小姓の山三郎に、「絵を乾かすには、よい気候じゃ。中廊下に簀子を敷いて並べておくがい い」と命じた。

山三郎が絵の具を擦りはしないかと、氏郷はその手もとにはらはらしている。

「ナギ、お手伝いをなさい」

甲斐が口添えすると、ナギは笑くぼを浮かべ、うなずき返した。ナギは十八歳、年ごろの娘は端正な若者・山三郎と一緒の仕事を頼まれ、まんざらではなさそうだ。

ナギと山三郎が去ると氏郷は、突き放したように言う。

「あれは忍びであろう」

ふいに問われ、甲斐はぎくりとした。

「驚かずともよい。危害を加える者とはつゆも思うておらん」

どうやら咎めるつもりではないようだ。

「北条が飼い慣らした風魔の衆じゃな」

〝飼い慣らした〟という言い方に、いかにも敵対する者の臭いがして、甲斐は口をつぐんでいた。

イカルとナギを玖珠丸から引き取ったが、人さまを害するようなことはさせていない。だが、ふたりの偵察力は確かで、甲斐は頼りにしてきた。もっとも、会津へ来てからの彼らは、その力を発揮しようがない。甲斐がそんな仕事を与えていないからだ。イカルと唐子には力仕事や愛馬・月影の手入れ、遠くへの買出しなどを任せているし、ナギはおちよと張りあいながら、炊事や洗濯、庭の畑作に精を出す毎日だ。

「いやいや、機嫌を損のうてしもうたか。北条は滅び、関八州は徳川どのの治めるところとなった。風魔の谷にも手が入り、みな散り散りじゃそうな。あの娘に帰る場所は、もうない。そうそう、イカルは兄であったな。可愛がってやるがいい」

そういうことであったかと、甲斐はほっとした。

「忍びの兄妹に唐人の子、商家の娘。大名の姫にしては、風変わりな家臣じゃのう」

言われてみれば、そうかもしれない。

「彼らに慕われるのは、姫の人柄じゃ」

「若いながら、よう働いてくれまする」

「わしはのう……」

言いかけて、しばらく沈黙してから、

「伊勢松坂は十二万石、ここ会津四十二万石を賜ったは大出世ともてはやされておる……。しかしな、松坂なれば上洛もし、ひとかどの武将として名を上げることもできたであろうと」

ぽつりと吐きだす。

——ああ、氏郷さまも動乱の世の武将。天下取りを夢見ていらしたのだ。

甲斐は衝撃を覚えた。親しく怪談などをしていたが、氏郷は世に名をとどろかす名将なのだ。父・氏長さえ、「もし、関東の騒乱に手間取らなければ、天下を狙える大名であるものを」と、噂されていた。ましで氏郷は織田信長の婿であり、秀吉も一目置く、聡明・果敢な武将だ。

——ゆえに秀吉は、このお方を奥羽に遠ざけたのか。

「関白さまは恐ろしい計略家でございます。言いなりにならない伊達さまと、名将・氏郷さまを、この地に向きあって配置なさるとは」

「それは口にせぬが賢明」

氏郷が急に遠い人になった気がした。動乱を駆け、大国を任される智将なのだ。

「姫は強いだけではないのう。兵法にも政《まつりごと》にもたけておるようじゃ。成田どのは、心強いであろうな。いやいや、姫を相手に詮《せん》ないことを言うてしもうた」

照れくさそうな表情が甲斐をなごませる。

「いつぞや甲斐に、お話しくださいましたね、ここ会津を、故郷の近江日野や旧領の伊勢松坂を上まわる町になさりたいと。北武蔵の鄙《ひな》に育った甲斐にはまぶしいほどのおこころざし。氏郷さまのお仕事をおそばで見ていとうございます」

「甲斐、愛《う》いことを言うてくれるわ」

氏郷は声を詰まらせた。甲斐と名を呼ばれたのは、はじめてだった。

「甲斐も夢見ております。いつか成田の家を再興させようと」

氏郷はふいに、甲斐の膝の上の両の手を握りしめ、

「甲斐、健気じゃのう。そなたがおると、心強うなる」

低く言って、甲斐を見つめた。

氏郷の手は大きく暖かく、瞳は澄んだ紺青色に見えた。その奥に絵ろうそくの灯影《ほかげ》が揺れる。甲斐は高鳴る動悸に見舞われていた。戦場に響いた激しい雄叫び、捕らわれの身でたどった会津へのみちのり。その日々に張りつめた心がくずおれていく。

「氏郷さま」

こみあげる思いは、いったい何なのだろう。甲斐は戸惑い、つと、あとずさった。廊下を伝う足音がする。山三郎とナギが戻ったようだ。氏郷は、われに返ったように、

「すまなんだ、許せよ甲斐」

つぶやいて、手をほどいた。その目は、まだ甲斐に注がれている。

＊

屋敷に戻る夜道でも、甲斐の足もとは揺れていた。頬も熱い。氏郷の真意をとらえかねていた。敗軍の将の妻や娘が勝者の戦利品とされるのは、めずらしいことではない。氏郷も、そんな当たり前の武将のひとりだったのだろうか。ならば、怪談だの絵ろうそくだのと手間取らず、わがものにしたらいい。もっとも甲斐は月影を駆り、必死で逃走するだろうが。

けれど氏郷は、「すまなんだ、許せ」と言った。

――氏郷さまは違う。甲斐を戦利品などと思うてはおらぬ。

では、ひとりの男として、まっすぐに真情をぶつけてきたのだろうか。甲斐には分からない。そしてまた、「すまなんだ、許せ」のひと言は、甲斐の心を傷つけてもいた。詫びるのは、ほんのはずみの出来心だったということか。なかったことにしてくれ、という意味なのか。

まんじりともせずに迎えた次の日も、甲斐は堂々めぐりの思案にくれていた。

――では……、

甲斐は自問する。

――わが想いはどうなのか。

氏郷がまっすぐに甲斐に向かったのなら、甲斐も素直に向かえばいい。こんなふうに思い悩んだことは、甲斐のこれまでになかったことだ。黒川城でのわずかな明け暮れに、甲斐はいつしか氏郷を心に刻みはじめていたと気づく。

――それは許されぬこと。

わが想いを戒める。

——われには婿にと定められたお方がおる。

父は小田原籠城を前に告げた。「戦勝のあかつきには、哲之介を婿に迎えるつもりだ」と。哲之介も甲斐も、それを受け入れていた。幼馴染の哲之介。たがいに気持ちの端々まで分かりあって育ってきた。敗戦、領地の召し上げ、配流と、すべてが変わってしまったからと答えるのは、あまりに都合がよすぎる。

——けれど、これは思慕。もう打ち消せないかもしれない。氏郷さまのお心を見つめてみたい。

氏郷の優しさも、耳にする武勇も、連歌や茶の湯のたしなみも、若くから美少年と噂された端正な面差しも、甲斐の脳裏を離れない。

——焦燥に駆られまい。この地で暮らす、これからの日々が、なにかを答えてくれるだろう。

甲斐はその晩も、今までどおり氏郷の屋敷の通用口をくぐった。座敷には昨晩のように手あぶりが用意され、絵ろうそくが闇を明るくさせていた。

——変わりなく待っていてくださった。

「さて、今宵は、どんな怪談かの」

そのさりげなさが甲斐を解きほぐす。怪談を語りはじめれば、心の支《つか》えなど消えてしまう。

「では、武蔵河越城《かわごえじょう》にまつわる怪を」

「河越城か。河越夜戦《よいくさ》は、北条が関東を掌握する契機となった戦であったな」

小田原北条氏三代当主・氏康《うじやす》の奇計と猛攻撃で、関東公方《くぼう》古河氏や関東管領《かんれい》上杉氏という、足利幕府の関東支配の拠点を崩壊させた戦だ。

「もう、四、五十年昔になるかの、夜戦は。わしも甲斐も生まれてはおらなんだ」

氏郷は歳月を数えて、自問自答する。

「わが父・氏長の幼かった頃にございます。でも、今夜のお話はもっと以前、太田道灌公《おおたどうかんこう》が築城した際の怪にございます」

「そうか、道灌公か。関東の人間には馴染みの武将じゃな」

「甲斐の継母《けいぼ》は、道灌公の血を引いておりまするゆえ、武勇の女子《おなご》」

「その母に育てられた甲斐も、武勇の女子じゃ」

茅乃は福井城をあわただしく整えていることだろう。

「道灌公が河越の城を作った地は、七ツ釜という湿地帯」

「忍の城下も湿地帯であろう。関東は大河が多いゆえ、田に適した湿地に恵まれておる」

「湿地の田は、出水《しゅっすい》の害に悩みまする」

「稲作を心得ておる甲斐は、よい領主になるであろう。いずれ、どこぞに領地を授けてやりたいのう」

それはまだ、架空のことだ。甲斐は話題を引き戻す。

「道灌公と、その父・道真公《どうしんこう》は、湿地帯の城地で土塁が築けずに難儀をしておりました。ある夜、夢に龍神が現れて〝明朝、最初に現れた者を人身御供に差し出せば、城は完成する〟と申すのです。次の朝、一番に道灌公の前にやってきたのは、なんと道灌公の娘・世禰姫《よねひめ》ではありませんか。姫も同じ夢を見たと、蒼白な面持ちで父に告げ、手を差し伸べる間もなく沼に飛びこみ、龍神に身を捧げました。ほどなく湿地の一部が乾きはじめ、城は完成したのでございます」

氏郷はため息をついた。

「道灌公は城づくりの名手。しかし、そんな悲哀を秘めておったのじゃのう」

河越城のほか、岩付城、江戸城が道灌によって築かれた。忍城も道灌の縄張りを参考にしていると伝えられている。

「さて、甲斐よ。絵ろうそくのことだが。今日、城中で大変な評判になっての」

黒川城では、城郭を補修・整備するため、会津の町の職人や商人、農民がたくさん雇われていた。女手も足りないので、近在の女たちが炊事や掃除をしにきている。城兵も町の衆も、中廊下で乾かしているろうそくに目を奪われたのだという。

「そこでな、甲斐。そなたの考案ではあるが、ろうそく職人に絵ろうそくを作らせてみようと思うが、いかがじゃろう」

氏郷は遠慮がちに切りだした。

「まあ、それは、うれしゅうございます。たくさん作られ、名産になれば、町は潤い、城も潤いましょう」

「わしも会津一国の領主、この地を豊かにしたい」

「甲斐のつたない絵が、そのきっかけになるのでございましょうか」

「そのとおりじゃ。職人らは、巧みに描くじゃろうて」

なるほど、甲斐の素人絵とはちがうはずだ。ささやかな思いつきから、この地に生きる張り合いが生まれてくる。

——物を作るとは、こんなにも楽しいものか。

甲斐は実感していた。

「氏郷さま、甲斐は会津名物を、もっと考案してみとう存じます」

「おお、ともに知恵を絞ろうではないか」

夜話《よばなし》にくつろぐ氏郷と甲斐に、奥羽の動乱が押し寄せてこようとしていた。

まもなく十一月、会津は白く雪に覆われはじめている。争乱の危機をはらんでいた陸奥国《むつのくに》（宮城県・岩手県）中部に、ついに大規模な反乱が勃発した。

秀吉から氏郷に、出陣命令が下った。米沢城《よねざわじょう》の伊達政宗には、「氏郷の先導役を務めよ」との下命だ。

黒川城はすでに戦支度で騒然となっている。

「大規模な一揆じゃ。蒲生勢は総力を挙げて鎮圧軍を発する。成田氏長どのにもご尽力いただかねばならん。至急、黒川城に参陣されるよう、福井城に使いを出した」

氏郷の表情は総大将の威厳に満ちていた。

出陣の命を受けた氏長は岩代福井を会津へと進発、

翌日には軍議のため黒川城に着陣した。甲斐は胸が痛んだ。季節ははや、冬である。先日の雪も解けず、根雪になろうとしていた。

――すでに五十歳を越えた父上が、この豪雪の地でまたもや槍を取るのか。

福井城一万石に配されたのは、氏郷から戦力として期待されてのことだ。小大名として安穏と日を送れるはずもないことは分かっていた。

小田原北条氏を滅ぼした秀吉は怒濤の勢いで陸奥国や出羽国《でわのくに》（山形県・秋田県）を平定。小田原に参陣しなかった奥羽の大名の領地を没収、逆らう者は大名・武士・農民の区別なく、なで斬りにして京へ引き上げた。

「このたび陸奥で乱を起こしたのは、葛西《かさい》どの、大《おお》崎《さき》どのですね」

甲斐が知った情報は氏郷に確かめるまでもなかった。会津に入ってから氏郷は、取り潰された大名の葛西晴信《はるのぶ》と大崎義孝《よしたか》の抵抗に手を焼いていた。両者とも、陸奥に勢力を張ってきた名門の大名だ。どちらも一族や家臣間の揉め事を口実に小田原に参陣せず、秀吉に咎められたのだ。

あらたに葛西・大崎の所領三十万石の支配者になったのは秀吉配下の木村吉清《きむらよしきよ》。もとはたった五千石、三百騎の武将でしかない。陸奥に入るや軍費ほしさに、豪農の家に押しこんで米や豆などを奪い、その上、女たちまで連れ去った。兵も、財もない、にわか大名の哀れだ。

旧領を乱暴に踏みにじった木村には、治世の能力もない。葛西、大崎両氏は反感を募らせ、十月末、ついに蜂起。木村の守る岩出山城《いわでやまじょう》（宮城県玉造郡）、古川城《ふるかわじょう》（宮城県古川市）を包囲した。

すぐさま氏郷の先手部隊は出陣、本隊の出発は十一月一日と決まった。

氏長が八十騎ほどの手勢を率いて黒川城に到着した。成田家が福井城に落ち着いたことを知った家臣たちがぼつぼつと参集、兵員数は黒川城を発って福井城に向かったときよりも増えていた。哲之介の姿もあった。

ほんの二、三カ月顔を合わせなかっただけなのに、懐かしさがこみあげる。甲斐が生まれ落ちて以来、親しんできた忍城の家臣たちだ。氏長は白髪が多くなり、哲之介は口髭をたくわえて見違えるほど大人びていた。成田の一行が北出丸《きたでまる》に入ったと聞いたが、甲斐は気軽に近寄ることもできない。

――ここでは、意のままに振る舞えない。わが城ではないのだ。

「預け」の身を切なく痛感する。軍議の末座に、氏長の嫡女として甲斐も呼ばれた。多くの大名家で女人を軍議に加えるならわしがないのは普通のことだが、蒲生家も同様なのだろう。甲斐を目にした武将たちは色めきたった。

「われら、女をあてにするほど脆弱ではござらん」

「小田原北条の砦で最後まで粘った強情者ではないか」

「配流の者であろう」

座は騒然となった。しばらく様子をうかがっていた氏郷が、穏やかに切りだした。

「城主の留守を預かり、三万の敵軍にわずか三百五十の城兵で立ち向かい、ついに降伏せなんだ。女人ながらあっぱれの勇気と戦法、見上げた武士《もののふ》である。この強者《つわもの》を迎えるについて、なんぞ異論ありや。女子じゃ、男じゃと分け隔てすることはあるまい」

毅然とした氏郷の口調だった。ほどなく騒ぎは止んだが、いかにも「不承不承《ふしょうぶしょう》」という家臣団の反応は、甲斐を憂鬱にさせた。

「よいな、甲斐」

広間の端まで届く氏郷の声が、一同を圧した。

氏郷はこれまでも、たとえ小田原戦で浪人になった者でさえ、文武にたけた士なら召し抱えた。甲斐も、そのひとりなのであろう。会津という大国を任され、奥羽鎮圧のためには才能ある人材を必要としているのだ。

氏郷の人を見る目の確かさや、情のある差配は、甲斐も耳にしていた。

ある日、氏郷に仕えようと進み出た武将が、敷物の縁に躓いた。家臣がどっと笑う。すると氏郷は、「この御仁は戦場を駆けてきた強者ゆえ、板の間など働く場ではないのだ。彼の真価は戦場の働きにある」と擁護、世人の称賛するところとなった。

また、推薦する者があって、才知が評判の男が訪れた。氏郷は数日間、彼を城内に置いたが、仕官の申し出を断り、金をやって帰した。

「あの男はおのれを自慢するあまり、人を悪しざまに言う。家臣のあいだに不和を起こすもとになろう」という理由だった。

氏郷は戦場で、部下の先頭に立って指揮した。

「部下に、かかれ、かかれと号令するばかりでは、兵は動かん。かかれと思うところにみずからが立つ」というのが信念だ。

果敢に敵の首級《くび》を奪う激しさを持つ一方、攻撃する城の構造、敵の陣形などを、豊富な経験と知識を駆使して精査し判断を下すという。

そんな洞察力、温情ある人への遇し方を聞くにつけ、甲斐は信頼を深めていた。

だが武術に覚えのある甲斐には、この軍議の席は居心地が悪く、「よいな、甲斐」と励まされても、返答もできず目を伏せた。「甲斐」と、名を呼びかけた氏郷、黙してうつむく甲斐。そんな様子に氏長は、「やはり……」というように甲斐を見つめる。

氏長は歌詠みという文人の繊細さも持ちあわせていた。ふたりの間に特別な感情が存在すると直感したようだが、甲斐からすれば、それは的を射ているとも言いきれない。

戦評定《いくさひょうじょう》は進められた。

「成田どのの武蔵における戦功は名高い。わが軍にお迎えできたは頼もしい限り。甲斐どのには、本来なら福井城の留守居を任せたいところじゃが、黒川城にあって奥向きの束ねをしていただきたい。いかがであろう」

氏郷は家臣一同を見回し、それから甲斐に意向を問う。

「奥向きと申されましても」

甲斐はとまどった。黒川城には留守奉行も任命されることだろう。人材はそろっているはずだ。奥向きとは、どの程度の務めを指すのだろう。

「わしは、まだ、この城に入って間もない。家臣も同じじゃ。留守奉行を助けて、食糧の備蓄、鉄砲の弾《たま》や矢をととのえ、万一に備えてほしい」

このたびの出陣は、数千の部隊を率いての遠征という。黒川城に残る男女はそう多くないようだ。松坂から移住をして間もない者、煮炊きや掃除など下働きのために城下から雇った者がほとんどだから、留守中の目配りを任せたいのだろう。

「甲斐どのは忍の領民と馴染んでいたと聞いた。黒川城でも力になってはくれまいか」

氏郷はそんな依頼をすることで、家臣の抵抗感をやわらげているのだ。甲斐より先に父・氏長が頭を下げた。

「身にあまる務め、かならずや甲斐はやりおおせることでございましょう」

それから甲斐に、「いいな、心して重任を務めよ」と念を押した。

部隊の編制などを命じた軍議の最後に氏郷は、

「わが軍の先頭には、いつもこの鯰尾の兜がある。臆せずわれに続け」と、床の間の兜を指さした。

＊

出陣の宴《うたげ》が果てたのだろうか。氏長が、ひとりで山里曲輪の甲斐の屋敷にやってきた。

「瀟洒な屋敷を賜ったものじゃ。氏郷公の慈しみもさぞかし深いのであろう」

父は甲斐が氏郷の寵愛を受けていると、誤解しているようだ。だが、どう言って釈明すればいいのだろう。夜咄や絵ろうそく作りのことを、こと細かに語っても、ただ言い訳がましく、真実は伝わらないように思えた。父が、世にありがちなそんな想像をしていることも、無性に悲しい。

「甲斐に伝えねばならんことがある」

氏長は甲斐の表情をうかがう。それから思いきったように口を開いた。

「哲之介に成田を名乗らせることにした。これは、かねがね甲斐も承知だっただろうが」

もってまわった言い方は、あまりいい話題でない徴《しるし》だ。甲斐は背筋を伸ばし、気持ちをととのえた。

「ついては、お巻を嫁がせることにいたした」

早口で一気に言い放つ。

——哲之介さまに、お巻を。

甲斐の心は複雑に揺れた。一度は夫婦《めおと》になる日を思い描いた幼馴染だ。

「知ってのとおり、成田家は今やわずか一万石。ともに会津に下ってきた一族は少ない。遠縁の哲之介を玉井姓から成田姓に復させ、これからの力にしたい。お巻が子をなせば家名は続く」

甲斐を氏郷に差し出したと決めこんでいる父の、苦慮したあげくの結論なのだろう。激闘が予想される出陣を前に、決めておきたかったのだ。

父のもくろみは納得できた。甲斐にしても、黒川城に屋敷を与えられた今後がどのようになるのか、いつ成田家に戻れるのか、見当はつかない。家の存続のために婿を迎える約束も今はできない。敗戦は家内の約束事さえ反故にしてしまった。

だが、胸の片隅で、「それでよかった」と、うなずく甲斐がいる。

ろうそくに、一筆、菊の花弁を染めて、「どうだ」と自慢げだった氏郷の眼差し。〝いいえ、そこに近づいてはならない〟と押しとどめる、みずからの声。揺れる心のなかで、

——わずかないっときに、ただ怪談を語り、絵ろうそくを描くだけ。

もうひとりの甲斐が言い訳をする。

氏長は申し訳なさそうに、だが、決定はくつがえ

せないと確固とした表情で、「甲斐、わしもようよう考えてのことだ。わきまえてくれるのう」と念を押す。

腹違いの妹・巻姫も、もう十五歳。嫁ぐに十分な年齢になっている。実母に似ず、槍だの刀だのといった武術は苦手だったお巻。素直で優しく、笑うと目じりが愛らしい。哲之介となら、穏やかな夫婦になれるだろう。

「巻は、それでいいと?」

我をとおしたがる娘ではないものの、承諾したのだろうか。

「いや、男親には娘心ははかり兼ねる。茅乃が察するところ、お巻は哲之介を慕うておったとか」

「まあ、お巻が、そんなことを」

巻も哲之介とは身内として親しく接してきた。武にすぐれ、目鼻立ちも整った、男らしい男だ。慕うのも不思議はないが、気づかなかった甲斐は、うかつだった。控えめな巻は、甲斐と哲之介が親しげにしている姿に、辛さをこらえていたのかもしれない。

「父上さまのよろしいように」

それだけが甲斐に言える言葉だった。氏長は懸案を片づけたとでも言いたそうに、ほっと肩で息を吐き、「夜も更けてきた」と、北出丸の陣所に引き揚げて行った。

甲斐は戸障子を閉じかけて、夜空を仰いだ。ちらちらと白いものが舞い落ちる。

「また、雪……」

つぶやいたとき、小柄な老人が闇の中から姿を現わした。氏郷の館の門番・茂市だ。

茂市は頭や肩の雪を手で払った。

「姫さま、殿がお呼びにございます」

「この夜更けに」

「寝つけなくなった、怪談を聞きたいと、わがままな仰せ」

小姓の山三郎に使いをさせず、氏郷みずからが番小屋にやってきたのだという。戦評定で気が高ぶり、寝そびれてしまったのだろう。

「ようございます。参るといたしましょう」

甲斐は上がり框に置いた頭巾を手にすると、

「ナギ」

と呼びかけて、声を呑んだ。さっき次の間でうとうとしていたのを、「もう、寝るがよい」と下がらせていた。今ごろはおちよと枕を並べ寝入ってしまったことだろう。

表の雪は激しくなっていた。

氏郷の屋敷では山三郎も引き揚げたようだ。

「恐ろしいやつを聞かせよ」

氏郷は注文をつけ、甲斐に濁り酒を勧めた。口に含むと、ほんのり甘く、よい香りがした。

「怖いお話はよしておきましょう。氏郷さまは、ますます眠れなくなりますゆえ。また、河越のことでございます。ようございますか」

「話し手がそう言うなら、それでよしといたそう」

答えて、せっかちに話をせかす。

「芳野という村に、およねという美しい娘がおりました。城の小姓が狩のお供で村に参り、ひと目惚れ。ぜひにも嫁にと通いつめました。そのたび、およねは、身分ちがいだと辞退したのです。ところが、その小姓はあきらめきれず、ついに口説き落とし、嫁にしたのでございます」

「おう、わしも、どこぞに狩にでも参ろうか。いい娘がおろうかの」

「今はなりませぬ。一揆を収めねば狩は危のうて」

「手厳しいのう、甲斐は」

こんな冗談も今宵限り、しばし途絶えることになろう。出陣が迫っている。

「でも、武家に嫁いだ哀しさ、しきたりだ、身分だと、舅・姑、家来たちにいじめられ、およねはあまりの辛さに川に身を投げてしまいました。夫は毎日川に行き、『およねやー、およねやー』と呼んでいるうちに、川に吸い込まれてしまったのです。今でも川に石を投げると、およねが『あい』と返事をするとか」

甲斐は心地よく酔いがまわっていた。

「それなら、こんな話もあるぞ」

氏郷が語りはじめた。

「甲斐の屋敷の外に井戸があろう。恋しい藤七を喪った小春は、朝な夕な、あの井戸をのぞいては泣いておった」

山里曲輪の大きな井戸は、いつも豊かな水を湛えている。黒川城中の命綱だ。

「ある日、水面から水が渦まいて空に昇っていくではないか。小春、来られよ、と声がする。〝この声は藤七さま〟。小春が渦に手を差し伸べると、くるくると巻かれ、空高く舞い上がっていったそうな」

「まあ、あの井戸にございますか。怖おうございます。怖おうて、帰りに井戸の脇を通れませぬ」

井戸のあたりは枯木立が風に鳴っている、暗がりで何者かに袖をつかまれそうな気がした。

「甲斐、帰らずともよい。今宵はここにおれ」

氏郷は強く甲斐を抱き寄せた。その腕からすり抜けようとあらがう。

「明日をも知れぬ戦の世、刃を振るう非道な行い、都はるかな陸奥、だが、ここにはそなたがおる」

ささやく息が甲斐の首筋を、耳もとをくすぐる。朱の花を描いた絵ろうそくがふっと消え、氏郷の熱い胸が甲斐を押し包む。髪をそっとなでる手のぬくもりに、甲斐はすべてを委ねた。

＊

一揆鎮圧に向かう氏郷本隊の出陣は十一月一日と決まっていた。だが、数日来の雪がなかなかやまず、出立は二日、三日と日延べになってめどが立たない。

「ずいぶん積もりましたこと」

甲斐は氏郷の戦支度をととのえながら、庭先に目をやる。石灯籠も頭だけを残して埋もれてしまった。

――できることなら、ずっと降り続いてほしい。

詮《せん》ない願いを抱くのも、押し寄せる潮のようなひとときを知ってしまったからだ。夜ごとのほてりが甲斐の体内に渦巻いている。

「会津は雪深いとは聞いておったが」

氏郷はつぶやき、屋根から落ちる雪の音に耳をそばだてる。氏郷にとっても、父・氏長にとっても、不慣れな陸奥の冬だ。会津より、さらに北への進軍は、雪も寒さも一層厳しいことであろう。

忍城にいたころの甲斐ならば、嵐や大雪といった荒天に心が高ぶったものだ。風が吹き荒れようと、

「者ども、武士の心意気の見せどころじゃ」と、城兵を叱咤したのは一度や二度ではない。

――積む雪に閉ざされ、われは気弱になってしもうたやもしれぬ。

豪雨と日照りのもとの忍城戦で兵を率いた気概は、もうよみがえらないのだろうか。

――いや、ちがう。

甲斐は頭《かぶり》を振る。

――いとしさを胸に抱けば、それが心の支え。

政争による母との別離、窮地に追いこまれた家臣の女房の自害、そして敵襲。そのたび甲斐は悲しみや憤りを力に変えて、「強くなる」と唇を嚙みしめた。だが今は、少しちがう。熱く満ちてくる命のきらめきをわが身に刻み、見るもの、聞くもののすべてが心の芯を揺り動かす。守るべき領地も家臣も財も失い、わが身ひとつになっても、人と人とのぬくもりを抱きしめ、それを手放さないために地に強く立つことができる。

――小さな舟は、わが想いを乗せ、漕ぎだしてしまった。

その行く末がどうなるかは分からない。

――行けるところまで……。

甲斐は変わってゆくおのれの深奥を見つめていた。

豪雪で出陣を延期していたが、日和を選んでいる場合ではなくなった。

「関東衆が白河に向けて出発したもよう」

氏郷が放った忍びの急報だ。秀吉は甥で養子の羽柴秀次と徳川家康に、援軍出動を命じたという。

「よし、待てぬ。すぐに出陣じゃ。戦働きを惜しんで城内に閉じこもっておるなどと言われてみよ、武士の名折れじゃ」

氏郷の号令一下、一揆討伐軍は大手口に勢ぞろいした。

「皆々、案じるにはおよばず。わしが先頭に立つ。雪を踏み道を作る。よいな、わしに続くのじゃ」

六千の軍団は主将の熱血に勢いづき、吹雪を衝いて出陣した。

十日、十五日と時が過ぎていった。戦況はどうなっているのだろうか。甲斐はいたたまれない不安にさいなまれていた。ちょうどそんなとき、イカルが戦場から駆け戻った。

「一揆は鎮まったのか」

報告を待つのももどかしい。

「殿のお命が狙われたらしゅうございます」

「氏郷さまのお命が。一揆鎮圧のはずがなんとしたことか」

激しい動悸にめまいさえ覚える。

「落ち着かれませ、姫さま。一揆に襲われたのではございませぬ。伊達政宗が殿に毒を盛ろうとしていると、確かな筋からの密告があったとのこと」

「毒とはなんじゃ。政宗公は蒲生軍の道中案内を果たす任ではなかったか」

氏郷は、政宗軍一万五千と杉目（福島市）で合流。いよいよ討伐が開始されたというとき、異変がおきたという。

「毒の件はあくまでも噂にございます。しかし、両大将の間には、不穏な気配が頻発しているもよう」

高所から全軍を観察していた蒲生軍の右筆《ゆうひつ》（文書官）が、氏郷に火急の報告を飛ばしたという。〝政宗の陣形がおかしい、蒲生軍は挟み撃ちとなるのはあきらか。伊達軍は、一揆勢と対峙している蒲生軍の背後にまわりこんだ〟というものだ。

「で、氏郷さまや父上はご無事なのか」

「伊達の陰謀を跳ね除け、果敢に戦っておられます。

蒲生軍は一揆勢の立てこもる名生城《みょうじょう》に猛攻をかけ、動こうとしない伊達を尻目に激戦、ついに名生城を落としました」

だが、奥州各地で蜂起した一揆勢は執拗に抵抗を繰り返しているという。

――氏郷さまも、従う父も、先陣を切って戦っておるに連合軍の内部に敵とは。

武将たちは誰しも「戦のない世を築くために」と武器を取る。敵の首級《くび》を数多く奪ってこそ武士のほまれとばかりに突撃する。「戦のない世」は、こうして戦でしか勝ち取れないのか。

甲斐も女ながら戦った。だが心をよぎるのは、戦の陰の女たちだ。

「イカル、われはのう、家の柱とも頼む父や兄を失い、もう成田家に仕えることも叶わなくなった家臣の女房たちを、忍に置いてこなければならなかった」

イカルは戸惑ったように、

「ゆえに勝たねばならぬのでございましょう」

と、目をしばたたかせる。

「戦の巻き添えで自害に追いこまれた女もあった」

甲斐のつぶやきは、イカルには分かりかねるのだろう。

「引き続き、一揆の状況を見定め、われに報せよ」

イカルに命じて去らせ、甲斐は雪の庭にたたずんだ。

――男たちはいい。天下だの領地だのと槍を振りまわし、武勇を競う。

会津での甲斐は、これからの道を思い悩むばかりだった。

――こんなとき、律儀な哲之介さまなら何を語ることか。

〝世は秀吉公の掌握するところとなった。しかし動乱が止むまでには、まだ時が要る〟。そんなふうに言って、〝甲斐は甲斐なりの答えを探せ〟と諭すにちがいない。

ふと気づく。〝哲之介さまや隼人どのと野を駆けた若い日は、もう遠くなった〟と。

──ただひとり考え、ただひとり決断する、わが身となった……。

年が明ければ甲斐は二十歳。ふつうなら、子のひとりやふたり、いてもいい歳だ。父は愛娘の甲斐を手放したくなかった。甲斐も「忍の宝」「女将軍」などと言われているうちに、嫁ぐことなど二の次にしていた。そして「凱旋のあかつきには哲之介を婿に」と言った父は、あっさりと巻姫を嫁がせるという。

なぜか、甲斐の目もとは潤んでいた。氏郷への、先の見えない思慕に踏み出してしまったからだろうか。

──これからの歳月、時の大きなうねりに巻かれても、〝女人が泣かない世を〟との願いだけは大切に。

そう思えた一瞬、未来に小さな灯りが見えたような気がした。

──なくしたものを、もう懐かしむまい。

一揆をおおかた収めて、氏郷の軍がいったん遠征を中断したのは、秀吉の命による。

氏郷が黒川城に帰ったのは、年が明けた一五九一年（天正十九）一月十一日のことだった。宵になって氏郷は甲斐に、山里曲輪の領主屋敷にくるよう使いをよこした。

「成田どのの旧臣が福井城に参集し、よい戦いぶり、心強いことであった」

そう語る心配りは甲斐を安堵させる。成田の一統は途中で氏郷の本隊と別れ、岩代福井城に戻った。

「伊達さまが一揆の衆と通じていたとか」

葛西、大崎両氏は、もともと政宗の曽祖父の代から伊達氏に従っていた。だから政宗は、彼らの旧領で一揆を扇動したのだと、帰陣した蒲生家臣には知れ渡っている。

「わしに伊達どののたくらみを報せる者があったゆえ、策を立てることができた。戦の経過は、すべて秀吉公の耳に届き、真偽がただされるであろう。政宗は命懸けの弁明をせねばならんじゃろうて」

言うやいなや氏郷は、手あぶりに炭をついでいた甲斐を引き寄せ、

「そんなことは、もうよい」

と耳もとにささやき、

「会いとうござった。一刻も早う甲斐に会うために、わしは戦った」

息を弾ませ甲斐を抱きしめる。

「そのようなこと、申されてはなりませぬ」

叱るように言う甲斐だが、焦がれて待つ思いは同じだった。

「言うな」

氏郷は甲斐の唇を唇でふさぐ。氏郷の髪は、まだわずかに出征の土の匂いがしていた。

＊

半月後、黒川城に座を温める間もなく、氏郷は上洛の途についた。秀吉のもとに諸将が集合、奥州の根強い反乱を再度鎮圧するための軍令が下されるという。

京の蒲生屋敷は、秀吉の政庁であり邸宅の聚楽第《じゅらくだい》の隣地に置かれている。氏郷を待つのは正室の冬姫だ。織田信長の次女で、歳は三十を過ぎたばかり、たぐいまれな美貌と、黒川城では常々語られている。

これまで味わったことのない苦しみが、甲斐の胸中に渦まく。

――氏郷さまが小田原に出陣されてほぼ一年、お方さまは、このたびの上洛をどれほど待ちわびておられることか。

南禅寺で修行中だという幼い嫡子も、氏郷の懐に飛びこむことだろう。家族の再会なのだ。氏郷の情が他に向くことに気を病むおのれがいる。

――これは嫉妬というもの……。

ついこのあいだまでの甲斐なら、忌み嫌った感情だ。それでも、冬姫に注ぐ氏郷の微笑みは甲斐のまぶたから離れない。睦まじい夫婦と聞いていた。長

い別離を取り戻すように寄り添うことだろう。

数日後、氏郷から便りが届いた。予想もしていなかったので、不安に震えながら封を解く。信濃国・中山道を進軍中という。雪は深いが、陽だまりにフキノトウを見つけたと筆が躍っている。浅間の噴煙を見ての歌が添えられていた。

「わが心に思う人のことを思いてよめる」

信濃なる浅間の嶽も何を思ふ
　われのみ胸をこがすと思へば

歓喜が甲斐の体中を駆け巡る。この一筆で十分だった。

――お方さまを羨んだりはすまい。らちもない想いを抱かずにお帰りを待ちまする。

募らせていた焦燥が影を消していく。氏郷の書を、甲斐は胸に押し当てた。

上洛した氏郷が黒川城に戻ったのは、六月半ば過ぎのこと、堀端の深緑が梅雨に濡れる季節を迎えていた。

「陸奥国に、またしても反乱じゃ。討伐の陣構えを急がねばならん」

氏郷は旅装を解くのももどかしそうに、筆や紙を用意するよう甲斐に命じた。

「九戸《くのへ》政実《まさざね》が秀吉公に抗し、大勢力を結集しおった」

政実は陸奥国北部の南部氏一族で、九戸城（岩手県二戸市）城主である。

強引な奥州仕置は、いまだに多くの抗争を招いている。豊臣軍と戦い抜いた甲斐には、その実情は痛いほど分かる。口にこそしないが、甲斐の胸中にも秀吉にあらがう思いがないと言ったら嘘になろう。

秀吉は奥州鎮圧の軍割りを発令。上杉景勝、羽柴秀次、徳川家康、浅野長政、大谷吉継、石田三成、伊達政宗といった名だたる武将のもと、六万の討伐軍投入を決め、氏郷は総大将に任じられた。奥州再仕置きである。

筆を手にした氏郷は、唇を固くひきしめ、配下の臣の布陣を記していく。緊迫した、なみなみならぬ覚悟が伝わってくる。

「成田どのにも、ふたたび出陣していただかねばならん」

甲斐は一瞬、石田三成率いる豊臣の大軍に包囲された、忍城の戦いを思い浮かべた。まだ、たった一年前の生々しい出来事だ。秀吉配下再先鋭の武将・氏郷のかたわらにいるとは、なんという矛盾であろうか。

氏郷は、甲斐の複雑な胸中に気づくはずもない。

「防備の隙を狙って黒川城が攻撃される恐れがある。留守部隊には精鋭を配置する」

そして甲斐に命じた。

「福井城は黒川城の重要な支城、奪われれば陸奥鎮撫のわが軍の痛手じゃ。甲斐はわしとともに出陣し、福井城の守備に着け」

成田の兵は多くはない。氏長の出陣後はかなり手薄になる。

「仰せの旨、うけたまわりましてございます」

敗軍の将の甲斐に、ふたたび刀を取る日が来ようとは思ってもいなかった。

「わしが新たに召し抱えた者に、浜田十兵衛と十左衛門という兄弟がおる。忠誠心に厚く、腕も立つ。福井城に遣わすゆえ、連れてまいるがよい」

「過分のご配慮、甲斐、必ずや福井城を守り抜きまする」

「甲斐、わしはそなたを、ただ美しい女子として慈しんだわけではない。それだけは承知しておいてほしい」

氏郷はふいに、穏やかな眼差しを向けた。

「女将軍の甲斐、戦う勇気、領民を思いやる情、そんな度量にほれこんだのじゃぞ」

「生き抜くことのできた甲斐に、このような日が訪れようとは」

「なにを大げさな」

「氏郷さまは甲斐に務めを与え、敗戦の絶望から引き上げてくださいます」

「そなたは、絶望ゆえにわしにすがったのか」

「違いまする」

甲斐は激しく返した。

「氏郷さまの武士《もののふ》の気概、戦上手、和歌や茶道のたしなみ、家臣への慈しみ、すべてをご信頼申し上げておりまする」

「ふふん、小しゃくな口を利く姫よ。しかし、怪談はいい」

おかしさをこらえきれず、ふたりは笑い声を立てた。

「そなたの、その春のような笑顔が、わしを男にする」

「出陣まで、まだ十日ほどある。福井城へ発つ前に、もうひとつ務めを果たしてほしい。実は、本丸の書院に客人をおひとりお連れしたのじゃ。身のまわりを気遣って差し上げてはくれぬか」

「氏郷さまの仰せとあらば、いかようにも。して、お名前は」

口ぶりからすると、よほどの賓客らしいが、どのような方だろうか。

「千少庵《せんのしょうあん》さまじゃ」

「千……、千と申せば、あのお茶道《さどう》の……」

氏郷は「利休七哲」に数えられる千利休の高弟のひとりだと聞いている。

「秀吉公のお茶頭の利休さまゆかりのお方」

「さよう、ご養子・少庵さまじゃ。お歳は四十代の半ばにおなりかの」

「小庵さまが、なぜ会津に……」

「利休さまは秀吉公の怒りに触れて自害を命じられ、この二月、七十歳の御身でお果てになられた」

「まことにございますか、あの利休さまがなにゆえ」

驚きのあまり、甲斐は口ごもった。利休は小田原の陣にも招かれていた秀吉のお気に入りというではないか。伊達政宗が小田原参陣に遅れ、死罪覚悟で秀吉の前に出たとき、「利休さまにお点前《てまえ》を学びたい」と申し出たので、秀吉は機嫌をなおしたとも聞いていた。

利休切腹の理由は、公《おおやけ》にはされなかった。

「歯に衣着せぬ直言が、秀吉公を立腹させたのだろう。そう取沙汰されておる」

少庵にまで怒りの矛先が向かいかねないので、氏郷が庇護したという。

「氏郷さまも巻き添えになりましょうに」

氏郷は〝少庵さまをお預かり申す〟と、秀吉の目を見据えたという。秀吉は低く〝うむ〟と唸ったきり黙認したそうだ。

「九戸の乱を始末したら、城内に少庵さまの茶室を建てて差し上げよう」

それから氏郷は、城と城下町づくりの夢をひとしきり語った。城の名は若松城に変える。故郷・近江日野の「若松の森」にちなむと、うれしそうだ。

「別名は鶴ケ城、わしの幼名・鶴千代にちなんでのう」

こんなふうに瞳を輝かせるとき、甲斐はいつも、「少年のような」と笑いを漏らしたくなる。

「壮大な七層の天守を築く。城地は土塁と高い石垣で囲み、奥羽一の巨城にするぞ。城下は大路・小路で区切り、近江日野や、わしが築いた松坂城の城下から職人や商人を招こう。信長公にならって楽市楽座を実施して、産業を盛んにするのじゃ。甲斐、楽しみにしておれよ」

氏郷の物語は、終わりを知らない。

七月末、氏郷は九戸の乱討伐に出陣した。会津には三万の軍が結集。残暑の野を進軍する。氏長は福井城で蒲生軍と合流し、甲斐は浜田兄弟とともに福井城に入った。

「甲斐、よう来てくれた。ここはそなたの住まいじゃ、くつろぐがいい」

ほぼ一年ぶりに会う茅乃は、満面の笑みで甲斐を迎えた。その後ろに隠れるように、巻がおどおどと顔をのぞかせる。

——ふたりは哲之介さまと巻の婚約を後ろめたく思うておいでじゃ。

甲斐は急に巻姫が不憫になった。

「母上さま、世は、いえ成田家は変わりました。どうか、哲之介さまのこと、お気になさらずに」

それから甲斐は小柄な巻姫を抱き寄せた。

「幸せにならなければ許しませんよ」

巻はほっとした表情で甲斐の肩に頬を預ける。

初めて見る福井城の座敷を、甲斐は見まわした。家臣が集う板敷の広間の柱には、荒削りな手斧《ちょうな》の跡が残る。広間の周囲に、いくつかの小座敷があった。氏長夫妻やふたりの姫が寝起きしているのだろう。ここも板敷で、薄縁《うすべり》を敷いただけだ。少し離れた小座敷が、甲斐の乳母の苑や、姫たちの身のまわりの世話をする女たちの居間のようだ。

——なんて質素な……。

黒川城の甲斐の屋敷に姫たちを住まわせたら、どれほどよろこぶかしれない。

城といっても、土塁と、渓流を堀とした曲輪に、何棟かの館が並ぶばかりだ。

義母の茅乃は館の縁先から安達太良の山影を仰ぎ、

「梅雨のころまで、お山には残雪が見られたのですよ」

と指差す。

福井城の東方を、陸奥へ向かう奥州道中が走っている。氏郷を総大将とする討伐軍は、この先の二本松で西国軍と合流、戦を繰り広げながら奥地・九戸へと進軍していることだろう。

「母上、この戦、きっと長引きましょう」

氏郷の厳重な陣構えが、それを示していた。

「そうかのう……」

茅乃は甲斐を振り返った。

「甲斐、そなた……」

つぶやいて声を呑む。甲斐は次の言葉を待った。

「いや、いつにまして美しゅうなったのう。透けるようにつややかな肌をしておる」

まじまじと見て、

「そなた……」

ふたたび言って微笑んだ。

――母上も女子、甲斐の秘密をお察しになった。

甲斐は熱くなる頬に手をあて、目を伏せた。

＊

戦況が伝わってこないまま晩夏が過ぎ、安達太良から続く丘陵や畔道に芒《すすき》の穂が揺れている。甲斐は、この地の穏やかさにすっかり馴染んでいた。城の裏手の畑には青菜がすくすくと葉をのばしている。雪国では、冬の食糧に漬け菜が欠かせない。

「さあ、日暮れまでに、たんと収穫しましょう」

甲斐にならって巻も土まみれで菜を収穫し、乳母の苑は背負い籠に詰めていく。やがてあかね色の夕空が安達太良の峰を染めはじめた。

「苑、懐かしいのう、この夕映え」

甲斐は後れ毛を掻きあげながら、目を細める。あかね空は甲斐に、金山城へ去っていった実母の伊都を思い起こさせる。

「忍城の皿尾口御門から、こんな夕焼けを眺めたものでした」

苑も同じ光景を思い出しているにちがいない。だが夕映えは、かつてのような母恋の哀しさをもたらさなかった。

――甲斐はおとなの女になった。幻の母の懐から巣立った。

氏郷への思慕が、母の情愛の欠落を埋めてくれたのかもしれない。母へのわだかまりを降ろした解放感が、残照の空に翔けていく。

その夜更け、城主館に異変が起きた。闇をつんざいて、喚声がとどろきわたった。女たちの悲鳴が響く。

「敵襲か」

甲斐は甲冑をまとい、長刀を取り、館に走った。

城中の侍は、ほとんどが戦に出払っていた。

武装の兵が押し寄せ、刀を振りかざし、すさまじい怒号で館内を踏み荒らしている。

「何者だ、無礼は許さん、退《ひ》け」

甲斐は長刀を横ざまに振りまわした。賊は後ずさり、血しぶきをあげて倒れていく。

「母上、巻、敦、いずこじゃ」

甲斐は叫んだ。敦はたしか、数日前から高熱で寝込んでいる。次々と戸障子を引き開けて探し、茅乃の寝所に飛びこみ、甲斐は立ちすくんだ。無残に首を斬られた茅乃が、血だまりのなかに倒れていた。敦姫をしっかりと抱きかかえている。

「母上、まさか母上が」

揺すったが答えはない。すでに、こと切れていた。

「なぜ、討ち返しもせず」

武勇の茅乃がどうしたというのだ。

「敦、敦」

呼んだが虫の息だ。

「母上は敦を助けようと……」

――そうなのか、刀も返さずむざむざと。

苦しい息でつぶやき、敦姫は血まみれの手をさしのべる。

「姉さま、敦はもう」

「話をしてはならぬ。血が止まらぬぞ」

「姉さま、敦は姉さまが大好き。だのに身分をひがんで近寄れず」

「そんなことは後じゃ」

「姉さま、仲ようしたかったのに……」

苦しい息でつぶやく敦の体が痙攣した。

「敦、敦、逝ってはならぬ」

甲斐をつかんでいた敦の手がすべり落ちた。

豪の者の茅乃も、病の敦を逃がそうと反撃すら叶わなかったのだ。

「母上、敦」

涙が噴きだし、こぼれ落ちる。

巻と苑の姿がない。が、乱入兵の足音が甲斐に迫っていた。包囲を打ち破り、甲斐が馬に飛び乗ったとたん、数人の鎧武者が刀を振りかざして追ってきた。まっしぐらに突き進む男の顔に見覚えがある。

「うぬ、浜田、おまえか。謀叛は浜田兄弟か。よくも母や敦を」

叫ぶやいなや長刀を打ち振るい、弟・十左衛門を一刀のもとに斬り捨てた。

「さあ、浜田十兵衛、次はお前だ」

甲斐は両の脚を地に踏まえ、長刀を構えた。十兵衛は恐怖に顔を引きつらせ、後ずさる。掛け声もろともに、甲斐が斜めに振り上げた長刀の切っ先が十兵衛の頬をかすめた。

「ううっ」

呻いた十兵衛は鮮血の流れる頬を押さえ、踵を返して福井城の門内に逃げこんだ。

「ナギ、黒川城に救援を依頼しに参れ」

甲斐は命じ、城下の長泉寺に潜伏することにした。住職は氏長と懇意だった。甲斐も福井城に腰を落ち着けてから、巻や敦を連れて、何度か経蔵の書物を学びに来ていた。山門のあたりに篝火が焚かれ、人影がうごめいている。

――さては、浜田の手が回っておったか。

木立の陰からのぞき見る。と、見知った僧兵が門の番に就いているではないか。胸をなでおろし、甲斐が近づくと、

「さ、さ、早う」

僧兵は抱えこむようにして、方丈《ほうじょう》（住持の居所）の一角に案内した。小部屋には巻と苑の姿があった。

「よう無事で。探すこともできず、逃げるしかなかった」

駆け寄る甲斐に、まだ震えの止まらない巻がすがりつく。

「苑がおりながら、お方さまたちをお守りしきれず」

苑が号泣する。

「いや、この甲斐が留守居に遣わされていたのに、むざむざと……」

泣いている場合ではなかった。浜田十兵衛は必ず

や甲斐と巻を探しだすだろう。成田家を根絶やしにして、城を乗っ取るつもりに違いない。その次の狙いは黒川城の奪取のはずだ。

翌朝、黒川城の精鋭部隊が三十人ほど、救援に駆けつけた。甲斐は武将たちとともに、十兵衛一統が占拠する福井城になだれこんだ。出会いがしらに十兵衛と遭遇、

「母と妹の仇、思い知れ」

叫ぶやいなや、相手に刀を抜く間も与えずに斬った。謀叛兵は一網打尽だ。生け捕った足軽によれば、先の大崎一揆の残党が仕掛けた謀叛だという。だとすれば、浜田兄弟は一揆の一味ということになる。

茅乃亡き後の福井城には、年老いた数人の家臣と下男が二人、それにナギ、ほんのわずかな者たちが残るだけだ。

十月半ば、九戸政実の乱を鎮圧した氏郷軍が凱旋。福井城に戻った父は、

「不憫であった」

とひとこと言って絶句した。浜田兄弟の謀叛の一部始終を蒲生氏郷に報告するため、甲斐は黒川城に戻った。

「成田家が預かる福井城を甲斐は治めきれず、申し訳の立たぬことにあいなりました」

氏郷は甲斐の手を取り、

「詫びねばならぬのはわしじゃ。わしが遣わした浜田兄弟に、まさか一揆の息がかかっておろうとは。許せ、甲斐。母御、妹御を無残に死なせてしもうた」

気を張ってこらえていた悲しみが、甲斐の胸に一挙にあふれかえる。

「これが戦の世、甲斐はもう、女子が犠牲になる戦が嫌にございます」

「見事仇討を果たしたとはいえ、辛かったであろう、甲斐」

甲斐は氏郷の膝にすがり、激しく嗚咽した。

イカルの偵察してきたところによれば、九戸の乱の収束は、語りつくせぬ無残さだったという。

氏郷を総大将とする奥州再仕置軍は、八月下旬には南部領に接近、九月二日、総勢六万の兵が九戸城を包囲して攻防を繰り返した。九戸政実は少数の兵ながら善戦。だが、半数が討ち取られ、「開城すれば残らず助命する」との条件を呑んで降伏した。しかし約束は破られ、城内に居た者はすべて斬殺。政実ら首謀者たちは処刑された。

甲斐は恐怖に震えた。ことによれば、忍城も同様の結末を迎えたかもしれないのだ。氏長と、秀吉の右筆・山中長俊との連歌のつながりが、生と死を分けたといっていい。

乱平定の非道さに胸はふさぐが、甲斐は氏郷になにひとつ問うつもりはなかった。この残虐さを口にしてなにになろう。再仕置軍の使命は、勇猛のかぎりを駆使して陸奥を鎮定し、ふたたび背かせないため、徹底して反乱軍を打ち倒すことだった。

秀吉の天下統一の戦いは終わりを告げた。戦また戦だった氏郷も、奥羽全土の処置という大任を果たし、領地を加増され、総石高は七十三万石を越えるみちのく最大の大名になった。

——もう、怪談で気晴らしなど、なさらないのであろう。

寂しさを紛らそうと、甲斐は千少庵の世話にいそしんだ。少庵の茶室「麟閣《りんかく》」は甲斐の屋敷に近い。おちよと一緒に食事を調えて運び、茶庭に草花を植え、ときに茶道の手ほどきを受ける。そんなひとときは無心になれた。

氷雨の降りしきる宵、氏郷は凱旋してからはじめて、甲斐を屋敷に招いた。

「秀吉公から書状が参った」

伏し目がちに一通の封書を差し出す。

「なぜ、甲斐に秀吉公の書状をお見せに……」

しばし沈黙のあと、氏郷は感情を押し殺したように早口で告げた。

「そなたを側室にとのお召じゃ」

甲斐の胸が激しく鼓動を打つ。

「なにゆえに……」

秀吉が忍城の武勇を聞き知ったとしても、それは一年半も前のことだ。城下の興徳寺に召されたときも、浅野長政の配慮で逃れられた。

「忍の戦いを、まだ覚えて……」

「忍城のことではない。浜田兄弟の野望を挫き、福井城と若松城（旧黒川城）を守った褒美であると」

秀吉は甲斐のめざましい働きと美貌の噂に、すっかり惚れこんでしまったのだという。

「お断り申しまする」

甲斐は強い調子で返した。秀吉の好色ぶりを知らぬ者はない。多くの側室をはべらせているというが、そこに列せよというのか。

「それが叶うものならば……」

氏郷は言って、また口を閉ざした。叶わぬことであると、甲斐にも分かっている。

——天下人・秀吉の下命。

拒めるはずはない。甲斐ばかりか、父・氏長の死をも意味した。九戸の乱の無残な結末と同じ最期が訪れかねない。

「甲斐の小舟は、ここが果てではございませぬ」

行き止まりにはしない。できない。いつまでも、どこまでも、胸の想いを乗せて漕いでいくだろう。

「小舟？」

氏郷は問い、長い沈黙が流れた。灯火が氏郷の頬に揺らぐ。笑いあって描いた絵ろうそくの灯だ。ともに絵筆を動かす日は、もう、やってこないというのか。

氏郷は、

「甲斐……」

苦しげに名を呼び、甲斐の顎に指を添え、そっと仰向かせた。

「むごい運命《さだめ》にございます」

氏郷の瞳の奥を見つめ、あふれる涙が頬を濡らす。甲斐は氏郷の体にしっかりと両の手をまわした。まるで氏郷のぬくもりを、わが身の奥深くまで浸みここれまでと打って変わったよそよそしい言葉つきに、哀しみがこみ上げる。氏郷は小法師《こぼうし》をひとつ、甲斐の手に載せた。

「突いてみよ、転んでも起き上がるであろう」

甲斐の親指の先ほどの、小さな起き上がり小法師だ。手のひらに乗せたまま転がしてみた。くるりと起き上がる。

「そら、起きた。幾度でも起きるぞ」

少し笑みをのぞかせ、小法師を甲斐に握らせ、そのこぶしを氏郷は手のひらで包んだ。

「織田信長さまは達磨がお好きであった。七転び八起き、と申されてな。この小法師も七転び八起き。わしが考えてこしらえたものじゃ。甲斐、これは、わしの、そなたへの祈りじゃ」

甲斐もまた、氏郷の手に、わが手を重ね、「甲斐は成田家のため、ただそのためだけに京に参ります」

それしか言えなかった。

「きっと、成田家の望みは叶うであろう」

ませるように。

「今宵限り、お別れするしか道はございませぬ。甲斐を、どうかしっかりと抱きとめてくださいませ」

ふとためらった氏郷だったが、こらえきれないように激しく甲斐を抱き寄せた。軒を打つ雨音も、やがてふたりの耳には届かなくなった。

＊

十一月、甲斐が会津で迎える二度目の冬のさなか、ついに上洛の日が訪れた。冷気をとおして陽光が若松城の殿舎に降り注ぐ。京へは三十日を超える長旅になるが、甲斐の衣装は染付の小袖に刺繍をほどこした打ち掛けという華やかさだった。天下人のもとへの入輿にふさわしくしつらえられ、届けられた支度だ。本丸表玄関には輿が用意されている。

奥書院で出立を待つわずかないっとき、人目を避けて氏郷が訪れた。華麗な装いの甲斐に目を細め、ふと視線をそらす。甲斐もうつむいた。

「これを甲斐に、いや、姫さまに差し上げたかった」

氏郷は手のひらに力をこめた。

出立のときがきた。京からの迎えの使者たちによって壮麗な行列が仕立てられた。甲斐の輿を守る騎馬武者は十余人、輿入れ調度を納めた長櫃を担ぐ従者は三十余人。甲斐の世話にあたる女たちなど、徒歩《かち》は二十人ほどにおよび、蒲生家の家臣も数多く従った。甲斐が連れていく供は、わずか数人にすぎない。乳母の苑、おちよ、イカル・ナギ兄妹、唐子、忍の村からやってきた鍛冶屋の子・乙吉、それに月影だ。

輿は本丸を出て、大手門に向かう。御簾越しに、一年半の日々を送った城の木立が垣間見える。やがて右手に千少庵の新しい茶室・麟閣が、その奥には甲斐の屋敷の枝折戸も見えた。

大手門には氏郷が見送りに出ていた。輿に向かって深々と頭を下げる。甲斐には分かった。関白秀吉の側室に対する城主の敬礼ではない。甲斐への惜別なのだと。

——決して、決して忘れはいたしませぬ、氏郷さまのことを。氏郷さまと甲斐の命の証を。会津での日々のすべてを。

甲斐は身をよじって振り向き、涙にかすむ氏郷の姿を追った。輿は堀に架かる廊下橋を渡り、右に折れた。もう見送りの人びとは見えない。甲斐は小法師を握りしめ、若松城を振り返るまいと心に決めた。

五　玉の緒

　京にたどりついたのは年の瀬の迫るころだった。およそ三十日ばかりの冬さなかの旅は、雪景色の山々ばかり眺めていたような気がする。甲斐は供奉《ぐぶ》の者が止めるのも聞かず、輿を降り、月影の手綱をとることが多かった。秀吉がよこした迎えの使者にしてみれば、万一、怪我でもされたら処罰を受けるのはあきらかだ。が、甲斐には重たい衣装も、狭い輿も苦痛でならなかった。なにより、馬を駆れば体が温まる。心も晴れ、堂々めぐりの苛立ちからも解き放たれた。そう、甲斐らしくないのだが、旅路ではたびたび苛立ちにさいなまれた。

　――京で、なにが起こるのだろう。どのような日々が待ち受けているのだろう、と。

　仰々しい行列に運ばれていること自体、甲斐にはふさわしくないことと思えた。

　御簾ごしに目に飛びこむ京の賑わいは物珍しく、さすがに目を奪われた。きっと、後ろに従って歩く唐子《からこ》や乙吉、それに、おちよも、心を躍らせているにちがいない。あの子らも、ここで暮らしていくのだ。

　――イカルとナギは、きっと京を知っていることだろう。

　兄妹の探索の目は広く確かだ。

　商家の屋根が連なる街路を通り抜け、川にさしかかった。

「堀川、言いますのや」

　お付きの女人が、そっと告げる。

「この中立売《なかたちうり》橋は、堀川に架かる一番大きな橋どす。お屋敷まではもうじきどすえ」

　甲斐に気を使ってくれているのが分かる。

「お住まいは〝葭屋町正親町《よしやまちおおぎまち》〟いう所やよってに」

そんな説明を聞くとすぐ、こぎれいな屋敷に輿が運びこまれた。周囲には豪壮な屋敷が建ち並んでいる。

出迎えたのは〝孝蔵主《こうぞうす》〟と名のる、威厳に満ちた女人だった。年のころは三十代の半ばだろうか。

「武蔵武士の姫さんとうかがっておりまする。女将軍とやら言われたようやが、まあ、お美しいこと。いかつい坂東武者の娘に、よう、このようにたおやかな花が……」

孝蔵主は口もとに手を当て、微笑んだ。やわらかな京言葉が似つかわしい、気品のある身のこなしだ。

「まずは、ゆるりとおくつろぎなさるがええ」

孝蔵主は侍女に命じ、甲斐を座敷に案内させた。

旅装束を解くと、息つく間もなく湯殿にいざなわれる。湯気の立ちこめる簀子《すのこ》に立たされている甲斐に、女たちが口も利かず、かいがいしく髪から体の隅々まで洗い清めていく。湯気のぬくもりには癒されるが、気恥ずかしいことこのうえない。

——湯殿を使うなど、手伝われずとも……。

そんなことを口にする暇もなかった。手慣れた仕草で洗われていく。

孝蔵主が、「心得」とでもいうように、あれやこれや話してくれたのは、翌朝のことだった。

ここは聚楽第《じゅらくだい》の東側にあたり、周囲を埋めつくすのは諸国の大名たちの屋敷だそうだ。

孝蔵主は、秀吉の正室・北政所《きたのまんどころ》おねに仕える筆頭上臈《じょうろう》だという。おねのもとですべてを取り仕切る立場にあるということだ。

「関白さまには多くのご側室がおられます。どなたさまのお世話も、北政所さまが差配なさいますのや。たとえば、ご実家へのお宿下がり、寺社への参詣といった外出などは、北政所さまのお許しをいただかねばなりまへん。お衣装のあつらえといったことも、ご心配くだはりますのえ。もっとも大切なことどすけれど、ご側室が産むお子は豊臣家のお子。ゆえに北政所さまを母としてお育ちあそばすということを、お忘れにならはりませんよう」

秀吉がおねを第一に立てるとは、玖珠丸《くすまる》から聞いていた。小田原の陣に淀の方《かた》や松の丸を呼び寄せたのも、おねに頼んだうえでのことだという。

「そこが関白さまのお偉いところ。なにもかも、ご正室にお任せならはる。姫も北政所さまを主《あるじ》とも母とも思い、ようお仕えなさいませ」

ということは、孝蔵主の指示を受けよとの命令だと甲斐は理解した。

「もうひとつ、関白さまのお偉いのは、お召しになった女人方ぜんぶ、おひとりの漏れもなく、きちんと〝側室〟、つまりご正室に次ぐ身分をお与えになり、立場や暮らしにご不自由ないようご配慮あそばされますのや」

甲斐は何一つ聞きのがすまいと、耳をそばだて、心に刻みつけた。数日内に、おねとのお目見えがあるという。

「そや、姫は会津の蒲生《がもう》家にお預けにならはっておいやしたのやな。わらわの父は蒲生さまの家臣や。蒲生さまのお屋敷は、ここからほんの二丁（約二百メートル）ほど西寄り。お妹御やご養女が、関白さまのご側室になっておられますのえ」

——今は氏郷《うじさと》さまのお噂を聞かせないでくださいませ。

甲斐は胸の奥で孝蔵主に願った。

ところが、この時、政《まつりごと》に大きな出来事が起こっていた。秀吉は関白職（天子を補佐する住職）を甥の秀次に譲り、太閤《たいこう》（天子に代わって政務を行う）の位についたのだ。〝鶴松さまを亡くし、お世継ぎは秀次さまとお決めにならはった〟ということのようだ。聚楽第も秀次に明け渡し、年の内に大坂城に移るという。

＊

天正二十年（一五九二）が明け、甲斐は「天下無双の巨城」といわれる大坂城内で二十一歳の新春を迎えた。秀吉は正月早々、かねて準備していた「唐入り（朝鮮出兵）」を宣言。年賀の行事も出陣一色の喧騒が渦まいていた。そんなさなかの一月の半ば、おねとのお目見えの日がやってきた。甲斐やほかの側室の住まいは、天守を南側に仰ぐ〝山里丸〟に設けられている。おねの住まいは城内の西寄り、大手門に近い西の丸の一隅にあった。幾重にも折り重なる豪壮な石垣、きらびやかにそびえる天守、居並ぶ殿舎に見とれながら、内堀に沿って西の丸へとたどった。大坂城が完成して、もう七年ほどになるという。樹木もすっかり根づいており、おねの御殿のあたり一帯に早咲きの梅が香っている。

御殿の奥座敷で、おねは穏やかな表情で甲斐を迎えてくれた。

「さあ、そんなに肩に力を入れずに。怖気づくことはないのですよ」

五十歳をふたつ、みっつ過ぎた年齢だというが、ふっくらとした頬はつややかだった。二重瞼のくっきりとした目、小さめの唇は、若いころの愛らしさを偲ばせる。しっかりと通った鼻筋は意志の強さを、ひいでた額は聡明さを感じさせた。

「なにも心配せずに、武蔵の名門の姫にふさわしゅう、のびのびとお暮らしなされ。少し慣れたら大坂城下の賑わいも見物したらよかろう。気の利いたお供をつけましょうほどに」

――供はおりまする。

甲斐はイカルやナギを思い浮かべたが、

「ありがとう存じます」

とだけ答え、畳に手をついた。

「知っておろうが、去年の夏、豊臣家の一粒種であった鶴松が、わずか三歳で逝ってしもうた。そなたのような強い女子《おなご》に、豊臣家の子を産んでいただきたいものよ」

――正室が口にできる言葉なのか……。

甲斐は一瞬、おねの表情をうかがった。嫉妬などは抱かないのだろうかと。

「驚くことではないのじゃ」

悠然とした構えは、無理につくろっているわけではなさそうだ。笑みに陰はなかった。おねに子はない。福島正則、加藤清正など、親戚の子らを預かって勇猛な武士に育てたことは甲斐も聞き知っている。多くの側室方も子をもうけていない。老境という年齢になってようやく淀の方によって得た鶴松を喪《うしな》い、ついに秀次を後継に定めたものの、実子をあきらめきれないのだろう。後継を求めるのは正室の務め、いや、奥向きのすべてはおねの手のうちにあると気づかされる。天下人の家の切なる願いをかいま見た思いだった。

秀吉に呼ばれたのは、それから数日後のことだった。いそいそと、うれしそうに甲斐を手招きする秀吉は、皺の目立つ頰をよけい皺立たせ、満面の笑みだ。

「ようきた、ようきた。みちのくからの道中、さぞや寒く、難儀であったろう。もう、そんな思いはさせぬぞ。ほうれ見てみよ」

かたわらに山と積まれた衣装を指し示し、

「ぜんぶ甲斐姫のものじゃ。どれが好みかの。紅がよいか、黄が好きか」

そう言って身軽に立ち、たたんである小袖をひとつひとつ取り出して見せる。

「さあ、黙っておらず、申してみよ」

まるで旧知のような親しげな口調に甲斐はとまどった。

「いずれも、美しい小袖にございます」

秀吉に向かって発したはじめての言葉だった。

「はにかむとは、愛《う》いのう」

それから急に真顔になり、

「もっと大きな贈り物がある。みちのくからはるばるやってきた褒美じゃ」

そう言って朱印状を甲斐の目の前に広げた。父・氏長を那須烏山《なすからすやま》二万石に封じるというものだ。

「独立した城持ち大名じゃ。名門成田家の復興じゃぞ。小田原に籠城してわしに逆らった罪は解消じゃ。

甲斐が来てくれたからのう。あとは成田どのの働き次第。禄高が増すよう手柄を立てよ」

不覚にも、甲斐の頬に涙が落ちた。忍城《おしじょう》を明け渡した無念、栄光を失い死罪をも覚悟しおののいた秋の日々、一族だけで落ちていった会津の地。豪雪を衝いて一揆鎮圧に出陣した父。義母・茅乃と異母妹・敦姫の無残な死。なにもかもが一気によみがえる。

「ありがたき幸せに存じまする」

礼の言葉は嗚咽に呑まれる。成田家は一年半の雌伏を耐え、大名に復帰した。これこそが甲斐の悲願だった。

「わしはよう分かっておるぞ。この望みを果たすため、甲斐はわしの求めに応じて上洛したのだな。よい、よい、女子も戦じゃ。策略を駆使して勝たねばならぬ」

策略という言い方を甲斐は好まない。

「おそれながら関白さま、いえ、太閤さま。甲斐は策略よりは武術を使ったほうが、気が晴れまする」

思わず口を衝いたが、言ってから、まるで刃《やいば》を突きつけるような物言いをしたと悔いた。せっかくの朱印状を台無しにしかねない。だが秀吉は笑いをはじけさせた。

「愛いのう、愛いのう。気風《きっぷ》のよい姫じゃ。まんかかが言うておったとおりじゃ」

〝まんかか〟とは、愛妻家の秀吉が用いるおねの愛称だと孝蔵主から聞いていた。政所であるおかか、という意味なのだろう。

「〝東国一の美女・女将軍〟という噂、聞いておるぞ」

と、前かがみになって甲斐の顔をのぞきこむ。甲斐はひと膝下がった。

「岩代福井城を謀叛から守ったは大手柄、みごとじゃ。気に入った、気に入った。姫の武術の技で、都育ちのひ弱な武士の子らを鍛えてくりゃれ」

そう、甲斐が今、刀を振り上げたところで、なにもできはしない。成田家の再興は叶ったが、甲斐は秀吉の懐に囲われの身なのだ。

——それならここで、おおいに羽ばたけばいい。

なんとかなる。

開き直りに似た気持ちが甲斐を落ち着かせた。

「あらためて言う。氏長どのは豊臣の大名として功名を挙げよ。甲斐、そなたはわしとまんかかさまによう仕えよ。そして、豊臣の子を産め。栄耀栄華はそなたの望み次第じゃ。気ままに暮らすがよい」

——このお方は無理やり働かせるのではなく、納得ずくで人を動かすお方。

道理を告げ、褒賞を与え、先行きを指し示す。この人あしらいの良さが天下を掌握した力のひとつなのだろう。甲斐はうすうすと秀吉の人柄を感じとった。

夜伽《よとぎ》のお召は、その日のことだった。朝鮮出兵を控え、五十六歳という高齢の秀吉は激務のさなかにあった。突貫工事中の肥前（佐賀県）名護屋城の築城差配、出兵の陣立てなど、寸刻を惜しむほどだろう。

——お伽はあるまい。

甲斐の抱いた期待は空しかった。そんな思いはとうにお見通しとばかりに秀吉は、

「男というものはの、甲斐。難題に直面すればするほど、女子が欲しゅうなるものなのじゃ」

甲斐よりもずっと小柄で髪は白髪まじり、まばらな顎ひげをたくわえた秀吉の腕が迫った瞬間、甲斐は固くまぶたを閉ざした。

三月、秀吉は十六万の大軍を名護屋城に出陣させ、四月にはみずからも名護屋城の本陣に向かった。ご寵愛の側室、淀の方と松の丸を伴っての筑紫入りだ。

＊

「痛たたっ」

苑は立ち上がろうとしても腰が伸びない。

「お苑さま、もう鍬を振るうのはおやめくださいませ」

おちよが苑に肩を貸す。ふらりとやってきた玖珠丸が、

「おうおう、苑どのもお年を召されたの」

などと嘲笑うものだから、苑はむきになって、

「まあ、ひどい。お爺のそなたさまには、年だなんて言われとうございませぬ」

と、すたすたと手水に向かう。が、どう見ても、腰はまっすぐではない。

甲斐は屋敷の庭に薬園をこしらえた。大坂城に入って、もう三度目の春だから、土もこなれ、畑のまわりの薬になる木もずいぶん育った。真っ先に春を告げる辛夷《こぶし》は花も終え、芽吹きはじめている。つぼみを乾かして煎じると、鼻づまり、頭痛などの痛み止めになる。水路に沿って芹が葉を伸ばす。寒いころ、地に張りついている冬芽はおひたしにすると美味しい。今はもう葉が固くなり、食用には適さない。が、芹の青汁は熱さましにいい。今を盛りと一面に黄色の花を敷きつめる蒲公英《たんぽぽ》は万能薬だ。胸やけ・食の不振、お通じをよくし、むくみや咳に効く。乳の出も良くする。これは根を乾かして煎じる。魚腥草《どくだみ》も万能で効き目は強い。解毒・解熱・腫物・痔・利尿にてきめんの効果がある。触ると手に臭いが浸みつくが、引き抜いて日干しして煎じる。木陰でもよく育って増えるので、お茶代わりに呑むと気力が湧く。もうじき咲く白い花は、なかなか風情があって、甲斐は好きだった。

近ごろは、城内の武士が煎じ薬を譲ってほしいと、使いの者をよこす。代金は断るが、何がしかを置いていくので、城下の孤児のお救い小屋に役立ててもらっている。

「薬草の知恵はわしが授けたということを忘れてはならんぞ」

玖珠丸はいつも、恩着せがましく胸をそらす。

「はいはい、承知いたしておりますよ。確かに玖珠丸さまにお教えいただきました」

甲斐も冗談で返す。

甲斐にとっては平穏な日々だが、周囲は波乱続きだった。文禄元年（一五九二）にはじまった朝鮮の役の戦況は困難をきわめ、文禄三年三月から講和を探っているが、和議に至らない。この間、秀吉を狂喜させる慶事もあった。昨年の八月、大坂城二の丸に御殿を構える淀の方に、〝拾丸《ひろいまる》〟と呼ばれる男児が生まれたのだ。

名護屋城から飛び返った秀吉の溺愛ぶりは言うまでもない。そんなことから、甲斐が秀吉に呼ばれることもなく、心おきなく暮らしていられた。

ただひとつ思いに沈むのは、

「蒲生さまがご登城なさっておられるが、すっかり痩せて、顔色も悪い。お加減がかんばしくないようじゃな」

という噂を耳にするときだ。

「奥州の押さえのかなめじゃからのう、蒲生どのは。荷も重いのであろうて」

そんな声とともに聞こえてくるのは、

「荷が重いのは当たり前。なにしろ、今や九十一万数千石のご大身になられたのじゃ」

といった嫉妬まじりのあてこすりだった。

蒲生氏郷は朝鮮の役の当初から一千五百の兵を率いて名護屋城に在陣。朝鮮に渡ることはなかったが、会津からの長征はずいぶんと応えたにちがいなく、名護屋城で越年して発病した。それでも、会津鶴ケ城が完成したからと、去年十一月に帰国したという。

――七層の天守、どれほど堂々と会津の空にそびえていることか。

大坂城に匹敵する城を築くと、瞳を輝かせていた氏郷。封印したはずの思い出は、時と場所とを選ばずあざやかによみがえる。

＊

伏見指月《ふしみしげつ》の丘に伏見城の建設が進んでいる。伏見は京の東山から連なる丘陵の南端にあり、南には巨椋池《おぐらいけ》が広がり、河川の舟運によって京・大坂と結ばれている。いずれ拾丸に大坂城を与え、秀吉は伏見に隠居するつもりで着工したらしい。

しかし、十月、殿舎が完成し、秀吉に従って入城してみると、隠居所とはほど遠く、豪壮華麗さは目を見張るばかりだ。五層の天守をはじめ殿舎には金色の瓦が燦然と輝き、それぞれにみごとな彩色彫刻がほどこされている。この城に朝鮮の講話の使者を迎えるつもりなのだ。

——秀次さまに関白職をお譲りなされたけれど、太閤さまは政《まつりごと》の実権をお手放しにはなるまい。

現に、朝鮮の役など外交や軍陣は太閤の支配のもとにある。これからは伏見が本城になるのだろう。それを示すように、秀吉の入城を、配下のおもだった大名が勢ぞろいして出迎えた。

肩衣《かたぎぬ》に染め抜かれている「対鶴《むかいづる》」の紋所は、すぐに目に飛びこんだ。まぎれもなく蒲生家の家紋だ。

——氏郷さま……。

側室たちの輿の列は、大名たちの前をゆっくりと通り過ぎる。会津鶴ケ城の大手門で見送られてから、丸三年になる。御簾からかいま見る氏郷は、諸士の噂にたがわず、青白い頬はこけ、肩幅さえ狭くなってしまったように見えた。

——氏郷さま、甲斐はここです、ここにおります。

声にしないで精いっぱい呼びかける。

——怪談をお話ししたら、お元気になられまするか？　絵ろうそくを染めたら笑顔がこぼれましょうか。ああ、この輿を降りられたら駆け寄るものを。お背中をさすって差し上げるものを。

甲斐は懐に手を当てた。袱紗《ふくさ》につつんだ小法師が納められている。

——病をお治しになってくださいませ。甲斐はもう、二度とお目にかかることはできぬ身になりました。でも、氏郷さまのお噂さえ聞ければ、七転び八起きを生き抜く覚悟ができますする。

甲斐は輿の外に漏れないよう、嗚咽を押し殺した。丘陵を切り開き、河川や街路まで付け替えた壮大な伏見城には、本丸に秀吉や北政所の御殿があり、甲斐たち女人の屋敷は本丸の東寄り、山里丸に用意された。拾丸と淀の方の御殿は本丸の西、木立に守られた西の丸に築かれている。

城の西側に諸大名の屋敷が塀を接して建ち並んでいた。だが甲斐は、どのあたりが蒲生屋敷なのか知ろうとは思わなかった。想いを秘めていることしかできない。そして甲斐は、それで十分満足だった。

伏見城は木々が揺れ、土の匂いがする。木の葉を透かして淀川の流れが望める。利根や荒川の水面のように陽が躍っている。木立のざわめきや川音を聞いて育った甲斐は、伏見の風景が不思議と心に馴染んだ。

＊

指月伏見城に移って間もなく、甲斐のもとに悲報が届いた。父・氏長が領地の那須烏山城で急逝したという。五十歳代も半ば、まだまだ長生きしてほしい年齢だった。

——せめて上洛中であったなら……。

娘でありながら看取りさえできなかったことが悔やまれる。

氏長は烏山城主に任じられたあと、領地は弟・泰《やす》親《ちか》（長忠）に任せきり、成田家の京屋敷に入りびたりだった。朝鮮の役で肥前名護屋城の本陣に詰めたこともあったが、おおかたは、玖珠丸と連れ立って連歌三昧の明け暮れだった。そういう氏長に不満を爆発させた従兄弟の長親は、かつて忍城の城代を務めたというのに、烏山城を出奔、頭を丸めてしまった。

甲斐は父を大目に見ていた。

——戦、戦の歳月だった父上。もう、お好きな連歌を存分にたのしまれるがいい。甲斐が豊臣家におるかぎり、父上は気ままにお暮らしになれる。

これも孝養だったと、せめて心はなぐさむ。

烏山城主は父の弟・泰親が継いだ。だが、泰親の嫡子は、とうに他界していた。

「先行きが気がかりじゃ。われら一統、忍城にあったなら、この甲斐が婿を迎え、女城主であったものを」

苑とふたりきりでいると、ふと繰り言が口を衝く。

「姫さま、それは仰せなさいますな」

苑の眼差しはきつい。

「姫さまは太閤さまのご側室。ほまれある身なのですよ。成田家を、高い立場から守護する気構えを忘れてはなりませぬ」

母とも慕う苑に、返す言葉はない。

〝なにがあろうと、生き抜け〟

父の信念だった。父はそのようにして上杉氏、北条氏と主を替えて成田家を守り、三十万石の大大名にのし上がった。

——どのような道が待っていようと、甲斐は生き抜きまする、成田の誇りを失わずに。

はるか東国に手を合わせ、甲斐は父の御霊《みたま》に誓った。

＊

悲報は、甲斐に追い打ちをかけた。

文禄四年（一五九五）二月、蒲生氏郷が亡くなった。つい二カ月前、伏見城入城のおり、氏郷の姿を御簾越しにかいま見て、病の重いようすに胸が痛んだ。そのまま伏見の蒲生屋敷で寝つき、息を引き取ったという。

——ご回復は叶わなかった。

身をきる哀しみとともに懐旧が押し寄せる。

氏郷の情けに包まれた夜、甲斐はおののきながらも、その胸に頬を押し当てて、このお方と行けるところまで行こう、漕ぎだした小舟に想いを乗せて、と心中でつぶやいた。

秀吉に召されたときも、思慕を積んだ小舟は行き着く果てに漂着したりはしなかった。たとえ身は離れても、甲斐の中に氏郷が刻まれている。死を聞いた今も、それは変わらない。あれほど心をひらき、求めあった日々が消え去るはずはない。

甲斐は伏見城の早春の丘陵を、あてどなくたどった。

——わずかばかり先、丘の麓に氏郷さまはおられた……。

数カ月、おなじ木々の香に包まれ、おなじ雨音を聴き、おなじ空を眺めた。それだけで満ち足りたしあわせを感じていた。

春を運ぶ、少しだけぬくもりのある風が甲斐の髪を揺らした。思わず手を触れる。氏郷の呼吸がよみがえる。

——この髪も、この首筋も、氏郷さまのもの。だから甲斐は泣きませぬ。あなたさまを喪《うしな》ってはおりませぬゆえ。

亡骸《なきがら》は京・紫野の大徳寺塔頭《たっちゅう》・黄梅院《おうばいいん》に葬られたと伝え聞いた。黄梅院は信長が建立、千利休が作庭した枯山水の名園がある。

——信長さまや利休さまにたぐいまれな才能と重用された氏郷さま。さぞや、ご本望でありましょう。

そういえば、昨秋、会津に保護されていた利休の養子・千少庵が、徳川家康と蒲生氏郷の懸命の嘆願で赦免され、京で茶道千家を起こしたそうだ。

——氏郷さまは最期を察し、命あるうちにと少庵さまの復権を願われた……。会津若松城の築城も町づくりもなかば。どれほどご無念だったことか。

限りあれば　吹かねど花は散るものを
　心みじかき　春の山風

辞世であったという。

＊

この年の初秋、甲斐はおぞましい事件を知る。関白・豊臣秀次が太閤の怒りに触れ、捕われたあげく、ついに自刃に追いこまれた。自刃したにもかかわらず、さらに斬首、首級《くび》は三条河原に晒されたと聞いた。その首級の前で、秀次の妻妾と子どもたちすべて三十人ほどが、見物の人だかりのなかで処刑されるという痛ましさだった。

町衆からも「おそれ多くも天子さまに仕える関白どのを、このように残虐にも……」と非難が上がった。また、「わが子拾丸に天下を握らせたいあまり、老境の太閤は平常心を失った」と噂は広まる一方だ。

父や氏郷の死、秀次の事件が続き、甲斐は鬱々と閉じこもる日が多くなった。まるで外界とのあいだに厚い幕が張られたようで、孤立感が深まっていく。誰とも会いたくない、話したくない。もともと細い手脚が、痩せていった。

ふさぎこんでいる甲斐の様子を人づてに耳にしたのだろうか。ある日、思いもかけないことに、おねが遠慮がちに訪れた。

「めずらしい砂糖菓子じゃ。滋養があるでの」

さりげなく甲斐の膝もとに包みを差し出す。そのまましばらく、おちよがいれた茶を味わっていた。

「このおねに、胸のつかえを吐きだしてみてはいかがかのう」

暖かい眼差しだった。それ以上はなにも無理強いせず、ぽつりぽつりと昔話をする。

「若いころの話じゃ。秀吉はのう、陽気な男でな、方々で見聞きしたことを、おもしろおかしく語ったものじゃ。どこぞの足軽が寺の小僧に頼んで恋文を書かせたとか、坊主が通りかかった村娘を追いかけて肥溜めに落ちたなどとな。そのうちわらわも、話し上手の虜《とりこ》になってしもうたものよ」

のんびりした語り口に甲斐は、いつのまにか耳を傾けていた。そして、急に言葉がこみ上げた。忍で育ったころのこと、水攻めのこと、そして開城の無念があふれ出た。

おねは、「ふむ、ふむ」と軽く相槌を打ち、飽きずに耳を傾け、やがて、

「明日は、わらわの屋敷においでにならぬか」

と言い残して帰っていった。

——おうかがいいたしてみよう。

その誘いが、救いの手に思えた。

外へ出るのは何日ぶりだろう。おねと一緒に、庭園の丈高い紫苑の花をかき分けながら、語ったのは会津のことだった。みずから話の口を切ったのは、ずいぶん前だったかもしれない。絵ろうそくがどんなに美しいかを話した。磐梯のお山の神々しさ、深い雪にすべての物音が呑みこまれる冬。だが、怪談で氏郷と時を過ごしたことだけは、ふたりきりの秘密だ。

「氏郷どのは惜しいことをした。四十になったばかりじゃったからのう」

つぶやいてひと呼吸置くと、おねは、ひと言ずつ考えるような間をおいて続けた。

「あの美しくも果敢で聡明な男に、甲斐どのは心惹かれたであろうなあ」

ひんやりとした秋風が吹き抜けた。おねは幾筋か銀髪の混じる髪を、ぽっちゃりとした手でなでつける。

「甲斐どのは心根の美しい女人じゃ。秀吉めは伊達政宗どのを恐れて、氏郷どのから伊勢松坂の領地を取り上げ、奥羽のかなめ石とばかりに会津に遠ざけた。そうよのう、氏郷どののことをも、秀吉は恐れておったやもしれぬ」

〝蒲生は秀吉に毒を盛られた〟などという噂も立った。この風説こそが、甲斐をもっとも苦しめた根源だったともいえる。

「甲斐どのは、なにもかも分かっておられる。よい、よい、女子は雄々しい男を恋うるがいい。男は女子の愛らしさに勇気づけられればいい」

甲斐の体に温かいものが静かに流れはじめる。

「秀次の件は、武将方のあいだにもくさびを打ちこんでしもうた。難しいことが起きねばいいがと心が痛む」

父・氏長が側室の一族をひいきして、お家騒動の寸前にまで陥ったことを甲斐は思い起こした。秀次の件は、成田家の嵐どころではないだろう。天下が鳴動しかねない。

おねは、ふと頭上を見上げ、

「まあ、紅葉《もみじ》がひと葉、色づいていますよ」

と頬をほころばせた。

「いつでも、訪ねて来られるがよい」

ふくよかな頬が、甲斐を癒した。

翌・慶長元年（一五九六）年夏、京は大地震（慶長伏見大地震）に見舞われた。地震は伏見あたりで発生したと言われ、京や堺で千人以上が亡くなり、京の東寺・天龍寺・大覚寺も倒壊、方々で地滑りや湿地化が起きる大災害となった。

＊

年の瀬になり、ここ木幡《こはた》の山に、伏見城がふたたび華麗な姿を現そうとしている。この夏の大地震で、もとの指月伏見城は倒壊、城内では上臈・女房衆など六百人もの圧死者を出し、城中は恐怖のどん底に叩き落とされた。秀吉、北政所などが無事だったのは、不幸中の幸いだったといえよう。

秀吉の伏見城再興への決断は早かった。数日後には、指月伏見城から十丁ばかり離れた木幡の丘陵に仮御殿を建てて移り、突貫工事で再建を開始したのだ。地震のとき火災が起きなかったので、指月とほとんど変わらない縄張りで建材が利用できるため、復興は急速に進められた。

甲斐が秀吉の側室・淀の方の御殿に呼ばれたのは、そんなさなかのことだった。豊臣家の継嗣・拾丸はすくすくと育って、はや四歳。その母として、淀の方は絶大な権力を誇っている。甲斐はおねの使いで拾丸に贈り物を届けたことはあるが、お方と親しく言葉を交わしたことはなかった。

――いかような御用であろうか。

お叱りを受ける覚えもないのだが、参上はちょっと気が重い。

淀の方は近江小谷城《おうみおだにじょう》城主・浅井長政《あざいながまさ》と織田信長の妹・お市の方の長女で、幼名を茶々といった。父も、母と養父柴田勝家も、秀吉の軍勢に攻撃されて自害。炎上する城から、茶々・初・江《ごう》の三姉妹は脱出し、母方の叔父や秀吉に保護されて育った。茶々は敵将・秀吉の側室になり、鶴松を産んだとき淀城を与えられ、〝淀の方〟〝淀殿〟と呼ばれるようになった。

四歳年下の初は十年ほど前、近江の名門、京極《きょうごく》高次《たかつぐ》に嫁ぎ、末の妹・江は去年、徳川家康の三男で継嗣の秀忠《ひでただ》と再々婚したばかりだ。淀の方と並んで秀吉の寵を競う松の丸は、京極高次の妹で、淀たち姉妹とは従姉妹にあたる。

淀の方は、西の丸の華麗な御殿で甲斐を待ちかねていた。

「甲斐どの、おりいって頼みがある」

幼い拾丸が、「かかさま」と、あどけない仕草で淀の方にまつわる。

「よい子じゃ。お座りなされ」

目を細める母にうながされ、その脇で行儀よく膝をそろえた。

「甲斐どの、いきなりではあるが、拾丸の守役《もりやく》をつとめてはくれまいか」

唐突な申し出に甲斐は答えに詰まった。

「若君はこのたび、名をお拾から秀頼と改めた。太閤さまは〝秀〟の一字を授け、跡継ぎとお決めになられたのじゃ。ついては、武士の子としての心得も身につけねばならぬ。前田利家どのが傅役《もりやく》についておられるが、若君はまだ幼い。武勇にすぐれた甲斐どのにお乳母代りとなっていただき、それをお願いしたいのじゃ。なあ秀頼、甲斐どのにお乳母になってもらおうのう」

淀の方はすっかり決めこんだ口調だ。それから侍女に目配せし、秀頼を下がらせた。

「淀は小田原の陣に従うたこともあり、甲斐どののことは気になっておった。美貌の女将軍の活躍、胸のすく思いであった」

「お方さま、お言葉をお返しいたすようですが、武勇は昔のこと。甲斐は太閤さまの側室として上がった身。その甲斐に若君の守役など」

お方に受け入れがたい気持ちはないのかと、甲斐は問いたかった。

「なんと率直なお方じゃのう。わらわはのう、大坂城に召されてからの甲斐どのの暮らしぶりも、ちゃんと耳にしておったぞ」

甲斐が秀吉の側室になってから、もう五年になる。朝鮮の役遂行のため名護屋城に滞陣、拾丸の誕生といった出来事のなかで、甲斐は秀吉に身を縛られることもなく、気ままな暮らしが許された。そうした成り行きが、淀の方を安心させるのだろう。もっとも、継嗣の母君という立場は、お方にゆるぎない自信を与えてもいる。

――返して言えば、われは側室の数にも入らぬと……。

甲斐は苦笑したものの、とりわけ不快ではなかった。

「秀頼は武家の男、武士《もののふ》の覚悟、武術を心得ずに育っていいはずはない。そう思わぬか、甲斐どの。わが子に強うなってほしいのじゃ」

淀は必死な表情をしていた。父・浅井長政が小谷城で自刃したとき淀は七歳、母・お市の方が再嫁した柴田勝家の居城・北庄城《きたのしょうじょう》で果てたときは十七歳だったと聞いている。

――お方さまは、どんな思いで父や母を呑みこんで燃え落ちる城を見たのであろう。だからこそ秀頼君《ぎみ》に永久《とわ》を願う思いは必死でおられる。

淀は声を落としてつぶやいた。

「父を自害に追いやったは秀吉、秀吉の天下取りに抗する母を死に追いやったのも……」

「お方さま、どうか、もう辛いお話はなされますな」

甲斐も切なくなる。

「その秀吉に、われら姉妹は預けられ、妹の初も江も、じきに秀吉のいいように嫁がされた。秀吉の手もとにわらわひとり残されたとき、心を定めたのじゃ。秀吉に求められるのは、わらわの宿命なのだと……」

「お方さま、どうかそれ以上は。甲斐は若君の守役をお受けいたしますゆえ」

「甲斐、わらわはもう、嘆いてはおらぬ。それに、わが子はいとおしい。心配するでない」

淀の方は微笑んだが、頬に翳りが漂っていた。

「わらわは太閤のお子を産んだ。父も、伯父・織田信長も、天下取りの夢破れて浄土へ旅立った。父や母、伯父の命をかけた宿願を、わらわが果たす」

淀は三十歳、その美しくも強い眼差しに、炎が燃えさかっているかに見えた。

「甲斐どの、太閤さまは、そなたにむごい仕打ちをなさった。たったひと夜、お戯れになられただけで、朝鮮の役に出陣されたのだから」

朝鮮出兵の本陣・九州肥前の名護屋城（唐津市）に、秀吉は愛妾・淀の方と松の丸を連れて行った。ほどなく、女人ふたりは大坂城に戻り、秀吉は秀頼誕生を聞いて飛ぶように大坂に帰ってきた。秀吉五十八歳、長子・鶴松を亡くしてちょうど二年経った初秋のことである。

それからの秀吉は、みずからを「とと」と称し、淀を「おかかさま」と呼んで、「お拾、お拾」に明け暮れている。

「お方さま、甲斐はそれをむごいなどと、少しも思うておりませぬ。ご寵愛の証《あかし》は父を大名に返り咲かせていただいたことだけで十分にございます」

武蔵の野を駆けて育った甲斐のおおらかさ、たくましさは、秀吉の正室・おねに好まれた。側室の束ねは正室の務めだが、「甲斐、頼まれてくりゃれ」などとなにかにつけては呼び寄せ、側室たちへの贈り物を届けさせる。とりわけ淀の方への使いが多い。「お拾に」と、菓子や玩具をしばしば甲斐に持たせる。小田原の陣に赴いた淀が、甲斐の奮戦に関心を抱いているのが好都合でもあるのだろう。

本来ならば嫡子の養育は正室の務めなのだが、父母や伯父の果たせなかった悲願を胸に秘めている淀の方が〝太閤のお子〟を手放すはずもない。

「ふつつかながら甲斐、秀頼君の守役をお引き受けいたしまする」

甲斐が重ねて答えたのは、〝秀吉に召されるのは宿命だった〟と言いきった淀の方の、苦渋を越えた決意に惹かれたからかもしれない。

「わらわは天下人の嫡子の母。叶わぬことなどひとつもない。父母の菩提を弔う寺を建て、高野山持《じ》明《みょう》院《いん》に父母の供養の肖像画も奉納した。御仏の法《のり》は、こう諭す。亡き人は血縁の者にねんごろに祀られてこそ往生を遂げられると。わらわは命あらんかぎりその孝養を尽くし、初にも江にも、浅井の娘の誇りを忘れず、父母を祀ってほしいのじゃ」

面と向かえばしみじみと心に届く言葉なのに、世間はただ〝おごり高ぶった〟と中傷する。だが、甲斐は共感を覚えた。妹をいとおしむ思いは、甲斐もおなじだ。動乱の世に孤児となった淀どのは、三姉妹の長女ゆえに、亡き父母への孝養に心を砕き、妹たちに心を配る。

そんな感慨にふけっていたとき、奥で子どものはしゃぐ声が聞こえた。淀の方は、「愛らしいでしょう。秀頼と完子《さだこ》なのですよ。完子は秀頼の一歳年上の五歳。器量よしで、おっとりとしたいい子じゃ」と目を細める。

末妹の江が再婚した夫が出兵先の朝鮮で病死、身ごもっていた江は夫の死後、完子を産んだ。

「去年、江が徳川さまに嫁ぐとき、わらわが引き取って猶子《ゆうし》にしたのですよ」

猶子とは、相続をともなわない養子である。

「お妹さま方を大切になさるのですね」

「父母は世を去りました。でも、われら姉妹は、このように、父母の命をつないでゆくことができる。姉妹の体にも、秀頼や完子の体にも、父母が生きておりますからね」

甲斐は羨ましく思った。

――玉の緒の命のつながり。子のないわれは成田の命を伝えられぬ。お敦も、もう亡い。お巻に委ねるしかないが……。お巻……、いかがいたしておることか。

武蔵は、あまりにも京から遠く、成田家の先行きが思いやられた。

＊

年が明け、二十六歳になった甲斐の身分に変化が生じていた。

側室の座を下がり、〝北政所つきの侍女〟として秀頼の養育にあたることになったのだ。側室たちが暮らす山里丸を出て、淀の方の御殿がある二の丸に住まいが与えられた。

城外の大名屋敷の一角に下屋敷も賜り、身動きが自由になったのはうれしかった。そこにイカルとナギ、唐子を住まわせている。イカルは二十五歳、武士に取り立てられるのを嫌い、かいがいしく下働きにいそしんでいる。女があるじの甲斐の屋敷では、信頼できる男手は貴重だ。

ナギは二十三歳になった。


——嫁に出さねば。

甲斐は頭を悩ませるのだが、いっこうに、その話に乗ってこない。この兄妹が今もって身軽に諸国を行き来して、甲斐に様々な情報をもたらすのは、言うまでもない。

おちょも十九歳、ナギとおなじように、「嫁入りなどとんでもない。姫さまにお仕えいたすのが生きがいにございます」と言ってきかない。二の丸の屋敷で、甲斐の身近に仕えている。

唐子は十五歳、頼もしい若者に育った。学問好きなので、大坂や伏見の禅寺に通わせている。鍛冶屋の子・乙吉は、一昨年、十歳になったのを機に、城下の鍛冶屋に奉公させた。すっかり老いた月影は、下屋敷の厩でのんびりと馬草を食《は》んでいる。下屋敷の束ねは、甲斐の乳母の苑だ。五十歳を超えたが、なかなか達者だ。

正直なところ、甲斐はおねに仕えるようになり、ほっとしていた。侍女といっても、家内の雑事やおねの身のまわりの世話をするわけではない。そうした仕事は〝中居〟という、下級武士や町家の娘がする。

甲斐は筆頭上臈・孝蔵主のもとで北政所家の家政を担う。近ごろ知ったのだが、かつて伊達政宗が奥羽の一揆を扇動したと蒲生氏郷が秀吉に報告したとき、孝蔵主は秀吉の代理として政宗に詰問状を送ったのだという。「豊臣家の表のことは浅野長政が、奥のことは孝蔵主が采配する」と、もっぱらささやかれている。孝蔵主は別格としても、侍女の役目は、奥向きにそれぞれの能力で奉仕することにあった。甲斐は秀頼の養育を担う。

秀頼は聡明で素直な男児だった。

「よろしいか、槍にも刀にも、武士《もののふ》の魂がこもっておりまする。武器を手にするは祈り。敬虔な祈りなくして戦はできませせぬ」

五歳になって背も伸び、年の割には大柄で、呑みこみも早い。

「はいっ」

と大きく返答し、つぶらな瞳で甲斐を見つめ、竹刀を振りかぶってくる。その健気さが、なんともいじらしい。

＊

伏見の丘にむせるような新緑があふれるころ、前触れもなく、甲斐の下屋敷を哲之介が訪れた。愛らしい女児を連れているではないか。

「いくつじゃ、お名はなんと言う」

甲斐は、なにを訊ねるよりも真っ先に、女の子を抱き寄せて問うた。

「伊波《いわ》、五歳になりましてございます」

「伊波」と名のる少女の、たどたどしい口調も愛らしい。

「哲之介さまのお子なのですね」

訊ねると、

「さようにございます」

哲之介は身分の隔たりを意識してか、うやうやしく言葉を返す。

「伊波の母御は、お巻ですね。お巻は一緒に上洛されなんだか」

ふと目を伏せた哲之介は、

「伊波が二歳のおり、流行病《はやりやまい》で……」

「まさか、亡うなりましたのか」

小さくうなずいて哲之介は、ぽつりぽつりと話しだした。

哲之介は巻を妻に迎え、成田助直《すけなお》と名を変えたという。父・氏長は存命中、哲之介を跡取りにと計らっていたのは確かだ。

「継嗣のことは、いかがなりましたのか」

「泰親さまがおられます。ようできたお方にございます。お年も五十歳を越えられ城主の座にふさわしく、家臣からも厚く信任されておられます」

泰親は多くの戦を氏長とともに戦い抜いた。家中に離反や裏切りがあったおりも、氏長の意を汲んで、迅速かつ公平な裁きを下す聡明で温厚な人柄だ。

「お父上は妻妾やわが子にひいきぐせがおありじゃった。そんなわがままを通すわけにもいかなかったであろうのう」

思えば小田原出陣を前に、側室・嶋根の一族を厚遇して、お家騒動の原因を作りもした。

「哲之介さま、いいえ助直さまは、もしや烏山城でのお立場が……」

甲斐は、その苦境を察した。巻姫が他界してしまったなら、なおのことであろう。

「助直さま。伊波は甲斐のただひとりの姪。われが立派に育てましょう」

それを願って、助直は上洛したにちがいない。甲斐が実母と別れたのも二歳のおりだった。今、この幼女を甲斐が引き取るのは運命《さだめ》に思えた。

「読み書きも和歌も行儀作法も裁縫も学ばせましょう。もちろん、武術も」

言いかけて甲斐は苦笑した。お巻が長刀や剣術が苦手だったことを思い出したからだ。

「お巻は、まこと可愛そうでした。こんな愛らしい子を置いて身罷るなんて、どんなに無念だったことか」

「息絶えるまぎわまで、ただ、伊波の名を呼び続けておりました」

「お巻の哀しみ、甲斐が受け止めまする。今のわれにはなんでもある。伊波に不自由はさせませぬ」

助直の目に安堵が浮かんだ。深く窪み、黒みを帯びた、懐かしい眼差しだ。

「助直さまも、わが屋敷にお留《とど》まりになられますか？」

「いいや、わしは成田の家臣、烏山の殿にお仕え申す身にござりまする」

「そうか、安心なさるがよい。なあ、伊波。この伯母と暮らしましょうなあ」

甲斐が手毬を渡すと、伊波は切り髪を揺らし、うれしそうに縁側に走っていった。

苑は、「巻姫さまはさぞや心残りだったことでしょう。今また、父さまとお別れとも知らず」と、泣き崩れた。気づいた伊波は駆け戻り、「お乳母さま、どうしたの。なぜ泣いているの。さあ、涙を拭いてね」と、袂《たもと》から小さな手巾を取り出し、苑の頬をぬぐう。

「なんと、おやさしい」

苑は伊波を抱きしめる。

ちょうどこのころ、伏見城下の徳川屋敷の秀忠（家康の嗣子）と江夫妻に、長女・千姫が誕生する。やがて伊波と深い関わりを持つということを、まだ、誰も知らない。

＊

「何用じゃ、三成どの」

伏見城西の丸庭園の桜のつぼみも膨らみはじめ、春の訪れを告げている。昨・慶長二年（一五九七）九月、秀頼と淀の方は、京の御所近くに秀吉が築いた新邸に移った。五歳の秀頼は後陽成《ごようぜい》天皇の御叡覧のもと元服。甲斐は伊波とともに伏見城に残っている。

「太閤さまから女人方に良いお知らせじゃ」

三成は甲斐に向きあうと、少し目を泳がせた。忍城の攻防戦から、はや九年。有能な官吏として秀吉に寵愛される三成も、甲斐のことは煙たいらしい。攻めても、攻めても、落ちなかった忍城。ついには秘策の水攻めに打って出たが失敗し、「石田三成は戦下手」の標を張りつけられてしまったせいだろう。

甲斐も、この男がうとましかった。忍城下を踏みにじった軍の総大将だ。民は水攻めに遭い、家財道具を背負い逃げ惑った。あの年、植えつけた稲は、すべて泥に埋れた。〝忍城と領民を守る〟その一念に支えられた激闘を、甲斐は忘れえない。

「石田さま、良いお知らせってなあに」

伊波は、三成に駆け寄る。

「お花見ですぞ。きれいな着物を着て、お弁当を持って……」

「ねえ、ねえ、おばさま、お花見ですって」

あどけなく瞳を輝かせ、「どこへ花見に参るのじゃ、石田さま」とうれしそうに三成に訊ねる。

世相は暗かった。伏見大地震から二年半、復興もはかどらず、一方で、去年二月、再度、朝鮮に出兵。朝鮮の役は講和もままならず、すでに七年の長きにわたっており、天下の疲弊は隠しようもない。

そんなさなかの慶長三年（一五九八）三月十五日、爛漫の桜が咲き乱れる京・伏見の醍醐《だいご》寺で太閤秀吉による花見の宴が催された。

数日来の雨も止んだ。伏見城から醍醐寺まで、道の両側に柵が築かれ、弓・鉄砲を持った武士が警護にあたる。醍醐寺に繰りこむのは秀吉家中のおもだった女人ばかり、およそ千三百人、さらに、それぞれに侍女が従う。大名たちは招かれなかったが、威信をかけて豪華な道具をしつらえ、花見の席に送り届けた。

この日に向けて植えこまれた七百本の桜が一行を出迎える。総門をくぐり、桜の馬場を運ばれる華やかな女輿、装いを凝らした大勢の侍女たち、花よりもあでやかな行列が下《しも》醍醐に着く。上《かみ》醍醐へは桜《さくら》狩《がり》の徒歩だった。秀吉は六歳になった秀頼の手を取り、花に酔うたように浮かれている。

淀の方が甲斐の耳もとにささやいた。

「女人をなぐさめようと、この大盤振る舞い。じゃが、この催しを行ったことで、京の景気がようなる。見よ、皆々の見事な衣装を」

女たちは二度の衣装替えを用意している。つまり、花見のために、千三百の女人たちが、一人当たり三着の小袖・帯・下着まで賜ったのだ。さらに、諸大名からの漆器や陶器といった贈り物、酒や食糧の支度、醍醐寺の改修、道中の整備に大枚が費やされた。こうした事業で京・大坂の懐が潤う。

「職人や商人に仕事が増え、銭が動けば活気づくことでありましょう」

こんな相槌を打つ甲斐に淀は、

「さすが忍城の跡取りであった女子、たいしたものじゃ」

と、そっけない。その横顔の冷たさに、甲斐ははっとした。

——馴れ馴れしさは許されぬ。

今日のお方は豊臣家継嗣の御母として、栄光と誇りの真っただなかにある。おねの侍女となっている甲斐とのあいだには、厳然とした身分差があった。

甲斐はさりげなくお方のそばから離れ、伊波の手を引いた。秀頼と同い年、伸びゆく命は、はちきれんばかりに輝いている。

——伊波を守るのは、われひとり。何にも代えがたい成田家直系の姫。豊臣家の栄華を尽くした花見を、精いっぱい楽しませよう。

伊波の切り髪に、花吹雪が舞った。

霊山・上醍醐は、寺法で女人の入山を禁じていたが、秀吉はこれを無視した。女人が参詣できる最後の御堂・女人堂を過ぎ、爛漫の花に包まれて登る。ところどころに大名たちが設けた趣ある茶屋があった。茶で喉をうるおし、酒に酔い、五色に彩られた弁当や餡餅で腹を満たす。せせらぎに降りて、ぐるりと幕を張り、行水する女人もあった。

だが甲斐は、禁制の山に踏み入ったとたん、胸中に湧き上がる妙なざわつきを抑えかねていた。

女人たちは醍醐のお山を登り降りしてはしゃぎ、花の宴はますます華麗さを増していく。人を喜ばせるのが大好きな秀吉の、女人たちへの大盤振る舞いの花見はまた、天下人の威勢をひけらかす宴でもある。

参加した側室も秀吉が自慢する女人ばかりだった。正室・おね、秀吉夫妻の親友前田利家の妻・まつは別として、いずれも名門出身、秀吉好みの美女ばかり四人の側室が派手を競う。

淀どのは北近江の名門・浅井家の娘で織田信長の姪、松の丸どのは旧近江国守護・京極家の娘、三の丸どのは信長の娘、加賀どのは前田利家の娘である。

甲斐は、おねの侍女・秀頼の守役として従っていた。

「あの、とりわけお美しい方が松の丸さまですね」

伊波の手を握る苑は、興味津々できょろきょろと見まわして、落ち着かない。秀吉の側室四人が一堂に会することなど未だかつてなかったことだ。

甲斐は「しっ」と唇に指をあてた。

「苑、小さい声で。淀のお方に聞かれてはなりませぬ」

苑は首をすくめ、「でも、甲斐姫さまに及ぶ美女はおりませぬ」と胸を反らす。

太閤や秀頼はもとより、参加した者は皆、歌を詠んで披露するという、最大の趣向が待っていた。桜の花影で、せせらぎのほとりで、それぞれが短冊を手にした。金泥《こんでい》、銀泥で山水花鳥をあしらい、霞をたなびかせるなど、豪華な大和絵の短冊だ。誰もが今日の宴を祝い、秀吉の天下の永遠を祈って筆を走らせる。

相生《あいおい》の松も年古《としふ》り桜さく
　花を深雪の山ののどけさ

甲斐は柔らかな墨跡で花見をことほぐ文字を散らし、短冊を桜の枝に結びつけた。「深雪山」とは、秀吉が朝廷に働きかけて下賜された醍醐寺の山号である。

「伊波も」とせがむので、「甲斐が書いてあげよう」と筆に墨を含ませた。

深雪山　花のさかりをきてみれば
　聞きしよりはな色ぞまされる

手もとに、人影が差した。

「まあ、北政所さま」

そっと近寄ったおねに、甲斐はひざまずく。

「愛らしい子じゃ。つぶらな瞳は甲斐に似ておるのう」


にこやかに伊波をのぞきこむ。

「伊波にございます。よろしゅうお願い申し上げまする」

小さな唇で健気に挨拶する伊波に、おねは目を細める。

「成田家のお子か」

「はい、妹の遺児にございます」

「大切になされ。命はなにものにも代えがたい宝じゃからのう」

そんなときだった。なにやら太閤の席のあたりがざわめいている。振り向いたおねは、踵を返した。

──まさか不審の者もおるまいに。

そうは思ったが、甲斐は身構えた。やがて侍女たちの口から口へ事の次第が広がった。

淀の方と松の丸が、太閤の盃のお流れをいただく順を競って言い争ったらしい。前田利家の妻まつが、「年寄に免じて、盃をこのわたくしに」と仲裁し、おねとともに丸く収めたという。秀吉と利家、おねとまつは、幼友達だという。

「苑、甲斐はさっきから胸騒ぎがしておった。豊臣家の結束がゆるぎなく見えるこの宴。実は、どこからか綻《ほころ》んでくるのではなかろうかと……」

この宴から幾日も経たないうちに、〝太閤さまのお加減がかんばしくないらしい〟と、ひそかなささやきが甲斐の耳に届いてきた。

醍醐の花見から、わずか五カ月後の八月、秀吉は伏見城で他界した。六十三歳であった。

最期を悟った秀吉は、みずから任命した「五大老」の徳川家康・前田利家・毛利元就・宇喜多秀家・上杉景勝、五人の主力大名に遺言した。

「秀頼が成り立ちますように、くれぐれも五人の方にお頼み申します」と。

――天下人も、子をいとおしむ、ただの父にすぎなかったのか、彼の指揮下で、数えきれない人びとが、いとしい子を、親を、兄弟を喪《うしな》ったというのに。

忍城の攻防戦で散っていったあの顔、この顔。戦闘の記憶は甲斐を辛さで覆い尽くす。

――そして、われはここに生きておる。明日も、明後日も、生きねばならぬ。

今は伊波の命を守るというたったひとつの使命のために。

秀頼と淀の方は遺言により大坂城に入城。秀吉寵愛の側室・松の丸は、実家京極家の大津城に身を移した。弟・高次と淀の方の妹・初夫妻の住む城である。甲斐はもう父もなく、那須烏山城の成田家とは縁が薄い。

身の振り方を悩んでいたとき、淀の方に招かれた。

「太閤恩顧の大名方が豊臣家を守るであろうが、秀頼はまだ幼い。激戦を戦い抜いたそなたに、これからも養育を頼みたい」

お方の口調には有無を言わせぬ強さがあった。

家康が着々と勢力を拡大し、淀の方を恐れさせている。秀吉は生前、家康の孫・千姫を秀頼と婚約させた。淀の方の末妹・江と、家康の継嗣・秀忠の長女である。だが、秀頼はまだ六歳、千姫にいたってては、わずか二歳。豊臣家安泰の保障になるには、ほど遠い。

淀の方は蒼白い頰をこわばらせて言いきる。

「わが願いはただひとつ。秀頼に太閤殿下の築いた天下を継がせたい」

その目には、愛息・秀頼が天下を治める日だけしか、見えていないのかもしれない。かつて、お方は言った。〝浅井の父、織田の伯父が遂げられなかった天下取りをわらわがなし遂げる〟と。悲願を秘め、お方は秀吉の側室になった。それを秀頼によって実現するというのか。

——果たして、その悲願だけでお方は生きてきたのだろうか。

淀の方は三十二歳。十八か十九で側室に召されたという。秀吉の甘い言葉に酔わなかっただろうか。贅沢や栄誉におぼれなかっただろうか。

——われも、そうであったやもしれぬ。

父親ほども年齢の離れた秀吉に抱かれ、それによって成田家の再興を願い叶えた。

——側室たちの誰が秀吉を心底慕ったであろう。女たちはただ、権力にあずかりたかっただけかもしれない。

おねが言っていた。〝親の反対を押しきって、土間にむしろを敷いて婚姻の盃を交わした〟と。秀吉を真に愛したのは、なに一つないところから共に歩んだおねだけかもしれない。

さまざまな迷いを行き来しながら、甲斐は、よるべない身を大坂城で生きてみよう、秀頼君の守役、伊波の母として、愛を注いで、と心を固めていった。

甲斐は二十七歳の初冬を迎えようとしていた。

＊

家康が勢力を拡げ、石田三成との対立が深まっていった。大名たちは三成派、家康派に二分していく。家康を抑えていた前田利家が他界すると、家康は、ついに大坂城・西の丸に入城した。秀吉の死後、剃髪をして高台院と名のるようになったおねが家康に西の丸を明け渡し、京・三本木の屋敷に隠棲してしまった。まるで淀・秀頼母子を政権の対立の真っただなかに放りだすように。

秀吉の死から二年、慶長五年（一六〇〇）、関ケ原の戦いへと世情は激しく流れる。

「秀頼はようやく八歳。家臣らの対立、まこと嘆かわしい」

淀のお方は近ごろ、胸苦しさを訴えることがある。

「お方さま、少しお休みになられませ」

甲斐は勧めるが、淀は落ち着かない。

豊臣家臣のあいだで抗争が激化していた。戦が目前に迫っている。

秀吉晩年の諸政策、利休切腹・秀次事件・朝鮮の役などについて、意見の相違が広がり、収拾のつかない事態になっていた。秀吉の遺言で伏見城に在城するはずの家康が、大坂城を動こうとしない。死者の遺した言葉など、情勢の激動の前には意味をもたなくなるのだ。焦る石田三成が「家康打倒」の挙兵を宣言。家康も三成も、双方が〝豊臣家に仇をなす者を成敗する戦〟というのが建前だったから、三成の西軍に付くか、家康の東軍に与《くみ》するか、諸大名は戦後の命運をかけた選択を迫られる。

「家臣同士の成敗合戦とはいえ、戦は戦」

不安は淀ばかりでなく、甲斐の心をも重くする。

淀の方は、いっこうに上洛しない陸奥の上杉景勝に業を煮やし、〝上杉を討て〟と家康に軍資金二万両を渡した。火に油を注ぐ結果になったのはあきらかだった。家康は挙兵の大義名分を得たのだ。秀頼の下命で出陣させたものの、淀の方は、家康の思う壺にはまったかも知れないと苛立っている。

――豊臣家は家臣の抗争には静観の立場をお取りあそばしたほうが……。

甲斐は口に出かかった言葉を呑む。淀の不安を煽るだけに思えたからだ。

「秀頼と、江の娘・お千。この許嫁《いいなずけ》が婚礼を挙げ、お子をなせば、まごうかたなき浅井の子じゃ。待ち遠しいのう。甲斐、そなたは分かってくれるであろう」

淀は哀願するような視線を甲斐に向ける。淀も甲斐も、お家を思えばこそ側室に上がったのだと、うなずいてほしいのだ。

――今や、それを言うている時勢ではないのに。

甲斐は、それも口にできない。淀はみずからを支える大義名分をほしがっている。

「甲斐は秀頼君《ぎみ》の守役。命に代えてお守りいたしまする」

――それに伊波を……。

このひと言も、声にはしなかった。お巻と哲之介のひとり娘・伊波は成田の血を引く子だ。世の転変がなければ、甲斐が成田の子をもうけたはずだった。夢と失せたが、手もとには伊波という確かな命が残されている。世はまだ動乱の真っただなか。淀、そして甲斐、ともに〝お家〟を死守するための宝を抱く身だと、甲斐自身もそんな思いから放たれていない。

慶長五年（一六〇〇）九月はじめ、西軍とともに行動していた京極高次が、居城の大津城に取って返し、西軍を迎え撃つ旨を家康に伝え、籠城した。

「甲斐、頼みがある。お初を大津城から救い出してはくれぬか」

淀の妹・初は、夫・京極高次の守る大津城に籠城している。

「京極は家康に与した。大津は東西両軍の激戦地となろう。父や母を呑みこんで炎上した小谷城、北庄城。あの落城の無残に、また初が遭うのは不憫すぎる」

淀の唇が小さく震えている。切れ長の目もとから、こらえていた涙がこぼれ落ちる。

初を高次に嫁がせたのも、江を徳川秀忠に嫁がせたのも、秀頼と千姫を婚約させたのも、亡き秀吉だった。豊臣家の永久《とわ》を願うもくろみも、いまや露と消え、姉妹は敵・味方に分かれてしまったが、妹を気遣う淀の心情は甲斐の胸に響く。

――お巻やお敦が生きていてくれたら……。

甲斐を慕った妹たちの、あどけない姿が切なくよみがえる。

お初の夫・京極高次が東軍側に与したことは、西軍にとって痛手だった。大坂から徳川討伐に打って出るには、京極兵が籠城する大津城を突破しなければならないからだ。表向き、家臣の勢力争いだと、かかわりを持たない姿勢を保っている淀の方だが、初の救助にことよせて京極氏を懐柔し、西軍に城を明け渡すよう願っている。

甲斐は淀に仕える上臈・饗庭局《あえばのつぼね》とともに、大津城におもむくことになった。すでにイカルとナギを偵察に発たせた。

「実戦をくぐり抜けた甲斐どのがご一緒とは心強い」

饗庭局は甲斐の手をしっかりと握った。

「お初さまのお気持ちをうかがわねばなりませぬな」

括袴《くくりばかま》に陣羽織姿の甲斐だったが、初がどう意図しているのか確かめたかった。安易に開城を勧めるつもりはない。

甲斐は警護の武士とともに騎馬だが、局《つぼね》は輿、ほかに徒歩《かち》の侍女も同行する。大坂から京を抜け大津まで、途中、一泊の行程だった。開戦が迫り、どこに伏兵が潜んでいるか知れず、気は抜けない。大津城周辺を探ったイカルの報せでは、外郭にいたるまで防備を固め、すでに厳重な籠城体制に入っているという。

二日目、大津への山越えに差しかかる吉田山のあたりで、おねが大津城に差し向けた孝蔵主の一行に出会った。「大津城の松の丸さまを、お救いするため」という。

おねもまた、戦を回避して講和に持ちこみたいのだと、これも甲斐には、すぐに分かった。

――戦は男どもが起こす。だが、このたびは、わ

「女の身とて、お家を守る決意は武将と変わらぬ。松の丸さまも京極家の再興を願えばこそ、太閤さまのもとに上がられたのです」

初も松の丸も、京極高次を支える決意にゆるぎはない。

「しかし、大津城は両軍の接点。淀のお方さまが気を揉んでおられます」

甲斐の言葉を、初はさえぎった。

「忍城の戦いを耳にして、われは女子の覚悟を知りました。淀のお方は、われや江に、いつも言うておられました。浅井の姫としての誇りを失ってはならぬと」

怖気づいて逃げ出したりはしないと宣言しているのだ。初は甲斐より二歳年上の三十一歳、温厚で道理をわきまえた才女として知られている。

「万一のときは脱出され、大坂城にお入りくださいませ」

初は甲斐の言葉に静かにうなずく。


れら女たちが、男が起こした戦に和平を果たせるやもしれぬ。

甲斐が若いころから願った〝女が戦で泣かぬ日〟に近づけるかもしれない。

那須烏山城の成田家は徳川の傘下に入った。下野《しもつけ》(栃木県)の陣所で上杉景勝をはじめ奥羽勢を牽制しているはずだ。

——もう戦はたくさん、どれほど多くの人たちが生き方を変えられてしまったことか。

大津城が戦闘を回避できる方策を、なんとか探しだしたい。

＊

初も松の丸も、

「大坂城には入らぬ」

と首を横に振った。

「甲斐どのはお分かりくださいましょう」

初は透き通るように白い頬に、穏やかな笑みを浮かべた。

姉と敵対しようとも動乱に立ち向かう女がここにもいる。戦は、止むことはないのだ。初から京極氏に開城を勧めてもらおうという、淀やおねの工作は失敗に終わった。

「そうか、初は浅井の姫の誇りにかけてと言うて、脱出を拒んだのか」

淀の横顔は悲しげだった。

甲斐が大坂城に戻って数日後の九月十五日、関ヶ原の合戦の火ぶたが切られた。

イカルの報告は詳細にわたった。危険を冒し、戦場に進入し戦況を偵察したのだろう。

その日は霧が深く、しばらくは双方が睨みあって軍を動かさなかった。一刻ほどして霧が晴れるや両軍は激突。鉄砲、大筒（大砲）が放たれ、矢はうなり、轟音は天をとどろかせ、地を動かし、日中も暗闇になるほどだったという。

三千の兵が立てこもる大津城は、一万五千の石田三成軍に包囲され奮戦、三成を大津城に釘づけにして関ヶ原の主戦場には向かわせなかった。だが、激しい砲撃に力尽きて開城のやむなきに至った。

「お初さまには三度目の落城。して、いずこへ落ち延びられたのか」

「ゆくえは分かりかねまする」

京のいずこかにでも潜んでいてくれればと、甲斐は無事を祈らずにはいられない。

決戦からたった半日で東軍が勝利して合戦は収束した。石田三成は捕えられ、半月後、六条河原で斬首、その首級は三条河原に晒された。

甲斐にとって三成は、豊臣家臣のなかでも特別な存在だった。忍城水攻めの総大将三成。作戦に失敗し開城できずに撤退した。だが、忍の民は泥沼と化した領地に、どれだけ苦しんだことか。

――罰が当たったのじゃ。麻呂墓山古墳を足の下に敷いた罰が。

ののしっても甲斐の胸は晴れない。大坂城で、伏見城で、いつも秀吉の側にあって忠誠を尽くした男。

秀頼君《ぎみ》が天下を治める日を願い続けた男。否も応もなく接触は避けられなかった。

——戦は、ついに、その男の命を奪った。

直接対峙した敵の死は、なぜか身近に思える。

——勝敗は時の運とはいえ、なんと空しいことであろう。

その後、家康によって西軍諸将の追捕《ついぶ》・捕縛《ほばく》・処刑が行われた。家康は大坂城に入り、秀頼、淀の方と会見、諸大名への論功行賞も進められた。

天下を治めた豊臣家の所領は二百二十五万石から大幅に減じ、摂津・河内・和泉のたった三ヵ国、六十五万石になってしまった。家康は二百五十五万石から四百万石となる。

「どうか、堪《こら》えてくださいませ。陽はきっとまた、めぐってまいりましょう。急いてはご損になりましょうから」

甲斐は平穏を願わずにはいられない。

淀の方は「うむ」と小さく応えた。

＊

慶長八年（一六〇三）、家康は朝廷から征夷大将軍に任ぜられ、江戸に幕府を開いた。天下は徳川のものになったのである。大坂城では、わずか七歳の千姫が、十一歳の秀頼の正室に迎えられた。

「まあ、お人形のような夫婦《めおと》……」

甲斐の頬もほころぶ。淀のよろこびは、ひとかたならぬものがあった。

「甲斐、お千は、妹・江と徳川秀忠どのの子、わが姪じゃ。徳川となごやかに付きあえればいいのう」

秀吉の他界後、気鬱気味だった淀の、久しぶりの明るい顔だ。

淀、そして初と江、動乱を肩寄せあって生き抜きながら、敵味方に分かれてしまった三姉妹がようやく交際を復活し、手紙のやり取りをするようになった。淀の瞳は輝きを取り戻していた。

大津城を失った京極高次は、家康から若狭九十八万五千石を拝領した。関ケ原の戦いで、西軍一万五千がなだれこむのを防ぎ、東軍に勝利をもたらした功だという。松の丸と初は、高次とともに、晴れやかに領国へ向かって旅立った。

＊

信心深い淀は、家康の勧めもあって、寺社の復興に熱中している。

「あの乱費じゃあ、たった六十五万石が、瞬く間に潰えてしまうわい」

「いや、それが徳川の手さ。金を放出させ、力を弱らせたいのであろう」

こんな噂は、淀の耳には届かないようだ。寺院修築にかまける淀に、秀頼は寂しさを募らせたのだろう。魂も凍りつきそうな出来事が、甲斐に襲いかかった。

「甲斐、いかがいたしたものかのう。母上のお怒りが収まらぬ」

一夜、秀頼は沈んだ表情で甲斐に相談をもちかけた。

「家康からの上洛の求めにございますね」

慶長十年（一六〇五）四月、家康は征夷大将軍の座を秀忠に譲った。みずからが将軍職に就いて、たった二年しか経っていない。その祝賀を述べに、秀頼に京へ上るようにというのだ。淀の方は激怒した。家康はそもそも豊臣家の家臣なのである。しかも、秀頼が成人したら将軍職を譲るはずだった。秀忠が二代将軍に就いたのは、秀頼の将軍就任の機会を閉ざしたにひとしい。

関ケ原の戦いで豊臣家腹心の石田三成が処刑されても、家康が将軍になって江戸に幕府を開いても、淀の方はひたすら受け入れてきた。

「秀頼が成人のあかつきには政権に復帰する」

そう信じきっていたからだ。大坂城の主・秀頼は十三歳。淀の方や、その父・浅井長政に似たのだろう、体格がいい。お方は成人の日を、どれほど待ち望んでいたことだろう。

聡明な秀頼は、

「わずか二年での将軍職譲位か。政権は徳川が世襲するという宣言じゃな」

と、情勢をよく読んでいた。

「約束が違うという淀のお方さまの憤りはごもっとも」

甲斐が無念さをにじませても、

「しかしな、甲斐。権力者とは世々移ろっていくもの。家康どのに面会するために上洛すれば、事を荒立てずに済むであろう」

秀頼の判断は賢明だが、あまりに無欲すぎる。

「秀頼君、京にうかがえば、家康に対して臣下の礼をとることになりますぞ」

淀の方の許しがたい思いを甲斐は伝える。

「いいではないか、予は家康の孫姫・千の婿なのだから。でないと、また戦になる」

「淀のお方さまにご納得いただかねばなりませぬ」

「無理じゃ、あのお怒りでは。予はいったいどうすればいい。もう、妙案は浮かばぬ」

秀頼は突然、大きな体で甲斐の膝に突っ伏した。

「秀頼君、気丈になさいませ。駄々をこねるなど、子どものようじゃ」

「予は子どもじゃ。甲斐はいつも、よう話を聞いてくれる。まことの母じゃ」

「いいえ、母君は淀のお方さま。言うまでもないことを」

抱え起こそうとした甲斐の懐深く、秀頼は手を差し入れた。甘えはやがて、若者を激情に駆りたてる。

「小さいときのように予を抱いてくれ」

熱い息で甲斐の頬に頬を押しつけ、その手はなおも甲斐の胸を、裾をまさぐる。

「お放しなさいませ」

甲斐は覆いかぶさる秀頼の重みに激しくあらがう。

「なりませぬ」

甲斐が力のかぎりすり抜けると、秀頼は泣きじゃくりはじめた。

「秀頼君、是非をわきまえず女子を求めるは身の破滅。豊後《ぶんご》（大分県）の妙林尼《みょうりんに》の色香におぼれた薩摩の兵は、妙林尼のだまし討ちで全滅したのですぞ」

「ゆるせ、甲斐。予の分別がたりなんだ。二度と甲斐を困らせぬ」

守役が育て子と通じて身籠もることも、世にまれではない。男児が大人になる際の手ほどきをも務めるがゆえである。だがもちろん、甲斐には受け入れられないことだった。

＊

「お方さま」

苛立ったように指先を動かしながら座している淀に、甲斐は声をかけた。振り向いた淀の表情はけわしい。秀頼の上洛を拒否しても、まだ怒りが収まらないのだ。

「秀頼に上洛せよと使者に参ったのが高台院。亡き太閤さまの正室ぞ。われは、それが我慢ならない」

淀は気づいているはずだ。高台院（おね）は、秀頼を貶《おとし》めるために訪れたのではない。〝大坂方の政権回復は難しい。徳川のもと、一大名として豊臣家を存続させよ〟との助言なのだ。

——あまりに強大だった秀吉、その遺児をもうけたがゆえに、お方さまは生き残りの道を探しあぐねておいでじゃ。

淀の実父・浅井氏、養父・柴田氏、母・お市の方の里・織田氏、すべてが非業の滅亡を遂げた。その傷が、ことさら淀を頑にするのかもしれない。

甲斐も家の滅びる悲しみは痛いほど知っている。

「豊臣家の永久をおはかりくださいませ」

甲斐の切ない願いに、淀は、はらりと一筋の涙を落とした。

——この方のおそばにいて差し上げよう。

気丈な淀の涙は、甲斐を動揺させる。甲斐も大坂に来て十五年、三十代の半ばになる。淀ももう、四十歳間近だ。ふたりながら、激動の悲しみや恨み、その狭間《はざま》の華やぎを胸に、今を、これからを、生き抜かねばならない。

「お方さま、秀頼君のことにございますが」

「秀頼は文武の道を怠っておるのか」

淀は身を乗り出す。秀頼の様子が気がかりでならないようだ。

「ご立派に励んでおられます。時勢についてのご判断、母君への情愛もことのほか」

淀は頬をほころばせる。

「実は、ご相談がございます。ご立派な男子になられた秀頼君、ご側室を召されては……」

守役の甲斐に慰みを求めさせてはならなかった。

「側室……」

いっとき絶句した淀だが、「そうじゃのう。お千を正室に迎えたが、まだ九歳。ままごと遊びや花摘みに興じて、ほんの子どもじゃ」と、思案をめぐらす。

「側室など迎えたら、家康や、江は機嫌を損ねるであろうが、甲斐どのに誰か心あたりがおありか」

「甲斐が養育している成田の姫に伊波という者がおりまする。秀頼君と同じ十三にございます」

「伊波、幼い秀頼と、よう戯れておった、あの姫か」

秀吉が催した醍醐の花見では、せせらぎに手を浸し、鯉を追い、ともにはしゃいでいた。秀頼の剣術の稽古に付いてきて、一緒に長刀を振るったりもする伊波だった。

淀に異存はなく、ほどなく伊波は側室に迎えられ、名を〝小石《おいわ》の方《かた》〟と改めた。幼馴染の秀頼とは仲むつまじく、翌々年には身ごもって男児・国松を、さらに翌年、女児・奈阿姫《なあひめ》をもうけた。千姫を、というよりは徳川家をはばかって、国松は初の婚家・若狭の京極家に預けられ、奈阿姫は甲斐の屋敷ですくすくと育っている。

――なんと愛しや。

甲斐にとって小石の子は、わが孫娘にひとしい。

――巻、小石、奈阿。玉の緒の命は、こうして永久に続いていくのじゃなあ。

乳臭く柔らかい体をだきしめると、汲みつくせぬ熱い思いが限りなくあふれる。

＊

慶長十九年（一六一四）夏、家康は京都方広寺《ほうこうじ》の鐘の銘文をめぐって秀頼に難癖をつけてきた。秀吉が創建し、秀頼が再建した方広寺の鐘の銘「国家安《こっかあん》康《こう》」が家康の二字を裂く呪詛であるというのだ。

淀と秀頼の弁明に家康は聞く耳を持たず、十月一日、ついに大坂城攻めの兵を起こした。

「甲斐どの、表座敷で軍議じゃ。秀頼君のおそばにおってくれ」

甲斐を居間に迎えた淀は、怖いほど澄んだ目をしていた。

「家康と一戦を交えて豊臣の権威を保つしか道はない」

淀はすでに戦の覚悟を決めている。

大坂に来て甲斐は、どれほど多くの武将の滅亡を見てきたことだろう。裏切りの醜さ、義をつらぬいて果てる哀れさは数知れない。だがもう、淀に「和平を」と、甲斐から進言する期は過ぎていた。

淀を支える家臣の筆頭は大野治長《おおのはるなが》、淀の乳母・大《おお》蔵卿局《くらきょうのつぼね》の息子だ。軍議は主戦論派の治長の主導のもとで進められ、淀の宣言で挙兵に決した。

「お方さま……」

甲斐は淀に小さく言った。

「亡き太閤さまの家臣の大名たちは、多くが徳川につきました。大坂に、豊臣方で戦う兵はもう、そう多くはありませぬ。戦いは不利に」

「分かっておるわ、大名らに使者を立て、兵をつのる」

淀は苛立ち、高ぶっていた。

ただちに秀吉恩顧の大名に、秀頼の名で応援を依頼する使者を送ったが、応じる大名はなかった。が、関ケ原の戦いに敗北した浪人が続々と大坂城に結集、その数は十万人に達した。

淀と秀頼に対面した武将のなかに真田幸村の姿があった。関ケ原の合戦で負け、家康によって高野山に幽閉されていたが、豊臣挙兵を知って脱走してきたという。

「おう、甲斐、忍城の女将軍は秀頼君の守役となっておったか」

幸村は懐かしそうに目をしばたたかせる。

「忍城の激戦から、もう二十五年ほどになるか。それにしてもお美しい。関東一とたたえられた美貌は、いっそうつややかでござるな」

「およしくださいませ、はるか昔のことにございます」

十四年にわたる幽閉暮らしは幸村の相貌を変えていた。忍の戦いのとき初陣だった幸村も五十歳に近い。白髪の交じる髪は薄くなり、歯も欠けていた。

――お辛い流人暮らしであったのだろう。

甲斐も四十の坂を越えたが、幸村の老いのありさまに胸が痛んだ。かろうじて送る微笑みも、こわばりがちだ。

「幸村さまは忍から撤退なさるとき、また会おうとおっしゃいました」

「おう、会えたな。甲斐どのもわしも、動乱を、よう生き抜いたものじゃ」

甲斐も幸村も、忍城でのあの日々、若さの熱気に燃えていた。

幸村の父・戦巧者の昌幸も配流先で没した。甲斐の父・氏長、義母・茅乃、妹の巻も敦も、もういない。

ひとときの恋に身を委ねた蒲生氏郷も、甲斐が大坂にきて三年余ののち、朝鮮の役と会津領経営の激務に倒れた。

――乱世が憎い。

今、徳川との開戦前夜の緊迫にありながら、抑えがたい情が甲斐を襲う。

そんな心の揺らぎを幸村は見抜いたのだろう。

「甲斐どの、秀頼君を守り抜かねばなりませんぞ」

猛将の直観はさすがだ。

「幸村どの、秀頼君のお子・国松君と奈阿姫は、成田の娘が生みまいらせたのですよ。戦にひるむ甲斐ではございませぬ」

「おお、成田の女人がお子たちを生《な》したか。それはお手柄じゃ」

幸村は大きく声を上げる。

軍議で幸村は強硬に野戦を主張したが容れられず、大坂城に籠城戦と決まった。幸村は城の惣構《そうがまえ》(外堀)の外に小さな砦・真田丸を築き、徳川の総攻撃に備えた。

十一月、大坂城を徳川軍が包囲、砦が次々と落とされていく。残ったのは真田丸ただひとつ。真田隊は徳川軍に猛攻を掛け圧倒する。

だが、城内には徳川方から昼夜を分かたず大筒が撃ちこまれ、死者も出た。城に仕える一万人の女人たちは恐怖に震え上がった。

「お方さま、このままでは、皆くじけるばかり。秀頼君にご出馬いただき陣頭指揮を」

甲斐は淀に請う。だが淀は、

「秀頼には戦の経験がない。負傷されてはまずい」

と、かたくなに拒む。

「誰もが命懸けにございます」

淀は言いつのった。

「そなたの申しようは分かる。が、大将が傷を負うては指揮が執れぬ。甲斐、そなたは武装せよ。われも鎧兜に身を固める」

淀は白羽二重の鉢巻を締め、鎧を着けて陣中を回った。

「皆の者、大儀じゃ。真田が善戦しておる。指揮を仰ぎ、守備を固めよ」

そう触れて、

「腹の足しにするがいい」

と餅を配る。

――秀頼君はみずから陣頭に立とうとなさっているのに、どうしておさせにならぬのか。

二十三歳の大の男を、子どものように守ろうとする淀の母心が、甲斐は情けなかった。

城内の食糧が不足しはじめた。厭戦気分が広がっていく。十二月二十日、淀は講和を受け入れた。停戦の条件に「大坂城は本丸を残して取り壊す。外堀を埋める。淀を人質に取らない」と定め、大坂冬の陣は収束をみた。

安堵も束の間だった。甲斐は天守から城域を眺め、愕然とした。

「お方さま、家康は外堀ばかりか二の丸、三の丸の堀まで埋めておりまする」

「なに、内堀までもか。使者を送れ。埋め立てを止めさせよ」

異議申し立てにもかかわらず、大坂城はついに本丸ひとつの裸城になってしまった。

世間では「ふたたび戦になるに違いない」と噂が高まる。

慶長二十年(一六一五)五月、大坂城山里丸の淀の方の屋敷では、淀と常高院の密談が長引いていた。京極高次が六年前に他界したのち、初は剃髪し、法名・常高院を名のっている。

「姉上、初は何度でも家康のもとへ使いに参りまする。和平といたしましょうぞ。姉上と秀頼君をお助けしたい」

初は僧衣の袖口で涙をぬぐう。

「秀頼の天下は、もはや夢と消えた」

淀の頬はやつれきっていた。

家康は淀に、秀頼の大和への国替えを受け入れるよう迫っていた。

「もう天下などと仰せになりますな姉上。豊臣家の存続のみをおはかりくだされ。のう甲斐」

初は甲斐に助け舟を求める。

「おそれ多くはございますが」甲斐は淀の前に手を付き、「利発な国松君がご成長なされ、豊臣を担ってくださいましょう。国松君・奈阿姫さまをお守りするが肝要と」

懸命に講和を願った。

初は京・西洞院の京極屋敷に預かって育てた八歳

の国松を、大坂城に連れてきていた。家康の覚えめでたい京極家だが、立派に成長した豊臣家の長子を無防備な屋敷に置くのは危険だった。

実母の小石の方は、「大きゅうなられた」と抱き寄せようとするが、国松は赤子で別れた母になじまず、気恥ずかしそうに後ずさる。妹の奈阿姫は七歳。初対面の兄に無邪気に甘えかかる。小石の方、甲斐、秀頼の正室・千姫にも可愛がられ、大坂城内の甲斐の屋敷ですくすくと育った素直な少女だ。

――淀と常高院姉妹、秀頼、国松と奈阿姫、この家族が慈しみあって生きられたら、それだけで十分ではないか。

身寄りのない甲斐には、うらやましいくらいだ。

「家康の要求には応じられぬ」

淀は鋭く言いきった。

「姉上、どうか秀頼君の命乞いを」

そう説く初を、淀はさえぎる。

「ならぬ。われは浅井長政とお市の方の娘、太閤の嫡子・秀頼の母じゃ。誇りを捨てる道は歩まぬ。初、そなたは京へ帰れ」

「初も浅井の娘、姉上を見捨てることはできませぬ」

姉妹は言い争う。淀は家康の巧みな戦術で追いこまれ、退くに退けないところに来てしまったのだ。身近に仕えてきた甲斐には、その苦渋が痛いほど分かる。

そうこうするうちに徳川方の大坂城総攻撃がはじまった。本丸だけの裸城に落城のときが迫る。五月七日、城外で敗れた将兵がなだれこみ、城内は修羅場と化した。

「お方さま、秀頼君だけはお助けせねばなりませぬ」

大野治長は窮余の策だといって、「千姫さま、徳川の陣所に使いをしてくだされ。秀頼君の命乞いを」と千姫に詰め寄る。

温厚な千姫が激しく拒んだ。

「ここを出ませぬ。夫婦は二世《にせ》の契り。秀頼君と来世まで添い遂げまする」

「お千、よう言うた。そなたも十九、立派な秀頼の妻じゃ、ここにおれ」

淀が言い終えぬうちに、治長の家臣が千を抱えて連れ出した。

「お千さま」

奈阿姫が後を追って泣きじゃくる。

「甲斐どの、国松と奈阿を早く逃がして」

千の悲鳴が後に残った。

徳川方の圧倒的な大軍の猛攻を受け、大坂方の軍勢は退却をはじめた。淀と秀頼、わずかな供は、砲弾を避け、山里丸の糒庫《ほしいいぐら》で一夜を明かした。最後の頼り、真田幸村隊も粉砕され散り散りになったらしい。

「真田幸村さま討死」

斥候の兵が告げる。

秀頼の助命を託し徳川の陣に送った千姫からの返事はない。

「甲斐どの、今生《こんじょう》の別れじゃ。わが父・浅井の血脈をつなぐ秀頼、そなたの手で雄々しゅう成人した秀頼に天下を取らせたかった。が、ともに旅立つときがきたようじゃ」

戦支度のままの淀の手は、驚くほど冷たかった。

「お方さま、敗れて恥をさらさずが武門のならいとはいえ、自刃だけはどうか思いとどまってくださいませ」

「甲斐どのも、敗者の悲哀をよう知っておるであろう」

「われは生きる道を選び、ここに、こうして生きてまいりました」

「父も母も、誇りをつらぬいて自刃した。落城の炎は、今となっては神々しい輝きとしてよみがえる。もはやこれまで。甲斐どの、秀頼の忘れ形見をそなたに委ねる。頼む、頼むぞよ」

淀はもう、甲斐の説得に耳を傾けることはなかった。侍女たちに、「皆々、なにがあろうとも生き延びよ」と諭す淀には、悔いも未練も見受けられない。

大筒が糒庫の壁を撃ち抜き地響きを立てながら炸裂した。号泣しながら去る者、そそくさと逃げ出す者が相次いだ。残った家臣は、たった二十八人でしかない。

「初、これ以上大坂城にいては京極家に類が及ぶ」

淀に言い含められ、初も流れる涙を拭おうともせず、振り返り、振り返り、脱出した。

「危機が迫った。急いでくりゃれ、甲斐どの」

淀にせきたてられ、甲斐と小石も子どもらを抱いて糒庫を脱出、国松は京極家の侍が背負い、奈阿姫を甲斐が背負って走った。突然、後方で爆音がとどろいた。糒庫から火の手が上がり、黒煙とともに紅蓮の炎が上がる。

「淀のお方さま、秀頼君」

甲斐は叫んだ。わが子のように育んだ秀頼、二十三歳のこれからという若者を、炎が呑みこんでいく。

「なぜ生きてくださらなかった」

問うても、もう空しい。火の粉が降りかかり、髪を、戦小袖を焦がす。流れ弾が飛び交い、足もとで爆《は》ぜた。

「小石」

鮮血にまみれ、小石が倒れた。

「早う子らを、早う逃げて……」

幾たびか苦しい呼吸を繰り返したが、小石は子らに手を差し伸べたまま息絶えた。国松も奈阿姫も恐怖のあまりか泣き声ひとつ上げない。

「甲斐どの、別行動といたそう。ともに居っては目立って危ない」

国松を背負う侍と慌ただしく別れ、甲斐は走った。外曲輪《そとぐるわ》の土塁の陰に放れ馬がいるではないか。

「どう、どう」

なだめて手綱を摑んだ。

小石の亡骸を連れていくのは無理だった。その懐から、金泥《こんでい》で豊臣家の五七桐紋《ごしちのきり》が描かれた短刀を取り出し、「お形見ぞ」と、奈阿姫の背中にしっかりと結わきつけ、木の枝で土を穿ち、小石の塚を築いた。妹・お巻の遺児を、こんなにも無残に葬らなければならない。無念すぎる。

——お巻、許してたもれ。小石を死なせてしもうた。奈阿姫はわれの命のかぎり、お守りしますゆえ。

慌ただしく祈りを捧げた。

「さ、ぐずぐずしていては危のうございます」

奈阿姫を抱え、京へと駆ける。目指すは西洞院の京極屋敷、常高院や太閤の愛妾・松の丸の住まいだ。落ち武者狩りの兵はいたる所にひそんでいるだろう。追剥に狙われる危険もあった。甲斐の戦装束も姫の衣装も人目につく。刀ひとつで、どれだけ防戦できるか不安だ。手綱をさばく甲斐の腕を、抱えていた奈阿が遠慮がちに引っ張った。

「いかがなされました?」

奈阿はもじもじと腰を動かし、「お手水《ちょうず》」と、小さく告げる。甲斐はあたりを見まわした。少し先、木立の向こうに藁屋根が見える。近寄って馬を木の幹につなぎ、何度か呼ぶと、中年の女が濡れた手を拭きながら顔をのぞかせた。だが、甲斐たちを見かけるなり、腕を振りまわし、なにやら大声でわめきだすではないか。出ていけ、と怒鳴っている。よくよく言い分を聞けば、残党を助けると、あとで罰を受けるというのだ。甲斐は農婦に謝り、「お手水、お手水」と急く奈阿の手を繋いで走り、繁みにしゃがませた。

——豊臣家のひいさまが、なんと哀れな。

甲斐の目は、たちまち涙で曇る。

背後で、「ちょいと」と声がした。

さっきの農婦だ。また叱られるかと、甲斐は身がすくんだ。すると、「持って行きなはれ。握り飯や」と包みを差し出す。

奈阿がうれしそうに頬をほころばせる。よほど腹が空いていたのだろう。押しいただいた甲斐の頬に、こらえていた涙が流れ落ちた。

「死なはってはならんえ」

農婦はぶっきらぼうに言って、足早に立ち去った。

京の市中に入る前に馬を放ち、汗まみれで京極家にたどりついた数日後、千姫からの文が届いた。祖父・家康に、懸命に奈阿姫の助命を嘆願したという。

——あの温厚な千姫が……。

思いがけないことだった。文面には、奈阿姫への千姫の万感の情があふれている。千姫もまた、豊臣家の家族だったのだ。文は、「奈阿姫をわが養女とする。鎌倉東慶寺に入り、出家すること。徳川家の娘になったのだから、これからは怯えずに暮らすように」と結ばれていた。

尼になり豊臣家の血筋を一代で断つことが、徳川家からの助命の条件であった。

大坂城を脱出した常高院が京・西洞院の京極屋敷に帰り着いた。逃避行の途中、侍女たちと農家の庭先で休んでいたとき、家康から迎えの輿が来て陣所に連れて行かれ、数日、留め置かれたという。淀の妹であるが、徳川秀忠の正室・江の姉でもある。

「ついに捕吏に発見されたかと、生きた心地もせなんだ」

京極屋敷まで丁重に警護されて戻った。

汗をぬぐいながら、

「そんなことより、国松君が捕まった。市中引き回しと聞いた」

もどかしげに告げる。捕まったのは、甲斐や奈阿姫と別れてすぐだったらしい。

「引き回しにするとは、たった八歳の若君を」

——もしや。

恐怖の悪寒が走る。引き回しのあとは、処刑が常だ。

「六条河原へ急ぎまする」

止めることができるだろうか。甲斐の叫びを聞いて松の丸も飛び出してきた。

——あのとき放れ馬に出会わなかったら……。

きっと奈阿姫も捕らわれただろう。甲斐は震えが止まらない。

京極家で育てられ、大叔母の常高院や松の丸を慕い、何不自由なく育った国松。色白で、つぶらな瞳の、愛らしく聡明な少年だ。

「罪もない国松君を」

甲斐は京極家の家臣を連れて六条河原へと駆けた。道行く人が「危のうおすな」と飛びのき振り返る。

河原には見物人がひしめいていた。

「あんな小さい子を」

「不憫《ふびん》やなあ」

京わらわは口々に言って、ぞろぞろと引き上げていく。涙ぐむ女たちさえあった。

——遅かったか。

「京極家の者じゃ。遺骸を受け取りに参った」

叫ぶが早いか甲斐は刑場に躍りこみ、斬首され横たえられた国松の、まだぬくもりのある体を抱きあげた。

「途中で別れなければよかった。許してくだされ国松君、許してくりゃれ小石……」

豊臣の遺児というだけで、なんと残虐な仕打ちだろう。

「むごい、むごすぎる。もう嫌じゃ、戦はたくさんじゃ」

国松を抱きしめ、甲斐は号泣した。亡骸は松の丸によって、京極家の菩提所・誓願寺《せいがんじ》（中京区）に手厚く葬られた。

六　春の山風

蝉しぐれが耳を覆うほど降り注いでいる。京の夏は、ことさら暑い。

――利根の川風を体いっぱい浴びて駆けてみたい。

ときおり甲斐は、若いころの遠駆けが懐かしくなる。愛馬・月影と一緒に息をはずませたものだ。その月影も、もういない。

ここ紫野は西洞院《にしのとういん》から二里半（およそ十キロメートル）ほど。炎天下を夢中で歩いてきた。明後日は奈阿姫《なあひめ》と連れ立って鎌倉に向けて発つ。その前に、どうしても大徳寺に詣でたかった。塔頭《たっちゅう》・黄梅院《おうばいいん》の墓所に蒲生氏郷《がもううじさと》が祀られている。黄梅院は南門のすぐ左手だった。苔むした小路をたどり、山門を前にしたとき、甲斐は一歩も進めなくなった。お会いしたい、という一心で訪れたが、山門をくぐれば、もの言わぬ氏郷の墓標に出会わなければならない。そして、氏郷が土に還ったことを認めなければならなかった。数珠を握りしめ、深緑の木陰にひざまずく。

「いかがなされましたのや」

通りかかった老僧が声をかける。

「蒲生さまの墓前に詣でようと……」

そう思いながら歩めないのだと、甲斐は眼差しで訴えた。

「ご供養なさって差し上げなはれ。現世に残した者の祈りが届くたび、亡くなられたお方の足元に、蓮が花開きますよって」

「蓮……」

「そや、蓮におます」

この季節、薄紅《うすくれない》の蓮の花が忍城《おしじょう》の堀を埋めつくしていた。蓮の幻影に勇気づけられ、甲斐はようやく、墓標のかたわらに佇んだ。

「氏郷さま、お別れにございます。甲斐は奈阿姫さまのお供をして鎌倉に参り、参禅の暮らしに入りまする」

告げてまぶたを閉じた。絵ろうそくがゆらゆらと脳裏に浮かぶ。怪談に興じた夜の笑い声が聞こえる。二十歳の甲斐が、そこにいる。

「甲斐は四十四になりました。氏郷さまは、あのときのまま、三十五歳の凛々しい武者」

ひところ世を風靡した氏郷の辞世が口を衝いた。

――限りあれば吹かねど花は散るものを　心短き春の山風……。

声にしてみて、ことさらに思われる。

――氏郷さまは、あれほど早く世を去ることが、ご無念だったのだ。会津の開発はまだこれから。お子も、お若い。やりおおせなかったことに心残してご最期を迎えられた。命とは、なんともろく、はかないものか……。

逝った人々の面影が甲斐に語りかける。〝はかなければこそ、この日、このときを、かけがえのないものとして大切にせよ〟と。

＊

「奈阿姫さま、いよいよ家康公にお目見えですよ。お礼を申し上げましょうね」

まだ七歳の奈阿に甲斐は言って聞かせる。鎌倉に発つ前に、在京の家康との面会が決められていた。

「はい」

小首をかしげ、奈阿はにっこりと甲斐を見つめる。

――小石《おいわ》、あなたの小さい時とそっくり。

なにかにつけて涙もろくなっている甲斐だった。

小石に初めて会ったのは、哲之介が伏見の屋敷に連れてきたときのことだ。甲斐の妹である妻・巻を亡くした哲之介は、五歳のひとり娘・小石を預けにやってきた。ふっくらとした頬や、ちょこんと小さい鼻、奈阿はあのころの小石とそっくりだ。

「ひいさま、豊臣の家臣はもう、だあれもいなくなりました。これからは甲斐が乳母。ひいさまも、甲斐も、これから新しく生きなおすのですよ」

奈阿は切り髪をさらさらと揺らし、うなずく。

「東慶寺はどんなところ？」

「ずっと昔、尼さまがお建てになったお寺ですよ。尼さまは、こうお思いになりました。女はときに、あまりの辛さに自害してしまうことさえある。苦しんでいる女人を助けたいと。それで、女人を救う東慶寺をお創りになられたのです」

「お助けするの？」

「そう、困っている女人を助けるのが東慶寺の、ご寺法なのですよ」

「ご寺法……。母さまもお助けできたらよかったのに」

奈阿は流れ弾に倒れた亡き母のことを、はじめて口にした。これまで懸命にこらえていたのだろう。

「そうですね、甲斐もお助けしたかった」

奈阿姫は、こくりと首を振る。

お目見えの座敷には千姫の姿があった。


「奈阿、千はそなたの母になりましたよ。わがままを言うてもよいのですからね」

十九歳の千姫は、少しやつれていた。なぜ、夫・秀頼《ひでより》を捨てて逃げたのか、妻ならばともに来世を願うのが道であろうと、父・秀忠にきつく叱られたという。今の奈阿と同じ七歳で秀頼に嫁いだ千は、伯母の淀の方に可愛がられ、秀頼とは幼友達のように仲が良かった。だからこそ、側室腹の奈阿を、養子に迎え慈しむのだろう。夫の非業の死の供養のためにと、思い定めているに違いない。

「お爺さまが助け舟を出してくださらなかったら、千は父に追い出されるところでした」

そうこうするうちに家康が座敷に入ってきた。

「おうおう、そなたがお千の養女か」

と、最愛の孫娘が命乞いをした少女に目を細める。七十四歳という高齢にしては肌の色つやもよく、日に焼けていた。

「奈阿、せっかくじゃから望みがあれば言うてみよ。

ひい爺《じい》が叶えてあげるぞ」

前かがみに問いかける。奈阿はしばらく考えてから、

「これからもどうぞ、東慶寺のご寺法をお守りくださいませ」

小さな手を膝前についた。

「ご寺法を知っておるのか、ん?」

家康は大きな目を、さらに大きくした。

「はい、女人のお助けにございます」

幼いながら、奈阿は真剣な眼差しだ。

「人形でも欲しがると思ったら、これは、これは、立派な答え」

家康は相好を崩す。

〝甲斐が教えましたね〟と千姫の瞳が笑っている。

＊

鎌倉での暮らしがはじまって一年と数カ月、まぶしいほどの紅葉《もみじ》が丘を埋めつくしている。

「ほら、見て、見て」

奈阿は小さい手のひらをひろげ、甲斐を呼ぶ。

「まあ、きれいな紅葉でございますね」

「奈阿の頭の上に舞ってきましたの」

うれしそうに、そっと両の手に包む。明月川《みょうげつがわ》のせせらぎが耳もとをかすめていく。徳川家の養女となった奈阿姫の入寺とあって、東慶寺では、今も修築が進んでいる。この寺には、小田原で北条氏を滅ぼした秀吉が奥州に向かう途中に立ち寄り、寺領を安堵する朱印状を与えている。

秀吉の命で関東を治めることになった家康は、百十二貫(一貫は約十万円)を超える寺領を寄進した。鎌倉の寺社では、鶴岡八幡宮、円覚寺に次いで寺領が多いという、由緒ある尼寺であった。

八歳を迎えた奈阿姫は剃髪、仏門に入り、法号・泰山天秀を賜った。

剃髪の席に甲斐も座した。奈阿のつややかな切り髪が一筋、住職・瓊山法清尼《けいざんほうせいに》の手で切り落とされた。甲斐はそれを受け取り、懐紙に包む。豊かな黒髪が

ざくざくと剃られるごとに、甲斐の動悸は激しくなっていく。あどけない奈阿は知る由もないが、これは豊臣家の血を受けた姫への、徳川家による処罰なのだ。

――罪もない少女が戦の世にもてあそばれ、おとなの都合で現世から引き離されていく。

甲斐は嗚咽をこらえきれない。法清尼が甲斐を一瞥した。めでたく仏門に入る儀式ではないかと、叱っているのだろう。

髪を落とすと、奈阿は一回り小柄に見えた。その、かぼそい体に墨染の法衣をまとう。肌の白さが浮き立ち、切れ長の目がひときわつぶらだ。小さな頭だった。袖からのぞく指も細い。法清尼が去ると、甲斐は奈阿を抱きしめた。

「奈阿さま、甲斐は決して姫さまのおそばを離れませぬ。すべてをかけてお守りいたしまする」

奈阿は甲斐の胸に頬を押しつけ、

「離れてはいやじゃ。奈阿を、いえ天秀をひとりにしないでください」

と泣きじゃくる。

年端もいかぬ少女の出家は、言葉に尽くせぬほど不憫だった。

天秀尼の住まいは、ぬくぬくと陽のさす丘の端《は》に設けられた。数年はここで読み書きや仏典を学ぶことになる。甲斐に出家は許されなかった。有髪《うはつ》のまま天秀尼に仕えよというのが住職の意向だ。修行を積んでいない者の出家は、安易に認めてはならないというのだ。

「おや、誰かおいでのようじゃ」

勝手口で賑やかな女の声がする。

「まあ、いつも、いつも」

おちよが礼を言っている。どうやら近所の農婦が野菜を持ってきてくれたようだ。

「奈阿さま、珍しや、みかんでございますよ。それに柿がたあんと……」

おちよの声に天秀は走っていく。柿が大好きなのだ。なんと初々しい法衣姿だろう。

内御門にはらはらと紅葉が舞う。

――おちよは、会津・京・大坂・そして鎌倉へと、ようついてきてくれた。

もう三十代の半ばを過ぎているだろう。嫁ぎませぬ、と言っていたが、甲斐の勧めで軽輩の武士と所帯を持った。それもつかの間、夫は幼い娘のやえを残し戦死した。そのやえも、はや十歳になる。

「やえ、皮をむいてくださいな。甘そうな柿」

奈阿がこんなに明るい表情を見せるようになったのは、今年の春になってからだった。無理もない。焼け落ちる大坂城や、銃弾で息を引き取る母を、目のあたりにしてしまったのだ。奈阿を抱いてくれた父・秀頼も、ともに逃げた兄・国松も、非業の死を遂げた。鎌倉にたどり着いたころ、奈阿は甲斐の添い寝なしには寝つけなかった。そんな奈阿をようやく笑わせたのは、忍の里ゆかりの甲斐の従者たちだった。

身の軽い唐子《からこ》は、もう、いい中年になるのに、中空で回転してみせる。一人前の鍛冶職人になった乙吉は独楽《こま》遊びを教えた。僧坊の力仕事になくてはならないふたりは、三十歳すぎの働き盛りだ。

それにイカルとナギ、忍びの風魔の衆だった兄妹は、今も甲斐に情報をもたらしてくれる。忍びとして鍛え抜かれた彼らの隠密な働きで、これまで甲斐は、世の動きをつぶさにつかんでこられた。そのイカルが重大事だとばかりに、めずらしく興奮して告げる。

「まもなく異人が東慶寺前を通り抜けまする」

「異人とは」

「えげれす（英国）の商館長とやら。江戸で公方さまに謁見し、長崎へ帰るところだと」

異人の行列を見に街道まで行きたいとせがむ天秀をなだめ、甲斐は東慶寺門前の寺役所へ連れ出し、窓から外をのぞかせた。異人は大坂城にしばしばやってきていたが、遠見に風貌を眺めただけだった。

窓越しに漏れ聞こえる異国語は、さっぱり分からない。通辞《つうじ》（通訳）とのやりとりが興をさそう。異人の名はリチャード・コックスだという。

「ここは尼寺、助けを求める女人が逃げこみ、かくまわれている」

幕府の役人がこう説明すると、商館長は、「ほほう、これは珍しい。女に避難場所があるとは」と、しばし足を止め、無遠慮に中をのぞきこむ。目が合いそうになった天秀は、

「おお、こわ」と甲斐にしがみつく。

「天秀さま、異人が東慶寺を珍しがっていますよ。あの方のお国に駆けこみ寺はないのでしょうね。大きゅうなられたら、このお寺をお守りし、女人方をお救いするのですよ」

きらきらと瞳を輝かせ、天秀はうなずいた。

夕の勤行を済ませたころだった。イカルとナギが、「おりいって、お話しが」と、甲斐を訪ねてきた。

「甲斐姫さまにお詫びのしようもございません」

そう切りだすと、深々と頭を下げる。

「詫びとは、どのようなことじゃ」

あまり神妙なので、何か失態を犯したかと心配になった。

「実は……」

イカルは口ごもり、なかなか言い出せずにいる。ようやく思いきったように顔を上げ、

「われら、兄妹とはいつわりにございます。わしは風魔の里で、風魔の親のもとに生まれましたが、ナギは小田原の町はずれに捨てられていたのを、わしの親が拾うてきて育てた娘」

「えっ、兄妹ではなかったと」

「兄妹同然にございます」

イカルは胸を張る。

「いつわることはなかったであろうに」

「玖珠丸さまに、ひょんなことから兄妹と言うてしまいました」

イカルは遠慮がちにつぶやいてから、かばうよう

にナギの肩を抱き、

「隠しきれぬことになってしまいました。こいつが身籠もりましてございます」

ナギがぱっと頬を染めた。ふたりとも、もう四十を超えているだろう。

「そうか、それはめでたい。して、ナギの腹の子は健やかかの」

「はい、ごそごそと、腹の中でよう動きまする」

ナギは、いとおしそうに腹を撫でる。

「めでたいのう。命は尊いものじゃ。子は、ただ、ただ、可愛い。よかった、ほんによかった」

兄妹、いや、夫婦《めおと》はうれしそうに顔を見合わせる。

「じゃが、この甲斐を、いや玖珠丸さまをも、よう騙したのう」

「お許しくださいませ」

「よい、よい、責めてはおらぬ。風魔を脱走するについて、事情もあったであろうからの」

「玖珠丸さまの同情を引きたかったのでございます」

ナギが肩をすぼめた。

「悪いやつらじゃのう」

たちの悪い若党からナギを救い、忍び集団から脱走したふたりの歳月を経ての幸せを、甲斐は心から祝福した。

「実はもうひとつ」

イカルがおずおずと口を切る。

「おや、まだあるのかえ」

「玖珠丸さまが、われらの家に住まっておられまする」

甲斐はまったく知らなかった。

「住まって、ということは、もう長いのじゃな。なぜ、玖珠丸さまはわれを訪ねてくださらなんだ」

「尼寺にございますゆえ」

「そなたや唐子、乙吉だって出入りしているではないか」

イカルが答えかねているので、ナギが口を添えた。

「お年を召されまして、すっかり好々爺にならられ……」

さもあろう。もう八十歳ほどになるだろうか。

「足腰は、お達者なのであろう」

「昔のように、とは参りませぬが」

玖珠丸に、甲斐はどれだけ助けられたことだろう。

このまま放ってはおけない。

「寺役所に隣りあって、役人など殿方の住まいがある。玖珠丸さまをお連れしてはくれまいか」

ナギは玖珠丸の心づもりを、よく訊ねてみるという。

「でも、ナギはお世話をしとうございます。われらにはご恩あるお方ゆえ」

どうするかは玖珠丸次第だ。ナギの赤子の子守りをするもよし、寺で書や連歌を講義するもよし、菜園で薬草を育ててもいいではないか。

あれやこれや思ううちに甲斐は、

——この人びとにずっと囲まれて暮らしてきた。

と、改めて気づく。なにもかも知っていてくれる彼らがいて、甲斐はなぐさめられてきたのだと。

この年、甲斐や天秀にとっては寂しい出来事があった。天秀の養母となった千姫が、桑名(三重県北東部)藩主・本多忠刻《ほんだただとき》に再嫁し、江戸城から桑名へと旅立っていった。

「お千の方さまがおらなんだら、天秀の命はなかったのじゃなあ」

心の傷も少しずつ癒え、ときには大坂の戦の話に耳を傾けられるようになった天秀は、ぽつりと口にする。

「戦に翻弄されるのは、いつも女子《おなご》と子ども。でもね奈阿さま、大坂の戦では、大坂方も、徳川方も、女子たちが講和の使者を務めたのですよ。常高院《じょうこういん》さまも、それはそれはご活躍でした。砲撃を受けないよう鉄輿に乗られ、大坂城と徳川の陣を行き来なさいましてね。天秀さまを救い、庇護なされたのも、女子たちだったのですよ。常高院さま、松の丸さま、千姫さま、この甲斐。豊臣も徳川もなく、必死でございました」

甲斐は何度でも天秀に話して聞かせる。千姫は小刀をみずからの喉元にあて〝天秀を助命せぬのなら、ここで死ぬ〟と家康に迫ったという。

「あのお優しい千姫さまがですよ」

甲斐は清らかな面立ちの千姫を思い描く。

「またお目にかかれたら、たくさん、たくさん、礼を言いたい」

天秀は、ぽろぽろと涙をこぼす。

その翌年、本多家は播磨《はりま》(兵庫県南西部)姫路城に移封になり、千姫は、さらに遠くなった。

＊

千姫が江戸城に入ったのは十年後だった。嫡子が早世し、夫・忠刻も他界。娘の勝姫を連れて徳川家へ戻ってきたのである。

天秀は十七歳になっていた。東慶寺の十九世である現在の住職・瓊山法清尼付きの弟子としてひたすら禅の修行を積んでいる。容赦のない導きにも音をあげたことはない。そればかりか、東慶寺の向かいに建つ古刹・円覚寺にたびたび足を運び、黄梅院の住持・古帆周信《こはんしゅうしん》禅師に参禅し、勉学を怠らなかった。禅師は臨済宗黄梅派の高僧で、旧態依然とした円覚寺に新しい法流の導入をはかる大立者である。聡明な天秀は、たゆまぬ好奇心で学問に励んだ。

尼寺といえども、禅寺の修行は厳しい。

起床は艮《うしとら》の刻《こく》(午前三時)、すぐさま朝のお勤めに入る。終われば粥をいただき、参禅・作務(屋内外の清掃・草取りなどの労働)、巽《たつみ》の刻(午前九時)、仏様に朝餉を備え、また作務。一汁一菜の昼食のあとにも作務。酉《とり》の刻(午後五時)に一汁一菜をいただき、座禅・禅問答で仏法を学び、亥《い》の下刻《げこく》(午後十時)消灯、座禅をしたのち床に就く。

＊

千姫のことが気にかかっていた。大坂城に嫁いできた七歳のころから落城まで、十二年間にわたって甲斐は千姫の身近で暮らした。姫路城ではお子にも恵まれ、幸せだと聞いていたが、今はどうなのだろうか。

「天秀尼さま、甲斐は江戸に参り、千姫さまに会うて参ります」

天秀は、「ぜひ、そうしてくだされ。ご様子をうかがってほしい」と、心配そうな眼差しを向ける。うつむき加減になった天秀の横顔は、母の小石の方によく似ていた。そして涼やかな目もと、落ち着いた判断力は父の成田助直《すけなお》と名のるようになった哲之介の血筋なのだと甲斐は思う。

千姫御殿は江戸城北の丸にあった。

「甲斐どの、お久しゅう」

憂いをおびた表情の千姫は尼僧姿だった。

夫・忠刻が三十一歳の若さで亡くなったあと落飾、法名は天樹院《てんじゅいん》であるという。嫡子・幸千代《こうちよ》も早世、長女・勝姫をともなって本多家を去ったと寂しそうに語る。

「そうか、奈阿は立派な尼君となられたか。天秀尼となな。千がおるかぎり、女人救済のための東慶寺を、必ずや守ると、よう伝えてくりゃれ」

三年前、三代将軍となった家光《いえみつ》は、千姫の弟にあたる。

「上様は、千の願いなら、どんなことも叶えてくれようからのう」

夫や嫡子に先立たれた悲しみは消えないだろうが、家光の長姉として、家内のことや政《まつりごと》の相談にあずかっているという。栄華のさなかにいる千姫だ。

徳川の世になり、豊臣家の遺臣は厳しい状況におかれている。ちょっとした疵を口実に、お家をお取り潰しになった例は枚挙にいとまがない。天秀がもし千姫の養女でなかったら、豊臣の遺児として、どれほど辛い目に遭うかしれない。

「天樹院さまの支えがあっての天秀さまにございます。どうか、末永くお見守りくださいますよう」

「甲斐どのと久しぶりに会うた。そうじゃ、東慶寺にも、金子《きんす》など、ご寄進いたそうなあ」

力強い言葉を得て天樹院の御殿をあとにした甲斐は、北武蔵の忍《おし》へと足を延ばした。小田原北条氏が敗れて開城して以来、故郷に立つことはなかった。城と城下を、わが目で確かめたかった。

忍城にはその後、家康の四男・松平《まつだいら》忠康《ただやす》（忠吉）が入城、今は幕府重臣・酒井《さかい》忠勝《ただかつ》が城主だという。

あの日々の戦に荒れ果てた城も堀も整えられ、城下は賑わっていた。ちょうど市の立つ日だった。売り買いの人びとの声が街路にあふれている。

――民がこんなにも豊かに、平穏に暮らしておる。

甲斐はほっとした。と同時に空しさが体を吹き抜ける。民は誰が主であろうと、こうして、たくましく生きていくものなのだ。

――領民を守る、秀吉に城下を奪われてなるものかと命を懸けたあの戦は、何であったのだろう。

降りかかる火の粉は払わねばならなかった。だが、秀吉も逝き、世は徳川のものとなった。動乱の時代は終わりを告げ、人びとは戦の苦しみから解き放たれた。

――戦はならぬ。戦で尊い血を流してはならぬ。

そう念じてきたものの、多くの戦に直面せねばならなかった半生が脳裏によみがえる。

――平穏な世は戦い取らねば得られなかった。多くの武将の血を流したからこそ、今がある。

それにしても、計り知れぬ多大な犠牲だ。奈阿姫と国松を抱えて脱出する背後で、爆音とともに炎上した大坂城が幻影のように現れ、甲斐はしゃがみこんで顔を伏せた。

*

守り抜こうとした成田家も四年前に滅んだ。

父・氏長のあと、関ケ原の戦いの戦功で三万七千石にまで加増された那須《なす》烏山《からすやま》藩は、父にとって戦場の盟友でもあった弟・泰親が継いだ。が、泰親の子や孫が家督相続で争ったため、幕府から家を取り潰され、所領を失った。

甲斐は利根の河原へ向かった。途中、ところどころに石田三成が水攻めのために築いた堤防が、まだ残っている。今では石田堤《いしだづつみ》と呼ばれているらしい。

利根の堤防も、補強修築が進んでいた。

――これなら忍領の水害も減るであろうな。

感慨にふける甲斐の小袖を川風が煽っていく。

背後に人の気配がした。驚いて振り返ると、精悍な農夫が親しげに微笑んでいるではないか。

「甲斐どの……」

と走り寄ってくる。

哲之介だった。そのままふたりは言葉を失って立ち尽くす。過ぎた歳月が甲斐の脳裏を駆けめぐる。愛馬・月影の手綱を取り、哲之介や隼人と、この野を疾駆した。すぐ向こうの川辺で月影に水をくれた。枯草に寝ころび、行く雲を眺めた。

「小石の忘れ形見、お孫にあたる天秀さまは、お健やかに育たれ、ご立派な尼君になられました」

哲之介は、うん、うんとうなずく。

「お許しくださいませ、国松君をお守りできなんだことを」

荒々しく目もとをぬぐった哲之介は、

「大きな、大きな、戦乱であった……」

みずからに言い聞かせるようにつぶやく。

「今は、ここで田畑を？」

「泰親さまがご他界なされたあと、熊谷成田郷《くまがやなりたごう》に戻り、武士を捨て申した」

「今日は、忍へご用？」

「近くに蓮沼をこさえようと思うてな。忍の沼地の蓮の種を採りに参った」

口調が武士のままだったので甲斐はおかしくなった。気づいた哲之介も苦笑する。

湿地の多い忍では、蓮の根は飢饉や戦に備える備蓄食糧だった。種も保存食だ。そのままかじることもできるが、炒って食べれば香ばしく、滋養ゆたかだ。

「そら……」

巾着から蓮の実をひと握り取り出し、甲斐に受け取れという。甲斐はそんな哲之介の目を見上げた。

「天秀尼さまは、哲之介さまの、そのお目に、そっくりな目をしておいでです」

そう言ってから、彼が成田助直と名を改めたことを思い出した。

「助直さまでしたね」

「いや、烏山を引き上げるとき、成田の名は返上いたした。もとの玉井哲之介でござる」

「哲之介さまでよろしいと?」

昔の名で呼べることが、甲斐はなんだかうれしかった。

「農夫のわしが、秀頼さまのご息女、しかも尼君にお逢いすることはあるまい。甲斐どのは尼君の大伯母、なにも心配いたしておらぬ。どうか、どうか、天秀尼さまをお願いいたしまする」

そう言って、なおも蓮の実を握ったこぶしを押し出す。甲斐は、そのこぶしを両の手で握り返した。

伝わるぬくもりは、長い歳月の隔たりを融かしてしまう。幼友達の甲斐と哲之介が野辺の風に吹かれていた。

「東慶寺のご門前に沼がございます。天秀尼さまとこれを蒔きましょう。爺からの土産とは申しませんけれど」

甲斐が微笑むと、哲之介も満足そうに頬をほころばせた。

＊

「権現様《ごんげんさま》（家康）御声懸り《みこえがか》」の寺・東慶寺は天樹院（千姫）の庇護を得て、その権威はますます高いものとなっていった。住持は高僧の袈裟である紫衣《しえ》を朝廷から許される。紫衣をまとった天秀は、ひときわ美しい。面長の透きとおるような肌、黒々と涼やかな瞳、すっきりとした鼻筋と愛らしい唇。紫衣がよく似合っていた。

「幕府は寺社を厳しく統制なさっておりますが、ここは別格の寺にございます」

甲斐が誇ると、天秀はいましめる。

「寺の格など申してはなりませぬ。ひたすら女人を救うだけがわたしどもの務め」

そんな叱責も、

――みごとにお育ちあそばした。

と甲斐をよろこばせる。

天樹院の支援で仏殿が再建され、将軍・家光の弟で自刃した忠長《ただなが》の御殿だった建物も移築された。江戸城北の丸の天樹院御殿に隣りあっていた屋敷だ。

天秀は、すでに東慶寺二十世住職の座に就いている。

「大坂城に生まれ、何不自由なくお育ちあそばした姫さまが、ご出家あそばし、ついにご住職になられるとは」

繰り返し言って、そのたびに甲斐は感涙にむせぶ。

「姫などと。そのような俗世のしがらみを、もう口にしてはなりませぬぞ」

諫める天秀尼の少し低い声は、静かに堂内を渡る。


東慶寺の寺法は、鎌倉幕府執権・北条時宗の妻・覚山尼《かくさんに》が開山したときに定まったと伝えられている。虐待などから救いを求めて入寺した女は、三年寺にとどまったあとは離縁できるというものだ。その後、三年在寺は厳しかろうと、足掛け三年で離縁が叶うようになった。

駆けこみをしようとする女に、夫側が追手をかけることがある。あと少しというところであれば、櫛でも草履でもいい、身に着けているものを投げ入れれば、駆けこみは成ったとみなされる。

ある寒い日のことだった。江戸日本橋の、とよという名の若い女が駆けこんできた。

「夫がわたしに遊女奉公に出ろと、殴る蹴るの乱暴、どうかお助けを」

と、御門を入るや否やへたりこんだ。

江戸から十三里（およそ五十キロメートル）、呑まず食わずで逃げてきたのだという。

「夫は遊郭に入りびたり、わたしの持参金を使いきると、今度は着物もみんな質に入れてしまいました。それでも足りなくて、金を工面しろと下駄や火吹き竹で殴るのでございます。とうとう遊女屋に売り飛ばそうと算段。言いなりにならないので、このとおり」

とよの顔や腕はあざだらけだが、ものごしには品が感じられる。まだ二十歳をいくつか出たほどだろう。華奢な体つきで、夫の暴力はかなり応えたにちがいない。

東慶寺・寺役所の役人は夫の元治を呼び出した。この段階で離縁状を書けば、万事、済む。離縁状は「三行半《みくだりはん》」と言われるが、決まった書式はない。〝誰だれを、これこれの理由で離縁する。あとはどこに嫁いでもかまわない〟と書かれていれば、それでいい。ときには、墨で三行半の縦線を書くだけなどというものもある。読み書きのできない夫からの離縁状なのだ。夫の側からばかりでなく、入り婿が離縁状を書かれることもあるという。

三行半とは、たった数文字で女が離縁されてしまうというよりは、もう自由の身である、再婚に意義は申し立てないと認める書状といったほうがいい。

しかし、とよの夫は頑として呼び出しに応じない。

「天秀尼さま、東慶寺の権威とは、こんなときのためでございます。男の身勝手からとよを救い出さねばなりませぬ」

「いかにも。役人に、そのようにお命じになってくだされ」

甲斐はとよの夫に毅然とした処置をとるよう寺役人に命じた。

「仰せまでもないこと、離縁状を書かねば、鎌倉へ連れきて役所のお白洲《しらす》で裁くまで」

寺役人は機嫌が悪い。甲斐の指示が気に入らないのだ。役人自身もまた、高い身分を与えられ、格式のある役職を誇っているのだ。

役人は、すぐさま「松岡御所御用」という札を立てた菊桐紋（朝廷の紋）の箱に「寺法書《じほうしょ》」を入れて出立した。東慶寺が御所と呼ばれるのは、三百年ほども昔、後醍醐天皇の皇女が入寺し、五世住職用堂《ようどう》尼《に》となった由来による。ゆえに文箱は菊桐紋、役人は御所に仕える身なのだ。

「寺法書」には〝とよを当寺で預かる、早々に離縁状を書け〟と、有無を言わせぬ居丈高さで書かれている。この箱を見せられただけで、誰もがひれ伏す。さすがに元治は恐れ入って離縁状を書き、とよは束縛から放たれたのである。

「とよ、こののちは、いかがいたす」

甲斐が訊ねると、姉の嫁ぎ先に身を寄せるという。

「すぐに発つのか」

「甲斐さま、離縁が叶ったのに厚かましゅうはございますが、どうかしばし、ここに置いてくださいませ。元治が姉の家に怒鳴りこむやもしれません」

とよは怯えていた。

「さもあろう。元治はしぶといようじゃ。姉と連絡を取り、安全な身の振り方が決まるまで、当寺におればよい」

とよは甲斐の両手を押しいただき、何度も何度も礼を言う。しぶとい男が女を連れ戻そうと刃物をふりまわし、女と、女の家族を刺し殺したといった事件もあとを絶たない。とよを守り抜かねばならなかった。

そんなころ、京から戻ったイカルが、わらべ歌を甲斐に伝えた。

〝花のようなる秀頼さまを、鬼のようなる真田が連れて、退《ひ》きも退いたり鹿児島へ〟

子らが歌って手毬をついていたという。

「秀頼さまが薩摩に逃れたとか。まこと薩摩に隠れ住んでおられるのかのう」

信じがたかった。あれからどれほどの歳月が流れたことだろう。なぜ、今ごろまで、このわらべ歌を甲斐は知らなかったのだろうか。京からはるか遠い鎌倉ではあるが、人びとの往来は盛んだ。

――俗世と離れてしもうたのじゃな。

その感慨は深い。それにしても秀頼や真田幸村が、この世のどこかに生きていてくれたらと、どれほど願うことだろう。が、きっと、敗者を憐れむ民たちの夢物語だ。天秀尼の耳には入れなかった。

「もうおひとり、懐かしい名を聞きました」

イカルは思わせぶりに間を置いて、

「名古屋山三郎さまでございます。先ごろ、どなたかと言い争って斬られ亡くなられたらしいのですが、〝出雲阿国《いずものおくに》〟という女と一緒に、歌舞伎踊りとやらいう芝居をはじめられたそうな」

出雲阿国も歌舞伎踊りも、甲斐は知らない。主君の氏郷亡きあと、小姓だった山三郎も数奇な運命をたどるしかなかったのであろう。氏郷が身近に仕えさせていた山三郎の、端正な若武者ぶりは記憶に残っていた。

＊

天秀が三十歳を迎えた夏の朝、甲斐は天秀の師・法清尼の許しを得て長谷《はせ》の観音さまに詣でることにした。

「海を見に参りましょう」と誘ったのだ。得度して東慶寺の本坊に入ってから、天秀尼は外出しようとしなかった。

未明に起床し、朝の勤行、堂内の諸仏に経をあげ、作務や座禅に励み、師の前で禅の教えの問答をする。正答のない、自ら会得するしかない厳しい修行だ。

精魂を使い果たしたあと、天秀尼はいつも、寺で預かっている女たちに声をかけるのを慣わしとしていた。このときこそ一番張りあいがあるのだと、天秀は内御門の階段をすたすたと降りていく。

寺内に保護されている女たちには、縫い物・清掃・草むしり・寺内の田畑の農作業といった日課が課せられている。読み書きや読経も大切な務めだ。こうした手仕事を身につければ、寺を出てからも暮らしの助けになるだろう。

足掛け三年経って東慶寺を出ても、元の夫の所へ戻って、以前とおなじ苦しみに陥る者、暮らしが成り立たず、苦界に身を沈める者さえあった。これでは駆けこみ寺が役に立たない。そうさせてはならないと、天秀は労もいとわず、女たちの暮らしぶりにこまやかに目を配っていた。

「どれ、仕立物を見せてみよ。そう、もうちょっと針目をそろえてみてはどうか」

天秀は縫い物や刺繍が得意だ。甲斐が乳母の苑に仕込まれた技を、そっくり天秀に教えたのだ。

「畑仕事、腰は痛まないかえ」

天秀のやさしさが、女たちの辛い過去をやわらげる。

そうこうするうちに、もう夕のお勤めだ。

幼くして出家し、みずから楽しみを見出すいとまのなかった天秀を、ささやかな行楽に連れ出したいと、甲斐はずっと望んでいた。警護の寺侍にまわりを囲まれ、輿に揺られる小さな旅になる。

天秀を乗せた輿が山門を出たとき、甲斐は声をかけた。

「天秀尼さま、御簾をあげて、ご覧になってみませんか」

甲斐は理由を言わなかった。驚く天秀の顔を見てみたかったのだ。

「まあ、蓮の花ではありませんか。池に一面……」

その透きとおる頬に、蓮の花弁の彩を映したかのような紅がさす。

「まるで浄土に参ったような……」

天秀尼の口もとに笑みがこぼれる。

「甲斐の故郷・忍の里から種を持ってきて蒔いたのですよ。咲くまでに、ずいぶんかかりましたけれど」

「そう、これを天秀に見せたかったのですね」

あどけなささえ思わせる瞳の輝きだ。

――あなたさまの母君、それに爺さまの故郷の蓮ですよ。

忍城は水に囲まれていた。あちらこちらから清冽な清水が湧きだす。城の周囲の堀には、蓮が生い茂っていた。

輿は木々の緑を浴びながら長谷への道を進む。蝉しぐれに包まれ、首筋が汗ばみはじめるころ、大仏が鎮座する高徳院《こうとくいん》に着いた。

「まあ、大きな阿弥陀さま。どのくらいの高さがあるのでしょう」

「三十尺ほどもありましょうか」

通りすがりの参拝者が、「どこの尼さまじゃ。もの珍しげに眺めておいでじゃ」と通り過ぎる。

「阿弥陀さまは野ざらしになっておりますが、かつては覆い屋もあったそうな」

これは甲斐が地元の古老に聞いた話だ。

「どうして覆い屋はなくなってしまったのでしょう」

天秀は首を伸ばし、大仏を眺めて問う。

「嵐や地震で壊れてしまったそうな」

「恐れ多いことにございます」

天秀は大仏に合掌する。

長谷寺の総門前で輿を降りた。天秀は思いのほか元気な足どりで石段を登り、

「風が心地よいのう」

と、生絹《すずし》の法衣《ほうえ》の裾をほんの少しつまみ上げた。細く華奢な足首がのぞいた。甲斐は不安になった。

近ごろ、顔色もかんばしくない。せっかくの行楽だった。不安は胸にしまっておこう。

長谷寺の由来を甲斐は、前もって調べてあった。

「昔、昔のことにございます。大和国で大きな楠から二体の十一面観音のお像が彫られたそうな。一体は大和の長谷寺のご本尊とし、もう一体には〝衆生を救いたまえ〟と祈りをこめ、海に流しました。そして十五年後、相模国の三浦の海に流れ着き、ここ長谷寺に安置し、ご本尊としたのですよ」

――ああ、こんな語り口で怪談を語ったことがあった。

懐旧に引きこまれる甲斐には気づかず、天秀は、

「そう、天秀とおなじですね。大坂から、はるかな旅路を流れ、ここ鎌倉へ……」と、つぶやく。

――旅路を流れ、鎌倉へおいでになったと、そん

なふうにお思いでいらしたのか。

天秀が不憫だった。

小走りに高台に足を運んだ天秀は腕を広げ、晴れ晴れと背を伸ばす。こんな伸びやかな天秀を見たのは、はじめてだった。

「ああ、海、海ですね。あんなにきらきらと光っている」

このお方は、わが娘なのだと、胸いっぱいに情愛がこみ上げる。

用意してきた塩むすびや煮物を、つつましく口にする天秀。淀の方から受け継いだ織田や浅井、豊臣と、戦国を駆けた武将の血を細い体に宿している。その体内には成田の血もめぐっている。動乱の世の落とし子であった。

＊

まもなく東慶寺山内で花見の宴が催される。桜はいつもの年よりも早くほころびはじめていた。

「もう、七、八分は咲きそろうたかのう」

見上げる天秀に、花弁を透かして淡い陽がこぼれ落ちる。

「そうそう、天秀尼さまにお聞かせしたいものがございます」

甲斐は桜の古木の脇にしゃがみ、太い幹に耳をあてた。

「なにをしておるのじゃ」

天秀は不思議そうに小首をかしげる。幼くして仏門に入った天秀は、三十二歳を迎えた今も、少女のような愛らしさを見せる。

「天秀尼さま、桜の命の声が聞こえまする」

「どれ」

天秀が根方に寄ろうと差しのべる手を、甲斐は支えた。その白く細い指にひきかえ、甲斐の手は、かさかさと乾き皺がよっている。もう、齢《よわい》六十八だ。

乳母の苑は二十年も前に、今の甲斐とおなじ六十八で身罷《みまか》った。玖珠丸が九十という高齢で、ナギに看取られて亡くなったのは、その二年後だった。

——苑の年齢を、われは越えて生きるようじゃ。だが、玖珠丸どのの長寿には叶うまいのう。

桜の幹のささやきは、甲斐に来し方行く末を思わせる。

天秀は甲斐にならって幹に耳を寄せ、

「ほんとう、聞こえる。ざざっと、まるで血潮がめぐっているよう……」

と微笑み返す。それから真顔になって訊ねる。

「甲斐どの、いえ、お乳母どの、あなたは『女将軍』と呼ばれる武勇の人であったと、ついこのあいだ聞きましたよ」

「まあ、誰がそんな昔のことを」

「おちよが言うておりました。甲斐どのは、まこと戦《いくさ》で戦ったのですか」

「そんな日がありました。わが領土忍城を奪われぬために」

「そうか、豊臣との戦であろう」

豊臣の遺児から発せられた問いに、甲斐は一瞬、答えに詰まる。

「刀を振るい、城を守り抜きました。でも、豊臣家に身を寄せることになり、甲斐はしみじみと思うたのです。女子は歩む道をみずから選べぬと」

政争で甲斐から引き離された実母、会津の反乱で斬られた義母や義妹、目の前にたたずむ天秀、その母・小石、秀頼の妻・千姫。振り返れば女たちの苦闘が、そこここに満ちている。

「天秀は縁切り寺といわれる東慶寺を守る果報を、朝な夕な、御仏に感謝しておりまする。この身のあるかぎり、女人が不幸から縁を切れるよう尽くして参りたい」

桜のつぼみを思わせる小さな唇から、力に満ちた言葉があふれる。

戦いながら戦を憎んだ甲斐の半生、女人のはかなさに悔し涙を呑んだ日々。その苦しみや悔いは、天秀の真剣な眼差しに浄化されていく。

——女人の救済と天秀さまへの奉仕は、御仏がわが身にご用意くださった務めであった。

そっとつぶやくかたわらに、春の陽は穏やかに降りそそぐ。

＊

花見の日、皆々の願いが叶い、朝から晴れわたっていた。

東慶寺は街道から奥まった谷あいに建っていて、本坊は、うっそうと繁る杉や松、苔むした断崖に囲まれている。桜は本坊から下った平らかな一帯に数多く植えられて咲き競う。付近の尼寺の尼僧も招き、わずかなお菜と甘酒が花影に並べられた。

天秀の発案で、駆けこみ女たちも、下座に蓆《むしろ》を敷いて宴《うたげ》に加わることが許された。集う人々を眺めながら天秀は、しみじみと言う。

「いついつまでも、このように平穏な日であればいいのう」

「これからも、天秀尼さまのお力で、きっと、そんな世が成しとげられて参りましょう」

「そうありたいのう」

きりりと響いた天秀の声音は頼もしかった。

陽は中天に昇り、宴はたけなわとなった。老法清尼が、

「そろそろ詠歌といたしましょうか」

と、真っ先に筆を取る。

――遠い、遠い日に、こんな光景に身をおいたことがあった。

甲斐は軽いめまいをおぼえた。爛漫の花や甘酒に酔うたのではない。「醍醐《だいご》の花見」が、突然、よみがえったのだ。広大な醍醐寺の境内や山々を覆いつくす桜、谷川のせせらぎ、美を競う秀吉の側室たち、穏やかに微笑む北政所、前田利家の正室・まつ。幼い秀頼君がいた。忍から上洛したばかりの、あどけない小石もいた。秀吉に招かれた女人の数千三百人、それにお供の女たちが加わり、桜よりも艶やかに境内を埋めつくした。金泥《こんでい》・銀泥を染めつけた短冊が配られ、誰もが太閤の永遠の栄えを願う歌を詠んだ。

「さあ、お乳母さまも筆を取られてはいかが」

誰かが促したが、醍醐の花見のざわめきが脳裏を駆けめぐり、とても詠む気にはなれない。

あれから、たった五カ月後に秀吉は没し、続く関ケ原の戦い、徳川家との確執、大坂の陣。そして豊臣は滅んだ。まるで夢幻のようだ。贅を尽くし、御仏や神の宿る天空に挑んだ報いとさえ思える。

だが夢でも幻でもない。醍醐の山の華やぎにはしゃいでいた六歳の秀頼と小石。ふたりの遺した、この、かけがえのない珠玉が、たしかにここにいる。華奢な体に聡明さと力強さを湛え、寺法で女たちを救おうと懸命に歩んでいる。

――桜は妖艶な魔物じゃ。花を待ちわび、花のもとに心は躍り、落花に春を惜しむ。はてさて、桜の精の仕掛けた罠に、われは呑まれてしもうたかのう。

甲斐は大きくため息をついた。

「短冊をこれへ」

天秀尼はさらさらと筆を走らせていく。尼僧たちが息を凝らして、その手もとを見つめる。たおやかな、それでいて力ある端正な文字が、黒々とあざやかに短冊を染めた。

咲くときはそれともみえず山桜
　ふもとにしきる風の色哉

柴の戸も春はにしきぞしきにける
　花ふきおろす峰のあらしも

取り囲む人びとから「ほう……」と感嘆がもれる。

「気品に満ちて、なんと香り高いお歌にございましょう」

「東慶寺のお山、ふきおろす風、奥行きの深さが伝わって参ります」

居並ぶ客人たちは、口をそろえて絶賛する。

天秀は、「お褒めが過ぎまする」と、言葉少なだ。褒めそやされるのは好まない性質なのだ。

甲斐は、歌に漂う寂寥を感じ取っていた。爛漫の花よりも吹く風に惹かれるのは、亡き父母や兄の儚い生涯を想うからだろうか。

——甲斐がおりまする。おそばを離れませぬ。どうぞ、お気持ちを紛らせてくださいませ。

天秀の歌に誘われたのか、おりしも一陣の風が吹きわたった。満開の花が渦を巻いて乱舞する。花吹雪は宴に集う人びとの姿さえ、覆い隠してしまいそうだ。

「花の饗宴……、華麗よのう……」

差し伸べる天秀の手のひらにも、花弁は舞いかかる。

＊

花見からふた月が過ぎたころ、東慶寺を揺るがす一大事が起こった。寛永十六年（一六三九）四月十六日、黄昏どきのことである。

殿司《でんす》（時報役）の撞く暮れの鐘が、夕べの大気を震わせて鳴りはじめた。寺役所の御門のあたりから、人声が聞こえる。そろそろ閉門だというのに、駆けこみがあったのだろうか。

「何事でございましょう」

天秀に従って夕の参禅に入ろうとしていた甲斐は立ち止まった。

「夜分となっても、寺役人は駆けこみを受け入れましょうが……」

あまりに声高な騒ぎが気になる。

「見て参りましょう」

甲斐は天秀を禅堂に送り、御門への石段を下った。追手を振りきって入寺を求める女がいるなら、助けなければならない。

「どうか妻と女の子らを保護していただきたい」

御門前で頼みこんでいるのは旅姿の数人の武士たちだ。くすんだ色の括袴《くくりばかま》にぶっさき羽織というういでたちだが、ひざまずき、大小は刀袋に納めている。東慶寺に礼を尽くしている様子が見て取れた。

「いかがじゃの」

いつのまにか天秀もやってきていた。

武士の後ろには十数人の女、子どもが平伏している。侍に連れられて多くの女が駆けこむなど、前代未聞だ。

「どうかお情けをもって、この者らをかくまっていただけませぬか」

——この訛り、会津のお侍?

お国言葉に聞き覚えがあった。彼らはときおり、怯えたように警戒の視線を配る。

察した天秀が、

「早う中へ」

と、寺役人に命じた。

婦人は身分ある武家の妻女らしいが、まずは役所の内庭にむしろを広げ、座らせた。役人の吟味が進むうち、事情は分かった。一行は会津藩四十万石加藤明成《あきなり》の家臣だ。豊臣時代には蒲生氏郷が繁栄させた会津。甲斐も氏郷に庇護され、一年半ほど暮らした。

氏郷が早世し、嫡子・秀隆は家中統制がよろしからずと、会津から下野《しもつけ》宇都宮十二万石に転封になった。八十万石もの大減封だ。その後、関ケ原の戦いの功績で、家康によって会津に復帰したが、後継が絶え、蒲生家は廃絶になった。氏郷の妻・冬姫も、一昨年亡くなったと風の噂に聞いていた。

五十代も半ば過ぎだろうか、初老の武士が、

「加藤家の筆頭家老・堀主水《ほりもんど》でござる」

と名のった。

「加藤どののご家中か」

甲斐が問うと主水は顔を上げ、

「尼さま方は、もしや豊臣家ゆかりの尊い女人方。直々にお取調べ賜り、もったいなき幸せにござりまする」

言うやいなや、額を土間にすりつけて伏した。

主水はかつて、秀吉のもと「賤ヶ岳《しずがたけ》七本槍」に数えられた加藤嘉明《よしあき》の家臣だった。加藤家は関ケ原の合戦で東軍に与《くみ》して戦功をあげ、のち家康から会津

に封じられた。嘉明は没し、今は、その子息・明成が藩主だという。

主水の武張《ぶば》ったたたずまいは、激戦の雄だったころを思わせる。

「当主は先君に似もせぬ暗君。金儲けに執着し、過酷な課税。家中も、豪農、豪商も、ぎすぎすとして、藩内は諍いばかりにござりまする」

「それで、ご謀叛なされたのか」

若き日のこととはいえ、一城の留守を預かった甲斐だ。家臣の揉め事は、おおよその見当がつく。

「謀叛などと仰せくださいますな」

「では、なぜ、女子をかくまうのじゃ」

「主をお諫めもうした。が、とんと聞く耳を持ちませぬ。老臣が小うるさいことを言うな、黙れ、年寄と」

「それで」

こうして脱藩してきたのは死罪に匹敵するが、東慶寺に妻子を預けたいと言うからには、もっと大きな事件が起きたにちがいない。

「口汚くののしるばかりか、殿の直臣が、わが家来に不当な言いがかり。あげく殿は、落ち度のないわが家臣を罰し、一族一統は連座の憂き目に遭い申した。それがしは家老職解任となり、先君から信任の証に拝領した金の采配まで没収される理不尽」

沈着に語る主水だが、胸の内は煮えたぎっているのが甲斐にも伝わる。

「それで出奔を」

「一族・家来ともども三百人、会津を去り申した。城に鉄砲を撃ちこみ、橋を焼き、関所を破ってここまで」

主水にどれほど言い分があろうと、これは武装蜂起だ。

「妻子も会津には残せぬゆえ連れ参ったが、隠れ住む家もなく」

「分かり申した。ご妻女方の身は、さぞ危うかろう。殿方の紛争の是非は問わぬ。それについてなにも述べぬ。だが女たちは不憫ゆえ、当寺でお預かりいたす」

甲斐は告げ、天秀を振り返った。天秀もうなずいて、言葉を添える。

「会津での出来事も、殿方の今後についても、当寺ではあずかり知らぬことといたす。だが、安心してくだされ。この寺に、たとえ大名といえども手出しはさせぬ」

毅然とした物言いは、主水を安心させた。日焼けした頬を涙で濡らし、天秀と甲斐に頭を下げた。

女たちは総勢十七人、主水と弟・又八郎の妻、息子の嫁、家臣の妻女などが十一人、十歳にも満たない女の子が六人いた。日も暮れていた。庫裡《くり》の奥の広座敷を一同にあてがう。

「子らについては、ほかの駆けこみ女どもから不平が上がろうの」

天秀は憂い顔だ。子連れの駆け入りは認めていない。そのため、いったん寺入りしたものの、子ども恋しさに離縁状が得られないまま婚家に帰ってしまう女もいた。

「女たちには、よう言うて聞かせましょう」

「納得いたすかのう」

心配する天秀に、甲斐はきっぱりと告げた。

「お任せを。こう申しましょう。決して武家の身分ゆえ特別に扱うたのではない。鉄砲や刀を構えた兵に命をさらされておる者たちじゃ。御仏に仕えるわれら、見殺しにはできなんだと、正直に伝えるのでございます」

天秀の眼差しに安堵が宿る。

翌朝、甲斐は門前に暮らしているナギを訪ねた。

「イカルは、今、どこかの」

「品川湊《みなと》かと」

上方《かみがた》から入る船の荷降ろしを手伝っているという。

「頼みがあるのだが」

「それなら唐子を品川まで呼びにやりましょう」

こちらはといえば、円覚寺に唐音《とういん》（中国語）を習いに行っているらしい。本名は〝小虎《しゃおこ》〟なのだが、皆、忍《おし》以来の仲間たちだから、呼びならわした唐子、つまり〝唐人の子〟のままだ。

翌日、イカルが戻った。

「会津に行ってはくれぬか。お家騒動をさぐってほしい」

六十代も半ばのイカルだが、引き締まった体軀は若いころとあまり変わらない。目じりの皺は、温厚さをかもして警戒されにくく、偵察役にはもってこいだった。

「会津なら甲斐姫さまとともに、しばらく暮らしたことがある」

イカルは街並みのひとつひとつまで覚えていると自慢する。知り合いもいると、身軽に旅立った。

主水の事件に、寺は深入りしないほうがいい。謀反も疑われる事案だから、いずれ幕府が乗り出してくるだろう。それに先んじて、甲斐だけでも、全貌をつかんでおいたほうがよい。東慶寺の真価が問われることになりそうだ。

会津への懐かしさもあった。

――まこと歳月は矢のごとし。会津の暮らしから、はや五十年とは。

主水の家族たちは天秀にいざなわれ、仏前に詣でていた。

「こののち、われら一同、参禅をさせていただきとうございます」

さすが筆頭家老の妻、事態を察し、出家を望んでいるのかもしれない。

「そなた、名は」

天秀が問う。

「なえ、にございます」

「詳細を話してみよ。して、主水らは今後、いかがいたすつもりじゃ」

寺役人の前では、事件に関わらないと言いきった天秀だが、女人の保護だけでは済むまいと覚悟を固めている。

「東慶寺に参ります前に、夫は幕府大目付さまに、主君の悪行を訴えたのでございます」

なえは問われるまま、江戸での行動を伝える。

「江戸屋敷におられた会津の殿は、激怒のあまり卒倒したと聞きました」

それはそうであろう。家老が、主君であるみずからの失態を直訴したのである。そもそも直訴自体が幕府の法度にそむく行為だ。

「どなたから加藤どのの様子を聞きましたか」

天秀は訊ねた。

「江戸屋敷にも、われらに通じる者がおりまする」

その名を明かせば類が及ぶと、なえは気配りをみせる。

「殿は、悪政でためこんだ金銀を幕閣にばらまいて味方してくれるよう求め、すぐさま国許に帰り、われらに追手を差し向けたのでございます」

なえの唇は、恐怖のためか、小刻みに震えていた。

「主水どのは、ここを去っていずこへ」

「庇護を求め、高野山に逃げたはずですが無事かどうか」

なえにも安否は分からないという。

「心配なことですが、今はただ、心静かに参禅なさることです」

天秀に諭され、なえはひたすら修行に励むようになった。

イカルが会津から戻ったのは十日後だった。

「主水さまの出奔、やむを得ないことと、城下では同情されております。一方、藩主については、いたって不評。不評のきわみと申してもよいほどにございます」

イカルが調べてきたところによれば、明成は一歩《いちぶ》金《きん》をかき集めることに熱中、あだ名は〝一歩殿〟。

一分金とは、小判と並ぶ品位を有する貨幣で、一両小判（およそ十万円）の四分の一の重量と価値を持つ。

蓄財に目がくらんだ明成は、家臣の知行《ちぎょう》や民の年貢からも利息を取り、金銀・珍品を巻き上げ、肝心の藩政も武備もおろそかだと蔑まれている。

「二代目の腰抜け、世間知らずのわがまま者と、もっぱらの噂」

勇猛を誇り、堅物で、前藩主の信任が厚かった主水とは両極端だったのだろう。我慢の限界に達し、行動を起こしたことは察しがつく。甲斐はイカルの労をねぎらい、すぐさま高野山に向かわせた。

事態は厳しさを増していた。

幕府は高野山に主水らの引き渡しを求め、一行はもはや、寺内に籠るのは困難になっていた。古くから逃亡者を庇護し、権力の手入れを拒んだ高野山だが、幕府の寺社統制が厳重になり、かつての威光も衰えていた。

甲斐はすべてをなえに伝えた。なえは落ち着いて耳を傾ける。

「いかに夫に言い分があろうとも、主君にそむき、発砲、放火、関所破りをいたしたからには、罪に問われるのはいたしかたないこと。けれど、このまま引き渡されては、あまりに無念にございます」

取り乱すまいと、懸命にこらえているのが分かる。

明成はよほど悔しいのであろう。「会津四十万石を返上してもいい。高野山中の探索を許されたい」と、幕府に申し入れた。

藩領返上など、血迷ったとしか思えない。家臣や領民のことなど、考えてもいない振る舞いだ。そもそもがそういう男なのだ。

主水は高野山への迷惑を気遣って山を降り、つてを頼って、明成の悪行を将軍・家光に訴え出た。だが、いかに主君に落ち度があったとしても、徒党を組んで逆らった行為は幕藩体制の秩序を乱す。一党は不忠の臣として明成に引き渡され、拷問の挙句、主水は斬首、弟の又八郎と小兵衛は切腹、他も残酷きわまりない手段で処刑された。

＊

なえたち女人が東慶寺に保護されて二年が経って

いた。

天秀のもと、なえは修行を重ね、願いどおり、ついに出家を遂げた。寿林尼《じゅりんに》の法名を授かり、仏道に導かれたよろこびを詠む。

この春はゆたかに見ゆるありがたや
　なをよろこびのけふをかさねて

しかし、事はまだ終わらなかった。怒りが収まらない加藤明成は、女人たちの引き渡しを求めて兵を発し、すでに東慶寺の間近に迫っていた。

天秀尼は激怒した。

「東慶寺に入った者は、たとえ罪人であろうと寺から出したことはない。しかるに威力を用いて理不尽な引き渡し要求、無道きわまりない」

甲斐は、はっと息を呑んで天秀を見つめた。こんなに強い言葉を、これほど怒りに満ちた眼差しを見たことがない。温厚で冷静沈着な天秀のどこに、これほどまでの強靭さが潜んでいたのだろう。

甲斐はすばやく、女人たちを守りきる対策を講じた。寿林と、弟の妻ふたりは東慶寺に残し、ほかの女人たちを付近の寺院に数人ずつかくまってもらった。幕府や朝廷が深く帰依する鎌倉の名刹は、寺侍によって厳重な警護のもとにある。たとえ大名であっても、おいそれと寺には入れない。

「甲斐どの、大儀であるが江戸へ参ってくれぬか。千姫さまのお力をお借りするしかあるまい」

天秀は甲斐に命じた。

煎じつめれば、事件は会津藩の内紛だ。藩領を越えての出兵は、幕府の為政にかかわる大問題となるだろう。

「この天秀、天樹院（千姫）さまを通じて将軍・家光公に訴える。明成を滅ぼすか、この寺を廃するか、ふたつにひとつぞ」

毅然とした口調にもかかわらず、天秀の頬は青白く澄んでいた。寺法を守り抜くため、何事も受けて立つ覚悟は定まっているのだ。

「天秀尼さま、加藤家は豊臣恩顧の旧臣にございます……」

「かまわぬ。加藤が何者であろうが、寺法に楯突く暴挙は、決して許さぬ。豊臣の恩を思うなら、徳川に取り潰されぬよう賢明に生きねばならん。不見識は滅亡に至る近道じゃ」

天秀の揺るがぬ決意に、甲斐は胸を打たれた。女人救済を、固い信念として行動を起こそうとしている。世に勉学を積んだ僧侶は少なくない。だが、信じるところによって立ち上がる僧がどれほどいるだろう。

ほんのりと暗い仏殿に静かに座している天秀は、甲斐の目に神々しくさえ映る。

甲斐は周囲が止めるのを聞かず、江戸へは騎馬を選んだ。さすがに、手綱は寺侍に取らせ、イカルとナギに供をさせた。一見すれば、老爺《や》・老婆の旅だ。

二日後、江戸城北の丸の天樹院御殿を訪れた甲斐は詳細を告げ、将軍へのとりなしを頼んだ。

「そうか、あの、あどけなかった奈阿姫がのう。女人救済の決意、見事じゃ。その気概、さすが豊臣の遺児。いえいえ、女将軍・甲斐どのの養育の賜」

「大坂落城のおり、天樹院さまが命懸けで助命を嘆願してくださったからこそ、今日があるのです」

短刃を自らの喉もとに突きつけて奈阿姫の助命を祖父・家康に嘆願した千姫だった。天秀は、その恩を常に口にする。何かを守ろうとするとき命をも差し出す覚悟は、千姫の行いに学んだにちがいない。

「この天樹院が東慶寺を守る。わが手兵を向かわせよう。寺に戻り、防備を固めよ。朗報を待て」

天樹院も四十七歳、弟である将軍家光の、よき相談相手である。

この一件は、幕府にすれば、豊臣の遺臣を潰す絶好の機会だ。家光の裁定は早かった。明成の進軍を阻止し、会津四十万石を没収した。明成の子は石見《いわみ》の国《くに》に、わずか一万石を与えられ、事件は収束した。

天秀は、ついに女人たちを守りきったのである。

堀主水が会津若松城を銃撃して脱出してから四年後、寛永二十年（一六四三）のことであった。寿林は天秀から授かった阿弥陀像を抱き、別れの涙にくれて故郷・会津田島へと旅立った。

＊

二十世住職天秀尼は〝東慶寺中興の祖〟と、名が広まる。

そんなある日、天秀は父・豊臣秀頼の供養に雲版（時を報らせる雲形の鳴版）の鋳造を発願。

「甲斐どの、乙吉に鋳てもらいたいと思うが、いかがであろうの」

天秀のためとあらば、乙吉は、どれほどよろこぶだろう。京下りの鋳物師・乙吉は、寺社の多い鎌倉で、たくさん仕事を得て活躍している。

天秀は、雲版に蓮華紋を添えて「父秀頼の菩提のために」と刻ませた。

淀の方と秀頼が自刃して、およそ三十年。豊臣家ゆかりの者は、世間に隠れ住む辛い歳月だった。鎌倉へやってきたころは、「秀頼の子じゃそうな」と白い目で見られたこともたびたびだった。が、今、天秀は、はばかることなく〝父秀頼の菩提のために〟と彫ることができた。天秀のすぐれた仕事が知れわたっていた。

豊臣の子であると厭う者は、もういない。

甲斐の祝福の思いは、ひとしおだった。

＊

天秀が参禅していた円覚寺の古帆周信禅師が、昨年、示寂《じじゃく》（死去）、天秀は、あらたに参禅する師を、ようやく見出した。

「沢庵宗彭《たくあんそうほう》禅師が江戸・品川の東海寺におられると分かった。禅師さまに禅道を学びたいと思うが、甲斐どの、ともに旅をしてくださるか」

天秀は少し遠慮しながら訊ねる。

沢庵禅師は、もう七十歳に近いのではないだろうか。十余年前、幕府の寺社統制に反対し、出羽国に配流になった気骨の僧だった。権力には媚びないが、人柄は穏やかで、当意即妙の問答が、禅道を学ぶ者たちに人気だった。五年ほどで赦免になり、今では将軍・家光公が深く帰依し、禅師のために東海寺を建立したのだという。

「もちろん、ようございますよ。甲斐もご一緒に参禅いたしましょうほどに」

甲斐が、こう返答すると、天秀は旅が楽しみになったようで、

「途中、お宿を取って、ゆっくり参りましょう。何度も参ることになりましょうが、品川に数日は滞在いたしましょうね」

と、まるで郊外に遊山にでも行くかのようだ。

だが、沢庵禅師への参禅の夢は叶わなかった。

＊

天秀は床を離れられない日が多くなった。朝夕の勤行は怠らないのだが、ずいぶん大儀そうだ。息切れやめまいに襲われ、立ち上がるのさえ辛くなっていた。ときに胸苦しさや胸の痛みを訴え、倒れこむ。

鎌倉の寺は、唐渡り（中国渡来）の医師や薬師《くすし》を多く抱えている。天樹院から遣わされた名医にも診せた。

「心の臓が弱っておられまする。お覚悟をされたほうが」

と甲斐に耳打ちし、首を横に振る。

茯苓《ぶくりょう》や甘草《かんぞう》を煎じて勧めるが、めざましい効果はみられない。

かすかな寝息をたてていた天秀が、小さく声をたてた。

「夢を見ておった。そなたを甲斐、甲斐、と呼んではたわむれ……」

「幼いころの夢でございますね」

「いつも、いつも、そばにいてくれた甲斐どのを、母と慕うて過ぎた日々じゃった」

喘ぎながら、弱々しく言葉をつなぐ。

「これからも、ずっと母代わりにございますよ。で

すから、お話は少し休みましょう」

甲斐は七十歳を超えたわが身を顧みず、

――われはきっと永らえる。永らえて、天秀さまを守り抜く。

そう切に願う。天秀の父母である秀頼、その側室となったわが姪・小石の方を育み、守った甲斐。秀頼の正室・千姫の実家である徳川家をはばかり、側室・小石が産んだ奈阿姫を手もとに引き取って育てた甲斐。そして、落城の炎から豊臣家の遺児・奈阿姫を救いだしたのも甲斐だった。

――生き抜いてくださいませ。苦しむ女たちに慈愛の手を差し伸べてくださいませ。でなければ、甲斐の生涯はなきにひとしい。

どこまでも、天秀の背中を見つめて歩んでいきたい。

――姫さまは成田の子、わが命そのもの。若い御身が御仏のもとに旅立ってはなりませぬ。

甲斐は懸命に祈る。

女人救済にひたすら取り組み、今では〝名僧〟とたたえられる天秀尼。だが、甲斐にとっては、ただ、ただ、愛おしい孫姪だった。

「甲斐……、甲斐……、お城の花畑に花摘みに参りましょう」

まどろむ天秀は、きっと大坂城の山里曲輪《やまざとぐるわ》に遊んでいるにちがいない。

天秀はふと、澄んだ瞳を見開いた。

「甲斐、縁切りの寺法を必ずや……」

これが、甲斐が聞いた最期の言葉になった。

翌早朝、蔀戸《しとみど》の隙間から差しこむ朝日を待っていたように、天秀は浄土へと迎えられた。

正保二年（一六四五）二月七日、春の山風に運ばれたのだろうか、桜の花びらが天秀の枕辺に舞い降りる。三十七年の短い生涯であった。

＊

幾日が過ぎただろう。

泰山天秀尼は仏殿に近い崖のほとり、櫓《やぐら》と称される歴代尼僧の墓所に葬られたが、盛大な法要も、埋葬も、甲斐にとって幻の出来事のようだ。だが、住持の居間にも、仏殿にも、楚々とした尼公の姿はなく、時が過ぎるごとに悲しみだけが重く沈んでいく。

ほどなく天秀尼の墓石の築造がはじまった。高さ八尺（およそ二・四メートル）、当山随一の無縫塔《むほうとう》（卵型の塔）だ。「二十世天秀法泰大和尚」の文字と没年がくっきりと刻まれている。

「お待ちください」

甲斐は墓標を立てようとする石工の手を止めた。法名だけの建碑で終わらせてはならない。墓誌を刻み、尼公の姿をどうしても語り継ぎたい。

――奈阿さまの事績を後の世に伝えられるのは、赤子の時からお育てした、われしかいない。

墓誌は墓碑の裏面に記すことにした。法名の刻まれた碑の前で長い経を誦《とな》えてから、甲斐は鑿《のみ》を手に取った。碑文の冒頭の文字〝天秀和尚〟を刻み、続く文字を石工に依頼。数日をかけて銘文が刻まれていった。

《天秀和尚は豊国神君《ほうこくしんくん》の嫡子《ちゃくし》秀頼公の息女なり。幼くして薙髪《ちはつ》（髪をおろす）、法衣《ほうえ》を着け、黄梅古帆《おうばいこはん》禅師に参禅し東慶寺を再興。二月、花の咲く朝、釈尊《しゃくそん》の入滅《にゅうめつ》と同じ月に示寂《じじゃく》するも仏縁なり》

甲斐は朝な夕な、墓前に詣でた。

「天秀尼さま、この銘文で、動乱に生きた姫さまのことは、ずっとずっと後まで語り継がれることでしょう。百年後、二百年後、この墓前に詣でる方がいらしたら、どうか尼公の掲げられた縁切り寺法を思い起こしてくださいませ。たくさんの女人が尼公に救われたことを心にとどめてくださいませ。香華を捧げてくださいませ」

さらに、なおも語りかける。

「奈阿さま、甲斐も、じきに参りますよ。ずっと、ずっと、おそばにいると、お約束しましたからね」

目を閉じれば、切り髪のあどけない奈阿の面影がよみがえる。

「甲斐、ほら見て。赤とんぼを捕まえたの」

得意そうに頬を火照らせ、とんぼを空に放つ。

「雨は御仏の涙なの?」

小首をかしげ、しずくを目で追っていた。

そして「明成を滅ぼすか、東慶寺を廃するか、ふたつにひとつぞ」と幕府に談判した毅然たる尼姿。

甲斐は、天秀尼の墓碑に寄り添うように、わが墓標を建て、台座に天秀尼の示寂の日を刻んだ。それこそが甲斐の命日だった。あの日、甲斐はこの世のすべての務めを終えたのである。

甲斐には、ひとつだけ、し終えなければならないことがあった。

——哲之介どのはご存命であろうか。

成田助直の名を捨てて玉井姓に戻り、熊谷成田郷で農を生業《なりわい》とした哲之介に、孫である天秀尼の形見の数珠を手渡したかった。

おりしも新緑の萌える季節を迎えていた。供はいつものようにイカルとナギ、年老いてはいたが、鍛えた足腰は達者だ。道中を心配した彼らのひとり息子・長一《ちょういち》が轡《くつわ》を取る。長一も、もう三十歳を過ぎた。寺男として東慶寺に仕えている。

若葉に染まりながら、ゆっくりと北武蔵に向かい、成田郷に入った。ずっと以前の、おぼろな記憶で尋ねあてた屋敷は、別人の住まいになっていた。

又造と名のる中年の男が戸口に現れて、「三年前に逝かれましてのう。ごらんなされ、あの土手まで開墾なさったのじゃ。ここいらは〝哲之介新田〟と呼ばれとるんですわ」と、早苗の植わった水田を指差す。

「そうであったか、三年前に……」

つぶやく甲斐に又造は、「見れば、ご老齢。どこの、どなたさまかの」と訊ねる。

成田を名のるつもりはなかった。

「幼馴染にございます」と告げた。

幼馴染、それが最もふさわしい哲之介への供養に思えた。その足で成田家の菩提所・龍淵寺《りゅうえんじ》に詣でて数珠を奉納し、成田家代々の墓所に祈りを捧げた。もう、思い残すことはない。甲斐は心満たされて鎌倉に帰り着いた。

＊

散り残った紅葉が、東慶寺の内御門に一枚《ひとひら》舞う。冬が駆け足でやってこようとしていた。

木立に包まれた東慶寺の上空が残照に染まり、夕鐘が山々に響きわたる。

「甲斐、どこにおるか甲斐……」

紅葉の精霊が懐かしい声を運んできた。

「氏郷さま」

甲斐は庭に飛び降りた。

仏殿裏手の丘が、鮮やかな夕焼けに縁どられていく。わずかな逢瀬があかね色に輝いてよみがえる。甲斐は裏山の藪をかき分けた。登りきったら、遥か向こうの会津の空が待っている。あまり足がもつれるので、松の根方《ねかた》に腰をおろし、深く息を吸った。

「氏郷さま、ちょと休んだら、すぐに参りますからね」

正保二年（一六四五）九月二十三日、七カ月前に去った天秀尼を追うように、甲斐は七十三年の生涯を閉じた。甲斐がみずから建てた墓標には、残された人びとによって法名が刻まれた。「臺月院殿明玉淙鑑大姉」。台座には「天秀和尚御局」と。

天秀尼に仕えた最高位の仏弟子への諡号《しごう》であった。

了

参考文献と参考資料

『行田市史資料編　古代中世』　埼玉県行田市
『〈成田記〉　行田市史資料編　古代中世　別冊』　埼玉県行田市
『忍城主成田氏』　行田市郷土博物館
『城絵図と忍城』　行田市郷土博物館
『常設展示解説図録』　行田市郷土博物館
『石田三成と忍城水攻め』　行田市郷土博物館
『成田系図』　熊谷市龍淵寺蔵
『埼玉県史　通史編2』　埼玉県
『福島県史　第二巻』　福島県
『会津若松市史　4』　福島県会津若松市
『鎌倉市史　社寺編　資料編』　神奈川県鎌倉市
『鉢形城開城　北条氏邦とその時代』　鉢形城歴史館
『扇谷上杉氏と太田道灌』　黒田基樹　岩田書院
『金山城と由良氏』　太田市教育委員会
『小田原北条記』　岸正尚訳　ニュートンプレス

『北条早雲と家臣団』　下山治久　有隣新書
『蒲生氏郷』　今村義孝　新人物往来社
『豊臣秀吉』　鈴木良一　岩波新書
『淀君』　桑田忠親　吉川弘文館人物叢書
『千姫考』　橋本政次　神戸新聞総合出版センター
『戦国の女たち――それぞれの人生――』　大阪城天守閣
『真田幸村』　山村竜也　ＰＨＰ新書
『疾風六文銭　真田三代と信州上田』　週刊上田新聞社
『山内一豊とその妻』　江戸東京博物館
『東慶寺と駆込女』　井上禅定　有隣親書
『三くだり半と縁切寺　江戸の離婚を読みなおす』　高木侃　講談社現代新書
『三くだり半　江戸の離婚と女性たち』　高木侃　平凡社
『天秀尼』　永井路子　東慶寺文庫
『東慶寺歴史散歩』　井上禅定　東慶寺
『東慶寺』　東慶寺
『雲水日記』　佐藤義英　禅文化研究所
『おきく物語』　菊池真一編　「おあん物語・おきく物語・理慶尼の記」　和泉書院
『忍の行田の昔ばなし』　忍の行田の昔ばなし語り部の会
『川越の七不思議』　川越市教育委員会

本書は埼玉新聞に二〇一二年二月から九月まで連載した『甲斐姫翔ける　あかねいろの道』を改題し、大幅に加筆したものです。

行田市郷土博物館主査・学芸員　鈴木紀三雄様、京都・醍醐寺　総務部長　仲田順英様、教学部長　田中祐考様、教学課　田中景子様、江戸東京博物館学芸課　川上様、大阪城天守閣研究副主幹　北川央様にたいへんお世話になりました。

ありがとうございました。

山名美和子（やまな・みわこ）

東京生まれ。早稲田大学文学部卒業。東京・埼玉の公立学校教員を経て作家に。第19回歴史文学賞入賞。日本文藝家協会会員・日本ペンクラブ会報委員会委員、埼玉・鳩山町文化財保護委員／町史編纂委員、朝日カルチャーセンター講師。

主な著書に『梅花二輪』、『光る海へ』、『ういろう物語』、『恋する日本史』、『戦国姫物語』他がある。共同執筆に『週刊 名城をゆく』、『週刊 名将の決断』、『実は平家が好き』、『絵解き 大奥の謎』、『万葉の恋歌』、『歴史小説ベスト113』、『徳川三代なるほど事典』、『忠臣蔵なるほど百話』、『ゼロからわかる忠臣蔵』、『祭りの歳時記』、『石原莞爾と満州帝国』他多数。

甲斐姫物語

2013年10月2日　初版第1刷発行
2016年8月25日　初版第2刷発行

著者｜山名美和子
発行者｜大島光明
発行所｜株式会社 鳳書院
〒101–0061　東京都千代田区三崎町2–8–12
Tel. 03–3264–3168（代表）

装幀｜宗利淳一＋田中奈緒子
カバー染色画｜滝沢布沙
編集協力｜加藤真理
印刷・製本｜中央精版印刷

 ISBN978-4-87122-178-8　C0093